MW00514103

Patricio Sturlese

El inquisidor

Patricio Sturlese

El inquisidor

PLAZA JANÉS

Primera edición en España, 2007
Primera edición en México, 2007

D. R. © 2007, Patricio Sturlese
D. R. © 2007, Random House Mondadori, S. A.
 Travessera de Gràcia, 47-49. 08021 Barcelona

Derechos exclusivos de edición en español reservados
para todo el mundo:

D. R. © 2007, Random House Mondadori, S. A. de C. V.
 Av. Homero No. 544, Col. Chapultepec Morales,
 Del. Miguel Hidalgo, C. P. 11570, México, D. F.

www.randomhousemondadori.com.mx

Comentarios sobre la edición y contenido de este libro a:
literaria@randomhousemondadori.com.mx

Queda rigurosamente prohibida, sin autorización escrita de los titu-
lares del «Copyright», bajo las sanciones establecidas por las leyes, la
reproducción total o parcial de esta obra por cualquier medio o procedimiento, comprendidos la reprografía, el tratamiento informático,
así como la distribución de ejemplares de la misma mediante alquiler
o préstamo públicos.

Diseño de la portada: Departamento de diseño de Random
 House Mondadori/Yolanda Artola
Fotografía de la portada: Fotomontaje a partir de dos foto-
 grafías: © Andrea Pistolasi, The Image Bank y © Don
 Farral, Photodisc

Fotocomposición: Anglofort, S.A.

ISBN: 978-970-780-263-6

Impreso en México / *Printed in Mexico*

A Pierpaolo Ettore Nicola,
María de las Victorias,
y Gabriela Luciana.

Dejad que los herejes vengan a mí. Con ellos
haré un infierno.

CAZADORES DE BRUJAS

Había pasado un siglo desde que los monjes benedictinos venidos de Ferrara abandonaran la iglesia parroquial de Portomaggiore. Expoliada de todo adorno el mismo día en que fue exconsagrada, de su antiguo esplendor solo restaban algunos frescos. Cerca del altar mayor, donde antes estuviera una magnífica pila bautismal de mármol, bajo la tenue luz de una lámpara de aceite, las manos temblorosas de un encapuchado escarban entre las losetas que aún quedan en el suelo. Y por fin, este cede. Justo donde debía.

La luz de la lámpara se extingue. Las tinieblas de la noche se adueñan de la iglesia. Y de aquello que tan celosamente ocultaba.

Apremiada y nerviosa, una mujer escribe sobre una hoja de papel delgada y amarillenta las últimas líneas de un mensaje. Desde la espesura le llegan los ladridos aún lejanos de los mastines, un sonido que le produce pavor, obligándola a asentar la rúbrica:

ISABELLA, bruja y testigo de Satanás,
octubre del año 1597

Los aullidos son ahora más nítidos, y junto a ellos se distingue el sordo galope de los caballos: los jinetes se abren paso a través del bosque negro. Llegarán muy pronto. Isabella se incorpora y mira por el ventanuco de su guarida. No los ve, aún tiene tiempo. Corre hacia la puerta, echa la falleba, apaga la ya escasa luz de su único candelabro y, al amparo de un oscuro silencio, toma el papel, lo dobla hasta reducirlo a una porción mínima, se alza la falda y lo mete entre sus piernas, dentro, bien dentro, como si estuviera procurándose placer en alguna de sus frecuentes orgías. Su corazón late deprisa, como en el deseo, pero no es eso. No es eso; es un miedo cerval a los jinetes de la noche. Encogida en un rincón, espera.

Los perros han dejado de aullar. Los jinetes ya están en su puerta.

Isabella no oye nada. Nada. Hasta que la puerta se viene abajo, arrancada de cuajo, con un estruendo que magnifica el silencio, tenso y cautivo. Allí están los jinetes, siete hombres corpulentos y encapuchados que, alumbrados por la luz de dos teas, la buscan y la encuentran de inmediato intentando incorporarse.

—¿Qué buscáis? —gime ya en pie. Nadie responde—. Si deseáis pasar un buen rato, habéis venido al lugar adecuado —continúa diciendo mientras se manosea el pecho que, carnoso, asoma por su camisa, aflojado hace ya rato el corpiño—. ¿Quién será el primero en probar esta delicia?

Isabella ha descubierto uno de sus pechos y se lo ofrece a los hombres, desafiante. El pezón, oscuro como bellota madura, está erecto, duro, tentador. Uno de los jinetes, el más alto, se baja la capucha y recorre, iluminándolo, cada rincón de la guarida. Tiene bigote, barba y cabello rubios, recogido este último en dos largas trenzas. Sus ojos azules, extremadamente claros, parecen transparentes. Adelanta la luz hacia la bruja.

—¿Qué? ¿Serás tú el primero... vikingo? —susurra la mujer mientras sonríe con lascivia.

—¿Isabella Spaziani? —pregunta el hombre. Pero no obtiene respuesta—. ¿Es vuestro nombre Isabella Spaziani? —insiste el jinete.

La bruja le mira con curiosidad y aventura un respuesta que no es tal.

—¿Quién lo pregunta…? ¿Acaso… eres un brujo…?

—¿Eres Isabella Spaziani? —repite con calma.

—Tal vez…

Isabella ha dudado, y en la duda se esconde una afirmación tácita que el jinete recibe con un asentimiento dirigido a sus compañeros, a los que entrega la antorcha para poder apartar con facilidad su capa. La bruja sonríe; realmente parece que aquellos hombres solo quieren divertirse. Pero lo que asoma entre los pliegues de la capa no es lo que ella espera, y tal vez ya desea, sino una ballesta que, tras un movimiento casi imperceptible, apunta directamente a su boca.

El jinete calibra su blanco con mirada de hielo y, sin vacilar, dispara. La sonrisa de Isabella es atravesada por el hierro, que le arrebata parte de los dientes y sigue su camino hasta romperle el cráneo. En un gesto inútil, por instinto, la bruja se lleva las manos a la mandíbula mientras se desploma sobre el suelo. Lo único que ha conseguido es cubrir sus manos de la sangre que borbotea, incesante, de su garganta. El hombre observa atentamente la agonía de Isabella y, para cerciorarse de su muerte, empuja con un pie la cabeza asaeteada. La sangre de la bruja va encharcando el suelo, lenta y continua.

Los jinetes han saqueado la guarida, se han llevado lo que parecían estar buscando, un antiguo libro de magia, y tal como han aparecido, en mitad de la noche negra y ocultos en la niebla que cubre los bosques genoveses, desaparecen acompañados por el aullido de los mastines, provocado no ya por la presencia de los caballos y su movimiento en la espesura, sino por algo que invade el aire: la premonición de algo siniestro.

En la basílica de San Pedro, uno de los cardenales del Santo Oficio detiene sus pasos. Es tarde. Se ha quedado mirando fijamente la antigua escultura en bronce negro de san Pedro, como si solicitara su amparo. Tiene un mal presentimiento. Sabe que el Gran Brujo está reagrupando a sus huestes.

El demonio está suelto.

PRIMERA PARTE

EL ARTE DE LA CONFUSIÓN

I

EL CABALLERO
DE LA ORDEN SAGRADA

1

Situado frente a mí, el Vicario de Cristo me observaba silente, con mirada profunda. Su mano mostraba el anillo del pescador. Su semblante, añejo, traslucía la fatiga de aquellos hombres que navegan por mares encrespados, lanzando una vez tras otra las redes sin obtener resultados. Eran tiempos difíciles para la fe. La nao de la Iglesia atravesaba el convulsionado océano del Renacimiento, entre espumas y oleajes, con un Pontífice que sujetaba el timón decidido a no zozobrar en la Reforma y la herejía.

Tanto Clemente VIII como el Superior General de la Inquisición, el cardenal florentino Vincenzo Iuliano, acababan de comunicarme la razón de mi llamada a Roma. Y si bien no tuve toda la información que creía necesaria, sí fue la suficiente para planificar mi futuro inmediato. En aquel momento comprendí que una de las congregaciones más poderosas e influyentes del orbe me había escogido, otorgándome por escrito una clase de poderes que pocos inquisidores consiguen. El Santo Oficio de la Iglesia Universal, del que soy servidor y juez, me había señalado.

Había sido convocado en los aposentos del Papa, en audiencia privada, el 22 de noviembre del año 1597 de Nuestro Señor. Sixto V y Clemente VIII habían seguido ocupando las maravillosas estancias decoradas por el incomparable Rafael para Julio II, el papa guerrero. Era difícil no distraer la vista hacia los frescos que adornaban las paredes de la estancia y que, mediante la recreación de diversos episodios extraídos de las Sagradas Escrituras y de la historia, mostraban cómo Dios había permanecido siempre al lado de su Iglesia, defendiéndola contra toda amenaza y ayudando a los faltos de fe a recuperarla y reforzarla. Allí estaba el ángel que liberó a san Pedro de su prisión y la hostia que goteó sangre en Bolsena para demostrar al sacerdote incrédulo que la transustanciación no es solo una hermosa metáfora. Allí estaban Pedro y Pablo ayudando al papa León a impedir que Atila invadiera Italia; y Heliodoro, que quiso robar el tesoro del templo de Salomón y fue expulsado por un jinete divino.

Allí estaba también aquel rostro enjuto, duro, algo envejecido después de haber dejado atrás la treintena y haber visto tantas cosas, el pelo castaño algo ralo ya, y aquellos ojos de mirada inquisitiva solo dulcificada por su color cálido, de miel reposada. El rostro de Angelo DeGrasso. Mi rostro.

Aparté la mirada del espejo y me acerqué al lugar donde el Papa y el Superior General de la Inquisición me esperaban ya sentados. Iuliano me indicó con un gesto que me acomodara en una silla vacía que había frente a ellos. Tras un breve preámbulo de cortesía, la conversación se encaminó hacia su motivo principal.

—Hermano DeGrasso, hemos seguido de cerca vuestra labor como Inquisidor General de Liguria —comenzó el cardenal con un voz grave y envolvente, dirigiendo hacia mí su mirada invasora—. Y hemos visto que entre las causas a vuestro cargo se encuentra una muy peculiar que concita toda nuestra atención: la del hereje Eros Gianmaria —concluyó Iuliano su discurso mientras el Papa nos observaba en silencio.

—Gianmaria va a cumplir cuatro años de encierro, y de ellos, solo uno bajo mi jurisdicción —respondí mirándolos, sorprendido—. Poca cosa nueva puedo deciros pues este reo aún está pendiente de tribunal.

—No se trata de nada nuevo —replicó el cardenal—, sino de un asunto antiguo que el hereje sabe esconder muy bien en el refugio de su lengua.

—¿A qué os referís, mi general? —pregunté extrañado.

—El reo que mantenéis encerrado en Génova supo sortear al Inquisidor General de Venecia y ahora parece estar haciendo lo mismo con vos.

—Ni este ni ningún otro hereje ha sido capaz de salir airoso de mis interrogatorios, y mucho menos de mi cárcel —respondí con incontenible soberbia—. ¿Cuál es ese secreto que esconde Gianmaria y que Su Excelencia no ha encontrado en su expediente?

El cardenal Iuliano acarició lentamente el crucifijo que colgaba de su cuello. Alzó la cabeza y me miró largamente, esperando el momento oportuno para hablar, pero no fue su voz la que sonó, sino la de un extraño que, con sigilo, había entrado en la sala situándose a mi espalda.

—El hereje Gianmaria esconde un libro.

El recién llegado recorrió los pocos pasos que lo separaban de Su Santidad para sentarse a su izquierda. Su rostro afilado, de nariz aguileña y labios finos amoratados, como los de un cadáver, estaba marcado con profundas arrugas y traslucía la determinación de los exaltados. Yo no comprendía el porqué de la presencia de aquel hombre y así lo reflejó mi rostro. Iuliano no tardó mucho tiempo en resolver mi perplejidad.

—Hermano DeGrasso, permítame presentaros a Darko —dijo el cardenal señalando al extraño—, un monje moldavo que sirve a nuestra Iglesia.

—Bienhallado seáis en Cristo, hermano —dije inclinando la cabeza. El monje aflojó una débil sonrisa en sus pómulos huesudos—. Perdonadme la indiscreción, pero me extraña mucho vuestra vestimenta. Su Excelencia acaba de afirmar que servís a nuestra Iglesia, pero vuestro hábito es el de un monje ortodoxo...

—No os confunda mi aspecto: mi lealtad es con Roma, no con Constantinopla —replicó, tajante, el hermano Darko.

Tuve que guardarme mi curiosidad por su atuendo para otro momento y dirigirla hacia lo que él parecía saber del secreto de Gianmaria.

—Habéis afirmado que mi hereje esconde un libro...

—Así es —dijo el monje.

Me quedé mirándole intentando disimular mi interés y aspirando el bálsamo del incienso que perfumaba la estancia para intentar sosegarme antes de hablar.

—Se le acusa de cosas peores —respondí en un tono que provocó la inmediata intervención del cardenal.

—Ni las aberraciones, ni las violaciones, ni los ritos satánicos, ni los asesinatos diabólicos de que se acusa al hereje son, ahora, de nuestro interés. Su pecado más grave no es ser un monstruo, sino esconder un secreto —dijo Iuliano, impaciente.

—¿Ese libro que ha mencionado el hermano Darko? —proseguí cada vez más intrigado.

—Así es. Un libro... prohibido —concluyó, solemne, el cardenal mientras el silencio más espeso llenaba la sala y el Papa me miraba con sus ojos misericordiosos, un mirada que no era otra cosa que una súplica velada, y que me hizo reaccionar.

—¿Qué debo hacer entonces, mi general? —dije mirando a Iuliano.

—Encontrarlo.

—¿Su título? —pregunté por fin, y el cardenal tomó aire antes de pronunciar el venenoso nombre del libro.

—*Necronomicón*.

—¿Un libro griego? —dije y quedé atrapado en mis pensamientos pues su nombre tañó en mi interior como cuerdas de arpa.

—No —rectificó con autoridad el hermano Darko—. De esa forma fue renombrado por su traductor, el filósofo griego que lo introdujo en Europa. El original no es griego, es árabe... Y ya no existe, la Iglesia lo confiscó y destruyó el año 1231 en

Toledo. El ejemplar que buscamos es una traducción italiana, el último de una serie de copias que han sido sistemáticamente localizadas y destruidas.

—Comprendo —respondí con franqueza, pues comenzaba a entender la urgencia de la convocatoria y el elevado rango de las personas que la componían—. La única cuestión que provoca ahora mi curiosidad (y, cómo no, mi preocupación) es el contenido del libro. ¿Qué es lo que en él reclama la atención de mi general y de Su Santidad? —concluí mirando directamente a Clemente VIII.

El Santo Padre mantenía la cabeza baja, sumido en sus pensamientos, con la mirada perdida en su espesa barba blanca. No fue él quien me respondió, sino Iuliano.

—Es un libro satánico —aclaró el Inquisidor General—. Sus páginas encierran el deplorable estigma del pecado... Es leña seca para la llama de la herejía que abrasa a nuestro pueblo.

—El *Necronomicón* habla de los arcanos de los astros. —Darko intervino de nuevo, con la seguridad de un erudito. Detrás del hábito ortodoxo del moldavo se escondía un estudioso insaciable de las esferas celestes; no en vano era conocido en Roma como el Astrólogo—. Según se dice, en este antiguo libro se descifran los secretos ancestrales de las estrellas fijas, un enigma antiguo cuya solución apenas podemos vislumbrar...

—Pero... ¿conocéis el contenido del libro? —tuve que preguntar, pues era lo que parecía desprenderse de las palabras de Darko que, habiéndose dado cuenta de la trampa a la que le había conducido su entusiasmo, dirigió su vista hacia el cardenal, suplicando su ayuda.

—No es el contenido del libro lo que ahora requiere atención —afirmó, categórico, Iuliano—. Lo realmente importante es hacernos con él, y para conseguirlo el primer paso es procurar que el hereje confiese dónde lo ha ocultado.

—Gianmaria es un reo difícil... Costará ablandar su lengua —repliqué, sabiendo muy bien de lo que hablaba, pero el cardenal clavó sobre mí sus poderosos ojos y su voz, dulcificada, intentó contrarrestar la violencia de su mirada y de su proposición.

—Si es necesario, aplicadle tormento. Pero cuidando de que no expire antes de darnos la información que necesitamos. Como bien habéis afirmado, vuestra capacidad como Inquisidor General para ablandar a los reos más duros ha trascendido desde el convento de Génova donde tenéis vuestra sede... y su cárcel. Esa es la razón de que os hayamos elegido a vos, hermano DeGrasso, y no a otro. —Y con esto, el cardenal Iuliano dio por concluida esta parte de la conversación.

Dada la confianza que depositaban en mí y teniendo claro ya cuál era mi cometido, solo me quedaba por saber cuándo necesitaban esa confesión.

—¿De cuánto tiempo dispongo?

—No mucho, tan solo unos días. Después deberéis partir en una nueva comisión —contestó Iuliano, sembrando de nuevo en mí la duda. ¿Había, pues, algo más?

—¿Otra comisión? ¿De qué naturaleza? —pregunté, extrañado.

El Astrólogo permanecía en silencio, pero sus ojos brillaban, apenas una chispa que parecía un reflejo del fuego que crepitaba en la chimenea del despacho papal. Fue Iuliano el que, de nuevo, respondió a mi pregunta.

—Al día siguiente del auto de fe que estáis preparando, el día 1 de diciembre, partiréis del puerto de Génova a bordo de una nave española. Estaréis fuera de vuestra casa por largo tiempo.

—¿«Fuera de casa por largo tiempo»? ¿Qué queréis decir? ¿Y el libro? —No comprendía nada: tenía que interrogar al hereje para saber dónde estaba el libro, algo difícil para lo que no se me daba mucho tiempo. Mas mi labor parecía terminar ahí puesto que debía partir inmediatamente de viaje.

Iuliano hizo oídos sordos a mis preguntas, se levantó, se acercó a la escribanía, tomo de allí un objeto y me lo tendió:

—Esto es para vos.

Era un sobre de cuero, atado y sellado con el lacre del Santo Oficio. Nuestro emblema me llenó de orgullo y de cierto temor por la responsabilidad que acababa de aceptar.

—Deberéis viajar al Nuevo Mundo —prosiguió el cardenal—. No se trata de una inspección ordinaria del Santo Oficio, no habrá tiempo para juicios… Solo tendréis que cumplir exactamente las órdenes que encontraréis en el sobre.

—¿Cuál será mi destino?

—Un precario asentamiento de franciscanos y jesuitas del Virreinato del Perú, en la gobernación de Paraguay, situado en los esteros del río Paraná, no muy lejos de Asunción.

—¿Qué habré de hacer allí? —Mis ojos se clavaron en él, expectantes.

—La finalidad de la comisión no os será aún revelada —respondió Iuliano con un tono que no esperaba réplica, pero yo no pude por más de insistir, tal era mi sorpresa ante tanto secreto.

—¿Pretendéis que viaje hasta Asunción sin conocer la razón?

—La finalidad de la comisión no os será revelada —repitió Iuliano— hasta que podáis abrir el sobre que os acabo de entregar y leer su contenido. Deberéis abrirlo al llegar al convento. Dentro de él encontraréis instrucciones precisas de cómo tenéis que obrar. Es de vital importancia que no lo sepáis ahora; pero no padezcáis, que lo que no conocéis y tanto os preocupa será esclarecido a su tiempo.

Mi confusión, lo insólito de lo que se me pedía, aquel no saber y tener que actuar, unido a la decisión que ya había tomado mi general, el silencio expectante del Astrólogo y el mutismo obcecado del Pontífice habían enrarecido la atmósfera, que parecía latir al ritmo acelerado de mi corazón.

—¿En verdad me pedís, mi general, que esté dispuesto a hacer un viaje tan largo sin saber exactamente para qué? —Era mi última oportunidad para obtener una respuesta.

—Así ha de ser —concluyó, tajante, el cardenal.

Darko me dirigió una mirada densa. La obediencia debida silenció por un momento mi garganta pero la vehemencia de la rebeldía no tardó mucho en dar paso a la incontinencia verbal.

—No es mi costumbre comenzar las cosas en penumbra —prorrumpí, airado, desde lo más profundo de mi ser—. Ni creo sea tampoco la de la Iglesia colocarme un velo ante los ojos en vez de quitármelo. Soy el Inquisidor General de Liguria, respetado y temido guardián de la ortodoxia, y como tal necesito de vos que señaléis a mis enemigos, mas no la oscuridad.

Mis palabras silbaron como dagas en el aire contra las intrigas de Iuliano. En ese momento, el papa Clemente abandonó su silencio y acariciándose la barba, pensativo, habló con pasión, pero con prudencia. Su rostro curtido era el de un hombre que orillaba las horas de su ocaso.

—Ahora veo que nuestra elección ha sido sabia —comenzó el Santo Padre— y por ello confiamos que desempeñaréis la labor que os ha sido encomendada con el mismo desvelo con que habéis servido ciegamente a nuestra Iglesia desde vuestro convento en Génova. —La voz del Papa pareció apiadarse poco a poco, como la cuerda de un arco gastado—. Entendemos, es lógico y muy humano, que reneguéis de la incertidumbre, pero hoy nuestra llamada así lo requiere. Así lo hemos decidido personalmente y así se hará.

—Sí, Su Santidad —contesté ya sin vacilar, y ante la fidelidad que mostraba mi respuesta, Clemente VIII esbozó una tenue sonrisa para terminar su intervención con una de sus alegorías preferidas.

—Hermano DeGrasso... Sabed que la loba romana amamanta a todos sus hijos por igual, y antes de reclamarle su leche, más bien debéis escuchar a los hermanos que os hicieron lugar en sus ubres. Confiad en nosotros, que vuestra incertidumbre no ponga ante vuestros ojos velos que no existen. Pues si así sucede, perderéis la fe, y en la ceguera del alma bien podríais clavar al hombre equivocado. Como fariseo y detractor.

—Sí, Su Santidad —musité, sin atreverme a más.

—Estamos seguros de que sois un buen religioso. Haréis bien vuestro trabajo.

El Pontífice alargó su delicada mano enguantada hacia mí, dando por terminada la reunión. Avancé entonces un pequeño paso, arrodillándome, y besé su anillo de vicario.

—Santo Padre —pronuncié con fervor—, regresaré a San Pedro con los resultados esperados.

—Estamos seguros de ello, hermano DeGrasso. Aquí os aguardaremos, elevando nuestras plegarias por vos —dijo el Papa, y alzando su mano ante mi rostro, me bendijo—. Que Dios os acompañe… *In nomine Patris et Filii et Spiritus Sancti. Amen.*

El cardenal Iuliano y Darko permanecieron en silencio. No parecían albergar duda alguna sobre la misión. Sin embargo, para mí, se habían multiplicado.

Inevitablemente, un libro y un viaje se estaban cruzando en mi camino.

2

Salí de los palacios vaticanos por la basílica, sin prisa, hacia una Roma que se mostraba gris e indiferente. El aire gélido otoñal me heló el rostro, obligándome a levantar la capucha del hábito y a refugiar mis puños bajo el albornoz. Así atravesé la plaza de San Pedro por el centro, como acostumbraba, buscando una respuesta a mis innumerables dudas en lo más profundo de mis pensamientos, una respuesta que intentaba alcanzar pisando aquel suelo bautizado, a la par, con sangre y misericordia. Paradójicamente, en esta misma plaza los emperadores divertían a gentiles y plebeyos con matanzas de cristianos. En la arena del circo, ahora cubierta por losas santificadas, el mismísimo Pedro fue uncido con el devastador yugo de la persecución imperial. Los últimos instantes de su vida, su último aliento, sus últimas visiones transcurrieron en aquel lugar que yo pisaba. Una vida teñida de leyenda en cuyo final, justamente en esta plaza, surge el Pedro mártir, cabeza indiscutible de la Iglesia de Cristo en la Tierra.

¿Dudó Pedro, como ya lo hiciera antes, de esa fe que le llevaba a la muerte? ¿O fue esa misma fe la que le ayudó a soportar el tormento y su inevitable desenlace? ¿Da su muerte testimonio de Cristo? ¿Prueba la muerte de Pedro que creyó en lo que vio? Perdido andaba en estos pensamientos cuando mis ojos dieron con el obelisco que adornaba el centro de la plaza. Me detuve y me volví hacia la basílica: ¿Se correspondía aquello con la visión que tuvo Pedro de su Iglesia o seguiría viendo en la plaza el circo de Nerón? Suspiré. Cierto es que existen cosas de las que nadie debería dudar, pero también lo es que la carne es débil y no hay minuto en la vida de un hombre en el que las preguntas sin respuesta no provoquen vacíos, y en muchas ocasiones, vacíos de fe. Me sentí más humano. Me sentí más humano al comprender una Iglesia conformada por humanos. Y allí había muerto el apóstol, por querer propagar su fe, crucificado boca abajo ante cientos, miles de personas sedientas de dioses paganos. Pedro habrá tenido miedo. Seguro. Habrá sufrido y, mirando al cielo, habrá pensado si, tal vez, todo aquello no era más que una tremenda locura. Mi aliento formaba nubes de vapor y en mis ojos se condensaban, poco a poco, esas lágrimas que, impulsadas por la angustia, brotaban cada vez que atravesaba aquel lugar. Mi pensamiento vomitaba la pregunta que volvía a mí cada vez que pensaba en Pedro al cruzar la plaza del Vaticano: Yo, Angelo, ¿sería capaz de dar mi vida por Cristo?

Extraviado en mis pensamientos había abandonado la plaza hacia el Tíber. Al día siguiente iría al archivo del Santo Oficio. Necesitaba refrescar la causa de Gianmaria y comprobar que no hubiera allí algo de importancia que no se hubiera transferido a mi convento. Y también quería averiguar algunas cosas sobre el misterioso libro. Pero antes, ansiaba encontrarme con un viejo amigo de juventud al que no veía desde hacía años, el comerciante Tommaso D'Alema. Al saber que tendría que viajar a Roma lo había avisado para que me acogiera en su casa, pues lo prefería a tener que instalarme en cualquier otro lugar.

Ni por asomo adivinaba las consecuencias que tendría aquella visita.

La mesa de Tommaso D'Alema, mi primera noche en su casa después de tanto tiempo, era espléndida. Comida abundante, buen vino y su familia entera compartiendo con nosotros la cena: Libia, su mujer, y Raffaella, su hija. Parecía que el frío de Roma iba a quedarse en un mal recuerdo eclipsado por la acogida de mi viejo amigo. Pero no fue así: la conducta de Tommaso lo impidió. Después de tantos años sin vernos y por la información que le había llegado sobre mí, estaba receloso. Mi estancia en la casa de aquella familia no iba a ser fácil.

—Sé que eres un religioso del Santo Oficio —dijo mi amigo—. En Roma las noticias se respiran en el aire. Quizá ahora tengas algunas costumbres… O mejor dicho, nosotros tengamos otras que puedan llamarte la atención.

Libia observaba silenciosa, como una estatua de sal, con una actitud muy alejada del trato amable que me había dispensado en otras ocasiones.

—¿Te asusta que sepa que no bendices tus alimentos? —le pregunté con sarcasmo—. ¿O lo que realmente te asusta es tener en tu mesa a un… inquisidor?

A mis palabras sucedió un profundo silencio.

—Puede que sí… —balbuceó Tommaso, nervioso y sincero—. No quiero que pienses que indago en tu vida. Solo intento vivir una vida sin ruido… sin hacerme notar.

—Es verdad… Soy inquisidor. ¿De qué intentas proteger a tu familia? ¿De mí? Ahora dime, Tommaso…, ¿sabes tú si alguna vez juzgaron a alguien por no bendecir sus alimentos?

—Pues… No lo sé.

—No, nunca —aclaré con brío—. Es grato saber que los años separan a las personas, pero no dañan la franqueza que existía entre ellas. Agradezco tu respuesta sincera y, amigo mío, me gustaría que siguieras viendo en mí a tu antiguo compañero, vestido, eso sí, con hábito sagrado, pero no juez de tus costumbres. —Tommaso asintió y yo proseguí—. No merece la pena que desperdiciemos la noche hablando de estos asuntos. Bendeciré la mesa y os pediré que no os abstengáis de hacer o decir lo que os plazca. Al fin y al cabo, soy vuestro invitado y no quisiera incomodaros con mi presencia.

Tommaso asintió de nuevo antes de que todos juntaran sus manos para recibir mi plegaria en latín, que sonó acartonada entre aquellos cálidos muros.

Lentamente, a medida que la cena avanzaba, la tensión inicial se fue relajando, aunque Libia se mantuvo en silencio más tiempo del que yo esperaba. A ratos, la sorprendía mirándome, comunicando con los ojos lo que no hacía con las palabras. Mis visitas habían sido cortas, por lo que ella nunca había terminado de conocerme bien. Ahora, cual leona al acecho, cuidaba de los suyos más que nunca, presintiendo una posible amenaza en aquel monje reclutado por los miembros del Santo Oficio. La observé con la pericia del inquisidor, me detuve en el ángulo de su mandíbula, en su mentón proporcionado; capté su nariz recta, su frente llana, sus labios disparejos, que permanecían semiabiertos y tenían un color encendido. Concluí que poseía, sin duda, los ojos enigmáticos y el cuello de una bruja, y aunque ocultos, sus pechos se presentían, como su cintura, tallados, firmes. Por un instante la vi desnuda en el potro, recibiendo tormento, mirándome expectante entre el dolor y el placer. La observé hablar, y mientras sus labios articulaban las palabras dejando entrever unos dientes nacarados, percibí el sabor de su lengua, el gusto de su saliva. Era una bruja perfecta, vigorosa… que permanecía oculta bajo la encarnadura de aquella Libia esposa y madre cuya lozanía había respetado el paso de los años. En Pisa, Tommaso y yo, jóvenes e inexpertos, no habíamos escatimado tiempo para correrías nocturnas pero a ninguno de los dos nos costó renunciar a las mujeres: yo porque nunca dejé de considerarlas fuente de pecado y porque decidí ser fiel a mis votos; y él porque desde que había encontrado a Libia, el resto de las mujeres había dejado de existir.

—¿Has reconocido a mi pequeña después de tanto tiempo? —me preguntó Tommaso, interrumpiendo el curso de mis pensamientos, que se rompieron con el estruendo del cristal.

Le sonreí y asentí con la mirada y, después, me volví hacia la joven.

Raffaella era distinta, sus ojos pardos se llenaban de preguntas mientras me observaba con una intensidad que me desarmaba. Sí, había crecido mucho desde la última vez que estuve en la casa. Aquella niña a la que recordaba completamente desinteresada de la realidad y risueña, a sus quince se había transformado en una elegante jovencita, muy atenta a las palabras de sus mayores. Raffaella era la preciada joya de los D'Alema, sociable, inteligente, amable como el padre, y profundamente bella… Como su madre. Discreta e intensa, actuó como un imán para mi ánimo.

Mi amigo continuó hablando, interrumpiendo de nuevo mis pensamientos:

—Traeré algo que te gustará… —Se puso en pie inmediatamente y rebuscó en una estantería de madera que se hallaba no muy lejos de la mesa. Se sentó de nuevo, colocó dos vasos ante nosotros y me enseñó la sorpresa que me tenía guardada: una gastada y rechoncha botella de *grappa*. Tommaso sabía muy bien que mi paladar tenía debilidad por ese licor.

—Buen remedio para matar el frío —bromeé con entusiasmo—. Claro que, tratándose de *grappa*, siempre hay una excusa válida… Agradezco que hayas pensado en mí—. La botella estaba lacrada y yo sabía muy bien que él prefería el suave vino tinto a aquel recio aguardiente.

—Se la compré a un amigo en las afueras de la ciudad. Es *grappa* del norte, del Veneto —explicó, con la sabiduría de un bodeguero, mientras quitaba el tapón de la botella.

—¡Será entonces bien llamada agua bendita! —exclamé con alegría—. ¿Me acompañas? —Y levanté mi vaso mirando primero a Tommaso y luego a la botella.

Él sonrió con aquella sonrisa abierta de nuestra juventud mientras vertía el líquido transparente en nuestros vasos. Y mucho más relajado, preguntó:

—¿Cuánto llevas como inquisidor, Angelo?

—Diez años —respondí, y el rostro de Tommaso se arrugó en una mueca de sorpresa. La vida había pasado muy deprisa, a pasos de gigante, y ahora, de pronto, se daba cuenta.

—¿Qué sucedió entonces con tu antigua abadía?

—Oh, sí... La vieja abadía, ¿aún la recuerdas?

—Claro, la recuerdo muy bien, tus cartas la describían a la perfección. Por momentos, hasta creía conocerla como si hubiera estado en ella. ¿Sigues allí?

—No… Ya no enseño en la vieja abadía, he tenido que abandonar a los capuchinos y la escolástica. El tribunal inquisitorial y las causas a mi cargo me han requerido en otro lugar, y a tiempo completo. Mas aún sigo en Génova.

Pensar en mi caprichosa trayectoria me causaba desasosiego. Me habría quedado toda la vida en la hermosa abadía de San Fruttuoso, con los capuchinos, mis verdaderos padres espirituales. Pero, acatando una decisión de mi maestro, Piero Del Grande, que nunca alcancé a comprender del todo, les abandoné para acabar mis estudios y ordenarme como dominico. Y aunque regresé a la abadía a dar clases de teología por algún tiempo, volví a dejarla para incorporarme a las filas del Santo Oficio, como si mi destino hubiera sido siempre la Inquisición: ser dominico era requisito indispensable para poder llegar a Inquisidor General. El papado les había encargado tal cometido cuando creó el Santo Oficio, por ser ellos los defensores a ultranza de la ortodoxia. Mi oficio de guardián de la fe me gustaba, y mucho, mas no dejaba de echar en falta aquella alegría silenciosa y primitiva del claustro, la cercanía a los hermanos y a la tierra, y aquellas discusiones teológicas que te llevaban tan cerca de Dios.

—De modo que has dejado tu morada de tantos años... —dijo Tommaso con la misma extraña nostalgia que yo sentía.

—Así es... Pero no la abandoné; no del todo. La visito esporádicamente. Gran parte de mi vida transcurrió entre aquellas paredes.

—¿Cómo es tu nueva casa? —preguntó Tommaso, interesado por saber de mi vida actual.

—Es un antiguo convento al este de la ciudad, enclavado en un promontorio cercano al mar. Es la delegación del Santo Oficio. —Me acaricié la barbilla, invadido, por un instante, de recuerdos—. Tiene un bello jardín con naranjos, olivos y parras. Desde su altura se puede observar la inmensidad del Mediterráneo y, en días despejados, la borrosa sombra de Córcega en el confín de las aguas.

—Debe de ser hermoso —fantaseó Tommaso tratando de imaginarlo mientras sus ojos brillaban a la luz de la bebida—, digno de ser habitado.

—Es muy bello... Lo es. Como una rosa es bella, a pesar de sus espinas...

—¿A qué te refieres? —A Tommaso no le bastaba la metáfora con la que yo intentaba evitar una explicación más precisa.

—Eres una persona inteligente y no vives ajeno a la realidad, ¿verdad? —Tommaso se encogió de hombros—. Dentro del convento se encuentra la cárcel del Santo Oficio que, para mi pesar, no siempre desde que la administro está vacía. Muchas veces no huelo el aire salado del mar, ni escucho a las gaviotas, porque estoy recluido en mis dependencias, estudiando las causas de los reos. Y muchas otras, no veo los colores del día... porque estoy en los sótanos, escrutando el rostro de los confinados... Estas son las espinas de mi rosa.

—Por mucho que nos pese, cada ocupación tiene su lado no deseado —afirmó Tommaso, intentando aliviar la gravedad de mi discurso.

—Me entristece mantener las cárceles pobladas porque lamento las afecciones del hombre, de la misma forma que un médico se entristece ante la enfermedad. Me entristece ver a la gente infectada por la herejía, un mal que carcome la carne y pudre el espíritu.

—¿Quién llena las cárceles de reos? —quiso saber Tommaso.

—Soy yo quien las llena —tuve que aclarar—. Soy yo quien ordena las detenciones. Soy yo quien lucha contra la herejía en mi jurisdicción.

Tommaso se recluyó en el silencio. Nadie quería saber, ni siquiera oír pronunciar la palabra herejía, y menos ante un inquisidor. Pero no fue nada más que un instante.

—¿Y hay mucho de eso en Liguria?

—Como en todas partes. Lo suficiente para mantenerme despierto. —Mis palabras alentaron a Tommaso a ir más lejos y a pronunciar la pregunta que hacía tiempo deseaba formular.

—Y... ¿te parece justo, pues, quemar a una persona por desviarse de la fe verdadera?

Me quedé mirándole. No hablé, le miré mientras acercaba el vaso de *grappa* a mi boca, buscando la llama que el alcohol provocaba en mi pecho. Solo necesitaba un poco de tiempo para ordenar mi discurso, pues ¿qué era lo que una persona sin estudios teológicos podía recibir como respuesta y quedar satisfecha? Tommaso demostró mucho valor, yo lo sabía, por eso era de ley una respuesta fundada, que pudiera comprender, la que estaba obligado a ofrecerle un ministro de la Iglesia católica. Su pregunta era la misma que había mantenido ocupados a los teólogos desde los albores de la Iglesia. Yo debía resumir todos aquellos complejos debates para que fueran entendidos por las mentes más simples. El peso de mi hábito, la maldición de mi cargo eran de nuevo los dueños de la sala, e incomodaban a mis amigos. El silencio era tal, y tal la expectación, que opté por comenzar con aquella respuesta que ellos deseaban, casi necesitaban, oír de un Inquisidor General. Tan sencilla y directa como había sido la pregunta.

—Sí, lo es —dije, imperturbable.

Tommaso no hizo un solo gesto. Calló con aquel silencio de piedra.

—Tommaso… —le increpé, suavemente—. ¿Tú pagas impuestos?

—Claro que sí.

—¿Sigues las normas cívicas?

—Sí.

—¿Respetas a las autoridades?

—Sí, desde luego que lo hago.

—¿Te consideras, pues, un buen ciudadano?

—Sin duda, lo soy.

Yo era teólogo, doctor en leyes, y en verdad que el combate era desigual. Luchábamos en mi terreno, con mis armas, pero era la única manera de hacerle comprender.

—Así pues, respetas las normas de la vida civil y te parece justo que sean respetadas —proseguí—. Yo hago lo mismo: respeto las leyes eclesiásticas y me parece justo que sean respetadas, con la diferencia de que soy juez y parte, pues me encargo de preservarlas. Nadie que desconozca qué es la fe es enviado a la hoguera. Solo aquellos que conocen la norma y se desvían de ella, la vituperan adorando a falsos dioses o, aún peor, incitando a los demás a adorarlos. ¿Acaso tu acto de no bendecir los alimentos fue intencionado?

—No, no lo fue… Es solo que… —No lo dejé justificarse, porque esta no era la finalidad de mi discurso.

—No lo hiciste, pero tu corazón está limpio, y yo lo sé. ¿Qué tipo de personas crees que condenamos en nuestros tribunales? ¿A aquellos que no bendicen sus alimentos o que no rezan en voz alta? ¡No! —continúe con vehemencia—. No puedes imaginarte cómo son porque jamás los has visto, pero créeme a mí, que tengo que verlos todos los días de mi vida… En verdad te digo que no hay entendimiento sin fe. Si tienes fe en las Sagradas Escrituras, tendrás entendimiento, consuelo y leyes que respetar.

—¿Y cuáles son las leyes que obedeces? —siguió investigando Tommaso.

—Aquellas que se desprenden de las Sagradas Escrituras, aquellas que, renovadas por el Redentor, heredaron los apóstoles y que, a su vez, ellos nos legaron para mantenernos unidos y alejados de toda tribulación. Las mismas leyes que luego fueron interpretadas por los Santos Padres de la Iglesia y que son nuestro dogma de fe.

Tommaso pareció perderse en mi palabrería, por lo que escogí el camino más accesible y el único capaz de corroborar todo lo que había afirmado.

—Mi ley está en las Sagradas Escrituras.

Dicho esto me levanté un momento de la mesa y me dirigí a mi habitación a buscar la Biblia que siempre llevo conmigo. Regresé a la sala, me senté y escogí una página. Podía haber recitado las palabras sagradas de memoria, pero preferí mostrarles la página escrita, tal como fue concebida. Tommaso miraba el libro mientras yo apoyaba un delicado señalador de tela en la página que les iba a leer. Acerqué uno de los candelabros y comencé a leer. Me escucharon con atención, y durante unos minutos tuve la certeza de que mis palabras causaban una honda impresión. Quizá fuera la solemnidad que las acompañaba. No obstante, no era aquella velada la adecuada para profundizar en cuestiones de teología.

Era suficiente para una noche, la primera, pero no me resistí a terminar con una de las parábolas que prefería ya desde el noviciado.

—Yo soy juez de la Ley de Dios, que está en este santo libro, y tengo la preparación espiritual de un dominico. Recuerda esto, amigo mío: cuando a Jesucristo le preguntaron sus apóstoles por qué ellos no pudieron expulsar el demonio del cuerpo de un niño, Él les respondió: «Por vuestra poca fe. Porque yo os aseguro: si tenéis fe diréis a este monte: "Desplázate de aquí a allá", y se desplazará, y nada os será imposible». Si nuestra lucha contra brujos y hechiceros te parece una cuestión política, no puedo hacer nada para convencerte... Pero para mí es una pelea abierta hace siglos, y bien cierta. Y no dejaré de librarla, y no descansaré hasta la victoria porque tengo mi fe, y con ella muevo montañas...

El resto de la velada fue una reunión de viejos amigos, la enumeración de recuerdos comunes, la recuperación del afecto. Sin embargo, el largo viaje me había fatigado. En realidad todos estábamos cansados, así que tal y como la botella de *grappa* volvió al estante, nosotros nos despedimos hasta el nuevo día y nos retiramos a nuestros aposentos. Tommaso agradeció mi explicación y yo la atención que me habían prestado los tres. Iluminando mi camino con una lámpara de aceite, me dirigí a mi habitación, sencilla pero bien equipada: un lecho, un pequeño armario, un escritorio y una jofaina llena de agua dispuesta sobre una mesa. Allí lavé mis manos y mi cara antes de arrodillarme para rezar, como cada noche de mi vida. El Archivo del Santo Oficio me esperaba a la mañana siguiente.

3

Desperté temprano, como si hubieran tocado a maitines, pero no estaba en mi opulento tálamo de roble francés, sino en aquel cuarto sencillo. Había descansado tan profundamente que no recordaba dónde me hallaba, quizá por la fatiga del viaje, las revelaciones de Iuliano y el esfuerzo oratorio de la noche. El día despuntaba entre penumbras, y una leve claridad se abría paso, tímida, desde la pequeña ventana mal cerrada que dejaba al viento colarse entre las rendijas y producía un silbido constante, molesto. Fuera, pues, me esperaba de nuevo el aire helado, pero el día debía comenzar. Me vestí, recé mis plegarias, estiré el lecho y repuse el agua de la jofaina antes de acudir a la cocina, donde Libia me esperaba solícita con un cuenco de gachas calientes que agradecí con un gesto tímido. Sin apenas cruzar una palabra, partí sin más demora a cumplir con mis obligaciones.

La marcha por Roma fue lenta, con el rostro oculto tras la capucha, la cabeza agachada sobre el pecho y las manos en el sencillo crucifijo que pendía siempre de mi cuello. Le tenía aprecio: era un recuerdo de mi estancia con los capuchinos. Así atravesé la ciudad, como un profeta entre la turba que comenzaba a llenar esquinas y mercados, callejuelas lúgubres y plazas. Aquellos mercaderes que se cruzaron conmigo apenas se atrevieron a lanzarme una mirada de soslayo con sus ojos ignorantes, tan atraídos como repelidos, por aquella figura que, oculto el rostro, parecía portar algún misterio.

Detuve mis pasos ante la escalinata de mármol que daba acceso a las puertas de la sede del Santo Oficio, donde nada más entrar el hermano Gerardo, el monje encargado de los archivos y de la biblioteca, que me conocía bien, atendió con rapidez mis requerimientos.

—Excelencia DeGrasso —exclamó al reconocerme—. ¿En qué os puedo ayudar?

—Bienhallado seas en Dios, hermano. —Saludé mientras retiraba lentamente mi capucha—. Quisiera examinar la causa de Eros Gianmaria y recabar información sobre un viejo libro.

—Gianmaria… —repitió el hermano Gerardo llevándose una mano al mentón y alzando una ceja cuando asimiló el nombre—. Creo haber oído hablar de él. ¿Aún vive?

—Sí —exclamé—. Es uno de los presos a mi cargo.

—¿Recordáis dónde comenzó su proceso?

—En Venecia.

—Bien —asintió, una vez obtenida la información que requería para ayudarme—. Os mostraré dónde buscar.

Entramos en la gran sala que componía la biblioteca del Santo Oficio, donde se encontraban todos los libros de consulta habitual, cartas geográficas y una hermosa esfera armilar, además de algunos escritorios que, dada la oscuridad del recinto y sobre todo en un día gris como aquel, se alumbraban a la luz de varios candelabros. Al final de la gran sala, una puerta conducía al archivo de procesos, mientras que en el sótano, fuera del alcance de los profanos, se custodiaba bajo mil llaves la información sobre los libros prohibidos y algún que otro ejemplar. El monje me acompañó a las vitrinas donde debía hallarse lo que yo buscaba.

—Aquí se encuentran los tomos relativos a las causas iniciadas en el Veneto. Si recordáis el año de su detención, no os llevará mucho tiempo localizarlo. —Y después de señalarme los estantes que había de mirar, se giró hacia mí—. ¿Cómo se titula ese viejo libro?

—*Necronomicón.*

—¿Prohibido? —Y así empezó otro breve interrogatorio.

—Sí.

—Entonces ha de estar en el *Index Librorum Prohibitorum…*

—Así lo creo.

—¿Sabéis en qué fecha fue condenado?

—Solo sé que un ejemplar fue encontrado y quemado en España, hace poco menos de cuatrocientos años.

—Cuatrocientos años… —El encargado meditó en silencio. Otro movimiento de cejas me indicó que ya había dado con la respuesta—. Bien. Ya sé dónde buscar. Vos tratad de encontrar el proceso del hereje, yo me encargaré de hacer lo mismo en lo relativo al libro. Os lo traeré a la biblioteca. —Y diciendo esto se alejó para desaparecer tras la puerta del archivo.

La búsqueda del proceso me llevó un buen rato. Era de esperar, pues eran muchas las causas archivadas, y no solo de la jurisdicción de Venecia, pues el Santo Oficio tenía un gran número de sedes, desde Francia hasta Alemania, desde los Alpes hasta Nápoles y Sicilia… Ello sin contar las tierras conquistadas por castellanos y portugueses allende los mares. Todo se reunía aquí, cada uno de los juicios llevados a cabo por la Inquisición se asentaba para luego ser archivado; la crónica de cada uno de los que habían caído en desgracia ante la Iglesia se encontraba en estos anaqueles. Tras haber revisado la parte inferior de las vitrinas, tomé una pequeña escalera y allí estaba, el polvoriento tomo que contenía la causa de Eros Gianmaria. Descendí para dirigirme hacia uno de los escritorios de la biblioteca a examinarlo a la luz de las velas.

El hereje llevaba, efectivamente, cuatro años encarcelado, el último en mi convento de Génova. Ni el largo tiempo de encierro ni las lúgubres y húmedas celdas en las que permanecía confinado habían logrado domar su desequilibrada personalidad. Su boca hedía. Su lengua escupía veneno, continuas blasfemias contra la Santa Madre Iglesia y su clero, desde el Pontífice hasta todo su séquito de prelados. Acusado de brujería y sospechoso de horrendos asesinatos en Baviera y el Veneto, el reo era candidato firme a los castigos más severos de la Iglesia. Su causa contenía un sinfín de delaciones recogidas durante años, que comprometían severamente al hereje, a quien apodaban el Payaso por ser miembro de una compañía de teatro que había recorrido gran parte del Viejo Continente dejando tras de sí una trágica y enigmática estela de muertes. Durante todo el tiempo en que funcionó la compañía y en cada uno de los lugares en que actuó aparecieron cuerpos mutilados y vejados de mujeres sobre los que se habían practicado los mismos ritos, considerados como satánicos. Aunque Gianmaria fue detenido, nada pudo hacer la justicia civil. Solo una acusación de brujería lo privó de la libertad y lo hizo pasar a disposición del Inquisidor General del Veneto en el año 1593. En su poder se hallaron cuadernos con extrañas anotaciones y libros prohibidos por demoníacos. A pesar de la evidencia, nada más que reclusión sufrió el Payaso diabólico, pues su encarcelamiento más parecía una maniobra del gobierno de la República de Venecia, que, impotente al no poder acusarlo directamente de los crímenes, recurrió al Santo Oficio para sacarlo definitivamente de sus calles. Eros Gianmaria me había sorprendido desde un principio, porque no encontré en él a un hereje vulgar, sino a una persona tan culta como perversa. Hablaba con fluidez griego y latín, y conocía algunas palabras en alemán. Demasiado para ser, como afirmaba, un simple hijo de campesino.

Después de leer el proceso del hereje en Venecia y de haber refrescado la información que conocía y no haber encontrado nada nuevo, me quedé meditando. Tenía que escoger el anzuelo y el cebo adecuado para que el pez, esta vez, picara. De repente, recordé algo que había visto en el expediente y que me proporcionaría una estrategia: Eros Gianmaria fue interrogado por el Inquisidor General del Veneto, sí, pero no lo suficiente, pues, sin saber las causas reales, el proceso se detuvo a causa de una burocracia fuera de lugar que terminó con su traslado a Génova. Alguien estaba interesado en mantenerlo con vida. Tan concentrado estaba en mi tarea que la mano que tocó mi hombro en aquel instante me sobresaltó.

—Perdonadme —se disculpó el hermano Gerardo—. No era mi intención asustaros. Encontré algo sobre el libro que buscáis, no es mucho, unas anotaciones en griego enviadas por la Iglesia ortodoxa antes del Cisma. Procurad tratarlas con mucho tiento.

Asentí con la cabeza, mientras mi corazón aún recordaba el sobresalto.

—Si se os ofrece algo más…

—No, gracias, hermano… Bueno, quizá sí. Querría saber si guardan en depósito algún objeto incautado al hereje mientras estuvo en Venecia. Fue en 1593.

—No lo creo —afirmó el monje—. Deberían habéroslo entregado todo cuando lo trasladaron a vuestra jurisdicción. Pero echaré un vistazo.

Mientras el hermano se perdía de nuevo en el fondo de la sala, tomé el pergamino que me había entregado y con delicadeza lo acerqué a la luz de las velas. Las letras griegas cobraron sentido rápidamente:

- Νεκρονομικον -
Necronomicón

Biblia satánica de los desiertos escarlatas. Libro de las artes negras, contiene en sus hojas una extraña metafísica astral prohibida. Posee conjuros que avivan y atraen demonios del mundo antiguo.

El *Necronomicón* fue condenado en el siglo XI por el patriarca Miguel de Constantinopla. Nuestra Santa Iglesia lo declara opúsculo infame de las artes diabólicas y testimonio vivo de Satanás en esta tierra.

Este libro es el antitestimonio de Cristo, en buena hora sus páginas deberían arder.

Las siete páginas restantes solo contenían exhortaciones y datos históricos que no aportaban nada nuevo sobre el contenido del libro. Pero al final, antes de la firma, estaba la que parecía advertencia postrera de la Iglesia de Oriente, escrita por una mano que hacía ya más de doscientos años que descansaba en el polvo de sus huesos:

Dios libre a los hombres del rastro de esta obra, pues la bestia mira y presiente a través de ella y sus brujos.

Giorgos Gkekas
Tesalónica, junio de 1380

El monje se acercó en silencio y apoyó delante de mí un pequeño cofre.

—Sois afortunado —afirmó alegre—. No tendría que estar aquí, pero debió de traspapelarse cuando os enviaron los objetos que le fueron requisados al hereje en sus primeros días de cautiverio en Venecia.

Oscuro, sucio y desgastado, en su tapa se distinguía un bajorrelieve medieval que representaba a un demonio bíblico.

Aparté los ojos del cofre y me quedé observando las velas, expectante, mientras un escalofrío recorría mi cuerpo. Pensar en una existencia «real» del diablo me había aterrorizado.

II

SENDERO HACIA LO OSCURO

4

Regresé a casa de Tommaso dando un paseo por la orilla del Tíber. La caminata me llevó ante las puertas del Castel Sant'Angelo, la vieja y majestuosa fortaleza militar que protege el corredor que conduce directamente al corazón del Vaticano. Este castillo, erguido sobre el antiguo mausoleo del emperador Adriano, no solo es un baluarte arquitectónico de la ciudad, sino también una instalación segura donde se depositan todas las monedas de oro que posee la Iglesia, calculadas en unos cuatro millones de escudos. La fortaleza está coronada por un arcángel desafiante que parece custodiar las riquezas desde la cima toda vez que intenta alcanzar el cielo en un acto arrebatado. Me quedé observando la fortaleza desde el puente que, frente al castillo, une ambas orillas del Tíber. Apoyé los codos en la baranda y descendí la vista hacia el río, dejándome llevar por su corriente ancestral.

Aguas raras eran aquellas, verdes y tranquilas. Introvertidas y serenas. Paradójicamente, todo lo contrario a la ciudad. Cada vez que observaba el Tíber me llamaba la atención su desinterés por todo lo que lo rodeaba; tal vez ya estaba cansado de ver a tanta gente mirarse en sus aguas, pues en su recuerdo han de contarse por miles, por cientos de miles: un hastío milenario de rostros y expresiones. El Tíber es la arteria que riega los suelos de Roma. Es la arteria que alimenta de historias a sus ciudadanos y a los forasteros que en ella recalan. Muchas leyendas se entramaron con el río, pilares míticos para una raza de hombres ungidos con el barro de sus aguas. Este es, según se cree, el lugar donde Rómulo y Remo fueron amamantados por la loba... Y vaya a saber uno si realmente eso fue cierto; pero lo que nadie puede negar es que esa «loba» existió y pisó fuerte durante siglos, casi un milenio, dirigiendo al mundo antiguo con su espada, gruñendo ferozmente a los pueblos y cuidando celosamente de sus hijos, los romanos.

Aquellas aguas continuaban siendo extrañas a mi vista con sus secretos envejecidos entre sonrisas, victorias, cambios, traiciones y muerte. Secretos antiguos que tal vez nadie comprendería. Ni aun viviendo dos vidas, o tres, o la vida eterna de la ciudad misma. Aquellas aguas habían visto a las legiones romanas regresar victoriosas de África, con tesoros incomparables para ofrendar al césar. Tesoros como los obeliscos egipcios, columnas de piedra cubiertas por completo de jeroglíficos, y otro sinfín de maravillas que aún se pueden contemplar en las calles de una Roma decorada con galardones de guerra, traídos por mar y arrastrados por las bestias a través de la campiña italiana. Los recordatorios de las victorias se leen en cada muro, en cada arco de triunfo, como aquel que vanagloria el saqueo del templo de Jerusalén y el yugo de una Palestina devastada. Monumentos majestuosos, testimonio del poder absoluto de los emperadores. Hombres y dioses. Dioses y demonios. Aquellas aguas contemplaron en silencio los demenciales mandatos de hombres embriagados de poder y ciegos de ambición. Nerón vio su rostro reflejado en su superficie y bebió de ellas, invocó a las aguas como lema de su pueblo y las vomitó en un infierno de fuego.

¿Qué diría el Tíber si pudiese poner en palabras su memoria? ¿Quién sería capaz de escuchar las confesiones de este río?

Roma había cambiado, desde luego. Se había renovado. Y también el Imperio. Los decuriones ya no visten de bronce y cuero, ahora lo hacen de saya y cuerda, y su nombre es otro, son llamados de otro modo... Son los abades. Los centuriones ya no cubren sus cabezas con cascos de plumas, aunque conservan sus mantos púrpura. Ellos también han cambiado y se han transformado en cardenales, obispos y prelados de la Iglesia. El césar, el temido y respetado césar que gobernó solo, designando a su antojo a los centuriones y extendiendo la política de Roma a fuerza de espada y sangre; al césar ahora lo llaman Sumo Pontífice, y su gobierno no ha perdido ni un ápice del poder que detentaban sus temibles antecesores. El Imperio romano usaba espadas y lanzas; la Santa Sede usa papeles y plumas, pero sus leyes tienen más filo que los gladios y sus efectos perforan como picas. Y aun así la Santa Sede del gobierno de la Iglesia de Cristo está en Roma. Donde el antojo del Espíritu Santo le propuso a Pedro que estuviera.

Las aguas me invitaron a seguir su recorrido y surgió en mi mente una antigua máxima griega. «Nadie se baña dos veces en el mismo río», dice. Porque las aguas no se detienen, fluyen. En el río nada será lo que fue y nada fue lo que será. El Tíber me regaló ese recuerdo y me ayudó a entender la Iglesia, que nunca ha sido estática, siempre se ha adaptado a los tiempos y a los hombres. Evolucionó, siempre evolucionó, al compás de un mundo impredecible y hostil. El cristiano que se bañó en sus aguas mil años atrás se vería, con toda seguridad, sorprendido y desconcertado por esta Iglesia. Pues cuando uno hojea el *Liber Pontificalis* y lee la vida de los papas, observa que todos ellos fueron distintos, que cada uno gobernó de acuerdo con su personalidad e, indefectiblemente, aportó una gota de agua que dinamizó el cauce original de este río que es la Iglesia, aquel que diseñó y navegó Simón Pedro, el pescador galileo.

Después de doscientos treinta y tres papados, después de 1597 años, ¿reconocería Pedro estas aguas? ¿O la Iglesia luciría tan gris como el mismo Tíber? Miré al río buscando respuesta, pero no me contestó.

5

Esa noche, última en Roma, Libia me regaló un poco de su confianza, y su actitud llamó poderosamente mi atención

—Espero que disfrutes de la cena —me dijo—. Estuve toda la tarde pensando en tu apetencia y al no poder consultarte, tuve el atrevimiento de elegir por ti, pues era mi deseo ofrecerte lo mejor.

El gesto afable atrajo mi simpatía, y la comida... La comida era más que suficiente para seducir a mi estómago: mortadela, cantalupo y codornices. Pero su modo de hablar, la frase «estuve toda la tarde pensando en tu apetencia», trastocó mi equilibrio al provocar un doble efecto en mi conciencia, algo que afloraría más tarde con turbulencia, en mi habitación y solo.

—Será para mí un placer dar cuenta de tu intuición —respondí y crucé mi mirada con la de ella, un gesto que Raffaella captó desde el otro extremo de la mesa.

Libia sonrió con gentileza y tomó asiento.

La cena fue rápida. A los postres, las naranjas dulces prolongaron la charla hasta que dimos buena cuenta de ellas. Podría haber seguido conversando, mas necesitaba descansar y, con el estómago lleno, el sueño benéfico llegaría antes. Saludé respetuosamente y me despedí hasta el día siguiente, el de mi partida. Y así me retiré a mi aposento por el pasillo oscuro.

Esa noche la recuerdo vivamente. Sé que uno tiene que aprender de sus errores, pero también soy consciente de que hay algunos que son imposibles de corregir pues se llevan en la sangre y es la misma sangre la que, a veces, rehúsa extirparlos. La experiencia de mi última noche en la casa de los D'Alema me había sido anticipada, presentida una semana antes de llegar a Roma. Entonces decidí desafiar a mi intuición y continuar con mis planes de quedarme en la casa. Pero esa noche llegó y Satanás metió su rabo. Y yo trastabillé.

Estaba a oscuras y cobijado por tres gruesas mantas; no puedo precisar si estaba aún despierto o ya dormitaba en la delgada línea de la inconsciencia. Entonces, una escena se dibujó en mi cabeza, tan real y palpable como si la estuviera viviendo en carne propia.

Libia servía comida en mi plato, lenta y observadora, mientras susurraba algo que yo no llegaba a comprender solo por esos caprichos de los sueños. Me sirvió un poco de vino y me acercó una hogaza de pan. Ni a la mesa ni en el resto de la casa parecía haber nadie más que nosotros dos. Nada estaba fuera de lugar. Le pregunté por la niña y ella me respondió y, de nuevo, no comprendí lo que decía, como si hablase en un dialecto antiguo, en alguna de las lenguas ya muertas de los primitivos habitantes de Roma. Entonces ella volvió a servirme comida, inclinándose sobre la mesa hacia mi plato, yo bajé la vista y miré su escote. Dentro encontré la silueta movediza y carnosa de sus pechos.

Libia siguió hablándome en aquel susurro indescifrable, y sonriendo cada vez que me atrapaba mirándole disimuladamente los senos. Se inclinó de nuevo y su escote se abrió. No pareció inmutarse, ni siquiera se sonrojó. Estaba tranquila. Algo confundido, me puse de pie y volví a preguntar por su hija, y fue entonces cuando entendí con claridad lo que ella me decía, una frase que había quedado presa en mis oídos durante la cena: «Estuve toda la tarde pensando en tu apetencia»… Libia me miró con sus agresivos ojos pardos, tomó sus pechos sobre el vestido y los apretó, juntándolos, para enseñarme su turgencia mientras repetía: «Estuve toda la tarde pensando en tu apetencia», y susurraba: «¿Te gustan?», ofreciéndomelos. Mis manos temblorosas se dirigieron hacia su escote para desatar el corpiño y, deslizando el vestido desde sus hombros, dejarlo caer. Sus pechos desnudos, blancos, rotundos, de pezones oscuros y erectos, flagelaron sin piedad lo que quedaba de mi cordura.

Nada podía reprocharme por un sueño, pero aquel dejó de serlo para convertirse en un deseo, voluntariamente dirigido. No estaba tan profundamente dormido como para merecer la absolución, podía haber despertado y no lo hice, seguí explorando en las cavernas más oscuras de mi ser.

Tomé por la nuca a la mujer de mi amigo, la besé reiteradamente y la recorrí entera con mis manos. Ella parecía disfrutar pues respondió buscando mi entrepierna con la urgencia de una mujer encendida. Me alzó el hábito y me tocó con manos expertas, mientras no dejaba de mirarme con ojos de mujerzuela. Con ojos de bruja cebada. Empujé con suavidad su cabeza hacia abajo, haciéndola descender hasta mi cintura. Metí mi verga en su boca, ella me entregó el abrigo húmedo de su lengua y la engulló mirándome, con ojos llameantes, dispuestos a abrasarme en su hoguera. Decidido a poseerla la tendí sobre la mesa y sobre ella nos unimos, como bruja e inquisidor, como esposa y amigo, como dos seres que disfrutaban del coito sin más doctrina que la de la carne. Sus pechos se movían, sacudiéndose, y poder verlos y beber en ellos era tan embriagador como el vino que se había derramado sobre la mesa. Libia cerró los ojos y me clavó las uñas en la espalda para anunciarme que alcanzaba el éxtasis. La vi allí, entregada y desnuda, y continué dentro de ella, dejándome llevar por su cálida vagina hasta derramarme. Fue un momento que en mis pensamientos duró quién sabe cuánto. Libia se levantó, recuperó su ropa esparcida por el suelo y, al tocarse la entrepierna y sentir mi semen en las yemas de sus dedos, sonrió. Cómplice y misteriosa, me tomó de la mano y señaló algo a mis espaldas.

Al volverme vi a Raffaella detrás de mí, fresca, joven y completamente desnuda. Una niña a punto de madurar, en la que bullían las formas de una mujer, largas sus piernas, bien formados sus pechos de pezones rosados. La joven miraba en silencio como si rechazara la situación, mientras que su madre me preguntaba, acariciando los hombros de Raffaella: «¿No te apetece ahora fornicar con ella? ¿No deseas dejar tu semen dentro de ella?». Y con mi savia aún goteando entre sus piernas, de repente turbada y desencajada, los ojos en blanco y una sonrisa diabólica, exclamó con una voz que no era la suya: «Aléjate del *Necronomicón*».

Desperté sobresaltado y respiré hondo, estaba agitado y completamente sudado. Encendí la lámpara y salté del lecho para mirar mi rostro en el espejo. No me reconocí: estaba blanco por el espanto y brillante de placer. Al comprobar que el semen que manchaba mis ropas era real, no pude por menos que agradecer ese regalo poco deseado con un exabrupto tan sincero, que fue entonado en mi dialecto natal, el genovés. Me quité las ropas, y me lavé los genitales y el rostro mientras trataba de olvidar aquel vergonzoso sueño. ¿Qué clase de mente era la mía...? Aunque aún estaba exaltado por el placer, no podía creer hasta dónde me había llevado mi lado oscuro conducido, conscientemente, por mi deseo. Mientras aquella imagen del espejo torturaba mis pensamientos, dos golpes en la puerta me sobresaltaron. Esperé. Dos nuevos golpes más débiles sonaron en la noche silenciosa. Cogí la lámpara de la mesa y me acerqué a la puerta.

—¿Tommaso? —susurré. No podía ocultar mi nerviosismo, la preocupación interna era tal que mi inconsciente me dictaba que si era él, venía a pedirme cuentas por el sueño; una estupidez que en mi delirio consideré como posible—. ¿Tommaso?

—No. Soy yo —respondió una voz femenina.

—¿Quién?

—Raffaella.

Mi corazón pareció salírseme del pecho. De todos los que estaban en la casa ella era la única en quien no había pensado. Pero allí estaba. Abrí.

—Raffaella... ¿Qué haces despierta... a estas horas de la noche? No deberías estar aquí...

—¿Puedo pasar? —preguntó cortando de cuajo mis balbuceos.

Dudé un momento antes de franquearle el paso.

—Entra. —Según atravesó la puerta, intenté interponerme

en su camino, mas ella la cerró a sus espaldas y, veloz como una corza, caminó hasta el centro de la alcoba mientras yo retrocedía. Era extraño, de alguna forma la temía o, como a su padre, le debía una explicación.

—No quisiera que mis padres se enteraran de que estoy aquí —susurró Raffaella, y no pude por más que estar de acuerdo con ella—. Necesito que me escuchéis... ¿Podéis?

—Seguro... Seguro. Dime.

Ella me observó con detenimiento.

—¿Os encontráis bien? Estáis sudando ¿Os sucede algo?

—No... Es que... Me mojé la cara. Eso es todo. ¿Querías decirme algo?

—Sí... —Raffaella dudó un instante y el silencio se apoderó de la habitación.

—¿Y bien? —continué, impaciente.

—¿Creéis que podría partir mañana con vos? —Raffaella me miró fijamente.

Me sujeté la nariz con la mano derecha en un gesto que solía ayudarme a reflexionar y, armándome de paciencia, quité la mano del rostro y la extendí hacia la niña, como pidiendo que pusiera sobre ella la explicación a tan extraña pregunta.

—Un momento... Creo que no te he entendido... Mi cabeza no funciona tan bien como debería a estas horas de la madrugada.

—Es que es el único momento en que puedo hablar a solas con vos —se disculpó la niña.

—¿Necesitas... intimidad? —Raffaella asintió con la cabeza, ya sin palabras—. Siéntate —le pedí mostrándole la cama.

Ella se sentó tímidamente a los pies del lecho revuelto, bajó el rostro y cruzó las manos.

—Bien... Te escucho —dije mientras miraba a la joven intentando adivinar sus propósitos.

—Quisiera ir con vos... Me gustaría conocer vuestro convento de Génova —explicó con inocencia.

Me acerqué a la cama y tomando una de sus manos, me senté junto a ella.

—¿Qué tipo de viaje crees que tendrás conmigo?

—La primera noche en que compartisteis la mesa con nosotros, vuestras explicaciones y todos los conocimientos que atesoráis me hicieron pensar mucho en vos. Si viajo a Génova tendré mucho tiempo para escucharos y aprender todo lo que sabéis.

Si ella hubiese podido leer mi mente, cuánto la habría defraudado... Hacía solo unos minutos, este refinado catedrático de la fe y de las buenas costumbres acababa de limpiarse el semen de sus ropas, pues en sueños había fornicado con su madre, y casi con ella.

—No creo que pueda enseñarte nada en mi convento y tampoco creo que tus padres te den permiso para viajar conmigo. Una señorita de tu edad no debería buscar tanto conocimiento. Mejor sería que te divirtieras, aquí, con muchachos de tu edad.

—¿También pensáis como mi padre? ¿Que aún no puedo sentir ni elegir como una mujer? —respondió Raffaella airada.

—Desde el momento en que entraste aquí, supe que ya eras una mujer —afirmé.

—¿Podríais verme, entonces, como veis a mi madre? —Los ojos de Raffaella se encendieron. Estaba claro cuál había de ser mi respuesta, esa que buscaban sus ojos...

—Pues... Sí. Eres tan mujer como tu madre —respondí.

—Y si ella os propusiera ir con vos, ¿qué le diríais?

Me tomé tiempo para responder.

—¿Por qué lo preguntas?

—Por vuestra mirada. Por la manera en que esta noche mirabais a mi madre durante la cena.

—¿Qué te sugirió mi mirada?

Raffaella sonrió de una manera que le afiló el rostro y la hizo repentinamente adulta.

—Sé que no tenéis esposa...

Suspiré. Me volví a armar de paciencia y miré fijamente a la joven D'Alema antes de responder.

—Te diré una cosa: si me prometes que escucharás mis consejos, volveré la próxima primavera y estaré contigo los días que quieras.

—Bien —susurró no muy convencida.

—Te quedarás aquí. Ayudarás a tus padres en el hogar, estudiarás... poesía... y yo... Yo, ahora mismo, te haré un regalo. ¿Has entendido, Raffaella?

—¿Qué regalo?

—Te regalaré mi libro preferido. —Y volviéndome con delicadeza hacia la mesilla que había junto a la cama, tomé de allí un viejo ejemplar.

—¿Es para mí? —exclamó Raffaella con timidez y devoción mientras cogía el libro.

—Es un libro muy valioso, debes cuidarlo y hacerlo tuyo. Tendrás que tomar clases de latín, de lo contrario me obligarás a tener que recitártelo cada vez que nos veamos.

—*Confesiones*, San Agustín —casi rezó la muchacha mientras acariciaba la piel de la tapa.

—Y ahora promete que sacarás de tu cabeza ese deseo de irte a pasear con un inquisidor. Quédate aquí, estudia, y serás como yo.

—¿Me veis acaso como una religiosa? —dijo con la cabeza baja.

—¡No! —exclamé casi sin dejarla terminar—. No era eso lo que quería decir... Yo...

—Mejor así —me interrumpió, asombrada y halagada por el contenido y la vehemencia de mi respuesta—. Pues os confieso que algún día querré casarme.

Levanté suavemente su mentón y la miré a los ojos. Sabía, casi desde el momento en que entró en mi habitación, adónde quería llegar.

—Eres mucho más atractiva que tu madre... Ya tendrás tiempo para eso.

Mi afirmación y mi comportamiento la dejaron perpleja. Era el momento de acompañarla a la puerta y dar por terminada la conversación. La despedí en el pasillo oscuro con un beso paternal en la frente. Ella anduvo dos pasos, se giró y me contempló en la oscuridad. Cerré la puerta y volví a mi lecho, al cobijo de las mantas y al desasosiego de mis pensamientos. Un delicioso perfume había impregnado la cama.

6

El viaje a Génova fue fatigoso, largo y con demasiado movimiento. Pocas veces interrumpimos la marcha y, a medida que nos acercábamos a nuestro destino, el interior del carruaje parecía hacerse más pequeño. Con un tiro de seis caballos y la experiencia probada de los palafreneros, no tardaríamos mucho en llegar.

Hacía poco tiempo que habíamos dejado atrás los yacimientos de mármol de Massa y Carrara. El paisaje de Toscana llegaba a su fin, mientras los Apeninos ligures se erguían dándonos la bienvenida y anunciándonos la dificultad del camino que todavía nos quedaba por recorrer. Estábamos cerca de La Spezia: el olor del mar y los grandes olivos me lo confirmaban. Habíamos llegado a mi tierra. Liguria comenzaba a mostrar sus encantos.

Llevábamos recorridas más de sesenta leguas y aún restaban otras veinte. Viajaba solo en el carruaje, con todas las comodidades. Disponía de comida, abundante bebida y lectura suficiente, pero tras dos días de viaje doy fe de que nada podía apaciguar mi necesidad de quietud. Un pequeño ejército y las insignias del Vaticano me protegían de los vándalos que se ganaban la vida asaltando carruajes y martirizando a sus ocupantes. La Iglesia se hacía respetar; tanto sus hombres como sus pertenencias eran prácticamente inviolables.

Tomé la botella de *grappa*, regalo de Tommaso. La contemplé y quité el tapón. Era el momento oportuno para darle un trago y dejar que mis pensamientos, únicos compañeros en mi viaje, volaran libremente. Mas fueron a posarse en el cofre que me habían entregado en el archivo del Santo Oficio. Lo llevaba conmigo, dentro del carruaje, de modo que lo saqué para contemplarlo. La imagen del diablo me trajo un aliento helado. Abrí la tapa y contemplé su contenido. No era lo que yo esperaba, pero sería suficiente. La volví a cerrar. Extravié la vista entre los cientos de olivos que desfilaban ante la ventanilla y observé el resplandor agónico del ocaso: un sol vencido por las fuerzas incipientes de la noche. Mi atención se desvió de nuevo hacia la cartera que contenía el sobre lacrado que me diera el cardenal Iuliano, y cuando mis ojos se perdieron de nuevo en el paisaje creí ver una figura difusa en la lejanía, negra y harapienta, como un jirón de tela sacudido por el viento. Algo estaba observando el paso del carruaje desde las montañas. Una sombra que parecía conocer mis pasos, una figura espantosa y seductora.

El diablo.

III

EL TRIBUNAL DEL SANTO OFICIO

7

Temprano por la mañana ya me encontraba merodeando por los pasillos del sótano de Santa Maria di Castello, mi convento. El largo y tortuoso viaje en carruaje seguía aún presente en mis huesos, que lo recordaban penosamente en cada flexión de sus doloridas articulaciones. Dormí poco aunque, por suerte, pude conciliar un buen sueño que consiguió refrescar mi mente. Lo iba a necesitar.

El vicario Rivara caminaba a mi lado. Aquel hombre de aspecto humilde, afable y bondadoso, extremadamente eficiente y cuidadoso hasta en el más mínimo detalle, era mi mano derecha. Tenía en él una confianza ciega surgida como una intuición la primera vez que le vi, que no había hecho otra cosa que crecer con el paso de los años. Era, para mí, mucho más que el vicario del convento, mucho más que mi notario. Era mi amigo. Después de compartir la misa matutina y la colación, intentaba informarme sobre los pormenores ocurridos durante mi ausencia. El vicario marchaba con las manos cruzadas bajo las mangas del hábito y su rubia cabeza de cabellos rizados agachada. Su tono de voz era suave. Su eco se propagaba a lo largo del corredor en un sonido armónico solo audible por los muros y las ratas cercanas. Tras informarme de asuntos menores, me sorprendió con una novedad para él más importante.

—La actitud de Gianmaria ha cambiado, ha empeorado

durante la última semana, mi prior —dijo Rivara fijando aún más si cabía sus saltones ojos azules en las losas del suelo—. Ha rechazado todo intento de acercamiento y nos ha devuelto el papel, plumas y tinta que le facilitamos para su defensa. No confesará por voluntad propia.

—¿Qué pretende? —indagué con la cara oculta bajo la capucha del hábito, pues aunque estábamos bajo techo, el frío y la humedad de los sótanos me dañaban y me obligaban a cubrirme la cabeza.

—No lo sé. Su conducta es insolente. Ordené que solo le dieran de comer una vez al día y únicamente pan y agua.

—¿Desde cuándo?

—Hace ya dos días. —Las lámparas de aceite colgadas de los muros iluminaban pobremente nuestros pasos y los ojos de Rivara brillaban cada vez que pasábamos cerca de una—. ¿Qué vais a hacer con él, mi prior?

Me detuve en mitad del húmedo pasillo. Mi rostro, endurecido como si se hubiera vuelto de piedra, recogía los tonos opacos de los muros y mostraba así un talante severo, inflexible, sin emoción alguna.

—Encargaos de preparar para esta tarde una sesión del tribunal. Gianmaria responderá a mis preguntas.

El vicario meditó y sus cálculos se dejaron ver en su mirada.

—Podría prepararla para última hora, antes del ocaso.

—No... Lo haremos a primera hora, después de la comida.

—Mi prior —objetó Rivara ante mi urgencia—, debemos asear al hereje… Y cortarle el cabello antes de que vos lo veáis, y eso lleva su tiempo. Su aspecto es deplorable y de ninguna manera os merecéis soportar sus pestilencias.

—Olvidad las formalidades, Rivara —dije tajante—. Tened listo al preso para después de comer y reunid al tribunal para esa hora. No hay tiempo que perder.

—Como vos ordenéis, mi prior. Será entonces después del mediodía.

Cuando Rivara ya comenzaba a retirarse, le detuve colocando delicadamente mi mano sobre su pecho para darle una última recomendación.

—Encargaos de que Gianmaria esté bien alimentado para el interrogatorio, que reciba dos comidas y que sacien su sed por completo. Ofrecedle naranjas y dulces y que repose su cuerpo en un colchón de lana. Lo quiero animado para esta tarde, ¿comprendéis?

—Así será, mi prior.

Después reanudé la marcha y dejé al vicario en la soledad del pasillo, organizando mentalmente las tareas que requerirían su atención en las próximas horas. Reunir al tribunal no le sería fácil, algunos miembros pondrían objeciones por lo prematuro de la sesión y no atenderían a razones. De todas formas, obedecerían mi orden, pues ninguno querría caer en desgracia ante el Gran Inquisidor DeGrasso, el Ángel Negro de Génova.

Antes de los interrogatorios acostumbraba encerrarme en el estudio para leer con detenimiento los expedientes. Así conseguía plantear con astucia las preguntas que arrinconarían al reo hasta obtener lo que yo deseaba: una confesión probatoria de herejía. Claro que esto no era tarea fácil: muchas veces mi estrategia se desmoronaba ante la lúcida defensa del acusado. Sabía que Gianmaria sería un hueso duro de roer, tal como demostraban su expediente, su silencio ante el inquisidor de Venecia y, ahora, en mi cárcel. El aislamiento no parecía haber hecho mella en él, no lo había convertido en una bestia, seguía siendo un erudito e, indudablemente, usaría su asombroso intelecto para esquivar mis preguntas y enroscar su lengua con el fin de distraer al tribunal de sus injurias de demente.

Estaba distraído, algo no me dejaba concentrarme. Y ese algo estaba allí, conmigo, en el interior del gran armario de roble del estudio, custodiado por el hermoso crucifijo tallado en su puerta. Dejé de leer el expediente para, llave en mano, dirigirme al armario. Allí estaba el grueso sobre traído de Roma. Me quedé mirándolo sin tocarlo, dudando. Por fin lo tomé y lo llevé al escritorio. Mi intriga era como la de un niño que admira un regalo que aún no puede abrir.

En su interior estaba el mensaje del Santo Oficio que, silencioso como la muerte, me tenía en vilo y mentalmente atrapado. Me senté y con un afilado estilete despegué el lacre. Dentro apareció otro sobre de cuero con la inscripción *Sacra Congregatio Romanae et Universalis Inquisitionis seu Sancti Offici* y un nuevo lacre que aseguraba la inviolabilidad del contenido. Junto al sobre había un pequeño papel escrito en tinta negra con una letra prolija y que, a la luz de la ventana, me dispuse a leer:

Hermano DeGrasso:

El sobre que ahora tenéis en vuestras manos contiene las instrucciones precisas para la próxima comisión. Dentro de este encontraréis otros tres sobres lacrados que deberéis abrir en el momento preciso. Cada sobre está identificado por el sello de un evangelista, siendo el primero el de san Lucas, el segundo el de san Marcos y, el último, el de san Juan.

Vuestro viaje comenzará el 1 de diciembre en Génova, pero la apertura del primer lacre, el de san Lucas, habrá de efectuarse nada más partir de las Canarias y en mar abierto, en ruta hacia Cartagena de Indias.

El lacre de san Mateo deberá ser abierto cuando el galeón llegue a las aguas seguras del *Circulus aequinoctialis* en compañía de los demás barcos de la escuadra española.

Por último, el lacre de san Juan ha de abrirse en tierra firme, en las cercanías de la ciudad de Asunción. Cada apertura deberá ser registrada por el notario en comisión, enviado directamente desde Roma, para ponerse a vuestras órdenes.

Que la gracia de Dios ilumine vuestros actos y bendiga vuestros días en esta importante comisión.

Por último, la firma del cardenal Vincenzo Iuliano sellaba el breve y poco esclarecedor escrito.

¿Notario? Nadie me lo había mencionado, nadie me advirtió que debía esperar a un notario para embarcar, y mucho menos uno desconocido. El notario, que levantaba acta de todo lo acaecido en los tribunales, era una figura indispensable, sí, pero cada inquisidor general elegía al suyo, puesto que cada error cometido durante los procesos sería encubierto o resaltado por ese hombre cuyas únicas armas eran la pluma y el tintero.

Unos golpes secos en la puerta me obligaron a detener mis pensamientos y a actuar con rapidez. Nadie debía saber de la existencia de aquellos sobres, así que introduje el papel en el primer sobre y volví a colocar este bajo llave en el armario. Hecho esto, me acerqué a la puerta y la abrí lo justo para asomar los ojos y ver quién llamaba. El vicario Rivara me observó, curioso. Con la puntualidad de costumbre venía a avisarme de que todo estaba dispuesto para comenzar la sesión del tribunal. Ya había pasado una hora desde la llegada del mediodía.

8

Todo estaba listo en la pequeña sala de audiencias, situada en el sótano. El tribunal me esperaba ya situado en el estrado. Por la urgencia del caso no se había convocado a todos sus miembros sino a los indispensables. El polaco Dragan Woljzowicz, fiscal, ocupaba su asiento en el lado derecho, junto al consultor jurista, Daniele Menazzi; en tanto el vicario Rivara, representante del obispo de nuestra diócesis, y que actuaría de notario, se sentaba al extremo izquierdo de la mesa. Quedaba libre el asiento central, situado delante del gran crucifijo que presidía la sala como símbolo del profundo espíritu cristiano de la sesión. Ese era mi lugar, el sitio reservado para el inquisidor. Tomé asiento y acomodé mis notas sobre la mesa.

—Mi prior —murmuró el vicario—, Gianmaria espera fuera.

Con el dedo índice autoricé su ingreso. El acusado fue escoltado por el carcelero mayor y dos de sus hombres. Su paso, entorpecido por las cadenas que le sujetaban los tobillos, era lento. Eros Gianmaria tenía la mirada extraviada, y su imponente cabeza llena de rizos estaba completamente despeinada. A simple vista, su fisonomía aparecía desmejorada, aunque, en cierta forma, mantenía un aire de fortaleza que no le era extraño al tribunal, pues los acusados solían apelar a su orgullo, insistían en mostrarse duros y llenos de seguridad para encastillarse en sus afirmaciones y aun en sus negaciones. Lo cierto es que las prolongadas estadías en las oscuras y frías mazmorras del sótano del convento se cobraban puntualmente su cuota de deterioro físico y mental. El rostro y el aspecto de Gianmaria daban cuenta de ello. No parecía un hombre que apenas superaba los treinta años. Su cuerpo imponente estaba famélico, marcado por numerosas pústulas fruto del prolongado contacto con el suelo húmedo de la mazmorra. Sus brazos mostraban pequeñas cicatrices hechas con estilete, extraños símbolos cuyo significado no había sido descifrado. Eros tenía deformaciones en los huesos por su larga reclusión; sus músculos, por falta de movimiento, le causaban a menudo fuertes y punzantes dolores que esporádicamente se tornaban audibles en penosos lamentos nocturnos. El reo fue acompañado hasta el pequeño banquillo que se encontraba frente al tribunal, y mediante un empujón se le obligó a tomar asiento. Después, los carceleros se retiraron a un rincón apartado de la sala.

—¿Nombre? —preguntó el notario al acusado.

Todos conocíamos el nombre del reo, mas esta pregunta era necesaria para levantar acta del interrogatorio. El reo también sabía que nosotros le conocíamos, pero se comportó como si no lo hubiera meditado.

—Eros Gianmaria —bramó desde su podrida y sucia dentadura.

El notario comenzó el protocolo. Dentro de la sala de techo bajo e iluminada por tres grandes candelabros, sus palabras fueron pronunciadas en latín, aunque el interrogatorio se efectuaría en italiano.

—Siendo la tarde del 26 de noviembre del año 1597 de Nuestro Señor, se da comienzo al honorable tribunal del Santo Oficio de la Liguria en contra del señor Eros Gianmaria, por cargos en contra de la fe. De aquí en adelante, las palabras del acusado serán tomadas como pruebas de su inocencia o culpabilidad. Presidiendo el cargo máximo del tribunal, el Inquisidor General Angelo Demetrio DeGrasso hace uso de sus facultades para llevar adelante el interrogatorio. Sin más, como notario del Santo Oficio y con la facultad que eso me confiere, doy por asentada en el libro la siguiente sesión.

Un silencio fúnebre se apoderó de la sala tras las palabras del notario. Levanté la vista y miré directamente al acusado.

—Voy a proceder a interrogarlo en nombre de la Iglesia. —Hice un silencio y mis ojos se clavaron en su carne; después proseguí con una voz que resonó con fuerza en la sala—. Dígame, Gianmaria… ¿Por qué se le ha traído ante mí?

El acusado no levantó la vista, solo balbuceó en una mezcla de dialecto veneciano e italiano mal pronunciado.

—En verdad, no lo sé. Pensé que vos lo sabríais, pues no creo haber hecho nada malo.

Gianmaria había permanecido encerrado largo tiempo sin saber por qué. Era el procedimiento habitual, y generalmente efectivo, para propiciar el examen interno y la confesión por medio de una reflexión solitaria.

—Le hemos dado la oportunidad de defenderse. En estos días pasados enviamos a su celda velas, papel, plumas y tinta. ¿Por qué desaprovechó esa valiosa oportunidad?

Eros parecía decidido a no mostrar su rostro, permanecía cabizbajo y oculto tras su cabellera.

—Este tribunal no cree en mi palabra... Ni siquiera sé realmente qué quiere de mí. Solo busca un tropiezo que pueda condenarme. Y ahora pregunto… ¿Es esta la forma de llevar a cabo un juicio honesto? Me arrojáis papel y plumas sabiendo que lo único que ingiero es pan duro y agua sucia… ¿Defensa? ¿De qué defensa me habláis? Para Sus Señorías solo son creíbles las palabras que pueden incriminarme, solo aquellas que me condenan; cuando clamo inocencia… ahí vuestros oídos son de piedra… Mis palabras son las de un mentiroso. Señor inquisidor DeGrasso, dejemos de lado mi defensa escrita: solo me trae malos recuerdos.

—Se le acusa de herejía —continué—, de creer y enseñar cosas diferentes de las que la Santa Iglesia promulga. ¿Qué dice al respecto?

El reo tomó aire, miró al tribunal y se dirigió a mí.

—Quisiera saber quiénes son los que me acusan, pues no creo ser culpable ni de creencias ni de actos herejes.

—Sabe muy bien, señor Gianmaria, que los testigos gozan de nuestra protección y está prohibido mencionarlos en los procesos. Créame, hay gente decente que lo señala. ¿Acaso no me cree?

—Claro que sí, Su Señoría; creo abiertamente en sus afirmaciones —murmuró Gianmaria hacia el suelo.

—Sigamos adelante. Asegura entonces que las acusaciones son falsas y que los testigos mienten…

—No sé si mienten, pero sí estoy seguro de que se equivocan —afirmó Gianmaria interrumpiéndome.

—Si afirma que los que le acusan de hereje se equivocan, entonces ellos le calumnian y, en consecuencia, estarían mintiendo a este honorable tribunal.

—No digo que mientan. Digo que se equivocan.

—¡No se equivocan…! Acaba de sugerir que ellos mienten en sus acusaciones —aclaré de forma enérgica.

—Sí, Su Señoría… Mienten. Disculpad mi confusión, soy un hombre sencillo y no sé hablar y razonar como lo hacen Sus Señorías, que son doctores y letrados.

—Bien, Gianmaria, puesto que hay gente que le acusa de herejía —comenzó Woljzowicz ansioso y directo—, ¿qué descargo ofrece en su favor?

Eros no dio importancia a la pregunta y se tomó su tiempo para responder.

—Preguntádselo a ellos... A esos que tiran piedras, y según parece, están limpios de pecado —respondió y, tras hacerlo, se frotó la nariz y permaneció de nuevo en silencio, mirando al suelo como había hecho desde el principio, sin intención de continuar la conversación. Fue el momento adecuado para seguir adelante con mi interrogatorio.

—Gianmaria... Su acusación es de brujería, de poseer y difundir libros prohibidos, de efectuar ritos satánicos y, sobre todo, de ser el autor de horribles homicidios en sacrificio a sus heréticas creencias. ¿Es esto cierto?

—Preguntadle a mis delatores; si ellos lo afirman, ya tenéis la sentencia que deseáis. Después podéis quemarme y hacer saber al pueblo lo desgraciado que fui como persona.

—Tiene que validar las delaciones afirmándolo con su boca. Debería sincerarse y admitirlo. Si así lo hace, cerraremos su caso.

—¿Qué valor tiene mi palabra? ¿Acaso no es la misma que silencian al encerrarme? Si en verdad tuviese valor, la usaría. Por otro lado, sincerarse es algo personal y seguro que lo haría ante quien considerara digno.

—Somos dignos para escuchar sus penas; quién mejor que nosotros para oírlas —susurró el fiscal desde su asiento.

El acusado levantó por primera vez la vista y clavó sus ojos en Woljzowicz. Gianmaria descubrió su rostro mostrando unos pómulos curtidos como cuero y una nariz desviada, con el tabique nasal roto. Su barba, no demasiado larga, era inmunda en apariencia, llena de sudor y saliva reseca.

—¿En verdad os creéis digno de confesar? —le espetó, desafiante.

Woljzowicz se quedó atónito antes de enrojecer y responder airado:

—¿Qué intenta decir? ¿Acaso duda de mi honestidad? No olvide que soy fiscal... Debe mostrar respeto a mi cargo.

Gianmaria no parecía molestarse ante la irritación del polaco.

—Este hombre de cabello blanco —continuó, señalándole— es bien conocido por su afición a las monedas. Un monje mezquino, que imparte los sacramentos solo a cambio de dinero, ¿es digno de confesar? Ni las indulgencias que el Santo Padre pudiera firmarle ni el oro que tiene en sus bolsillos lo harían escapar del fuego. ¿Esperáis, realmente, que me sincere con vos? —Gianmaria parecía conocer bien al fiscal, quien gozaba de muy mala fama entre el vulgo.

Woljzowicz estalló en cólera y dio un fuerte golpe a la mesa.

—¡Esto es un atropello! ¡Es demasiado en boca de un hereje...! Silencien al irrespetuoso. —Dragan indicó a los carceleros que golpearan al reo, pero yo no dudé en ponerme de pie y detener la paliza. Por mucho menos, los carceleros le habrían roto los huesos a Gianmaria. El polaco no podía creer lo que veían sus ojos, el inquisidor en persona poniéndole en entredicho.

—¡Que nadie se tome la justicia por su mano en esta sala! —grité con el dedo en alto—. Yo soy quien preside el tribunal y no toleraré abusos de poder. —Me di cuenta de lo vergonzosa que era la situación para Woljzowicz, pero mi intención no era perjudicarlo, sino conseguir mi propósito: obtener de Giamaria la valiosa información que me interesaba. Eros sonrió y continuó ensañándose verbalmente con el polaco.

—Pareciera que el señor Woljzowicz conoce bien y hasta domina las prácticas alquímicas, pues puede transformar sus palabras en oro. ¿O no son ciertos los rumores de que corre hacia los lechos de muerte para sacramentar a los más poderosos? Es un arte mágico el suyo, pues solo por otorgar la extremaunción sus bolsillos engordan... ¿Cuántos de nuestros ducados «mágicos» daríais ahora por verme sufrir? —Eros le preguntó directamente al polaco, que le miraba rabioso—. Cuánto oro noble genovés contienen vuestros bolsillos y cuánto odio contiene vuestro corazón, señor Apóstol de Cristo.

Woljzowicz se incorporó, y con el semblante encendido tomó

el abrecartas del escritorio y amenazó al reo. Los guardias empuñaron sus espadas y no quitaron sus ojos del preso: ellos velarían por la seguridad de cualquier miembro del tribunal.

—¡Dragan! —gritó el notario—. Tomad asiento. Tranquilizaos… ¡Tomad asiento, por el amor de Dios!

La animosidad tardó varios minutos en cesar. Gianmaria fue seriamente advertido de que sería castigado si porfiaba en sus ofensas y, poco a poco, la vista prosiguió en una aparente y poco creíble normalidad.

—Gianmaria —continué—, le prometo conducir esta sesión de manera ordenada y sin agravios. ¿Está dispuesto a responder en los mismos términos?

—Veo que el Ángel Negro ofrece una tregua. ¿Acaso podré confiar en vuestra palabra?

Me quedé atónito al oír pronunciar mi apodo, con tanto descaro, ante el tribunal. Pero contuve la ola de ira que me inundó, determinado a cumplir con la misión que me había encomendado el Santo Padre, y repliqué:

—Eso sería, sin duda, un paso adelante en nuestras relaciones, ¿no lo cree así?

—Así es. —El acusado pareció comprender.

Provoqué un breve silencio y luego proseguí. El interrogatorio no había hecho sino comenzar.

—¿Se considera inocente?

—Sí, Su Señoría. Todo es una conspiración contra mi persona.

—¿Cree que los testigos, que son personas honestas de la comunidad, cometen perjurio y le acusan de forma inmerecida?

—Sí, Su Señoría.

—Entonces, sus creencias son, en verdad, las mismas en las que la Santa Iglesia cree y profesa.

—Sí, Su Señoría.

—¿Cree y predica doctrinas diferentes a las que la Iglesia romana declara como verdaderas?

—No, nunca, Su Señoría.

—¿Es judío?

—No tengo nada que ver con judíos… Nunca me enredé con ellos.

—Por tanto, afirma no ser ni hereje ni judío. ¿Cree ser cristiano?

—Sí, Su Señoría.

—Afirma, pues, que su fe es la cristiana. Entonces, ¿cree en Cristo nacido de María, que sufrió como hombre, fue condenado, muerto y sepultado, descendió a los infiernos y resucitó de entre los muertos?

—Creo.

—¿Cree que el pan y vino consagrados en la Santa Misa se transforman en el Cuerpo y Sangre de Cristo por causa divina?

—Creo.

—¿Cree en la Santísima Trinidad, Padre, Hijo y Espíritu Santo, como Dios Uno y Trino, la doctrina central de todo aquel que se llame cristiano?

—Creo.

—¿Cree en Jesús como el Verbo de Dios encarnado?

—Creo.

—¿Cree en el Verbo de Dios como Dios verdadero, tal cual enseñan nuestros ministros y fundamenta el versículo uno del capítulo uno del Evangelio de san Juan?

—Creo.

—¿Cree en Cristo y en la unión de sus dos naturalezas divina y humana en un solo hombre?

—Creo.

—¿Cree en la Virgen María como madre que dio a luz al Verbo encarnado por fecundación divina?

—Creo.

—¿Cree entonces que María es la madre de Dios en cuanto a la naturaleza de los hombres?

—Creo.

—¿Cree en la Santa Iglesia, el Papa, los obispos y el clero, como sucesores directos en la tierra de Pedro y los apóstoles?

—Creo.

—¿Cree en la potestad otorgada por Jesús a su Vicario en la tierra y en la autoridad del Sumo Pontífice como interlocutor de Cristo, por medio del Espíritu Santo?

—Creo —susurró Gianmaria algo fatigado ante mis rápidas y constantes preguntas.

—Bien. Entonces llegó el momento de jurar vuestras afirmaciones, que el notario ya ha asentado en el libro de esta sesión.

—¿Jurar no está prohibido para nosotros los cristianos? —preguntó el hereje.

—Yo no le obligaré a jurar, lo dejo a su criterio, pues si le obligara podría decirme que le hice cometer una falta contra la fe y transferiría el pecado a mi persona. Pero si quiere jurar sin mi autorización, lo escucharé.

—¿Y si no juro?

—Me parecería sospechoso... ¿No cree?

—¿Y cómo he de jurar?

—Ponga en alto su mano derecha y evite cruzar los dedos. Luego jure que sus afirmaciones religiosas son verdaderas... Jure por los Santos Evangelios.

Gianmaria sonrió. Luego alzó su mano derecha y dijo mirando al polaco.

—Juro que mis afirmaciones son veraces. Lo juro por los Santos Evangelios.

En ese momento fui yo el que sonrió. Gianmaria había mordido el anzuelo.

—Notario, ordenad que traigan las pruebas —dije sin dejar de mirar al reo.

Un monje entró en la sala llevando consigo una caja de madera y el cofre que traje de Roma, y los dejó ante mí sobre la mesa del tribunal. Extraje de la caja dos libros de tapa dura manuscritos en italiano. Abrí uno de ellos y mostré su contenido al tribunal.

—Un libro en italiano con deplorables historias y conjuros. Mirad estos dibujos: un papa con cabeza de chivo, un cardenal con pies de lobo y cortesanas a su alrededor. ¿Qué clase de literatura es esta?

Miré al hereje antes de mostrar el contenido del segundo libro.

—Lean con cuidado estos títulos: *Adorar al tercio de las estrellas fijas, El oráculo del fondo del mar, Las siete diademas de su frente, El dominio de las siete cabezas...* ¿Acaso no es esto literatura diabólica?

Dejé los libros en la mesa y abrí el pequeño cofre para sacar de él dos pequeños sacos de tela. Bajo la mirada atenta del tribunal volqué el contenido de uno de ellos sobre la mesa.

—Tierra negra, sin duda, procedente de algún cementerio. —Seguí con el otro—. ¿Y qué creéis que es esto? —Al vaciar el saco había caído sobre la mesa un fragmento de maxilar humano, que conservaba restos recientes de tierra y de encarnadura—. Esto fue encontrado en su última casa, en Venecia. ¿Acaso no es prueba de satanismo, de cultos idólatras y de sus inmundicias? ¿Acaso no es suficiente prueba de que miente a este tribunal, que ha jurado en falso y que se burla de mis piadosas intenciones de seguir este interrogatorio sin recurrir al tormento?

Gianmaria replicó con su clásico tono irreverente:

—¿Cómo sabéis que todo eso me pertenece?

—Fue requisado cuando le detuvieron en Venecia.

—¿Quiénes son Sus Señorías para imponerme la posesión de esas miserables pruebas?

—Somos religiosos. ¿Acaso dudáis de la honestidad de los dominicos y de su juicio ecuánime?

—¡Mentiras! ¡Todo una sarta de mentiras! Inventaríais las pruebas con tal de condenarme. ¿Pensáis que tenéis el caso resuelto por un par de huesos y un mugriento puñado de tierra negra...? Si os parecen pruebas suficientes, es ridículo por mi parte pensar en defenderme ante un tribunal supersticioso como este. ¡Tierra y huesos! ¿Qué delito es ese?

66

—¡Silencio! —grité—. ¡Es un mentiroso con lengua de serpiente! Queda claro que ha jurado en vano y miente por boca del diablo. Tengo razones sobradas para condenarle por hereje.

—Esas pruebas no son válidas —insistió el brujo.

—Insiste, bajo juramento, en que no son sus pertenencias —intervino Woljzowicz—. ¡Jure su inocencia si en verdad tiene la conciencia tranquila!

—¡Un demonio voy a jurar! —gritó Gianmaria, encolerizado y como poseído—. Polaco profano e insolente... Veo que en vez de asistir a doctrina vos preferisteis siempre los burdeles. ¡Monje vicioso!

—¡Blasfemia! —gritó el polaco poniéndose de pie—. ¡Está insultando de nuevo a este tribunal! Merecería que le cerraran la boca para siempre. Cuando se le muestran las pruebas que le delatan no hace otra cosa que mentir.

—Declaro válidas las pruebas que muy gentilmente llegaron desde Venecia —dije en voz alta silenciando las demás voces— y doy por concluido este diálogo. Son suficientes para demostrar la existencia de herejía.

—El Ángel Negro reclama otro hereje para la hoguera, ¿cierto? —Eros parecía desencajado—. Señoría, vuestros métodos apestan...

—Cuide su vocabulario —aconsejé.

—¿Y por qué habría de hacerlo? ¿Acaso no me espera la pira?

—Sin duda, pero afróntela como un hombre y no como un hereje impenitente. —Lentamente iba cebando el fuego de su ira.

—¿Y cómo lo haríais vos en mi lugar? ¿Con vuestra tranquilidad de inquisidor o con el temor de un humano hacia el patíbulo?

—Lo haría como Cristo.

Definitivamente lo había atraído a donde quería y Eros se vino abajo.

—Cristo fue un cobarde —dijo entre dientes. Todos los miembros del tribunal se horrorizaron—. Cristo escuchó al diablo en el desierto... Él no soportó la sensación de la muerte en su carne. Cristo tuvo miedo...

—¡Blasfemia! —gritó de nuevo Woljzowicz sacudiendo su leonina cabellera blanca—. ¡Cómo se atreve a ofender de esa forma a Jesucristo! ¡Retráctese ahora mismo!

—¡No digáis majaderías! —exclamó Eros—. ¿Acaso no es cierto que suplicó para que apartasen de él el cáliz de su muerte? ¿No es cierto...? ¡¿No es cierto acaso lo que digo?! —El reo nos miraba con los ojos encendidos, ansiosos por recibir una respuesta.

Miré a Gianmaria y continué arrinconándolo:

—No debatiremos con una persona que habla por boca del mismo diablo, pues solo en mentiras fundamenta sus argumentos. Nosotros somos teólogos, no necesitamos oír sus heréticas proclamas, pues estamos seguros de interpretar y profesar de buena forma los Evangelios.

—Sois como los fariseos de la época de Cristo, rendís homenaje a ritos vacíos. Y os creéis doctores de vuestras propias inmundicias.

—¡Cierre la boca! —ordené con severidad. No estaba dispuesto a tolerar más agravios y menos de un blasfemo.

—¡Es herejía! —estalló el polaco—. ¡Sus argumentos lo incriminan! ¡Acaba de blasfemar sobre la persona de Cristo! ¡Es herejía comprobada!

El polaco se equivocaba, pues a pesar de la blasfemia, el hereje no se había confesado como tal.

—¿Se confiesa hereje? —pregunté con voz intimidatoria.

Aunque desbocado, Gianmaria frenó su lengua en el momento preciso. Observó al tribunal y murmuró:

—No... Soy tan católico como Sus Señorías.

Decidí entonces hacer una pausa para reconstruir mi estrategia. Quería acorralarlo pero no tan pronto, pues mi interés no era tanto su confesión como aquel secreto que escondía su lengua.

El breve descanso sirvió para elaborar la arquitectura de una trampa que, poco a poco, le dejaría indefenso y confundido. Me coloqué delante del reo y proseguí con el arte del interrogatorio.

—¿Ha conocido gente adinerada a lo largo de su vida?

—Creo haberla conocido —murmuró Gianmaria—, o por lo menos sus lujos así lo demostraban.

—¿Qué tipo de lazos le unían a ellos? ¿Amistad?

—No dije que fuesen amigos, solo gente conocida.

—En tal caso... ¿puede que ellos hayan sido sus mecenas? —sugerí en voz baja.

—¿Mecenas? ¿Qué tengo yo para que un rico quiera ayudarme?

—¿Acaso no es un artista...?

Eros sonrió levemente. Por un segundo pareció feliz.

—Sí, lo fui... Pero el adinerado busca otra clase de payaso para entretener su ocio; yo fui payaso de teatro, no de poderosos.

Los miembros del jurado permanecían en silencio, algunos expectantes y otros con evidente cansancio. No entendían adónde quería llegar con mis preguntas, que repentinamente habían cambiado de tono y dirección.

—¿Ser actor de teatro le fue grato?

—Sí. Me llenó el corazón de trabajo y dio rienda suelta a mi imaginación, tuve dinero... Y tuve tiempo para comprender la vida. Pues gracias al teatro pude recorrer muchos lugares.

—¿Sabe que sus actuaciones dejaron una estela de muerte? Asesinatos y ritos diabólicos... Justo en cada lugar donde estuvo su compañía.

—¿Cómo no he de saberlo? Después de cuatro años de encierro en cárceles del Santo Oficio, sospecho que Sus Señorías piensan que fui yo el asesino.

Preferí no ahondar en el tema, pues si lo hacía, me distraería de mi propósito.

—¿Sabe? Me asombra su instrucción, pero he buscado en

los registros de las universidades y no figura en ninguno. ¿Estudió bajo otro nombre?

—Nunca asistí a ninguna escuela —dijo Eros levantando la mirada. Tenía una actitud desafiante y orgullosa.

—En el pasado confesó hablar varias lenguas. ¿Lo sostiene?

—Lo sostengo. Leo, escribo y hablo latín, lo mismo que griego.

—¿Alemán? —indagué al tiempo que me apoyaba en el escritorio, justo delante de su mirada.

—Solo algunas palabras.

—Veo que sus conocimientos de teología están muy por encima de los de la gente iletrada.

—Puede que sí.

—Dígame, Gianmaria, si le parece creíble que una persona que conoció a gente rica y aristocrática, que paseó por las ciudades más importantes de este viejo continente, que habla varias lenguas, que es instruido y sin haber asistido a ninguna universidad, que conoce bien la Biblia y discute de teología con la tenacidad de un estudioso... Dígame si le parece creíble que una persona así se formara sola. ¿De verdad intenta que crea que aprendió todo lo que sabe en soledad?

—¿Adónde queréis llegar? —preguntó el reo, extrañado.

Provoqué un silencio enfático antes de continuar.

—Voy a formularle una pregunta... Espero que sepa entender mis palabras y que su respuesta sea concienzuda.

Al principio Gianmaria pareció sonreír, mas congeló el rostro en una mueca rancia. Aproveché la atmósfera y lancé la pregunta, que salió disparada como una lanza.

—¿Qué sabe del *Necronomicón*?

Eros se quedó perplejo. Pero no por mucho tiempo.

—¿Quién os habló de él?

Los miembros del tribunal observaban sin comprender.

—Alguien que sabe demasiado de todo —mentí.

—Un soplón... ¿Con qué moneda pagasteis su chisme? ¿Le ofrecisteis su vida?

70

—¿Por qué se sorprende? Todas las ratas de los sótanos se venden por un queso. Incluso usted. No tardará en clamar una porción de mi clemencia. Ahora, hábleme de ese libro.

—¿Qué os dijeron? —inquirió el brujo.

—Que lo mantiene oculto.

—Es mentira. Os mintieron. De la misma forma que os mienten todos los que habitan vuestras cárceles.

—Sé de un sitio, oscuro y aterrador…, donde mantiene oculto el *Necronomicón* —afirmé.

La mirada de Eros se llenó de odio antes de replicar:

—Nadie jamás pudo haberos dicho eso.

Sonreí. Luego miré al hereje y señalé al tribunal.

—Puede que a ellos las mentiras de su lengua les confundan. Puede que su artimaña de artista les conmueva o les encolerice, pero a mí no. Soy el Inquisidor General, soy quien conoce al diablo y sus trucos. Hábleme del libro o el interrogatorio se volverá doloroso…

—¿Adónde queréis llegar, señor DeGrasso? —insistió el reo.

—La palabra *Necronomicón*… ¿Le dice algo?

Eros bajó el rostro. Una leve y extraña sonrisa recorrió por un instante su rostro. Levantó la cara hacia mí y, mientras un hilo de baba caía de sus labios, me respondió:

—No más de lo que sabéis vos, señor Inquisidor General.

Recogí su ironía y le reté:

—Comprobémoslo… ¿Qué es el *Necronomicón*?

—El apócrifo del diablo…

La sala entera se estremeció. Todos miraron alarmados, pues la boca de Eros comenzaba a vomitar sus oscuros conocimientos y ninguno de ellos sabía qué caminos quería recorrer el Ángel Negro.

—¿Por qué lo define de esa forma? —pregunté.

Gianmaria contuvo el aliento y meditó. Luego comenzó a pronunciar con voz áspera palabras llenas de misterio:

—Todos los textos que no están contenidos en la Biblia son apócrifos. El diablo, como Sus Señorías saben, aparece en las Sagradas Escrituras... Y eso lo hace tan verdadero como al mismo Cristo. Todo lo que al diablo concierne no está escrito allí, poco se sabe de él por los pasajes de las Sagradas Escrituras. El *Necronomicón* es un texto no canónico, pero está arraigado en la Biblia por su historia y contenido.

Se hizo el silencio.

—¿Quién escribió ese libro? —intervino por primera vez Menazzi.

—Un profeta árabe. Hace siete siglos.

—¿Y de qué trata? —continué yo.

—De la «doctrina secreta».

—¿Podría abundar un poco más? —insistí.

—Habla del diablo... De su existencia y de los axiomas prohibidos. Habla de su poder derrocado, de las filosofías terrenales y las hordas del sepulcro.

—¿Un libro de magia? —proseguí.

—No —contestó Gianmaria con seguridad—, mas su correcta interpretación podría llegar a abrir puertas insospechadas.

—¿Qué clase de puertas? —pergunté.

—De esa clase de puertas que nadie desearía ver abiertas.

—Explíquese un poco más... —sugerí de nuevo.

Gianmaria miró fijamente a un rincón oscuro de la sala. Luego habló con sigilo:

—Si uno durmiese a oscuras en su cama sabiendo que una araña se oculta bajo la frazada, seguro que pasaría la noche en vela. Si no conoce su existencia, los roces le parecerán simples caricias y el sueño será grato hasta que la araña le muerda y su veneno produzca el verdadero descanso eterno.

Nadie entendió bien las palabras del reo, que, rápidamente, continuó con su misteriosa explicación:

—La gran araña se encuentra escondida, con sus mandíbulas listas y ansiosa por atacar. Nosotros, en la oscuridad, no la vemos... Y hasta la acariciamos pensando que su pelambre es acogedora; mientras, sus ojos nos vigilan. Llegará el día en que aun durmiendo tranquilos, saltará sobre nosotros y transformará nuestra realidad en un infierno. —Gianmaria dirigió su mirada extraviada hacia el jurado—. Ese acto aterrador se producirá solo cuando ella atraviese la puerta que describe el *Necronomicón*. Una puerta que traerá el caos a la humanidad. Una puerta oculta en vuestra somnolencia.

—Una parábola grotesca —interrumpí con calma—, que no deja de ser literatura diabólica. ¿Por qué habríamos de creerla?

—Eso ya corre por cuenta del *Necronomicón* —respondió desafiante.

—¿Y cómo creer que su autor es real y su contenido fiable? —preguntó Menazzi interesado.

—Es cuestión de fe.

—¿Tiene fe en ese libro? —se precipitó a preguntar Dragan Woljzowicz, seguro de que su pregunta lo induciría a afirmar su herejía, mas solo consiguió retraerlo, pues Eros era más inteligente de lo que él pensaba.

—No puedo tener fe en algo que nunca vi. Solo repito las historias que sé por boca de personas despreciables —concluyó el acusado.

Levanté con impaciencia mi palma para obligar al tribunal con ese gesto silencioso a terminar con las preguntas. No estaba dispuesto a perder la sesión y aún menos aquella voluntaria confidencia del reo.

—Gianmaria, si le pregunto por Cristo, me dice que es su Mesías; si le pregunto por el Credo, afirma ser un católico devoto... Creo que se esconde tras una máscara, como hacen los payasos bajo sus maquillajes. Parece triste, como ellos, pero sonríe interiormente porque sabe más de lo que dice. Y miente para escapar de la Inquisición. Yo nunca negaría a Cristo... Y si fuera un fiel seguidor de Satanás, ¿lo negaría solo por miedo a la mano dura de la Iglesia?

—Decidme, ¿no es cierto que si mintiese sobre mi relación con el diablo no estaría faltando a nada ni a nadie? ¿Acaso no es Satanás el padre de la mentira?

Con aquellas palabras, Eros quiso ponerse a mi altura, tratarme de igual a igual, pero solo consiguió, perdido por su soberbia, que me asaltara una idea que vinculaba directamente a Eros con el libro. Decidí arriesgarme y utilizar contra él mi descubrimiento:

—Dígame dónde está el *Necronomicón*. Estoy convencido de que, por su conocimiento del griego, usted es el responsable de su traducción al italiano.

—Señor DeGrasso, puede que vuestra curiosidad se vuelva contra vos —gruñó Eros desde lo más profundo de su pútrida garganta.

—Dígame dónde se encuentra el *Necronomicón* y le evitaré la hoguera. Puede confiar en ello. Estará seguro bajo la protección del escudo de la Iglesia.

—*Aperuerunt ianuae curiositatis: nunquam illam viam optarem...* —susurró en latín con una voz áspera y cambiante.

Miré sorprendido al reo. Acababa de pedirme que redujera mi curiosidad pues jamás tomaría aquel camino, a lo que repliqué con una amenaza: si tomaba el camino de la oscuridad le sometería a pena eclesiástica, mejor era que tomara el sendero que llevaba al libro:

—*Nulla via obscura «sub pennis» Christi. Tantum monstra viam quae ad librum perducat...*

—*Quod accipiam ob patefactionem?* —continuó Eros, dispuesto a negociar: me estaba pidiendo algo a cambio.

No tardé en responder:

—Ya se lo he dicho: le salvaré de la hoguera.

—¿Pensáis que me preocupa la muerte? ¡Hace años que estoy muerto en vuestras cárceles!

—Entonces, ¿qué desea?

—Morir, y el silencio que la tumba otorga. —Eros miró seguro de sí. Luego pareció esbozar una sonrisa burlona.

—Creo que el dolor empieza a ser oportuno —amenacé—. Estoy seguro de que las voces del sufrimiento sonarán cristalinas y sinceras.

—Jamás accederéis al libro —me desafió, impávido—. La «doctrina secreta» se quedará donde debe... En la oscuridad. Y precisamente vos no deberíais luchar contra esto. Pensad en ello.

Miré al desgraciado con aire de superioridad, sorprendido por su osadía, y exclamé:

—Desenmascarar la herejía es mi especialidad, y la Inquisición, mi instrumento. —Me levanté y me acerqué hasta él para continuar—. Voy a encontrar el libro, le arrancaré sus negros pensamientos y los quebraré como si fueran una rama seca. Después, los arrojaré al fuego eterno para que se quemen en sus propias llamas.

—No podréis arrojar nada —me retó.

—Lo haré, en el nombre de Cristo que lo haré.

—Su Eminencia habla por boca de un Cristo que aún no se midió con el verdadero poder del diablo... Sois un híbrido deforme de la Iglesia, vocero de un Jesús sin llama ni poder.

—Más le vale cerrar la boca —le amenacé, señalándole.

Eros sonrió enseñándome lo que quedaba de su dentadura.

—¿Quién creéis que arrancó el alma de vuestro Cristo de la cruz y la llevó durante tres días a los infiernos? ¿Quién creéis que lo hizo? ¿Quién creéis que arrastró a vuestro Dios a los infiernos?

Sentí lentamente cómo la llama de la ira se encendía en mi mirada, alcé mi mano y la bajé para propinarle una bofetada ensordecedora.

—¡Blasfemo! —le grité desde el fondo de mis pulmones.

El interrogatorio es un juego perverso de dualidades, en el que el interrogador se pone en el lugar del interrogado para estudiar sus posibles respuestas y saber, a tenor de ellas, cuál será la pregunta que puede hacer que se tambalee. El interrogado intenta pensar como la pieza que quiere cobrar el cazador: toma los caminos más inhóspitos para dejarlo atrás en la persecución. Gianmaria se había escondido en mi misericordia, pero ahora yo lo buscaría por los infinitos caminos del terror. Giré sobre mis talones y miré al notario. Creo que le transmití mi virulento estado de ánimo pues su rostro recibió mis palabras con pavor.

—La sesión seguirá en la cámara de tormentos. Retomaremos el interrogatorio en otras condiciones.

9

A diferencia de la sala anterior, esta era de techo alto, abovedado, con una gran polea anclada en la parte más elevada. La humedad y el frío seguían presentes, la tarde invernal había caído y con ella había descendido aún más la temperatura que ya de por sí, en los sótanos, era siempre escasa y poco misericordiosa. El bonete de cuatro puntas que, junto a la sotana negra, era mi vestimenta de inquisidor para asistir a los tribunales me protegía escasamente del frío. El vapor acompañaba a cada respiración mientras, sin pronunciar palabra, asistía a los preparativos, que fueron rápidos y precisos, dirigidos por el muy eficiente Rivara. En verdad las sesiones de tortura me ponían nervioso, no tanto por el tormento en sí, como por tener que compartir la sala con las bestias ignorantes de los verdugos. Actuaban como animales de costumbre y no escatimaban los sufrimientos de la carne ajena; por eso, siendo brutos como eran, siempre se los vigilaba para que no cortasen la circulación de las arterias en el momento de ajustar los grilletes y los cinturones de sujeción a los acusados.

Había pedido que montaran la Cuna de Judas pues, a mi parecer, era el instrumento rey del tormento, el que proporcionaba mayor dolor. Gianmaria estaba inmovilizado con las manos atadas a la espalda y los tobillos encadenados uno junto a otro. Le habían colocado un cinturón de cuero con una argolla a cada costado y otra en el frente. Bajo la meticulosa mirada del vicario, el verdugo continuó su trabajo enganchando el extremo de una larga cadena a los tobillos del reo y el otro a

76

un soporte que había en la pared. De las argollas del grueso cinturón sujetó dos cadenas más, que también anclaron en las paredes cercanas. Por último, pasó una soga por la roldana del techo y la ató a la argolla sobrante del cinturón.

Cuando Rivara dio la orden, el verdugo gruñó con fuerza y comenzó a elevar a Gianmaria tirando de la soga que le unía a la roldana. El cuerpo del reo quedó prácticamente flotando en la sala, a bastante altura, sus miembros inferiores sujetos a una pared y sus brazos inmovilizados por pesados grilletes. Eros Gianmaria parecía sentado en el aire.

El verdugo sujetó la soga en una argolla del suelo y la pisó con firmeza; de esta forma dio descanso a sus brutales y velludos brazos. El vicario dio media vuelta y me interrogó con la mirada. Todo estaba preparado para reanudar el interrogatorio, Gianmaria iba a protagonizar su peor función, quizá la última de su carrera.

—Segunda sesión del tribunal de la Santa Inquisición Romana y Universal contra Eros Gianmaria —dijo Rivara—, que, a petición del Inquisidor General Angelo Demetrio DeGrasso, se realiza en la cámara de tormentos. Como notario del Santo Oficio y con el poder que ello me confiere, doy por asentada la siguiente sesión en el libro de actas.

Decidí comenzar de pie; estaba ansioso y cargado de preguntas.

—Señor Gianmaria, todavía está a tiempo de evitar la tortura. ¿Quiere confesar o persiste en su inocencia a pesar de las pruebas presentadas?

Eros me miró mientras colgaba maniatado.

—No deseo el dolor..., mas presiento que vuestras preguntas me serán más dolorosas.

—Es piadoso por mi parte darle una oportunidad antes de comenzar. Le preguntaré sin atormentarle, pero si entiendo que se aprovecha de mi buena fe y misericordia... no dudaré en la severidad de los métodos.

Gianmaria no contestó y agachó la cabeza.

—¿Confiesa servir al demonio y profesar las enseñanzas abominables de su culto? —pregunté arrugando el ceño.

—No —respondió en un débil susurro.

—¿Confiesa poseer libros prohibidos por la Iglesia?

—No.

—¿Confiesa haber profanado cementerios para llevar a cabo misas negras?

—No.

Hice una seña al vicario. El tormento debía comenzar.

Entraron a la sala dos carceleros con una pirámide de madera, de la altura de un hombre, sostenida por tres patas y terminada en una punta dura, pulida y afilada. El verdugo tomó de nuevo la soga y, mientras por el esfuerzo su frente se llenaba de venas, alzó aún más al reo. Los carceleros pusieron el banco justo debajo de Gianmaria. Uno de ellos se retiró mientras el segundo lubricaba la punta de madera con aceite y le indicaba al verdugo que comenzara a descender al preso. Menazzi se agarró a su crucifijo y balbuceó una plegaria. Persona extremadamente culta y sosegada, al clérigo la situación le incomodaba.

El carcelero tomó con firmeza los muslos del reo y guió el cuerpo inmovilizado de Gianmaria mientras este seguía descendiendo hasta que la punta de la pirámide estuvo a las puertas de su ano. Una última seña hizo que el recluso descendiera un poco más hasta que la dura madera lubricada se apoyó en su carne. El carcelero se retiró confirmando de esta manera que la situación de Eros era la idónea para el inicio del tormento.

—Gianmaria —dije rompiendo el silencio—, voy a preguntarle por última vez... Espero escuchar una respuesta sincera.

Eros respiraba agitado, estaba asustado y, a pesar del frío, el sudor inundaba su cara y sus axilas. Su ano sentía la punzante presión que ejercía la Cuna de Judas y, entonces, la carne le traicionó y su lengua pareció aflojarse. La tortura mental era la más útil de las estrategias y parecía que empezaba a dar resultados.

—Gianmaria —proseguí—, dígame dónde se encuentra el *Necronomicón*.

Eros tembló y exhaló un largo suspiro. Luego me miró a los ojos, parecía que iba, por fin, a confesar. Su mirada se endureció de nuevo:

—Ya os dije que no sé nada de él...

Pensé que no lo soportaría, pero fue más fuerte de lo que esperaba, pues cuando la tortura mental parecía haberlo desmoronado, increíblemente, su convicción lo había reconstruido. Ordené al carcelero que soltase soga y lo dejara caer sobre la Cuna. Cuando aflojó la soga y la polea del techo giró, Gianmaria se sentó sobre la pirámide y la presión de su peso hundió la punta en su ano. Su carne se desgarró como una tela hecha jirones.

Reconozco que había oído gritar a mucha gente y que sus lamentos nunca me fueron ajenos aunque los castigos sufridos por otros no me impresionaban, mas el grito de Gianmaria esa noche fue tan descarnado que nunca pude olvidarlo, ni siquiera ahora en que poco o nada debería importarme. Tras su potente bramido, quedó rígido y con la vista extraviada en los muros. A medida que pasara el tiempo su ano se dilataría más y el dolor alcanzaría los riñones.

—Gianmaria, dígame dónde se encuentra el *Necronomicón* que tradujo al italiano —dije en tono amigable.

Eros no respondió y, de pronto, volvió a gritar brutalmente ante un acomodo leve de su cuerpo en la madera.

—Gianmaria, ¿dónde ha guardado ese libro? Ahórrese el sufrimiento y responda —continué.

Eros miró al tribunal y luego, muy suavemente, para evitar mover el cuerpo, giró su cabeza para mirarme.

—¿Soportaríais esto por vuestro Cristo?

Los miembros del tribunal se quedaron perplejos ante su pregunta, formulada con un voz oscura y apenas audible, y con una expresión que parecía la mueca de un bufón.

—Qué demonios le sucede... —exclamó Woljzowicz asombrado.

Gianmaria continuó mirándome mientras las primeras líneas de sangre comenzaban a recorrer la Cuna, desde su cuerpo hasta la base.

—¿Qué esperabais? —dijo aún con aquella voz—. ¿La Cuna de Judas...? Mejor sería llamar a este tormento la Verga de la Iglesia. ¿No creéis que es más adecuado, señor DeGrasso?

—¿Dónde se encuentra el *Necrono*... —comencé a preguntar, pero fui inmediatamente interrumpido por el grito de Gianmaria.

—¡No seáis insolente...! Me hacéis sangrar por el culo y además queréis obtener una revelación.

Ordené poner lastre al cinturón y el verdugo colgó dos sacos de grano a cada costado del preso. Sabía muy bien con quién hablaba. Eros entornó los ojos y los puso en blanco. El sobrepeso hundió la punta de madera casi un palmo dentro de Gianmaria y este perdió el conocimiento. Su cabeza colgó como la de un muñeco de trapo.

—¡Prior, si continuáis vais a matarlo! —exclamó el vicario muy preocupado. Rivara se acercó para continuar diciéndome al oído—: De esta forma quizá no termine la sesión, ya lo oísteis de su boca, está a punto de confesar... Consigamos que lo haga y terminemos con los tormentos.

No contesté pero le escuché con atención. El desgarro había producido una gran hemorragia en el reo, la deplorable condición física de Gianmaria se había agravado sobremanera, tal y como demostraba su desvanecimiento. No debía alejarme de las leyes, la Inquisición permitía cualquier método de tortura, pero no la muerte del reo durante la sesión, y esto era, precisamente, lo que iba a suceder. Rivara seguía mirándome en espera de respuesta. Buscaba la forma de conciliar las leyes eclesiásticas, las humanas elementales y las de mi turbado genio.

—¡Descuélguenlo! —grité a los carceleros—. Por favor, doctor, hacedme la merced de examinarlo. —El vicario me miró con alivio.

El médico detuvo rápidamente la pérdida de sangre y, con

una sales aromáticas, le regresó de su desmayo. Gianmaria volvió toscamente a la conciencia mientras se le mantenía un largo rato con las piernas en alto. Después, los carceleros le sentaron en un pequeño banco de madera y se quedaron a su lado, sujetándole para que no cayera al suelo.

—Señor Gianmaria —le dije cuando creí oportuno seguir con el interrogatorio—, quisiera escuchar de su boca la confesión, quisiera que se declarara hereje ante este honorable tribunal. Quisiera que me dijera todo lo que considere oportuno su corazón arrepentido.

Eros se llevó las manos al rostro y se deshizo en un llanto espontáneo, luego bajó la cabeza y miró su entrepierna bañada en sangre. Vio el suelo salpicado de un rojo profundo y sus piernas sacudiéndose en un involuntario temblor. Levantó los ojos y nos miró, uno a uno, a todos los que allí estábamos, contemplándole como si fuese una bestia de circo. Su mirada se nubló.

—¿Qué es lo que su corazón declara? —insistí para orientarlo hacia la confesión.

Gianmaria frunció el ceño y dejó caer un hilo de saliva en su pecho. Luego estalló en un acto desmedido de locura.

—¡Asco! ¡Me dais asco! —gritó—. ¡Arcadas de asco es lo único que queda de esta abominable penetración! ¿Y me habláis de Dios? ¿Puede ser Dios el dueño de estos actos? ¿Dios aprueba con este tormento la aberración de la carne? ¿Es este el Dios que predicáis? Ahora conozco la verdadera cara de un Dios de sexo bizarro y promiscuo, vicioso al margen de sus propias leyes. Si este es el Dios... ¡Si este es el Dios...! ¡Creo que es hora de morir y ser vomitado de su boca...! Prefiero caer en la llama eterna que entrar en su reino de espinas y torturas.

Detuve a los carceleros que, instintivamente, intentaron callarlo a golpes. Todos los miembros del tribunal permanecimos mudos y nuestro silencio permitió que Eros siguiera descargando su corazón:

—¡La sangre de Cristo es venerada en el cáliz mientras que la de mi culo alimenta el caldo de sus credos! ¡La tortura es la conclusión de sus prédicas, sus sermones reflejan la obsesión sobre mi cuerpo! Los instintos más primitivos y sádicos actúan bajo la razón. ¡Yo soy el altar de carne y hueso de sus cultos, de su Iglesia; es a mí a quien necesitan para existir, soy el hereje impenitente que alimenta sus estómagos y llena sus bolsillos de riquezas! Soy el cordero perdido del rebaño, al cual torturan bajo la mirada del pastor. Pero ¿qué Dios aprueba esto? ¿Es este su reino en la Tierra...? ¡Sí! ¡Es hora de morir y jamás resucitar en Él! Es hora de sentir la llama, es hora de abrir mi corazón al fuego eterno.

Gianmaria tomó aire, hundió la cara en sus manos enrojecidas y continuó, sollozando:

—Necesito alguien que me contenga, alguien que me ayude a salir de esta situación, necesito amigos... Necesito alguien que me sonría, alguien que me diga que la vida no es como la veo, necesito una madre que me proteja, necesito un padre al cual poder entregar mis lágrimas y abrazar antes de pasar por las armas de la Iglesia.

—Sus afirmaciones son heréticas —dije mirándole a los ojos.

—¡Soy un hereje! Soy contrario a la Iglesia, soy tan mentiroso como sus papas y tan pecador como los honorables cardenales y príncipes de la Santa Sede. Soy un hereje que jamás se arrepentirá de serlo, puesto que fuera de la herejía... solo existe gente como vos.

Menazzi entornó los ojos y agradeció en su interior el haber escuchado, por fin, la confesión. En cierto modo, todo el tribunal soltó un suspiro de alivio, Gianmaria ya era oficialmente un hereje. Todos, excepto yo, que seguía teniendo con el reo una cuenta pendiente.

—¿Dónde oculta el *Necronomicón*? —pregunté mientras le miraba fijamente.

Menazzi levantó la vista, incrédulo. Tanto él como los demás consideraban que el interrogatorio había finalizado.

—Eso ya no importa... —gruñó Gianmaria—. He confesado, acepto al diablo como maestro de mis actos y señor perfecto de la creación, acepto al pecado en mi frente... —Los presentes se santiguaron a medida que las palabras brotaban de su boca—. Y me proclamo hereje. Ya tenéis lo que queríais... Ahora cumplid con vuestro oficio. Cumplid con lo que mejor sabéis hacer, que el Ángel Negro de la Iglesia me exhiba como un trofeo… Que el Ángel Negro me lleve directo a las llamas de la hoguera.

Eros parecía dispuesto a condenarse y a llevarse su secreto a la tumba. Era un magnífico candidato para la hoguera; sin embargo, no me daría lo que estaba buscando. Pero ¿por qué se inmolaba?

Mis ojos brillaron. El misterio del libro hacía crecer desmesuradamente mi curiosidad. En verdad, la sesión había concluido, pero yo debía cumplir todavía las órdenes de Roma. Fui más allá de donde debía y continué con mi tarea de perseguir y arrinconar demonios. ¿Acaso alguien en la Iglesia podría discutir mi decisión? Tenía uno ante mí y estaba dispuesto a aplastarlo, como san Jorge hizo con el dragón.

—¡Lleven al hereje al potro! Los tormentos aún no han terminado —ordené ante las miradas de sorpresa del resto de los miembros del tribunal.

Sin resistencia, Gianmaria fue arrastrado hasta el potro. Lo echaron sobre él como si fuese una masa de carne y ataron sus pies y manos con cadenas. Después, el verdugo se acercó para hacer girar el husillo…

El potro de tortura, tan antiguo como los babilonios y muy eficaz, consistía en un mecanismo relativamente sencillo. Era una especie de bastidor con un gran tambor en uno de sus extremos. A él se sujetaban las manos del reo mediante una soga mientras los pies se aferraban con grilletes al otro extremo. Al girar el tambor se conseguía estirar el cuerpo hasta descoyuntar las articulaciones, incluso se podía llegar a romper la columna vertebral. El sufrimiento era insoportable, más que suficiente para ablandar la lengua de brujos y demonólatras.

Cuando el verdugo tensó la cuerda, se hizo otro gran silencio que hizo retumbar mis palabras en el techo.

—Gianmaria, su macabra traducción descansa en algún sitio, ¿dónde la escondió?

—Yo no escondí nada, es solo vuestra imaginación.

—¿Alguna vez poseyó el *Necronomicón*?

—¡No! —gritó—. ¡Esto se terminó, DeGrasso! Ya me habéis juzgado por herejía, ¿qué demonios pretendéis?

Sonreí ligeramente, estaba disfrutando con la tortura.

—¿Alguna vez poseyó el *Necronomicón*? —reiteré con aspereza. Eros sonrió.

—Idos al infierno.

Ordené al verdugo que procediera con el primer punto. Girando el husillo lentamente, el barbudo de grandes brazos fue tensando el cuerpo de Gianmaria, que se estiró hasta quedar recto como una pieza de cuero. A medida que el rodillo engullía la soga las extremidades temblaban de la tensión y, en un punto dado, los ojos de Eros parecieron querer escapar de sus órbitas y de su boca, extremadamente abierta para el grito, no consiguió salir ningún sonido, sepultado este por el dolor insoportable. Un ruido retumbó en la sala, un chasquido opaco: las apófisis de los brazos acababan de abandonar su lugar en los hombros del hereje. El alarido desafinado de padecimiento llegó al instante y luego el morboso silencio de sumisión y lamento.

—Dígame... ¿dónde guarda el libro prohibido? —murmuré.

Gianmaria no contestó. Miró al techo y tragó torpemente saliva.

—¡Responda...! ¿Acaso quiere que continúe? —amenacé.

—Excelencia, no es necesario llevar al hereje a este punto —casi suplicó Menazzi.

—¡Silencio! —grité clavando mis ojos en el teólogo—. ¿Es que el demonio merece hoy abogados? Sé muy bien qué debo hacer y qué no. —Después volví a mirar al reo—. ¿Alguna vez poseyó el *Necronomicón*?

Gianmaria balbuceó ahogado por su propia saliva. Parecía entregado.

—Sí... —confesó en un penoso susurro.

Todos en la sala se mostraron asombrados: el potro acababa de dar sus frutos y la intriga se multiplicaba en mí como los panes y los peces en aquel milagro de Nuestro Señor.

—¿Dónde? —pregunté en voz alta—. ¿Dónde lo escondió?

—Jamás… —respondió ya sin fuerzas—. Podéis matarme si así lo queréis...

Indiqué al carcelero que aumentase la tensión. Este giro sería ya irreversible y lo dejaría inválido de por vida, pero no lo mataría. La soga siguió estirándose mientras el rostro de Gianmaria se deformaba por el dolor. Cuando el tambor hubo girado media vuelta, el fatigado cuerpo del reo comenzó a sonar como si se rompiese en mil pedazos. Rivara tuvo que volver el rostro y dejar de mirar. Eros gritó con demencia mientras las rodillas, caderas y codos comenzaron a descoyuntarse. Después, ya no hubo lugar ni potencia para el grito; el lamento era continuo y gutural. Gianmaria fue estirado como un despojo, y su cuerpo, después de las dislocaciones, era un palmo más largo.

—¿Dónde se encuentra el maldito libro? —grité desesperado.

—No… —gargareó el reo.

—¡Confesad! —escupí, con los ojos inyectados en cólera—. ¡Confesad, brujo pestífero! ¡Pestífero y patán hijo de Belcebú!

Justo antes de que ordenara al verdugo que siguiera con el tormento, lo que habría acabado con la vida del hereje, Gianmaria confesó.

—En Portomaggiore... —bufó—. Escondido bajo la pila bautismal de la iglesia abandonada por los benedictinos.

—Es suficiente... ¡Por el amor de Dios! —gritó Menazzi

implorante mientras me cogía de un hombro y me hablaba con piedad—. Hemos cumplido, es inhumano seguir atormentándolo, dejad al pobre hombre terminar sus días sin más sufrimientos.

Las palabras de Menazzi me devolvieron al mundo, provocando un pequeño silencio en mi virulenta reacción. Luego medité y sonreí como si, por fin, hubiese despertado de un sueño nefasto.

—Está bien —murmuré—. Todo terminó.

Volví sobre Gianmaria y acerqué mi boca a su oreja:

—Ahora solo le resta morir. Usted y el diablo que lleva dentro arderán en la hoguera... Espero que Dios se apiade de su alma.

Eros me miró y con gran dolor y esfuerzo pronunció unas palabras de oscuro significado.

—¿De verdad crees que el destino te depara algo diferente? Tus huesos sonarán algún día como los míos. —Y con los ojos inyectados en sangre, siguió susurrando—: Acuérdate de mis últimas palabras… Tú, que eres mi verdugo. ¿Sabes lo que veo en estos momentos...? Te veo transparente como el vidrio, tal como eres. Acuérdate, señor Inquisidor, de estas palabras, recuérdalas por siempre... Eres un hijo de perra…

Escuché asombrado tamaña insolencia y me aparté rápidamente de su lado. Gianmaria sonrió y repitió:

—Eres un bastardo, un bastardo hijo de perra.

Terminada la sesión, ordené la partida inmediata de un mensajero hacia el ducado de Ferrara, que había de dirigirse en primer lugar a la sede del obispado con una orden firmada de mi puño y letra en la que autorizaba una invasión eventual de su jurisdicción. Casi al mismo tiempo, un alguacil, un notario y veinticinco soldados bien armados y protegidos por el emblema de la Inquisición partieron hacia Emilia-Romagna con una sola misión: traer de su escondite el libro maldito. El rostro y las palabras del hereje pervivieron por largo tiempo en mis sueños.

IV

EL ALIENTO DEL DIABLO

10

Momentos antes del ocaso, cuando las puertas del convento se cerraban a cal y canto, llegó un carruaje de la Iglesia. Mantenía encendidos los faroles e iba escoltado por siete jinetes. El hermano que vigilaba la puerta inspeccionó el coche y señaló a sus conductores el camino hacia las caballerizas. Luego cerró las enormes puertas y regresó a su puesto de observación. Estaba en mis aposentos descansando de la intensa jornada cuando escuché el inconfundible ruido de las ruedas sobre el empedrado. Me asomé a la ventana para ver quién nos visitaba a aquellas horas. Cuál fue mi sorpresa cuando vi descender del carruaje al mismísimo cardenal Iuliano con todo su séquito. El cardenal alzó lentamente la cabeza y contempló la fachada de la iglesia. Recorrió con su mirada cada arco, cada relieve, cada vitral. Luego su vista se dirigió hacia el edificio contiguo al templo y sus ojos se detuvieron en una ventana iluminada. Allí se toparon con mi figura, vigilando la noche. Cerré rápidamente las cortinas... El cardenal había venido a visitarme desde Roma. ¿Por qué? ¿Y por qué tan pronto?

En la sala capitular los leños crujían en el fuego. Los visitantes me esperaban; habían sido conducidos hasta allí por el vicario. El Superior General de la Inquisición exhibía un crucifijo plateado sobre su pecho que contrastaba con el negro profundo de su vestidura. Su silencio era combativo, como si de él brotaran puñales dirigidos hacia mí, y su mirada… Su mirada era una promesa de ejecución. Junto a él, tieso y expectante, estaba el astrólogo de Clemente VIII, Darko.

—Excelencia, qué visita inesperada. No tenía noticia de que pretendierais visitarme —saludé nada más entrar en la sala.

—Espero no incomodaros… —respondió—. Lo decidí de improviso.

—De ninguna manera me incomodáis, mi general. El viaje es largo, estaréis cansados —dije mientras les ofrecía tomar asiento. Después, me senté junto a ellos frente al fuego y continué—. Por favor, vicario, ordenad que preparen habitaciones para nuestros invitados. El convento les será…

—Partiremos antes de medianoche —me interrumpió el cardenal.

—Pero… Deberíais descansar…

—Estoy acostumbrado a estos viajes, hermano DeGrasso —siguió Iuliano. Luego sonrió por primera vez.

Darko, sin embargo, asintió en silencio.

Despedí a Rivara y, una vez hubo salido, pregunté:

—Bien… ¿A qué debo el honor de vuestra visita?

—¿Habéis podido interrogar al hereje? —dijo Iuliano levantándose.

—Esta misma tarde.

—Observo con placer que sois aún más celoso con vuestra labor de lo que esperaba. ¿Qué resultó del interrogatorio?

—Tengo el paradero del libro.

El cardenal de la Inquisición no pudo ocultar el brillo de sus ojos. En su rostro se dibujó una pequeña sonrisa, la segunda de la noche.

—¿Y dónde se supone que está? —preguntó el Astrólogo.

—En el ducado de Ferrara, en el interior de una iglesia abandonada que pertenecía a los benedictinos.

Iuliano asintió con la cabeza y, por un instante, extravió sus ojos en los leños que ardían en la chimenea.

—Ya ha salido una comitiva para inspeccionar el lugar y traer el libro —añadí.

—Excelente —murmuró el cardenal.

—¿Queda algo por hacer? —pregunté de manera retórica.

—¿Qué hay del hereje? —intervino Darko.

—Soportó dos sesiones. Se resistió hasta casi el último aliento.

—¿Lo atormentasteis? —volvió a preguntar el Astrólogo.

—Mereció la Cuna de Judas y el potro. Evidentemente, se encuentra muy mal.

El cardenal meditó en silencio.

—Incomunicadlo —aconsejó.

—Y cercioraos de que su lengua sea cortada antes de ser quemado en el próximo *Sermo Generalis*. El hereje debe morir —intervino Darko, que ahora era quien miraba el fuego, distraído.

—Sin duda, Gianmaria morirá: quedan pocos días para celebrar el auto de fe.

—¿Habló de algo más en la sesión? —preguntó el Astrólogo.

—Sus palabras fueron extrañas...

—¿Qué dijo? —me interrumpió la curiosidad de Iuliano.

—Habló de un rito iniciático... satánico, que puede abrir las puertas de un mundo espiritual... Un mundo de filosofías peligrosas...

—Habéis estirado su lengua más de lo conveniente —exclamó Darko mientras cruzaba su mirada con la de Iuliano y se movía con inquietud en su silla.

—¿De qué trata todo esto? —pregunté mirando al Astrólogo. Era mi oportunidad para obtener respuestas.

—Hay cosas que vos desconocéis. Sería largo y tedioso de explicar —interrumpió el cardenal.

—Dispongo de tiempo suficiente para escucharlo, Excelencia. No es normal que un hereje insulte a un inquisidor durante la sesión y menos aún que prefiera la muerte a entregar un libro prohibido.

—¿Os ha insultado? —siguió Darko—. ¿Y qué os ha dicho?

—No creo que importe. Es solo una ofensa.

El astrólogo papal se volvió indiscreto.

—¿Qué os ha dicho el hereje? —insistió.

—Que era un bastardo.

El cardenal Iuliano me miró fijamente y quedó preso de mis palabras. Parecía saber algo que había decidido ocultar.

—Esas palabras no tienen ningún sentido —afirmé.

—Seguro que no. Es solo una muestra más de su espíritu diabólico —respondió mostrando seguridad.

—¿Y bien? —continué, pues habían desviado la conversación sin responder a lo que más me preocupaba—. ¿Qué hay alrededor del hereje y del libro?

Darko no contestó. Se limitó a mirar a Iuliano y permaneció en silencio. El cardenal se acercó a una mesa con licores que Rivara, siempre pendiente del detalle más mínimo, había ordenado colocar allí poco después de recibir a los visitantes. Normalmente no solía haber bebidas en la sala del capítulo, el lugar donde nos reuníamos como miembros de la congregación dominica para despachar los asuntos del convento, actividad para la que no necesitábamos ningún agasajo, sino lo imprescindible para no sentirnos incómodos, nada del lujo que tenían los grandes monasterios o, sin ir más lejos, las estancias vaticanas. Iuliano observó con detalle las botellas y cogió una. Luego sirvió dos copas. El silencio que había producido mi pregunta permanecía en el aire. El dominico tomó asiento y me ofreció una de las copas con su mano enguantada. Llevó el licor a su nariz y se deleitó con su aroma. Luego habló.

—Gianmaria es el último brujo de un antiguo linaje, hermano. Con él se extinguirá una sociedad secreta de adoradores del diablo.

—¿Una secta? —mostré mi creciente sorpresa.

¿Cuántas cosas más que yo sabían mis interlocutores y me estaban ocultando? ¿Por qué se obstinaban en que les sirviera rodeado de oscuridad?

—Así es, una antigua secta demonólatra del Egipto helenista. —Iuliano dio un trago a su copa antes de continuar—. Se cree que sus fundadores fueron los bibliotecarios de la gran biblioteca de Alejandría, llegados a Europa cuando esta fue destruida salvajemente por el Islam en el siglo VII. Según parece, estos primeros brujos eran paganos sincretistas que formaron la Sociedad Secreta en torno a un misterioso libro escrito en árabe que hallaron entre los innumerables volúmenes de la biblioteca. El mismo libro que sobrevivió al fuego de los califas, a monofisitas y monotelitas. Un libro que surgió del desierto escarlata aunque profano al Islam. El libro que ha sido ocultado durante más de 750 años a nuestra Iglesia.

—El *Necronomicón* —dije pronunciando en voz alta mis pensamientos. Darko asintió en silencio.

El cardenal tomó su copa con ambas manos y, como si le estuviera hablando a ella, prosiguió.

—La Iglesia persiguió con tenacidad este libro hasta que logró encontrarlo y destruirlo en España. Pero la Sociedad Secreta había tenido tiempo de hacer una traducción al griego, que más tarde fue advertida por la Iglesia ortodoxa: esa copia es el *Necronomicón*.

—Leí algo sobre eso en Roma. Era un documento fechado en 1380 —afirmé mientras recordaba para mí las últimas palabras escritas en aquel documento: «Dios libre a los hombres del rastro de esta obra, pues la bestia mira y presiente a través de ella y sus brujos».

—Los ortodoxos griegos documentaron y nos señalaron la existencia de una copia incompleta traducida al griego que había pervivido —insistió Iuliano recuperando el discurso que yo había interrumpido con mi intervención.

—¿Incompleta? —susurré.

—Los brujos del siglo XIII se encargaron de eliminar los

conjuros que convertían el libro en un verdadero peligro. Perseguidos por nosotros, decidieron ocultar las oraciones prohibidas en algún otro lado, en otro libro, solo para evitar que la Iglesia tuviera acceso al espíritu del *Necronomicón* y de la secta.

—Pero la Iglesia había tenido el original árabe en sus manos, en España...

—Sí, lo destruyeron sin siquiera examinarlo —contestó Iuliano. Que consideraba el procedimiento torpe era tan evidente en sus palabras como en el tono de su voz.

—¿Y la copia en griego? —continué.

—Al parecer, descansa en sus cenizas. Eros Gianmaria se encargó de destruirla en cuanto concluyó la traducción al italiano y la tuvo a buen recaudo. El *Necronomicón* de Gianmaria sigue siendo la versión incompleta del original —sentenció el cardenal.

Yo no podía estar más asombrado ni más orgulloso. Por una parte, sus palabras confirmaban mi intuición sobre la autoría de la traducción al italiano; y por otra, el cardenal y el Astrólogo sabían muchos detalles que corroboraban el desvelo y la eficacia con que la Iglesia había tendido sus redes de informadores para conocer hasta el más mínimo detalle de la azarosa historia del libro prohibido. Pero sus consideraciones sobre el poder real del libro entraban en franco conflicto con las de Gianmaria.

—El hereje estaba convencido de que ese libro nos podía traer problemas —aseguré.

—Eso no es cierto. —Darko volvió a romper su silencio—. El *Necronomicón* sin sus conjuros es un libro vacío. A menos que... el libro en el que se ocultaron haya estado cerca de su puño, aunque esto es mera especulación...

—Sea como fuere, la historia de la Sociedad Secreta de los Brujos llegó a su fin —dije—. Incompleto o no, ese libro prohibido estará en vuestras manos en pocos días. Solo hay que esperar el regreso de los emisarios. Con Gianmaria en la hoguera y el libro en manos de la Inquisición, la Sociedad Secreta se extinguirá, y con ella los enemigos de la Iglesia.

El cardenal volvió a mirar el fuego. No parecía muy convencido de que todo hubiera terminado y yo no tardaría mucho en saber por qué.

—Aún quedan enemigos... —susurró hacia las llamas y volviéndose lentamente hacia mí, con una mirada intimidatoria que me incomodó, pronunció un nombre completamente desconocido para mí—: La *Corpus Carus*.

11

La mañana siguiente amaneció desteñida en desafiantes nubarrones. Mis intempestivos visitantes habían abandonado el convento a medianoche. Yo me había levantado inquieto y el tiempo no iba a ayudar a que mi ánimo mejorara. La temperatura era despiadadamente baja. La nieve cayó sin cesar durante la madrugada y se agarraba con firmeza a los caminos del contorno mientras que el acceso al convento se había convertido en un completo lodazal.

El vicario Rivara me había solicitado una audiencia en privado y se mantuvo en silencio durante los casi doscientos pasos que recorrimos hasta llegar a un lugar apartado del claustro.

—Tengo una noticia que daros, mi prior —dijo Rivara mientras el calor que salía de su boca se convertía en delgadas volutas de vapor—. He preferido mantenerlo entre nos y no divulgarlo sin vuestra autorización.

—Bien... Creo que en este sitio solo el viento gélido será testigo —dije mientras miraba hacia el mar—. Os escucho.

—Durante la noche llegó un segundo carruaje desde Roma; nadie salió de él hasta que no lo atendí personalmente. Alguien ha venido a visitaros...

Levanté las cejas para mostrar mi estupor ante tanto misterio. El vicario había hecho una pausa y estaba claro que intentaba encontrar las palabras adecuadas para lo que tenía que decirme.

—¿Entonces? —insistí.

—Pensé que se trataría de algo importante y accedí a alojar a esta persona; creo que la decisión fue correcta...

—¡Pero basta ya de misterios! ¿De quién se trata? —continué exasperado.

—Es que... Es que es... Una joven.

—¡¿Una niña?! —exclamé completamente sorprendido.

—Se llama Raffaella D'Alema y dice que viene a veros a vos desde Roma.

Por un momento, mi corazón pareció detenerse, y me quedé mirando fijamente a Rivara sin saber qué responderle.

—Accedí a dejarla entrar porque me pareció desatinado obligarla a pasar frío. —El vicario intentó justificarse; mi mirada debió de parecerle poco amistosa—. Sé que una pequeña dama en la vida de un religioso no es algo «conveniente»; la gente habla y engorda los hechos, y los rumores sin sentido alguno retumban por los pasillos. Si se tratase de una burla o de una confusión, no debéis preocuparos, mi prior. Ella está en lugar seguro, a salvo de miradas. ¿Deseáis atenderla...?

De pronto sonreí y con este gesto sorprendí abiertamente al vicario. Mi sonrisa no era algo que prodigara con frecuencia.

—¿Dónde está esa pequeña? —pregunté como quien busca oro dentro de un laberinto.

—En la capilla de los penitentes, bajo llave —contestó el vicario—. Nadie sabe ni sabrá de ella si permanece en ese lugar.

—En verdad supisteis tratar este asunto como se merece, hermano —le dije cariñosamente al vicario, mirándole directamente a sus bondadosos ojos azules y posando mis manos sobre sus hombros—. Ahora entiendo la privacidad de la conversación y encuentro justificación a la caminata. Preparad una habitación y comida para ella, no digáis a nadie que ha llegado y disponed para mañana un carruaje escoltado que la devuelva a Roma. Pasará la noche en el convento.

Dejé a Rivara en el extremo del claustro y me dirigí con presteza hacia la capilla de penitentes sin desviarme ni media pulgada de la trayectoria. Mientras iba caminando, a cada paso levantaba un muro informe con mis pensamientos, apilándolos según venían y sin elaborarlos. Fluían libremente, no sé si eran buenos o malos, si convenientes o perjudiciales; lo único cierto era que deseaba imperiosamente ver a la joven Raffaella. Tanto que hasta olvidé mi reciente estancia en la cámara de tormentos y la extraña conversación que sostuve con Iuliano y el Astrólogo. Solo pude recordar con nitidez su cara ovalada, su tez lisa y blanca, sus ojos pardos, limpios, su cabello castaño... Su hermoso cuerpo. Nuevamente, la tentación me acechaba. No podía decidir si ella era un ángel enviado por Dios para salvaguardarme de un mundo frío y complejo... O si era un demonio, que había comenzado a lamerme la cara para luego reclamar mi alma por toda la eternidad.

V

HECHIZOS DEL CUERPO

12

La capilla de penitentes se encontraba en un rincón casi perdido del gran convento. A pesar de su sencillez y magnífica belleza, era usada pocas veces durante el año: sus puertas solo se abrían para la celebración de la Pascua y en el día de los santos Pedro y Pablo. Al estar en un sitio alejado y poco frecuentado, la pequeña capilla poseía las condiciones idóneas para tener encuentros en intimidad y absoluta reserva, tal y como era menester esa mañana.

Al final del largo pasillo de piedra unas lámparas de aceite delataron actividad en la entrada de la capilla. Había sido el vicario quien las encendiera para matar la profunda oscuridad que sepultaba este sector. Tomé el frío picaporte de hierro del macizo portal y, al ritmo de los desbocados latidos de mi corazón, entré en la capilla en el más hermético de los silencios. Raffaella permanecía sentada en la segunda hilera de asientos justo de frente al altar. Ocultaba su cuerpo tras una gruesa chalina negra pero su cabello castaño destellaba. La joven no se había apercibido de mi entrada, por lo que me acerqué con cautela y sin pretender asustarla. Al avanzar, mi sombra me delató en las paredes y fue suficiente señal para que ella volviese la cabeza.

—Angelo —dijo con suavidad, luego se levantó y se quedó inmóvil frente a mí.

Su rostro fue el mejor regalo que había tenido en años. La mirada de Raffaella llegó hasta lo más profundo de mi ser, dejándome atónito y sin palabras. Logró lo que muy pocos: callar al Inquisidor. Con seguridad ella esperaba alguna reacción por mi parte, de aprobación o de reprimenda, pues se quedó mirándome como una hermosa estatua. Y en mi cara se dibujó involuntariamente una sonrisa. Al verla, Raffaella dio un paso hacia mí y me abrazó.

—Raffaella —dije mientras la sujetaba con afecto contra mi pecho—. ¿Qué clase de locura has hecho?

—Perdonadme, no quise exponeros ni causaros problemas —dijo ella con su rostro hundido en mi hombro—. Sé que he ido muy lejos; confío en que me comprendáis…

Tomé sus brazos y la separé un poco para verle la cara. Estaba llorando.

—Mi pequeña —le susurré con ternura.

Raffaella estaba asustada y era lógico. Se había escapado de su casa y recorrido una infinidad de leguas solo por un impulso irrefrenable. No dejaba de ser una niña que ahora se enfrentaba a la realidad, más compleja de lo que había supuesto, y temía el castigo de los que la cuidaban. Era mi deber como hombre y religioso consolar a esa alma en apuros.

—Si hubiese sabido de tu llegada, habría ordenado cortar todas las flores del valle para adornar la capilla.

—¿No estáis enfadado? —preguntó, sorprendida.

—¿Por qué habría de estarlo?

—Hice algo que me habíais prohibido… ¿No recordáis que os había propuesto viajar con vos?

—Sí, lo recuerdo… —dije mientras le secaba una lágrima con el pulgar—. A veces mi boca habla más rápido que mi corazón. Estoy muy contento de verte.

Ella sonrió, y yo reprimí un suspiro de gozo.

—No deja de ser osada tu travesura… ¿Acaso creíste de veras, en algún momento, que me enfadaría contigo?

—No… Habéis actuado como imaginé, no me equivoqué con vos… Y creo que tampoco cuando tomé la decisión de venir —dijo Raffaella, ya calmada.

No había demasiado tiempo para seguir conversando. Mi deseo desenfrenado de verla se anteponía a la prudencia y a mis obligaciones, pues aún me quedaban asuntos que ultimar para el *Sermo Generalis*, el gran auto de fe que se celebraría el día 30 de noviembre en la plaza de San Lorenzo. Había entrado en la capilla preso del arrebato: era incapaz de saber que ella estaba entre mis paredes y no verla. Yo intuía sus razones. Aquel abrazo, aquella mirada, habían hablado lo suficiente. Si tenía alguna otra justificación, luego sería el momento de escucharla. Más tarde tendríamos el tiempo y la atmósfera indicada para profundizar el diálogo. Solo debía esperar a que cayera la noche.

—Raffaella —le dije tomándole las manos—. Ahora he de irme. Le pediré al vicario Rivara, el hermano que te trajo hasta aquí, que te prepare un aposento para pasar la noche y yo iré a compartir la cena contigo. Por nada del mundo salgas de la capilla si no es con Rivara. Y, por favor, una vez instalada, no abandones tu habitación. Creo que puedes comprender cuánto me compromete tu visita.

Dicho esto abandoné la capilla y mientras caminaba hacia mis aposentos, volvieron a mí los sucesos acaecidos el día anterior, ese día que había conseguido apartar de mi mente por un instante. El interrogatorio cruel, la tortura, la confesión de Gianmaria, su acusación de bastardía, la intempestiva visita de Iuliano y del astrólogo papal, el enigma de la *Corpus Carus*... Y aquel libro del que, estaba seguro, todavía me escatimaban información. Los hombres que había enviado a Ferrara regresarían pronto y yo habría cumplido con mi primera misión, localizar el *Necronomicón* de Gianmaria. Mi partida hacia el Nuevo Mundo se acercaba y me habría gustado resolver alguno de los muchos misterios que, de repente, se habían cruzado tan inopinadamente en mi camino.

13

Había instalado a Raffaella en el ala del convento donde estaban las habitaciones más confortables y amplias, reservadas al prior y a las visitas de rango. Su alcoba estaba frente a la mía. Esa noche tendríamos la intimidad que necesitábamos pues éramos los únicos instalados en aquel corredor. Pedí que llevaran cena con la orden expresa de que la dejaran ante la puerta, llamaran, y se retiraran antes de que el visitante saliera a recogerla.

Cuando llegué a la puerta golpeé cuatro veces: era la señal acordada con Raffaella, que tenía órdenes estrictas de no abrir a nadie. La cerradura sonó y la gran puerta de nogal se entreabrió para darme paso a la habitación. Raffaella mantenía una sonrisa armoniosa en su rostro y los restos de su cena me dieron a entender que había sido muy bien aceptada.

—Me alegro de veros... —dijo sentándose a los pies de la majestuosa cama que mostraba exquisitas tallas en su cabezal.

—¿Te gustó la cena? —pregunté echando una mirada a las bandejas de plata.

—Sí, mucho. ¿Qué era?

—Ciervo... —dije mientras contemplaba la perfección de sus facciones y le sonreía de forma cortés.

—¿Ciervo? —exclamó sorprendida—. No lo había probado nunca.

—Bueno... A partir de ahora ya no podrás decir eso —continué. El plato que había degustado era el que se solía preparar para agasajar a los invitados de mayor rango. La carne de ciervo, más oscura que la de res, tiene un sabor inigualable cuando se la condimenta con la receta de salsa de hongos que nuestro cocinero mayor se negaba siempre a revelar.

Me dirigí a la chimenea, aticé las brasas y eché tres gruesos troncos para que la alcoba se mantuviera caldeada. La disposición de la leña en el fuego, las brasas ardientes y el crepitar de las llamas elevándose en el tiro me recordaron quién era. Pero en ese momento no me encontraba frente a un hereje, absolviéndole de sus pecados antes de quemarlo. Estaba ante la hija de mi buen amigo Tommaso. Me dirigí hacia la gran cama, cogí una silla y me senté frente a Raffaella.

—Cuéntame por qué has venido hasta aquí —dije con suma delicadeza.

—Porque quiero estar contigo —respondió la joven muy segura de sí y apeándome el tratamiento.

Yo esperaba una respuesta confusa y disfrazada, mas la claridad y franqueza de la joven me sorprendió y cambió rápidamente el concepto que tenía de ella. No se trataba de una niña caprichosa que no sabía lo que quería.

—Me sorprende tu sinceridad; en verdad eres directa y eso me complace. —Pasé lentamente los dedos por mi barbilla y la miré con ojos de juez—. Ahora me intriga saber el porqué. ¿Qué te lleva a querer estar cerca de un monje como yo?

Nerviosa, Raffaella jugueteó con su vestido bajando la mirada. No le sería fácil ordenar sus pensamientos; estaba demostrando ser muy valiente.

—No lo sé con certeza... —dijo meneando la cabeza—. Será que no me interesan otras cosas, será que me han hablado demasiado de ti... Será que te conocí en el momento oportuno...

—¿Me estás hablando de amor? —dije en un tono confidencial. Ella levantó repentinamente la cabeza y sin dejar de retorcer su vestido se quedó mirándome en silencio.

Una mirada vale más que mil palabras, eso afirma el refrán. Yo voy más lejos y afirmo que hay miradas que no pueden explicarse ni con todas las palabras conocidas, pues transmiten los sentimientos de una mujer enamorada y estos son inexplicables. Esperaba una reacción, su mirada había quedado flotando en el aire y mi respuesta no llegaba. Le devolví con una cálida sonrisa el regalo que ella acababa de hacerme.

—¿Cómo puedes estar enamorada de alguien como yo? —dije, y mi respuesta, que no rechazaba de manera tajante su insinuación, le dio a entender que no estaba sola en su cruzada y se animó a continuar. Nunca me habría perdonado si aquella noche hubiera dejado a la pequeña sola con sus sentimientos al desnudo, aquellos que me ofrecía como una mujer madura.

—Será por lo mucho que se habla de ti en casa, todas esas historias que cuenta mi padre de sus aventuras contigo y aquella explicación que nos diste de tu sacerdocio como un verdadero caballero perseguidor de demonios. Puede que mis sentimientos me traicionen... Y me condenen...

—¿Te impresionaron las historias de tu padre o el hábito negro de los inquisidores?

La pregunta la obligó a meditar, luego continuó.

—Creo que por vestir el hábito de la Inquisición no dejas de ser el que fuiste. Según mi padre, eres una persona con mucho poder. Te mueves en imponentes carruajes, eres reconocido en Roma y hasta hablas con el Papa, ¡al que ni yo veo, siendo romana! Eso podría impresionar a cualquiera, pero no es precisamente lo que me atrae de ti, sino tu mirada, hermosa y atenta. ¿Acaso piensas que escapé de casa por un capricho?

—En verdad me haces sentir bien —afirmé con una felicidad pocas veces experimentada—, entiendo tus sentimientos... Si te dijera la verdad de los míos, ¿la sabrías guardar?

—¡Claro! —exclamó.

—Eres muy bella... extremadamente bella y con un corazón noble. Si no fuera un religioso haría cualquier cosa por tenerte a mi lado... Créeme.

Raffaella escuchaba con atención, y su expresión variaba a cada palabra.

—¿Qué te impide ahora tener lo que quieres? —indagó alcanzando con precisión el centro de mis dudas. Fue una buena pregunta, una puñalada directa a mis principios.

—Yo ya estoy comprometido. Puede decirse que mantuve un noviazgo de nueve años y acepté a Dios, al que prometí fidelidad y castidad. No creo que quieras interferir en esa promesa...

—Estoy segura de que Dios sería feliz si estuvieras conmigo. —Por un momento, deseé que aquellas palabras fueran ciertas, pero fue algo repentino e inapropiado—. Lo pensé durante el viaje: si tú, como yo, nunca has visto a Dios, ¿cómo sabes que vuestro compromiso es real?

—Porque así me lo dice la vida... Porque así me lo indica mi corazón...

Raffaella sonrió por obligación y tragó amargura.

—¿No queda más lugar en tu corazón para el amor? —preguntó delicadamente, en un susurro.

—No para la clase de amor de la que me hablas —respondí—. A Dios y a su causa se lo he dado todo.

Me levanté de la silla y me senté en la cama junto a ella, tomé una de sus manos y luego le acaricié la cabeza. Sus cabellos eran sedosos y mis dedos recorrieron todo su peinado hasta descansar en el rodete que se lo recogía en la nuca.

—No me quieres... No me quieres lo más mínimo —dijo ella hipnotizada por mi caricia.

—Sí que te quiero...

—No lo entiendo. Te alegras de verme, puedo ver el regocijo en tus ojos, pero me niegas tu corazón. Te declaro abiertamente mi amor como no lo he hecho jamás con ningún hombre y tú me desprecias. Ahora afirmas quererme... No entiendo nada. No sé si sentir vergüenza o pena por mí. —Raffaella intentaba mantener una actitud digna aunque poco le faltaba para derrumbarse.

—Sí, te quiero, mas no como pretendes. Ya te lo he dicho, si no fuese religioso, la realidad sería otra. No te avergüences ni sientas pena por ti. Eres una joven muy valiente.

Raffaella apoyó la cabeza en mi hombro y luego murmuró como si estuviese en el patíbulo:

—¿Qué sucederá ahora conmigo?

La pregunta me confirmó que ella estaba realmente decidida a quedarse y que había proyectado su vida incluyéndome en ella. No contempló la posibilidad de obtener una negativa. Quizá había confiado en exceso en su encanto y belleza.

—Mañana partirás de regreso a tu casa, en un carruaje del convento y con un emisario que entregue a tu padre una carta de mi puño y letra en la que le pido que no sea demasiado severo contigo.

La joven no hizo un solo gesto, permaneció silenciosa, recostada en mi hombro. La aparté de mí con suavidad y me despedí con afecto posando sobre su frente un cálido beso. A la mañana siguiente la despertaría para decirle adiós antes de su partida y sería, no como ella sin duda deseaba, una despedida rápida y casta.

Pasada la medianoche, el vicario mandó llamarme. Una fuerte tormenta se cernía sobre Génova. Los relámpagos lanzaban sus ráfagas luminosas sobre las estancias del convento mientras los truenos rebotaban entre sus paredes. Debía de ser urgente, puesto que cualquier asunto sin mucha trascendencia habría podido esperar la salida del nuevo sol. Me di prisa en abrigarme y recorrí junto al enviado de Rivara la distancia que separaba mis aposentos de la sala capitular, donde el vicario me esperaba.

—¡Prior! —dijo al verme llegar—. Disculpad lo intempestivo de la hora, pero las novedades son de la máxima gravedad.

—¿Y bien...? Escucho —respondí tomando asiento tras el escritorio.

Rivara ordenó al emisario que se retirara. Aunque era de su total confianza, los temas que se iban a tratar le estaban completamente vedados.

—¿Recordáis a la bruja de Portovenere? —preguntó el vicario. La luz de las velas producían un inquietante baile de sombras en su rostro.

—Sí, desde luego.

—Parece que sus conjuros ya no atormentarán más a sus víctimas.

—¿La atrapamos? —pregunté esperanzado.

—Sí.

—¡Magnífico! —grité lleno de satisfacción.

—No solo eso, mi prior —continuó el vicario—. Teníamos un grueso expediente de pruebas en su contra, pero ahora contamos con un papel que revela sus macabras intenciones en el mundo de la brujería.

—Excelente. —Sonreí con satisfacción—. ¿Cuándo llegó la noticia?

—Hace una hora escasa, mi prior.

Me quedé mirando las llamas que se alzaban del candelabro antes de seguir con la conversación.

—¿Cuál es el verdadero nombre de la bruja? —pregunté.

—Isabella Spaziani.

—Spaziani... —murmuré con rabia, pues ese nombre me era dolorosamente conocido.

—¿Sabéis quién es?

Suspiré mientras me abrigaba el rostro con las solapas de mi bata, en un gesto que pretendía no tanto evitarme el frío sino detener el escalofrío que recorrió mi espalda cuando el nombre de la bruja fue pronunciado. Acontecimientos del pasado se agolpaban, incontrolables, en mi mente. Mis ojos color miel habían perdido el brillo tornándose oscuros. Rivara me miró fijamente esperando una respuesta.

—Es una vieja conocida —masculué—, una discípula de una importante bruja francesa que perseguí años atrás. Creo que por fin encontré a su alumna perdida.

—¿Quién era esa gran bruja, mi prior?

—Madame Tourat. Se llamaba madame Tourat y era una adinerada ciudadana de Montpellier que en su juventud había entregado su alma al diablo. Isabella era su aprendiz y cómplice en sus abominables orgías. Las llevaban a término en las mansiones de la ciudad. Su discípula logró escapar de la Inquisición por muy poco.

—¿Y qué le sucedió a madame Tourat?

—La quemé en la hoguera, en el sur de Francia.

Las llamas de las velas alimentaron mis recuerdos, que rápidamente ardieron, cebados por la noticia.

—¿Cuándo traerán a la bruja de Portovenere? —pregunté.

La mirada del vicario descendió directamente de mi rostro al suelo antes de responder. La noticia por la que me había sacado de mi lecho parecía no haber terminado aún.

—Mi prior… Por eso os mandé llamar… La atrapamos, sí, pero no como esperábamos…

—¿Qué intenta decirme, Rivara? —El vicario, con tanto circunloquio, estaba acabando con mi paciencia.

—Está muerta…

—¡¿Cómo muerta?!

—Entramos en la casa y la encontramos sobre el suelo, con una flecha atravesándole la boca. Parece que alguien se encargó de asesinarla.

Sus palabras me dejaron perplejo y pasé de la sorpresa al enfado:

—¡Pero qué clase de noticia es esa…! ¿Me despertáis solo para decirme que tenemos un cadáver?

—Mi prior, ahora estamos seguros de que ella no volverá a contaminar con sus conjuros a los fieles. —El vicario bajó de nuevo la mirada y murmuró con pesar—: Aunque creo que esta vez se escapó definitivamente de vos y de la Inquisición.

Respiré hondo para armar mi paciencia y luego repetí lentamente:

—No creo que hayáis interrumpido mi sueño solo para decirme que atrapamos una bruja muerta. Definitivamente, ese no es vuestro modo habitual de proceder.

—Tenéis razón, mi prior: hay algo más —dijo Rivara mostrándome a la luz de la velas un papel que llevaba en las manos—. Esta es la causa de vuestro desvelo.

Tomé el papel, manchado y maloliente, miré al vicario y comencé su lectura:

A ti, Eros Gianmaria, brujo de Venecia:

Aún no he recibido noticias tuyas, mis cartas no han sido correspondidas. Espero que los perros de la Inquisición no te hayan atrapado. Lentamente, el círculo parece cerrarse… Ahora solo necesitamos preparar el Gran Aquelarre y dar comienzo al deseo, ya viejo, de los brujos y demonios de la Antigüedad. Lo digo con certeza, pues desde hace diez años tengo en mi poder el *Codex Esmeralda*.

He oído que el *Necronomicón* está en tu poder, y de la misma forma que el día necesita de la noche, y el Sol de la Luna, mi libro ahora necesita del tuyo. La Iglesia católica nos persigue con tenacidad, los mastines de Cristo siguen nuestro rastro mientras nosotros nos arrastramos por los más oscuros e inmundos rincones, con la astucia de la serpiente esperando el momento adecuado para atacar. No será conveniente abandonar Italia, pues los ortodoxos y protestantes parecen ser astillas del mismo árbol; en lo que a esto se refiere, son tan apostólicos como los obispos romanos.

El Gran Maestro espera con silencio de monje y pies de chivo, aunque nada sabe de tu paradero. Él velará para que todo se lleve a cabo según los ritos de iniciación prohibidos, con el secreto de las artes negras. Juntemos los libros, tu *Necronomicón* y mi *Codex Esmeralda*: ellos traerán la gloria del Rey de los Reinos Terrenales. Y la oscuridad será total.

El Gran Maestro se impacienta por tu silencio. Tú tienes el libro, eres dueño del tiempo.

Escondida, sintiendo cada vez más cerca el aliento de los mastines de la Inquisición, y refugiada en las tinieblas de mi guarida, espero tu respuesta.

ISABELLA, bruja y testigo de Satanás,
octubre del año 1597

Levanté la vista y observé al vicario.

—¿Dónde estaba este papel?

—Dentro de su vagina… Como si hubiese deseado llevárselo consigo al silencio eterno de la muerte. —Solté el escrito con repugnancia y me limpié las manos en la tela de mi bata. El vicario continuó—: La bruja llevaba algún tiempo muerta, pero su cadáver no se había descompuesto del todo a causa del intenso frío. El papel sobresalía en uno de los desgarrones que le habían causado las bestias del bosque.

—¿Encontraron algo más? ¿El *Codex Esmeralda* del que habla el escrito?

—No, mi prior. La casa de la bruja mostraba indicios de haber sido registrada, y a conciencia.

—¿Alguien más ha leído este papel?

—Solo yo, mi prior —respondió Rivara.

—¿Y vos comprendéis lo que en él se explica?

—Parece claro. Ella buscaba unir su libro con el *Necronomicón*, ese libro del que hablasteis con el brujo. Mantenía relación con nuestro hereje pero desconocía que se hallaba preso desde 1593.

—¿Y habéis llegado a entender por qué deseaba esa unión?

—Como se hizo evidente en la sesión del tribunal, vos estáis más enterado que yo de ese asunto. Yo no sé mucho de literatura prohibida.

El vicario me miró esperando, cómplice de mi silencio.

—Bien… Entonces borrad todo esto de vuestra memoria. —Y, tras el giro inesperado que habían tomado los acontecimientos, añadí—: Por vuestro bien.

—Así lo haré, mi prior.

Acerqué mi rostro a la luz para lograr que, en el claroscuro, se afirmaran mis facciones afiladas y la seriedad de mi mirada. Y observé detenidamente al vicario.

—¿Sabéis algo más que yo desconozca?

—No, mi prior.

—Está bien. Escribid ahora mismo una carta al Superior General de la Inquisición. Iuliano querrá estar al tanto de este descubrimiento.

—La escribiré ahora mismo y por la mañana enviaré un mensajero a Roma.

Aún quedaba una cosa por resolver:

—Hermano Rivara, acepto que el destino se haya cobrado la vida de esa miserable bruja —continué—, pero jamás consentiré que la muerte del cuerpo sea el alivio de un espíritu satánico ante la Inquisición. Celebraremos el *Sermo Generalis* como corresponde —dije con chispas de odio y decisión en los ojos—, daremos al pueblo de Génova lo que desea: tendrá a sus herejes en la plaza.

El brillo de un relámpago entró por la ventana. La tormenta era intensa, tanto fuera como dentro de la sala. Me puse de pie para continuar.

—No dejaremos a la bruja sin castigo. —Alcé mi dedo con el anillo de Cristo y llené mi voz de arrojo mientras un nuevo rayo iluminaba mi rostro—. Quiero que se prepare una estaca más, quiero que traigan el cuerpo de la bruja y lo lleven a la plaza. Nadie se puede jactar de haber burlado al Gran Inquisidor DeGrasso.

Rivara frunció el ceño.

—¿Deseáis quemarla en el estado en que se encuentra?

—La quemaré muerta. Será buen ejemplo para quienes decidan blasfemar sobre las enseñanzas de la Iglesia.

—Su cuerpo comenzará a descomponerse si la retiramos del frío —advirtió.

—No os preocupéis. El fuego purificará toda pestilencia.

—Como vos dispongáis, mi prior.

Volví a observar a Rivara, que, desde que yo le había pedido que escribiera aquella carta, había acercado un asiento al escritorio y no dejaba de utilizar la pluma registrando mis órdenes.

—¿Qué os sugiere la frase «con silencio de monje y pies de chivo»? —pregunté al vicario, pues me interesaba conocer el alcance de su comprensión.

—Un traidor, Excelencia.

—¿Puedo confiar en vos? —repetí ante su atinada respuesta.

El vicario no se extrañó ante mi pregunta.

—No hagáis caso de mi interpretación, solo de vuestra

intuición, mi prior —respondió Rivara mientras la luz de las velas se reflejaba en sus ojos.

Cogí el escrito de la bruja y lo acerqué lentamente a mi nariz. Sentí el aroma póstumo de su pecado. Y mi rostro se transformó.

Antes de regresar a mi aposento ordené al vicario que por la mañana llamase al juez de bienes confiscados y a su secretario para que realizaran el inventario de las propiedades que la Iglesia confiscaría a familiares y cómplices de Isabella. Esa noche, nuevamente, me costó conciliar el sueño, turbado por un torbellino de ideas y sentimientos encontrados. Dos reencuentros, que deseaba con igual fervor, pero de naturaleza muy diferente, se habían producido esa noche: Raffaella, con el amor que avivaba en mí, e Isabella, la maldita bruja que tanto daño me causó en mis inicios como inquisidor. Y ese segundo libro, que, sin saberlo, yo ya había perseguido una vez… A ello se unían mis dudas sobre el papel de Iuliano en esta compleja obra. La noche anterior había afirmado que Gianmaria era el último de los brujos. ¿Por qué me había mentido?

14

La noche fue realmente infernal. La tormenta se detuvo al llegar el alba y yo no había podido dormir. Necesitaba encontrar paz y en aquel momento, y en aquellas circunstancias, solo Raffaella me la daba. Decidí enviar a buscarla para proponerle un paseo por las dependencias de la abadía. Así nuestra despedida no sería tan brusca. Llegó acompañada por mi fiel Rivara, quien había ocultado su figura bajo un grueso hábito. Nos encontramos en el claustro viejo, que mostraba solo una pequeña porción del cielo azul matutino pero deleitaba ampliamente la vista con sus paños decorados con capiteles románicos bellamente ornamentados. Mi intención eran disfrutar al máximo de su presencia pues muy pronto iba a perderla.

El vicario se retiró en cuanto nos dejó a solas. El claustro viejo tenía dos pisos de altura, y en el segundo mostraba vistosos vitrales decorados con santos y antiguos prelados de la Iglesia. Era un lugar magnífico para un encuentro extraordinario. Cuando retiré parcialmente la capucha del rostro de la joven, pude ver su cara expectante y la poderosa energía que irradiaban sus ojos. Posé mi mano en una de sus mejillas, sonrosadas y tibias, un cordial beso en la otra, y respiré su aliento como un exquisito perfume.

Su figura era realmente extraña, una joven vestida de monje en un convento lleno de hombres y en mitad de un invierno muy crudo. Por un instante deseé recorrer su cuerpo con mis manos por encima de la tela. Raffaella, sin querer, jugaba continuamente con impulsos que me eran difícilmente controlables pues surgían de mi naturaleza masculina. Yo intentaba aplacarlos recurriendo a las Sagradas Escrituras, en las que siempre encontraba consejos adecuados para mis dilemas espirituales, y también para las afecciones de la carne. Jesús mismo tuvo tentaciones y habló claramente sobre ellas: «Y si tu ojo te es ocasión de pecado, sácatelo y arrójalo de ti; más te vale entrar en la Vida con un solo ojo que, con los dos ojos, ser arrojado a la gehena del fuego». Yo también tenía que apartarlas de mí. Mis pensamientos se interrumpieron de repente pues la joven rompió el silencio y me encantó con su voz.

—¿Y bien...? ¿Acaso tus ojos quieren decirme algo? —Ella se vio sorprendida por mi silenciosa y prolongada mirada.

—Perdona, ¿te molesta...? Es que no acostumbro ver caras como la tuya. Déjame disfrutar mientras la tenga.

—¿Qué dirías si pudieses tener lo que anhelas?

—No diría nada, solo sería feliz. ¿Quién no lo sería?

Raffaella paseó su mirada por el claustro y sonrió con regocijo.

—Este lugar es muy bello... Espero que me lo enseñes.

—Así es, te lo prometí en otro tiempo. Y antes de que partas me gustaría que lo visitaras.

—Será un placer —dijo con entusiasmo mientras comenzaba a caminar a mi lado.

El convento había sido construido sobre una antigua fortaleza datada a finales del 900 y donada a la Iglesia en tiempos de la primera cruzada. Elevado en un altozano, de cara al mar, fue excavado sobre la roca. Sus partes más antiguas lucían un estilo románico muy primitivo al que el paso del tiempo y las necesidades de los religiosos que lo habían habitado fueron añadiendo alas y estancias más adecuadas a su uso. Dos grandes torres vigilaban la costa. Eran tiempos violentos, de constantes invasiones que cesaron con la protección otorgada por los reinos cristianos y la custodia de los ejércitos pontificios. Ahora era un lugar de retiro espiritual. De su antigua función guerrera solo conservaba la cárcel del Santo Oficio. Además de la valiosa decoración de claustros, iglesia, capillas y estancias, lo más interesante se encontraba en el calefactorio, el refectorio, la cocina y el edificio de los conversos, con los huertos de los que obteníamos parte de nuestros alimentos.

Mientras le explicaba la historia del convento, Raffaella paseaba a mi lado, como si regresáramos del altar el día de nuestras nupcias. Prestaba gran atención a mis palabras y, como una princesa explorando su reino, indagaba con interés sobre todo aquello que escapaba a su comprensión.

—¿Qué es esa larga fila de gente que se encuentra en el pórtico lateral? —La joven detuvo la marcha y miró en la distancia.

—Son campesinos. Vienen a traernos todo lo que necesitamos y que no nos dan nuestros establos, corrales y huertos. Tenemos grandes gallineros de donde sacamos cientos de huevos a diario y carne de pollo para las celebraciones. Tenemos vacas y cabras que nos proporcionan leche para elaborar nuestros exquisitos quesos, mantequillas, cremas. También tenemos cerdos, que entre noviembre y diciembre nos proporcionan salami, jamón y los diversos embutidos que consumimos durante todo el año. Pero necesitamos carne, aceite, fardos de heno para alimentar a las bestias, un suplemento de verduras y fruta, y un sinfín de cosas más que ellos nos brindan.

—Parece una pequeña cuidad.

—Lo es. Aquí no hay tiendas en las esquinas como en Roma, debes recorrer leguas para conseguir lo que quieres.

—Los campesinos ¿vienen durante todo el día?

—No, solo por la mañana y antes del mediodía.

—Parecen muy pobres… —juzgó Raffaella.

—Lo son… Desgraciadamente hay muchos en este mundo. Ellos subsisten gracias al convento —respondí faltando a la verdad, pues aquellos campesinos procedían del dominio del monasterio, eran sus siervos.

La joven me miró con inocencia y frunció el entrecejo antes de hablar.

—Angelo… La Iglesia es muy rica, ¿no?

Tardé en contestar, pero esta vez fui claro.

—Sí, lo es. Aunque no siempre estén llenas sus arcas.

Ella continuó preguntando, solo por curiosidad y sin ningún ánimo de ofender:

—Si Jesús volviera a la tierra, ¿dónde crees que lo encontrarías: en esa fila de campesinos o en un banquete dentro del convento?

Otra vez me había arrinconado con sus reflexiones sencillas y me obligaba a pensar para responderle con la verdad de mi corazón, tal y como la sentía, sin justificaciones complejas que ella no entendería. Posé una mano en su hombro y lentamente levanté la otra para señalar a los pobres que portaban piezas de carne y asnos cargados de hortalizas.

—Allí… Él estaría de ese lado. Estoy seguro —murmuré.

Raffaella sonrió incapaz de contener su alegría.

—Eres una persona honesta —exclamó con un brillo especial en sus ojos—. ¿Sabes…? Creo que Jesús debe de estar muy contento contigo, porque eres un buen maestro.

No le respondí con palabras, le sonreí y la invité a continuar el paseo hasta la despensa, el huerto y los corrales.

—¿Te encargas de supervisar todas estas actividades? —dijo la joven al ver la extensión de aquella zona.

—Claro que no. El responsable es uno de los hermanos y ha de rendir cuentas al abad. Yo solo dispongo de autoridad en lo que respecta a la Inquisición. Si tuviera que ocuparme de los asuntos del convento, no tendría la claridad mental que necesito para ejercer mi oficio y no puedo darme el lujo de equivocarme, pues un error de interpretación sería irreparable en muchos casos.

Raffaella se detuvo y me miró directamente a los ojos.

—¿A qué hora debo partir?

—Enseguida —respondí resignado.

—Es una lástima... —Suspiró.

—Lo es, créeme que lo es. Agradezco mucho tu presencia y tu manera sencilla de ver las cosas. Es un descanso para mi alma.

—No queda mucho tiempo. Tenemos que despedirnos y dejar en manos del destino la posibilidad de otra visita. ¿Crees que me olvidarás con el tiempo?

—No lo creo, Raffaella —dije mientras retiraba la incómoda capucha de su cabeza—. El tiempo, según mi filosofía, solo madura los sentimientos, no los apaga en el silencio.

—Si sintieses amor te darías cuenta de lo doloroso que es separar lo que, sin ninguna obligación, se ha unido.

—¿Qué te hace pensar que no siento amor?

—Yo jamás me alejaría de lo que amo. ¿Y tú?

—Yo no me alejo de mi Dios. De la misma forma que tú no quieres hacerlo de mí —contesté.

Mis palabras iban más destinadas a mí mismo que a convencerla de mi devoción a Dios. Intentaba encontrar la fuerza necesaria para resistir la tentación.

Raffaella me miró con dulzura juvenil, con una pureza y vocación de mujer madura que muy pocas veces había observado en el rostro de una joven de su edad.

—Volvamos cuando tú consideres que he de subir al carruaje.

Bajé la vista y medité. Ella estaba sometida a mi decisión, estaba entregada al fracaso y, sin aspavientos, parecía tomar su destino con grandeza y valentía, como siempre supe que lo haría.

—Bien —dije sin pensar más, como si recitara el papel que el destino me había adjudicado en aquel drama—. Regresemos pues.

Raffaella comenzó a caminar pero se detuvo porque yo no la seguía.

—¿Tengo que volver sola? —preguntó con un fino hilo de voz.

El muro de protección que había construido con tanto tesón durante años se vino, repentinamente, abajo, derribado por una figura femenina que se alejaba. Desnudando mi alma, como si mi vida dependiera de su respuesta, me acerqué, me puse frente a ella, muy cerca, y pregunté:

—¿Sigues pensando que soy una buena persona?

—Sí.

—¿Crees que lo seguiré siendo a pesar de lo que suceda?

La muchacha me miró sin entender.

—¿Qué intentas decir…?

Mis labios se apoyaron sobre los suyos y la besé. Raffaella se sorprendió al principio pero luego se entregó totalmente al abrazo. Aquel beso partió mi vida en dos. Sus labios tiernos, que me enseñaron tanto y prendieron la llama en mi corazón, colocaron mis principios al borde del precipicio. No pensé, solo la besé con pasión. Los únicos testigos de aquel acto indigno del Gran Inquisidor DeGrasso fueron los animales que estaban recluidos en los corrales.

15

Nuevamente la noche había caído sobre el convento, acompañada por una tímida luna nueva, vientos fríos y aullidos de lobos famélicos. No era prudente salir a aquellas horas, pues los merodeadores salían a los caminos en busca de alimento fácil poniendo en peligro a todo el que se aventurara a caminar a campo abierto. Y si bien el riesgo era evidente fuera de los muros, aquella noche para mí el enemigo había atravesado las recias paredes y llegado hasta el mismo corazón del convento.

Después de besar a Raffaella decidí postergar su salida. Fue una sorpresa para ella y para el vicario, que tuvo que ocuparse de preparar de nuevo los aposentos de la joven y avisar a la escolta de que no habría, por ahora, ningún viaje. Rivara fue sincero conmigo y me transmitió su preocupación por tener a Raffaella en nuestra casa por más tiempo: los comentarios no tardarían en recorrer todos los pasillos y enturbiarían mi, hasta entonces, intachable reputación. Tenía razón, lo sé, pero yo también tenía las mías. Necesitaba perderme por el camino que se me acababa de mostrar, dispuesto a desvelar el misterio del amor de una vez y sin medias tintas.

A diferencia de la noche anterior, fue ella quien vino invitada a mi alcoba. Raffaella estaba muy hermosa, con un vestido de terciopelo bordado y con el pelo recogido nuevamente en un rodete sobre la nuca. Observaba la habitación y seguía con complacencia mis movimientos mientras yo atizaba la chimenea y preparaba una mesita con dulces, frutos secos y miel.

—Estar aquí es un lujo —dijo la joven D'Alema— si pensamos en el frío que hace fuera... El fuego, la mesa con los dulces... Y todo el tiempo del mundo para emplearlo en lo que queramos...

Recorrí la escasa distancia que nos separaba y acerqué dos sillas a la mesa. Le pedí con un gesto de la mano que tomara asiento y me acomodé en una silla frente a ella.

—Me alegro de que te encuentres cómoda —dije mientras cogía de la mesa un par de almendras—. Y además estás preciosa, es muy hermoso tu vestido.

—Desde que salí de Roma deseé con toda mi alma que pudieses apreciarlo y que de verdad te gustara: es el único que tengo tan elegante. —Raffaella miró con ojos humildes los pliegues del terciopelo—. Es un regalo de mi padre; sé que le costó demasiado dinero, pero supo demostrar con su gesto todo lo que me ama.

—¿Cómo crees que se siente ahora, sin saber nada de ti? —pregunté preocupado.

—Le dejé una nota antes de salir de casa. Estoy segura de que sabrá entenderla.

—¿Qué decía esa nota?

—La verdad. Le dije que venía a visitarte y que regresaría en un par de días.

—¿Y no crees que estará preocupado?

—Seguro, porque me ama. Mas confía en mí.

Sus palabras me hicieron recordar a Tommaso y sentir un profundo remordimiento por la amistad que estaba a punto de traicionar. Porque él también confiaba en mí... Ya no había marcha atrás. Oculté como pude estos pensamientos a los ojos de Raffaella.

—De todas formas, el mensajero que envié para tranquilizarlo ya debe de haber llegado a Roma. Creo que ahora tu padre descansará tranquilo después de un buen susto. —Bajé la mirada hacia el vestido—. En verdad su elección fue adecuada, pareces mayor.

—¿Ahora me ves como una señorita? ¡Un buen vestido puede hacer milagros! —bromeó Raffaella.

—Nunca he dejado de verte como tal desde mi última visita a tu casa, aunque años antes solo habías sido para mí una dulce niña.

—¿Qué es lo que me hace mayor en este vestido? —preguntó Raffaella, coqueteando y poniéndose de pie.

No pude evitar dirigir mis ojos hacia sus pechos, que parecían más turgentes, más hechos que en mi visita a Roma.

—¿Tienes puesto un corsé? —pregunté sonrojándome.

—Sí —respondió con una sonrisa cómplice.

—Puede entonces que sea eso...

—El corsé no es el responsable de la forma de mis senos, eso es herencia de mi madre —replicó Raffaella orgullosa de los atributos de su feminidad.

Aquella conversación me turbaba. Intenté pensar en la larga retahíla de santos que alberga el santoral, conté hasta diez en latín y regresé al cero en griego. Me fue imposible calmarme e ignorar la presencia de aquella joven, la hermosura de su cuerpo.

—Entonces, ¿por qué usas corsé? —pregunté por preguntar, pues mis sentidos trastabillaban por otros senderos.

La joven me miró sorprendida por mi burda intervención, aunque respondió con la naturalidad que habría empleado con sus amigas más íntimas.

—El corsé adelgaza mi cintura a la vez que levanta y junta mis senos. —Raffaella miró su busto antes de seguir—. Te confieso que no lo ajusto demasiado, pues me incomoda. Más bien lo uso por formalidad, aunque si no lo usase no perdería ni la línea de la cintura ni la posición de mi pecho… A veces siento que mi cuerpo ha entrado en ebullición. Debe de ser algo normal a mi edad…

—Sea como fuere, estás igual de hermosa y sigues pareciendo toda una mujer, incluso con el hábito —dije recordando el disfraz que había tenido que llevar durante todo el día.

Raffaella levantó sus tiernos ojos hacia mí.

—¿Qué es lo que podría hacerme hermosa dentro de un hábito?

—Saber que debajo de esa ropa estás tú. Aunque no se vea tu cuerpo ni se trasluzca en la tela, saber que descansa escondido es muy tentador. No tiene relación con la estética, sino con el conocimiento.

—Un juego mental —juzgó ella.

—Sí, un extraño juego.

—¿Y pensaste algo de eso esta mañana?

—Confieso que sí —dije con total sinceridad.

—¿Y eso es bueno?

—La respuesta a esa pregunta es que estás aquí y no en un carruaje camino de casa.

Ella entendió perfectamente mis palabras y, apartando la mesa de los dulces, se acercó a mí y besó suavemente mis labios. Fue una experiencia irrepetible, que se alojó directamente en mi corazón.

—Puede que estemos yendo demasiado lejos —dije en voz baja y sin poder ocultar mi excitación—. Puede que estemos arriesgando peligrosamente nuestras vidas... Creo que es el momento de decirte, Raffaella, que el primero de diciembre parto en un largo viaje cuyos motivos no te puedo explicar pues son altamente confidenciales. Lo único sensato es que te alejes de mí...

Raffaella no contestó, ella también estaba algo nerviosa, pero se levantó y me dio una muestra más de su espontaneidad y de su amor. Se acercó al armario para coger uno de los pesados hábitos de dominico y, en silencio, se lo puso encima de la cabeza para poder quitarse el vestido y el corsé sin mostrar su cuerpo. Y cuando ambos estuvieron en el suelo y el hábito encajado sobre sus hombros, se acercó y tomó de nuevo asiento. Confundido, bajé la vista hacia el suelo, me atusé los cabellos sin saber qué hacer con mis manos y luego acaricié levemente una de sus rodillas por encima del hábito. Ella apartó la tela y tomó mi mano para que sintiera directamente el tacto de su piel.

—Puedes explorar lo que quieras... No hace falta que sigas imaginando mi cuerpo debajo del hábito... —susurró la joven.

—Raffaella, tú eres casi una niña, inmaculada —dije con delicadeza—. Si seguimos por este camino, ¿cómo crees que terminará la noche? —Me preocupaba que, inexperta, la joven no supiera adónde me estaba llevando.

—Terminará como queramos —respondió muy segura de sí—. Sé lo que sucede entre un hombre y una mujer. He visto juntos a mis padres, y más de una vez. Sé de lo que hablo.

La respuesta me asustó en un principio, aunque luego no me extrañó, pues aquella manera atrevida de resolver sus dudas estaba de acuerdo con su carácter.

—Has mirado... Nunca probado —afirmé con prudencia.

—He de reconocer que, en un principio, me produjo repugnancia, pero después de verlo varias veces no podía dejar de imaginar qué sucedía en aquella especie de lucha consentida para que mi madre gimiera como un gato...

—Los adultos no siempre somos buenos maestros... —continué.

Ella me miró y tan segura de sí como se había mostrado hacía un momento, continuó ofreciéndose.

—Siempre hay una primera vez... Y aquí estoy, vestida para ti con el hábito dominico, esperando resolver contigo mi deseo de saber...

—Estamos al borde del sacrilegio... —balbuceé, intentando por última vez traer la conciencia a aquella habitación.

—No quiero convertirme en sacrílega ni que tú lo seas. Me puse el hábito porque era parte de tu fantasía, porque solo quiero ser lo que tú desees que sea. Lo que tú necesites.

Con mi mano derecha solté el rodete y acomodé los cabellos sobre sus hombros. Las velas de los candelabros dieron la luz justa para que su pelo castaño reluciera en la oscuridad y provocara un excitante contraste sobre el hábito negro que llevaba puesto. Tomé su cabeza con ambas manos y la besé con insistencia. Sus labios encendieron rápidamente la llama de mi cuerpo, me hicieron olvidar mis principios y entregarme totalmente a la emoción nueva que me esperaba sobre la cama.

Su lengua se paseó por mis labios y su cuerpo tibio sirvió de alimento a mis desatados deseos. La recosté en la cama, y mientras la besaba, mis manos recorrieron lentamente su cuerpo por encima de la tela, haciendo realidad la fantasía que había tenido por la mañana. Mis manos subieron por sus piernas, acariciaron levemente su pubis y se detuvieron en el pecho para sentir cómo se endurecían sus pezones. Raffaella estaba experimentando una sensación nueva y placentera, sus ojos permanecían entreabiertos y extraviados en el techo, y su boca dejaba escapar suaves gemidos. Estaba tan excitada como yo. No quise controlarme aunque en mi fuero interno sabía que tenía fuerzas suficientes para hacerlo. Dejé que nuestros cuerpos sintieran, dejé que ella se adueñase de mi alma, ya de por sí postrada de rodillas ante su encanto.

Le quité el hábito para admirar su cuerpo desnudo. Ella estaba serena, como si un gran maestro de la pintura la estuviera admirando, calibrando sus proporciones para hacerle un retrato eterno. Unimos nuestros cuerpos con desenfreno, liberando nuestra imaginación de ataduras. Ella se sentó sobre mi sexo, sus piernas apretaron mis caderas mientras sus pechos descendían lentamente hacia mi boca. Saboreé su cuerpo y respiré su aliento mientras mis manos acariciaban sus pezones rosados sintiendo allí también el movimiento rítmico que ella había comenzado. Entre gemidos, Raffaella se movía suavemente sobre mí mientras acariciaba mi cara y mi torso con sus pechos, mucho más turgentes que los que había imaginado bajo sus ropas. Tomé sus caderas con ambas manos y la acompañé en su balanceo. Nuestras miradas se cruzaron, atrapadas en aquella escena hipnótica, transparente y fresca, agitada y placentera. Y en ese momento supe que el amor carnal era una sabia creación de Dios y no una aberración del demonio.

El coito llegó a su final. Sujetando su cabello con firmeza y aún hechizado por la caricia continua de sus pezones, eyaculé con un gran goce interno. Una sensación completamente extraña para mí. Sus piernas largas y delgadas parecieron temblar, su aliento tembló, sus ojos pardos lo confesaban: estaba sintiendo lo mismo que yo.

Hubo dos ocasiones en mi vida en las que tuve el regocijo de permanecer acostado y jactarme de haber sentido sensaciones dignas de una gracia superior. La primera fue el día de mi ordenación como dominico, tumbado boca abajo en el suelo de la Iglesia. Allí sentí una íntima alianza con el Señor. Y la segunda, aquella noche, tumbado boca arriba y abrazado a la joven mujer que en el coito supo entregarme toda su dulzura y llenar un vacío en mi corazón que no habían sabido colmar los dogmas y sí aquella necesaria creación del Señor.

Raffaella cayó rendida de cansancio sobre mi pecho. En su rostro se dibujaba una hermosa sonrisa. Era feliz. Como yo lo era.

Me habría gustado tenerla allí hasta mi partida, pero ¿qué vida habría sido para ella, siempre encerrada? Eso sin contar con los rumores que tanto preocupaban al vicario y los preparativos del auto de fe, que me mantendrían muy ocupado. Como ella insistió en quedarse para poder despedirme, le pedí a Rivara que le buscara un alojamiento discreto, donde yo intentaría visitarla en los pocos momentos libres que pudiera tener, y le hice prometer que no se movería de allí. Aquella joven no dejaba de sorprenderme, pues la entereza que demostró me llegó al corazón. Mas todo iba a complicarse aún más... Nuestro próximo encuentro no se produciría hasta el día de mi partida.

VI

EL VIEJO MAESTRO

16

En pocos días, todo en mi vida había cambiado y yo no parecía tener ninguna potestad para gobernar mi destino, encaminado, con determinación, a yo no sabía qué lugar incierto y oscuro, sobrecogedor. La convulsión de mis sentimientos luchaba en mi ánimo con la preocupación de la magnitud que cobraba la misión que me había sido encomendada y las incertidumbres que la rodeaban. Los emisarios enviados el día 26 a buscar el *Necronomicón* no habían dado señales de vida y esto también me preocupaba. Solo una persona podía ayudarme en mi desasosiego, y a él acudí el día anterior al auto de fe.

Siempre estuvo en mis planes visitar la vieja abadía capuchina de San Fruttuoso antes de abandonar Génova, lo curioso fue que a pesar de responder a un deseo habitual de reencontrarme con mis mentores, esta vez la visita era más necesaria que ritual. Tommaso recordaba tan bien la abadía porque era un lugar único, en el que la mano del hombre había conseguido imitar la perfección de la naturaleza hasta tal punto que el edificio parecía colocado allí desde el principio de los tiempos, como parte inseparable del paisaje de aquella ensenada recóndita situada cerca de Portofino, refugio de pescadores y piratas hasta la construcción del monasterio en los siglos x y xi. El edificio en el que yo crecí había sido totalmente reconstruido en la primera mitad de nuestro siglo por el almirante Andrea Doria, que, además de levantar una torre vigía para protegerlo de los corsarios, había instalado su panteón familiar en una capilla del claustro inferior.

Con regocijo y sorpresa, los superiores de esta casa de formación me dieron la bienvenida y rápidamente me condujeron hacia la iglesia. Desde la temprana edad de trece años y hasta los dieciocho, bajo la paternal tutela del padre Piero Del Grande fui formado para postular los sagrados votos del sacerdocio. Habría sido un buen capuchino, de eso no tengo duda, y cerca estuve. Ese era mi deseo, pero por una decisión que solo mi maestro conocía, mi destino cambió: fui a parar a un convento dominico para completar mis estudios y ordenarme.

La carrera eclesiástica era la única salida posible para mí. La universidad me estaba vedada; mi familia no tenía dinero suficiente para costear mis estudios, ni la alcurnia necesaria para que pudiera mantenerme en ellos. Yo era hijo de Domenico DeGrasso, el herrero, el hombre del fuelle y el yunque, pobre aldeano que casi no podía juntar las monedas necesarias para saciar nuestros estómagos y pagar los impuestos. Poco podía hacer él por mis ansias de estudio, monopolio de los hijos de los poderosos. Los demás, simplemente, éramos abandonados a la dureza de los campos y a la ignorancia. La educación superior pasaba ante mis ojos, escapándose poco a poco de mi alcance. Sin embargo, mi vida no transcurrió por donde cabía esperar, pues aunque la suerte estuvo de mi lado, fue la perseverancia la que me condujo a donde estoy ahora. De migajas solo viven aquellos que nunca anhelaron comer en plato, o aquellos que por viejos ya no pueden esforzarse.

Cumplidos los dieciocho, el primer domingo de agosto de 1580, el padre Piero me llamó para darme una noticia magnífica: debía abandonar el monasterio para irme a Pisa, donde me aguardaba un convento dominico y el tan deseado asiento en la universidad. Mi maestro había recurrido a todas sus influencias —incluso aquellas a quien no se desea molestar— solo para que un genovés pobre como yo accediese a una lustrosa mesa de estudio en la prestigiosa Universidad de Pisa, en la cual se habían formado algunas de las familias más poderosas de Italia, como los Sforza, los Doria, los Médicis o los Borgia. Una vez allí me dediqué por entero a mi doctorado en teología y filosofía, me gradué en cuatro años y, al mismo tiempo, me convertí en sacerdote bajo la orden de Santo Domingo de Guzmán. Pasé a ser un dominico más de esa gran hueste de hermanos conocidos en el mundo como «los predicadores». Con veintidós años regresé a Génova, y con el permiso de mi orden volví con los capuchinos como profesor, situándome de nuevo cerca de aquel que había logrado hacer realidad todos mis sueños de progreso: mi buen maestro Piero DelGrande.

En estos recuerdos estaba cuando llegué a la iglesia, donde mi maestro, gran reliquia viviente de la abadía, mostraba sus todavía combativas convicciones a un grupo de jóvenes. Su figura menuda, envuelta en el basto hábito marrón sujeto por áspera cuerda, aureolada de cabellos totalmente blancos, con aquel rostro traspasado de bondad y sabiduría, irradiaba vehemencia. Yo no quería interrumpirle, pero los frailes insistieron y abrieron las puertas para acompañarme a un asiento de la última fila de bancos, desde donde escuché en silencio el sermón de mi viejo gran maestro. Hablaba frente a una treintena de frailes menores y novicios, que le escuchaban arrobados por el calor de su discurso, más parecido a la advertencia de un viejo miliciano que a una homilía.

—En verdad os digo, mis hermanos, que ellos darán batalla y mostrarán sus armas, pues, como siempre, Roma no ha encontrado otra manera de limar sus asperezas. Los dominicos cuentan con un aliado poderoso a su causa... Muy poderoso... «¿Quién es?», se preguntarán los más ingenuos, y la respuesta, muy valiosa, les sorprenderá, pues ese aliado es el mismísimo Vicario de Cristo, el papa Clemente VIII.

Un espontáneo vocerío brotó de los bancos. Piero dejó que fluyeran los comentarios para silenciarlos con la continuación de su sermón.

—¿Quién mejor que un dominico para solucionar los problemas de los dominicos? —dijo Piero con energía mientras alzaba su índice hacia la bóveda—. ¿Piensan que el Santo Padre permanecerá indiferente mientras su orden libra una batalla que amenaza pasar de lo teológico a lo civil? ¿Piensan que la orden de los inquisidores confiará el arbitraje a teólogos imparciales y se arriesgará a una posible humillación...? Ellos atacarán, como siempre han hecho, y aplastarán a sus rivales. Roma no conoce justicia, Roma está dirigida por familias poderosas, ahíta de sangre de alcurnia, y con una milenaria costumbre: la de sofocar drásticamente las sediciones. Y en este caso, nuestros hermanos jesuitas son sus presas.

El anciano capuchino tomó aire y tragó saliva, miró a su rebaño y serenó su expresión antes de continuar. No me extrañó el discurso de mi maestro, pues no era la primera vez que le escuchaba hablar en aquellos términos de los dominicos. Pero ahora yo —y por deseo suyo, lo que no dejaba de ser paradójico— era uno de ellos, llevaba su hábito, y me sentí algo incómodo.

—Herejes... No debe extrañarles esta palabra en boca de dominicos ni que mi corazón se sienta herido por ella. ¿Quién iba siquiera a considerar que la polémica se llevaría tan lejos? Desde Roma, el dominico Báñez acusa de herejía al jesuita español Molina y pretende silenciar sus teorías, si fuera necesario, acudiendo a la Inquisición, y todo esto bajo el silencio más profundo del Pontífice. ¿Qué creéis que habría pensado Cristo si Pedro hubiese acusado de hereje a Judas después de su traición? Todos tenéis la respuesta: Cristo sabía que Pedro no podía ser el juez de Judas porque antes tendría que haberse juzgado a sí mismo, pues no lo negó una, sino tres veces. Entonces, ¿quiénes pueden ser jueces de las ideas, quiénes están en condiciones de penalizar la ideas? ¿Los dominicos? ¿La Santa Inquisición? ¿El mismo Papa...? La controversia sobre el *auxiliis* ha llegado demasiado lejos, por lo menos en mi humilde entendimiento. La gracia, ese don divino, no debe ser objeto de controversia. Estamos en gracia cuando nuestros actos así lo parecen al Todopoderoso. ¿Qué más se tiene que añadir sobre este don?

Piero hizo un breve silencio, y recuperó el tono combativo que tuviera el inicio de su sermón. Oír a mi maestro hablar de la Inquisición como un vengativo instrumento en las luchas intestinas fue como ser sacado bruscamente de un plácido sueño: era la primera ocasión en que le escuchaba poner en duda la labor del Santo Oficio. Y era como observar mi tarea desde el otro lado del cristal.

—Báñez interpreta la gracia según la escuela de santo Tomás de Aquino; Molina, en cambio, entiende la gracia como san Agustín. Uno la piensa de una manera y otro de otra, uno a favor de un padre de la Iglesia y el otro en pos de un gran doctor. Y yo digo: ¿Acaso Tomás es el creador de la gracia? ¿Acaso Agustín es el portavoz oficial del Reino de los Cielos? ¿Acaso Dios iluminó a ambos con la definición exacta de la gracia para que ellos la transmitieran como si de una revelación se tratara…? ¡No! Discutimos sobre filosofía pura, sobre conceptos abstractos. ¿Quién puede a ciencia cierta corroborar si la gracia es ascendente o descendente? La gracia se emancipa de las personas y de los que filosofan sobre ella; la gracia es una sola y es completamente ajena a todos esos tratados que pretenden acotarla y definirla en una sola dirección… ¡Mentiras! ¡Son todo mentiras! ¡Y los dominicos ni siquiera quieren buscar la verdad a través del debate! Pretenden imponer su concepción, ganar la batalla y conservar su poder… ¡Les importa poco la gracia, puesto que con sus actos la aborrecen! ¡Ni siquiera deberían pronunciar el nombre de tan divino don sus bocas humanas! Y esto, mis discípulos, es lo que debéis aprender bien, ¡pues sucederá lo de siempre…! ¡La vomitarán en odio y sangre porque no la podrán digerir…! Porque está en nuestra naturaleza desobediente y destructiva, la misma naturaleza que nos llevó a perforar las manos y los pies de Nuestro Señor Jesucristo.

El viejo capuchino se ahogaba llevado por la cólera, y tuvo que detenerse un momento para calmar su respiración agitada. Cuando se hubo relajado, su voz inundó de nuevo la capilla.

—Nosotros, los capuchinos, conocemos bien estas peleas. Cuando nos separamos de los franciscanos libramos nuestra propia guerra, que nos costó muchos años de exclusión, amenazas y castigos. Conocemos bien el resentimiento, pues como todos sabéis se nos prohibió predicar hasta hace muy pocos años. ¡Se nos prohibió incluso salir de Italia y se nos encerró en la boca del lobo! Creo, sinceramente, que debemos observar esta disputa olvidando que sabemos lo que es estar en «desgracia» con Roma. Que nuestra fe nos temple… Podéis ir en paz.

En ese momento dejé mi asiento y me acerqué al púlpito. Él descendía con dificultad, ayudado por dos frailes mientras que algunos de sus discípulos más fervientes le felicitaban e intentaban resolver alguna duda en privado. Uno de los frailes que le acompañaba, el más corpulento, apartó a los hermanos con un gesto disuasorio y les invitó a desalojar la capilla. El anciano no tenía fuerzas para continuar con su magisterio más allá de la homilía. Cuando todos abandonaron el lugar, el fraile corpulento me vio esperando a un costado del púlpito.

—Padre Piero... Parece que tenéis visita —susurró al oído de mi maestro mientras me señalaba.

Piero dirigió su vista hacia mí pero no me reconoció.

—¿Quién es el que viene a visitarme sin golpear antes en mi puerta? —preguntó con su acostumbrada retórica.

—Soy yo, maestro. Angelo.

El anciano escuchó atentamente y luego sonrió.

—¿Angelo...? ¿Mi discípulo convertido?

—Angelo el dominico, sí, el que viste hábito de inquisidor y tiene a un capuchino encerrado en su corazón.

—¡Mi pequeño! —balbuceó Piero.

Lentamente y sin separarse de sus protectores, el anciano recorrió los pocos pasos que nos separaban para fundirse conmigo en un cálido abrazo.

—Bienhallado en Dios, hijo —dijo a mi oído—. Perdona a mis ojos por no haberte reconocido. Están ya tan viejos como yo.

Piero ordenó a sus frailes que se retirasen, enlazó su brazo con el mío y, saliendo de la capilla, me invitó a dar un paseo por la abadía.

—Mi vista empeora día a día —confesó el viejo capuchino mientras se aferraba a mí con fuerza—. Contemplo una espesa nube delante de mis ojos, que enturbia la luz hundiéndome lentamente en la soledad. Ya no puedo caminar sin compañía... Y no podría diferenciar un camello de una palmera.

—Es una pena, maestro —dije apiadándome de él.

—No... Mis ojos no tienen la culpa; no es un reproche contra ellos; ya vieron demasiado. ¿Hay algo nuevo en la vida que merezca la pena verse...? —El capuchino negó con la cabeza y sonrió cálidamente—. Mis ojos han sido bien usados, ahora dejemos que se abandonen en paz a la oscuridad. Ellos me anuncian lo que vendrá: hoy es mi pobre vista, mañana tal vez los oídos, pasado el habla, y luego… la muerte.

—Veo que habéis decidido contar vuestros días —murmuré—. Los años y las afecciones siempre se cobran sus víctimas y le obligan a uno a pronunciar palabras que no desea pronunciar… Ni los demás queremos oír…

Piero levantó su cabeza y me sonrió.

—Compruebo que tus palabras ya son de maestro. Pero no es cierto lo que dices, pues ni los años ni las afecciones me causan temor; eso lo dejo para viejos avaros y codiciosos, aquellos que desean vivir siempre, un poco más, solo para no desprenderse de sus fortunas y afrontar el silencio de la sepultura. Yo solo pienso en la muerte y me preocupo, pero no por mí, sino por vosotros.

—¿Por nosotros? —pregunté sorprendido.

—Así es. Mira mis manos, no poseo anillos. Mira mi aspecto, solo soy dueño del hábito que visto y de la cuerda que lo sujeta. No tengo dinero bajo tierra ni escrituras, no escondo oro ni heredaré bien alguno. Pero mi tesoro sois vosotros. Cada día son más los que me escuchan en la capilla y cada primavera son más los brotes que ayudo a florecer. ¿Qué harán cuando ya no esté para regarlos?

—Cada uno aplicará lo aprendido y la buena semilla germinará. El resto se irá con el viento.

Piero meditó mi respuesta caminando un par de pasos en silencio.

—¿A qué has venido, Angelo? No creo que esta sea una visita de cortesía —preguntó, astuto como un zorro.

—Necesito de vuestra palabra —respondí pausado—, y he pensado que estaríais dispuesto a dármela.

—No te equivocas, hijo. Pero… ¿Qué buscas detrás de mi palabra?

Él sabía bien adónde quería llegar y yo no podía mentirle.

—Hay algo más… Una corazonada para la que necesito vuestro consejo.

El anciano se detuvo.

—¿Un consejo? Pero ¿qué clase de hombre es el que suena como un maestro cuando habla y es un alumno en su corazón? —No tuve tiempo para contestarle pues se puso frente a mí y colocó sus manos en mis hombros—. ¿Es que no tengo motivos para preocuparme? Mírate… Tú eres la causa de que cuente mis días. ¿Y cuando yo ya no esté…? ¿Serás tú semilla fértil o volarás en manos del destino? No quiero terminar mis días viendo eso, Angelo. Créeme.

Bajé la cabeza y apreté las mandíbulas.

—Maestro, comprendo vuestra preocupación y de verdad necesito vuestro consejo. Estoy confundido y no podría confiarme a nadie más que a vos. Por favor, escuchadme.

—¡Tú debes ser el maestro, Angelo! Yo ya no lo soy. Busca la paz, busca las respuestas en Aquel que nos une, en el que sabe más que ambos, en el que será por siempre tu guía: busca en Cristo las respuestas. Él es el único Maestro que estará contigo noche y día. Él te aconsejará cuando estés en desgracia, cuando sientas frío, cuando estés en la cárcel, cuando sientas hambre, deseo y tentaciones.

—Sí, lo sé.

Piero se preocupó todavía más por mi respuesta.

—Pues si lo sabes, ¿acaso lo que intentas decirme es que ya no eres capaz de hablar con Cristo? —preguntó alzando las cejas.

—Es que, a veces, su silencio es indescifrable.

—Entonces nada de lo que eres se justifica —respondió tajante—. Tu cruz es adorno; tu hábito, galantería, y tu oficio..., corrupto.

—No... No todo es como pensáis. Aunque mis palabras parezcan engañosas, en verdad tengo fe... Como me enseñasteis, con el amor y la devoción necesaria para poder conservarla incluso ante la muerte.

—Entonces, ¿a qué temer?

—Es que no todo se intuye en el silencio. Hay un asunto que requiere alguien que grite claramente en mis oídos y no deje que ellos crean oír voces donde solo hay silencio.

El capuchino se quedó mirándome. La exigencia a la que me había sometido no era, en absoluto, comparable con la que establecía con cualquiera de sus discípulos. Él me había adoptado para ser su sucesor y eso implicaba una gran responsabilidad, y sobre todo, ser poseedor de una incombustible carga de fe. Intenté permanecer en silencio, me mordí la lengua, pero no pude evitar continuar buscando su ayuda.

—¿No me ayudaréis esta vez? —insistí con toda la humildad de que era capaz.

Piero tomó mi cabeza y me contempló con sus ojos gastados; luego, me abrazó. Como mi maestro no era un hombre de gran envergadura, y todavía menos ahora, en el fin de sus días, permanecí encorvado en el abrazo, como quien se aferra a su venerable abuelo en el ocaso de su vida.

—Claro que te ayudaré, pequeño Angelo. Nunca te abandonaría.

17

La conversación nos llevó hasta la parte posterior del monasterio donde, tras una reja corroída por la humedad, se encontraba el cementerio. Allí, en aquella pequeña parcela salvaje, sobre la que crecían algunos olivos y muchas malas hierbas, estaban enterrados, según es costumbre, frailes menores y conversos, pues los abades y otros cargos jerárquicos son enterrados en la iglesia y en el claustro. Era un lugar donde Piero sentía paz y al que él, por deseo expreso, iría a parar algún día.

Me recuerdo de púber, recorriendo los angostos pasillos que había entre las tumbas, y descubriendo a mi paso los nombres de los frailes sobre las lápidas, las fechas de sus muertes y los adornos, escasos y sobrios, que señalaban la situación de alguna de ellas, casi siempre una estatua del arcángel san Gabriel o una sencilla cruz de granito, mármol o hierro forjado. Con el tiempo contemplé lápidas nuevas cuyo destino sería cubrirse de moho y hongos descoloridos, como aquellas más antiguas en las que apenas se adivinaba ya el nombre del difunto. Pero esa fría mañana, todo aquello quedaba muy lejos de mi ánimo, el destino de mis reflexiones había saltado del plano de los muertos, de sus nombres, la duración de su vida y los adornos de su última morada, al de los vivos y sus necesidades. Piero se detuvo en el rincón que le era más preciado, donde estaba el panteón de los capuchinos de la vieja guardia, ex franciscanos con alma revolucionaria, aquellos que vieron con sus ojos los comienzos de la orden, aquellos que le dieron forma con su esfuerzo.

—Este es el sitio... —dijo el padre Piero tomando asiento sobre una de las sepulturas.

—Un buen lugar —convine.

Piero Del Grande estaba fatigado. No había perdido aquel rostro duro y compasivo a la vez. Intransigente con la pereza y el desapego, valoraba por encima de todo a aquellos que daban buen uso de su inteligencia, y no la malgastaban, pues en ello veía un grave pecado contra la humanidad. Todas estas cualidades seguían siendo evidentes en su porte y en su manera de hablar, pero el paso del tiempo había hecho mella en su encarnadura. Eso era evidente e inevitable. Para reponerse del paseo antes de entrar en materia, Piero curioseó en mi vida como inquisidor.

—¿Cómo son tus sentencias, Angelo?

—Piadosas... como siempre.

—¿Sabes, Angelo?, si no te conociera como te conozco y no supiera el respeto que tienes por tu oficio, diría que no eres muy distinto del verdugo que hace girar los tambores del potro.

Me sobresalté tanto con sus palabras, que me recordaron los excesos cometidos la tarde anterior, que toda la sangre de mi cuerpo se concentró en mis sienes.

—¿Por qué decís eso? —pregunté avergonzado, como si volviera a ser aquel niño que Piero educó, sobrecogido ante el adulto que parece saber todas las travesuras que ha cometido alejado de su mirada.

—Porque llevar a alguien a la hoguera es lo mismo que prenderle fuego con tus propias manos. Porque quemando a la gente llevas los pecados más allá de la reparación. Y eso bien lo sabes.

—Hay algunos pecados que son irreparables —corregí.

—Seguro... Pero si quieres quemar a todos los pecadores empieza por el Vaticano: allí son todos irreparables. —Solo él, mi maestro, podía hacer una afirmación tal delante de mí, amparado por el cariño que le tenía y mi respeto por su bondad y su sólida fe.

Piero había vivido más años de los que cualquier hombre soñaría, y con ellos no solo había acumulado cabellos blancos y arrugas, sino mucha sabiduría y una lectura de la realidad que hacían de él un observador preclaro. Su amor hacia la Iglesia católica era tan grande y profundo que su celo le llevaba a criticar como lo haría un verdadero protestante.

—Os recuerdo que fuisteis vos quien hizo de mí un dominico —le reproché.

—Sí, mas no un verdugo —contestó.

Haciendo un esfuerzo, abandoné mis preocupaciones presentes para abordar aquello que durante tantos años me había atormentado... Aquello que todavía entonces me atormentaba:

—Nunca entendí por qué decidisteis que abandonara la orden, podría haber sido un excelente capuchino... Igual que vos.

Me miró con una expresión que ocultaba algo, pero silenció su lengua tal y como había hecho hasta la fecha. Y yo no insistí en continuar por ese camino, fingiendo una falta de interés completamente ajena a lo que sentía de verdad.

—Bien, dejemos eso para otro momento. ¿Cuál es ese problema que te ha traído hasta mí? —continuó mi maestro.

—Es sobre unos libros.

Pareció extrañarse al oírme hablar de libros y, antes de seguir preguntando, se pasó la mano varias veces por la barba.

—¿Libros? ¿Cuáles pueden preocupar seriamente a un inquisidor?

—El *Necronomicón*. Y el *Codex Esmeralda*.

Para mi sorpresa, el anciano parecía estar esperando esa respuesta. Aunque no la deseaba y procuró que su rostro no trasluciera su agitación interior.

—¿Los conocéis? —pregunté.

—¿Te has topado con ellos?

—No, no exactamente. He leído sobre ellos, he escuchado hablar de ellos tanto a herejes como a miembros de la curia. Y tuve uno a mi alcance hace ya muchos años, sin que en ningún momento llegara a saber cuál era su verdadero valor. Por vuestra pregunta deduzco que sabéis de qué os hablo.

—Conozco bien esa literatura, aunque no sé si puedo ayudarte. ¿Cuál es el problema?

—Maestro, estoy convencido… No: sé a ciencia cierta que una sociedad de brujos y demonólatras está haciendo lo imposible por juntarlos. Os ruego que esto no salga de aquí.

—¿Y por qué estás tan seguro?

—Entramos en la guarida de una bruja y hallamos pruebas que demostraban que ella había poseído el libro llamado *Codex Esmeralda* y que tenía planes para unirlo con el *Necronomicón*, según mis informaciones el libro más prohibido, buscado, satánico y oscuro de todos los tiempos.

Miré por un segundo las lápidas del cementerio y luego volví a mirarle:

—Tengo encerrado a un hereje en mi abadía, un reo condenado a la hoguera que ha afirmado haber poseído el *Necronomicón* y confesó tenerlo oculto aquí, en Italia, en una iglesia abandonada en el ducado de Ferrara. En la guarida de la bruja encontramos un pergamino que contenía el nombre de este mismo recluso. Y había algo más en esa carta. La bruja hablaba de un Gran Maestro que se escondía «con el silencio de un monje y pies de chivo»…

El capuchino permaneció ausente un buen rato. Su rostro reflejaba su concentración, el bullir de su mente alarmada. Y luego murmuró:

—La Inquisición te ha enviado tras los libros…

—No exactamente. Mi general me pidió que sonsacara al hereje sobre el paradero del *Necronomicón*, y nada más. Esa era toda mi labor. Con el *Codex* me topé por casualidad.

—No quieras saber más —musitó Piero Del Grande, mirándome con ojos suplicantes.

—¿Por qué?

—Porque conozco muy bien las espinas que bordean esos senderos.

—¿Qué sabéis de los libros, maestro? ¡Decídmelo, por el amor de Dios! —exclamé buscando esa respuesta directa que no parecía poder obtener de nadie.

—Que son diabólicos. Y que es mejor estar alejado de

ellos —dijo el anciano mientras sus ojos recobraban energía—. ¡Dios mío!, ¿por qué ya? ¿Por qué tan pronto han de cruzarse en tu camino? —Mi maestro parecía haberse vuelto loco, ¿la edad había hecho mella en su cordura?—. Hijo, si la Inquisición no te ha ordenado perseguir esos libros es porque lo está haciendo de forma encubierta. Y no he de culparlos, pues el asunto bien merece la prudencia más absoluta.

Ahora quien permaneció en silencio fui yo. Miré al anciano intentando leer en su mente y luego pregunté en voz baja:

—¿Por qué creéis que Roma me oculta las verdaderas razones que les llevaron a pedirme que interrogara al hereje hasta sonsacarle el paradero del libro?

—Te lo he dicho ya —contestó Piero, impaciente—. El asunto requiere la más absoluta prudencia.

A pesar de su reacción, decidí volver a los libros e intentar averiguar qué sabía mi maestro de ellos para ver si conseguía ordenar los fragmentos de información que, casi obligados, habían tenido que darme Iuliano y el Astrólogo, y aquellas palabras enigmáticas y forzadas por el dolor que había obtenido de Gianmaria.

—¿De qué tratan los libros?

El capuchino negó con la cabeza.

—No te involucres.

—¿Y por qué no he de involucrarme?

—Porque si lo haces deberás hacerlo del todo; no creo que haya término medio para los que curiosean en los abismales secretos del diablo. Hijo, has de tener cuidado.

—¿Qué es lo que sucede cuando se unen? —continué.

—Veo que te has empecinado en mezclarte con esos libros. Angelo, no busques en el presente las respuestas a estas preguntas. La idea de juntarlos viene de antiguo, los brujos lo han intentado desde hace más de tres siglos. Esta no es una historia nueva, sino tan antigua como oculta.

—¿Qué es lo que buscan? —seguí preguntando, intentando encontrar en las palabras de Piero la confirmación de lo que ya sabía por la carta de Isabella Spaziani y la confesión de Gianmaria.

Sonrió, pero su sonrisa fue transformándose lentamente en una mueca siniestra.

—Lo peor.

—¿Lo peor? —Miré fijamente al anciano—. ¿Qué significa «lo peor»?

El capuchino alzó su índice y señaló mi crucifijo.

—Mira lo que tienes colgado del pecho. Los libros buscan acabar con todo, con todo lo que de ahí provenga.

—¿El Cristianismo?

—La religión entera.

—¿Cómo? Contadme, maestro, contadme lo que sabéis. —Parecía que por fin iba a averiguar el poder real de los libros y cuáles eran esas extrañas puertas que abrían.

—Yo no lo veré, estoy ciego y el Señor está acabando la cuenta de mis días. Puede que tú sí... Aunque espero que eso jamás ocurra... Y ahora, basta. Ya es suficiente, sabes lo que debes saber por el momento.

—Si no queréis que me involucre... ¿Cómo podré hacer algo al respecto?

—Espero que la Inquisición sepa bien lo que hace. Solo abre los ojos y espera... Ya tendrás la oportunidad. La información que tienes te conduce por buen camino, pues el recorrido de los libros es el que conoces, han hollado ciertamente esos senderos. Todo lo que sabes de ellos es cierto. Ahora, simplemente, es el momento de tener confianza en ti mismo y en tus conocimientos.

—Gracias por el consejo, maestro. Gracias por vuestra fe en mí, pero ¿por qué estáis tan seguro de que mi hora llegará? —pregunté preocupado, porque cada vez que daba un paso para esclarecer el misterio, una nueva sospecha lo ensombrecía.

El capuchino se encogió de hombros.

—Soy un anciano que escucha y guarda silencio. Es fácil enterarse de cosas cuando tu boca deja su lugar a tus oídos.

—Perdonad, maestro, la insolencia de este incrédulo. Estoy seguro de que todo lo que sabéis no proviene de estos muros… ¿Qué clase de eremita sois si estáis enterado de cosas que suceden fuera? —pregunté de nuevo, y esta vez tentaba al límite su paciencia, pues los capuchinos fundadores de la orden, llamados eremitas o ermitas, habían hecho voto de aislarse del mundo.

—Soy un eremita estudioso, humilde y pobre, como san Francisco, mas también un estratega de la talla de Maquiavelo —respondió mostrando que, lejos de enfadarse, la pregunta le había hecho retomar su espíritu combativo. Me quedé mirándole antes de responder, pues un sentimiento antiguo había regresado a mí después de mucho tiempo.

—En este momento tengo la misma sensación que tenía hace años cada vez que hablaba con vos —dije preocupado por estar haciendo una confidencia que jamás había pensado hacer—. Tengo, como tenía, el extraño presentimiento de que me ocultáis algo y por más vueltas que le he dado y le doy a esa idea, no consigo llegar a ninguna conclusión.

Piero Del Grande permaneció impávido. El silencio llenó su boca para abandonarla, poco después, en un suspiro largo y denso.

—Mi pequeño… Mi discípulo más preparado, mi noble y observador Angelo. Tus ojos miran con sabiduría y tu mente preclara no deja lugar a los espejismos —dijo abatido—. Pero esta vez el espejismo existe y permanecerá…

—¿Qué intentáis decirme?

El anciano regresó al silencio y su frente se arrugó por la angustia. Su rostro había absorbido mis palabras. Hizo un gesto de dolor.

—¿Maestro…? ¿Qué os sucede? —murmuré tomando una de sus pequeñas manos.

Volvió a mirarme. Una intensa preocupación emanaba de su rostro.

—Mis días están contados, hijo. Mi vida expira… Y sí, estás en lo cierto, algo te escondo, te debo una explicación.

—Por segunda vez, el rostro de Piero reflejó una concentración inusual, el tráfico vertiginoso de numerosas consideraciones que el corazón del anciano estaba ponderando; de repente, su rostro se relajó antes de continuar—. Sí. Te he escondido algo durante todo este tiempo y escupirías en mi tumba si no te lo dijera.

—¡Qué clase de locuras decís! ¡Sabéis que jamás haría eso! —exclamé turbado.

—Si supieras la verdad no harías afirmaciones tan vehementes —dijo muy sereno—. Yo sé más de tu persona que tú mismo…

—No os entiendo, maestro ¿Qué intentáis decirme? —exclamé cada vez más preocupado.

Piero observó el cementerio y me pidió que le ayudase a ir hacia un rincón cercano y poco frecuentado, pero hermoso a la vista como pocos. Nos detuvimos justo debajo de un gran roble que parecía arder en el fuego de sus hojas a punto de caer, y a cuyos pies, casi ocultas por la vegetación y las hojas de otoño, había varias lápidas.

—Aquí está bien… —dijo—. ¿Te gusta el sitio?

—Por supuesto. Creo haber pasado por este lugar un centenar de veces. En muchas ocasiones, cuando deseaba que nadie me encontrase en el monasterio, este sitio me servía de refugio. Un escondite perfecto, al amparo de silenciosos huéspedes.

—¿Qué es lo que más te llama la atención en este lugar?

—La hermosura del árbol que parece proteger a nuestros humildes hermanos enterrados a sus pies. Y la tumba sin nombre…

—Así es. Has dicho bien —exclamó Piero con una melancolía infinita.

—No entiendo qué os sucede. Habéis pasado del pesimismo a la más profunda de las tristezas y habéis dicho cosas sobre mí…

—Angelo —dijo, interrumpiéndome y con la voz más solemne que podía emitir. Le miré con atención aún sin saber cuán duras serían sus noticias. Las más duras que había escuchado en toda mi vida—. Tú no eres quien piensas. Nunca se te dijo la verdad.

Piero se calló para darme tiempo a asimilar sus palabras. El silencio que a ellas siguió se llenó de sentimientos contradictorios: la sorpresa, la indignación, el dolor, el deseo de saber… Cuando estuve preparado y lo suficiente sereno para seguir escuchando, miré atentamente a Piero, que concluyó:

—Eres un bastardo.

Su voz fue arrastrada por el viento. Un escalofrío recorrió mi espalda y su mal se hundió en mí oprimiéndome con toda la amargura que contenía aquella revelación. Mi corazón había sido seccionado y mi mente no podía apartar de sí la cara ensangrentada y blasfema de Gianmaria.

—¿Qué habéis dicho? —murmuré mirándole, buscando un resquicio de piedad en sus ojos agonizantes.

—Lo que has oído, mi pequeño —dijo Piero apretando mi mano y temblando como una hoja en invierno.

—¿Acaso pretendéis insultarme?

—Ser bastardo no es insulto. —El anciano se puso muy serio.

—¡Y ahora estáis de broma! —exclamé, herido en mi orgullo.

—Jamás bromearía sobre ti, hijo mío.

Bajé al instante la vista sin poder sostener por más tiempo su mirada e intenté pensar. La angustia me había vaciado.

—¿Qué clase de verdad es esa? —grité, incapaz de reflexionar.

—Esa verdad por la que habrías escupido en mi tumba si no te la hubiera revelado. —Piero estaba conmovido; y aunque no llegó a saberlo, tenía razón: siempre le agradecería aquella confesión.

—Os equivocáis, maestro... ¿Es que no os acordáis de mi padre? —repliqué intentando sonreír.

—Lo recuerdo, hijo, pero él... Él no era tu padre.

—¡Mi padre era el que conocí! —interrumpí exaltado, soltando mi mano de la de mi maestro, revolviéndome como una fiera enjaulada y tratando de convencerlo—. Domenico... Domenico DeGrasso, el herrero. Vos lo conocisteis... —El capuchino volvió a aferrar mi mano con dulzura, mas su cabeza lentamente negaba mis palabras—. Mis recuerdos de él permanecen frescos... Sé quién soy... —musité, cayendo de rodillas junto a él.

El maestro señaló la tumba sin nombre, aquella lápida olvidada.

—Aquí está la verdad, hijo —dijo señalándola—. Aquí debajo se encuentra la verdadera historia de tu vida. Ahí, bajo esa lápida sin inscripciones yace tu madre, a la que no llegaste a conocer y que tanto te quiso. Sé más de tu vida de lo que sabes tú. Sé más de tu sangre de lo que supo tu padre adoptivo. Domenico DeGrasso fue un buen hombre. Pero tú no eres hijo suyo.

Refugié el rostro entre mis manos, hundiéndolo en ellas, queriendo ausentarme de la realidad, como quien está desnudo e intenta cubrirse. Durante un momento me dejé transportar por mis sinsabores, suspiré y sentí que mi cuerpo me era ajeno. Y después de un terrible silencio sobrevino, por fin, el sollozo. No había más que pensar, todo mi ser rechazaba la verdad, ser bastardo era una horma que jamás pensé calzarme. Levanté la cara arrasada por las lágrimas y miré a los ojos de mi maestro.

—Padre... ¿Por qué ahora...? ¿Por qué me lo habéis ocultado hasta ahora...? ¿Por ahorrarme este dolor infinito...? ¿Quién soy, padre, quién soy...? ¿Y quién es mi padre?

Piero Del Grande sostuvo mi mirada. En sus ojos había un

dolor casi comparable al que yo sentía. Me tomó de nuevo las manos y respondió:

—Angelo, vas a tener que perdonarme y seguir confiando en mí, como has hecho siempre. Sé que lo que voy a decirte aumentará tus dudas y tu desasosiego, pero, por favor, créeme con toda la fuerza de tu fe cuando te digo que aún no puedo revelarte quién es tu padre, aunque lo haré, y más pronto de lo que piensas. Porque, y sé que es pedirte un esfuerzo sobrehumano, ahora necesito que pongas toda tu energía en otros asuntos. Ha llegado el momento de que conozcas la razón de tu vida religiosa, el motivo de mi decisión de enviarte con los dominicos. El momento de darte a conocer nuestra corporación secreta. Es el momento de que conozcas la *Corpus Carus*.

Levanté la vista y le miré atónito. Pensé en Iuliano. El anciano me susurró muy suavemente al oído:

—Angelo, te revelaré los misterios de nuestra Iglesia. Ya es hora de que sepas, hijo mío. Te diré todo lo que debas (y te atrevas) a escuchar.

—Estás en lo cierto, Angelo. Roma no te ha dicho toda la verdad sobre tu papel en la búsqueda de los libros. Te esconde una historia antigua en la que está implicada la Iglesia, los brujos y la masonería. Como ya te he dicho, los datos que has obtenido de los brujos son ciertos. La bruja que escribió esa carta sabía muy bien lo que escribía, y el brujo que torturaste en tu abadía resistió todo lo que humanamente pudo antes de confesar. Y aquí estás hoy…, preguntándome a mí por unos libros que han motivado persecuciones y destierros durante 750 años.

Miré al maestro en silencio. Traté de calmar mis ánimos. Necesitaba que él confirmara la información que yo ya poseía, y no solo de los herejes. El capuchino continuó:

—Después de que la Iglesia destruyese el *Necronomicón*

original en España, en el año 1231, la Sociedad Secreta de los Brujos decidió codificar la única copia del libro prohibido que les quedó. Sacaron los conjuros de sus páginas y los transcribieron en otro libro, el *Codex Terrenus*, protegiendo así de los inquisidores los secretos de las artes negras.

—El *Necronomicón* estaba en poder de Gianmaria... Pero el *Codex* al que os referís no es...

—Es el que tú conoces como *Codex Esmeralda* —afirmó Piero con seguridad—, es el libro que afirmó haber tenido tu bruja.

Ordené mis pensamientos y examiné los hechos.

—Los brujos querían unir los libros para recuperar los conjuros —susurré—, tal y como decía la bruja en su carta. No fue la Iglesia quien lo evitó. Alguien actuó antes que la Inquisición.

—¿Por qué lo dices? —preguntó el anciano.

—Porque el Superior General de la Inquisición, aunque conocía la existencia del libro de conjuros, nunca se refirió a él como *Codex Esmeralda*. En nuestra primera reunión, ni siquiera lo mencionó. Pareció sentirse muy aliviado cuando le dije que había encontrado el escondite del *Necronomicón* tal y como él me había ordenado. Además, yo llevaba tiempo persiguiendo a la bruja de Portovenere mas no ordené su muerte. La habían asesinado atravesándole la boca con una flecha. Y, además, confío en el cardenal Iuliano. Él es mi superior.

El capuchino sonrió. Luego dejó que su vista se perdiera en el cielo.

—Pues debes saber que él no confía en ti —concluyó.

—¿Por qué afirmáis tal cosa?

—Porque me parece evidente que solo te ha contado la mitad de la historia.

Una leve ráfaga de viento arrastró las hojas secas sobre las lápidas del cementerio. Fruncí el ceño.

—¿Y por qué habría de hacerlo?

—Porque sospecha de ti.

—¿De mí?

—Sí, Angelo. El cardenal supone que tú eres un cofrade de la *Corpus Carus*.

La *Corpus Carus*. Era la tercera vez que oía ese nombre. Y la primera vez, lo recordaba bien, había sido en boca del cardenal Iuliano, que me miraba intentando penetrar en mí a través de mis ojos... Las palabras del maestro comenzaban a cobrar sentido y lo dejé hablar, pues un momento antes me había anunciado que me daría a conocer todo lo referente a aquella masonería.

—La *Corpus Carus* evitó que los libros se juntasen —continuó Piero Del Grande—. La *Corpus Carus* es la masonería católica que le disputa esos libros a la Inquisición y a la Sociedad Secreta de los Brujos. La *Corpus Carus* te reclutó para la Iglesia, pagó tus estudios y te protegió de la muerte durante tu infancia. La *Corpus Carus* es la logia de la cual formo parte, para la que selecciono, recluto y preparo.

Quedé aturdido por esa información. Yo, el Gran Inquisidor DeGrasso protegido, incluso de la muerte, por una organización masónica que habría debido considerar herética... Y mi maestro, un miembro destacado dentro de ella. Consternado, abrumado por la revelación, lo único que se me ocurrió decir fue:

—Maestro... ¿He de consideraros un enemigo de la Iglesia? ¿Vos?

—No, no, hijo mío. Soy un guardián de la Iglesia. Soy un teólogo que intenta contener los excesos de la curia romana y proteger a los religiosos que llevan la Luz del mensaje apostólico.

Observé con reticencia a mi anciano maestro.

—He de confesaros que el cardenal Iuliano mencionó a la *Corpus Carus* en la visita que me hizo hace pocos días y que se refirió a sus miembros como...

—¿Enemigos? —preguntó Piero Del Grande adelantándose al final de mi frase y yo asentí con la cabeza—. Es comprensible. El cardenal hace bien su trabajo, sigue la ortodoxia. Es lógico que nos vea como una amenaza. Escucha bien: no se nos considera una amenaza por cuestiones de doctrina, por ser herejes, sino por política eclesiástica. Nosotros hemos colocado prelados cerca de la silla de Pedro, tenemos obispos y teólogos infiltrados a lo largo y ancho de Nuestra Santa Madre Iglesia. No es descabellado que nos persiga e intente desvelar nuestras verdaderas identidades. Y por eso precisamente desconfía de ti: porque sospecha de mí y tú eres mi discípulo.

Medité por un segundo sobre la nueva lectura de la realidad.

—Entonces, yo soy vuestro enemigo...

Piero sonrió antes de aclarar el malentendido:

—Los inquisidores, los dominicos: tú jamás. Tú eres mi discípulo. Tú eres mi discípulo amado, preparado para atravesar el escudo de Roma. Tú eres el único inquisidor que ha sido adiestrado para servir a la *Corpus Carus* desde su puesto.

—Por eso me enviasteis con los dominicos; es por eso por lo que no me quisisteis como capuchino —le reproché entre susurros.

—Así es.

—¡Pero nadie me escogió para inquisidor! Fui yo, fui yo mismo quien ganó los méritos que el cargo exigía —repliqué, intentando contener esa mezcla de rabia, perplejidad y tristeza que me había embargado desde que el padre Del Grande mencionara mi bastardía.

— Cierto, quien te propuso para el cargo fue...

—El santo padre fue quien me nombró inquisidor —le interrumpí al instante, pues ya intuía adónde quería llegar.

—Sixto V, en 1587. Mas quien se lo propuso a él fue el teólogo jesuita Roberto Bellarmino.

—¿Y por qué? No tuve ni tengo trato con él. —Mi curiosidad ya no conocía fronteras.

—Por que el Gran Maestre de la *Corpus Carus* así lo dispuso —afirmó el anciano.

Hubo un silencio.

—¿Bellarmino es de la logia? —pregunté completamente aturdido.

—Bellarmino es un buen hombre y un buen religioso.

—¿Bellarmino es un *Corpus Carus*? —insistí.

Sabía muy bien que el jesuita era el actual consejero del papa Clemente, que incluso asistía a las reuniones de gobierno del colegio episcopal. Bellarmino y el cardenal Iuliano se cruzaban continuamente bajo los frescos del Vaticano.

—Tenemos un jesuita en el Vaticano —resumió Piero, arrojando luz de esta manera sobre el vehemente discurso en favor de la Compañía de Jesús que acababa de pronunciar en la capilla.

Una pregunta más martirizaba mi espíritu y me creía con todo el derecho a hacerla y a obtener una respuesta clara.

—¿Quién es el Gran Maestre de la *Corpus*?

—No lo sé —respondió el padre Piero sonriendo—. Nadie lo sabe. Y tú, ¿lo dirías si lo supieses?

—Pues… No lo sé, padre. Ahora mismo no puedo responder a esa pregunta.

—Yo sí sé lo que debo hacer, Angelo: aunque lo supiera, no te lo diría, de modo que no insistas.

Vedado ya el camino de la *Corpus Carus* mis preguntas retomaron el sendero de los brujos. Quería ver si Piero Del Grande podía darme más información de la que ya tenía.

—¿Qué hay de los brujos?

—La Sociedad Secreta de los Brujos tiene un Gran Maestro. Sus brujos ya han desaparecido de Europa, algunos por obra y gracia de los inquisidores. Y otros pocos a manos de nuestra logia.

—Y…¿Qué sabéis del Gran Maestro de los brujos?

—Es el más siniestro de todos. Nadie en ocho siglos ha igualado ni sus maquinaciones ni su discreción. Ha logrado desconcertarnos a todos sobre su paradero y sobre su identidad. No solo ha demostrado que puede llegar a reunir los dos libros satánicos, sino que ya ha conseguido que, en el seno de la Iglesia, nos acusemos los unos a los otros.

—Entonces, al igual que el Gran Maestre de la *Corpus Carus*, nadie sabe quién es… —Volvieron a mi memoria aquellas palabras que Isabella había escrito en su carta a Gianmaria: «Con el silencio de un monje y los pies de un chivo». Una descripción que valía para cualquier religioso. Mi maestro continuó:

—Solo sé lo que sabemos todos, incluido tú, y ese es el verdadero motivo de tu visita y la causa de que todos nos señalemos con el dedo… Estos son tiempos de confusión, en los que el diablo tiene rostro de mártir y los ejércitos de la Iglesia, en vez de combatir unidos, rompen filas…

—Maestro, todavía hay algo que no entiendo. ¿Por qué la *Corpus Carus* desea encontrar los libros y no deja este asunto en manos de la Inquisición?

—¡Ay, Angelo! ¿No te acabo de decir que el Gran Maestro podría ser cualquiera? Bien podría pertenecer al Santo Oficio.

—Y por la misma razón, también podría estar dentro de la *Corpus Carus* —sentencié intentando defenderme.

Mis palabras hicieron que Piero Del Grande enmudeciera y solo al cabo de unos segundos, pudiera balbucear:

—Espero que Dios jamás lo permita.

El tiempo había pasado deprisa, llevábamos muchas horas en el cementerio, sin comer ni beber nada, absorbidos por la conversación. Ya iba a anochecer. Con la marcha del sol se irían también las pocas certezas que me acompañaron hasta ese día. Y por mucho que hubiera visitado y contemplado aquel cementerio por el que sentía aquella atracción inconsciente, nunca habría sabido que allí se ocultaba la verdad de mi existencia. Pues en aquella tumba sin nombre que nunca observé con detenimiento, a la que nunca le dediqué una plegaria, justo ahí convergían todos los caminos oscuros de mi vida. De mi otra vida, la que aquella tarde acababa de descubrir.

Eran tiempos de confusión.

El diablo estaba entre los hombres.

VII

AUTO DE FE

18

El día del gran festejo había llegado. Desde el amanecer, pregoneros a caballo anunciaban la celebración del auto de fe para todos los mayores de catorce años. En él las autoridades civiles y las eclesiásticas impartirían justicia a los descarriados de la fe verdadera. En él se escucharían, entre otras, las sentencias de dos de los herejes más perseguidos durante aquellos años: el temible Eros Gianmaria el Payaso, y la escurridiza Isabella Spaziani, bruja de Portovenere, que, además, sería juzgada muerta. Era un día muy importante para la justicia y un día de divertimento para el pueblo llano.

«Pan y circo», decían los romanos del Imperio, una fórmula mágica con la que apaciguaban los apetitos de la plebe, siempre a punto para la revuelta. En los espectáculos preparados para él, el vulgo se sentía parte del todo, representado y partícipe. Una farsa con la que se compraba su voluntad. Pocas cosas habían cambiado desde entonces: los altos cargos se obtenían con oro y al pueblo aún se le contentaba con «pan y circo».

Los alrededores de la plaza de San Lorenzo resplandecían adornados con enseñas. Las calles aledañas, y sobre todo por las que pasaría la procesión de los acusados, habían sido aseadas y hasta los pasajes más lúgubres, normalmente llenos de timadores, maleantes y asesinos, estaban adornados con estandartes. Todo parecía estar en orden, incluso en las tabernas más peligrosas, donde las prostitutas saqueaban los bolsillos de los borrachos mientras se cerraban oscuros tratos. El orden solo duraría ese día; después, Génova volvería a ser Génova, una ciudad dedicada al comercio, con su habla de acentos árabes y franceses, una ciudad de banqueros que sostenían imperios, en la que el ahorro era avaricia y la propia familia podía ser mercadería.

En la plaza se había construido un enorme teatro que podía acoger a más de mil espectadores. Varias filas de tarimas la envolvían, reservadas para las autoridades eclesiásticas y la nobleza las que daban la espalda a la fachada principal de la catedral, donde se colocarían los tres púlpitos que concentrarían el auto, y los bancos para los reos. Las enseñas, doseles y brocados de oro y plata la adornaban. Un enorme estandarte negro con el emblema del Santo Oficio bordado en oro colgaba de la fachada de la catedral.

La plaza, las calles cercanas y aquellas por las que pasaría la procesión estaban abarrotadas desde antes del amanecer. Todos los que no habían conseguido un asiento por no poder pagarlo permanecían de pie, esperando a los reos. Muchos de ellos borrachos, agarrados desde hacía rato al aguardiente para entrar en calor; otros, encolerizados y hambrientos; unos pocos, piadosos dispuestos a rezar por las almas de los condenados. Todos ellos deseando contemplar, como único consuelo, a alguien más pobre y más desgraciado. Todo estaba dispuesto para el auto de fe, para el *Sermo Generalis*.

La comitiva venida de Roma había llegado a la plaza a primera hora de la mañana. Tres majestuosos carruajes habían traído tres cardenales y un obispo, cada uno con su séquito. El sobrino del Papa, Pietro Aldobrandini, había venido cabalgando al frente de una abultada columna del ejército pontificio. Estaba magnífico, llevaba el hábito púrpura y, sobre él, una capa de terciopelo azul tachonada de piedras preciosas y bordada con hilo de oro. Montando un renegrido semental, se paseó desafiante por el corazón de la ciudad, emblema viviente de una familia poderosa con un apetito desmedido por la gloria. A su lado, los lanceros del Papa, con sus cascos emplumados y vestiduras escarlata, alzaban los estandartes de Roma, del Vaticano y el escudo de los Aldobrandini.

Minutos antes de que sonaran las campanas de la catedral de San Lorenzo anunciando el mediodía, todos los prelados y autoridades que habían acudido al *Sermo* ya estaban colocados en el graderío reservado para ellos. Los representantes del poder político y religioso se dejaban ver enfundados en finas y coloridas vestiduras. Allí estaban, entre otras personalidades destacadas, el arzobispo de Génova, monseñor Sandro Rinaldi, que ocupaba el centro de la tarima de ilustres acompañado por el gobernador y caudillo Nicolò Alberico Bertoni, apodado el Bondadoso. En la tarima inmediatamente inferior, se habían acomodado Su Excelencia Gino Delepiano, arzobispo de Florencia, y el cardenal florentino Alessandro de Médicis, un firme candidato a suceder al Pontífice. Yo me situaba en la tarima más cercana al suelo, junto a mi séquito y a la comitiva que el Santo Oficio había enviado desde Roma, un conjunto de las trece personas más relevantes entre las veintiocho, civiles y religiosos, que formaban toda la comitiva. Mi presencia era rotunda, señalada por el atuendo de Inquisidor General, ese que todos deseaban ver, pero bien lejos. A mi lado estaban las personas que componían mi consejo, incluidos el notario y el escribano que levantarían acta del *Sermo*. También estaban junto a mí los miembros de la justicia ordinaria que se harían cargo de los reos, una vez leídas las sentencias, para aplicarles las penas correspondientes. Y quienes no estaban junto a mí todavía llegarían escoltando a los presos: el médico, su sangrador y el alguacil mayor.

La procesión había salido de la cárcel del Santo Oficio con tiempo suficiente para que pudiera llegar a la plaza al mediodía, hora en la que se había previsto el inicio del auto. Su camino iba a ser lento pues el gentío interrumpiría constantemente su paso. Dos familiares de la Inquisición acompañaban a cada reo, subido sobre un asno aquel que no pudiera caminar. Presidía la procesión la Cruz Verde, el estandarte de la Inquisición bordado con el blasón de santo Domingo. Inmediatamente detrás de él se situaban los reos reincidentes, destinados a morir quemados en la hoguera. Mezclados entre ellos, sobre pértigas para que la muchedumbre pudiera verlos bien y mofarse a sus anchas, unos muñecos que representaban a los condenados. Los que escucharían sentencias más benignas iban detrás, escoltados por cuatro carceleros a caballo.

Cuando el tañido de las campanas de San Lorenzo dejó de resonar, el gentío bramó enardecido. Acompañando el estruendo popular, unos treinta tamboriles redoblaron en el centro de la plaza. Los reos entraron en ella y, ayudados por los familiares del Santo Oficio, se sentaron en el lugar a ellos destinado. Abandoné mi asiento para dirigirme al púlpito y tomar juramento solemne a todos los presentes. A mis palabras siguió el griterío de la turba. El auto de fe acababa de comenzar.

Siete eran los desgraciados que lucían sambenitos y que iban a escuchar sus sentencias: dos condenados por brujería y satanismo, uno por blasfemo, otro por bígamo, dos por sodomía y uno por judío. Sus vestimentas, diferentes según fuera su sentencia, ayudaban al vulgo a diferenciar, a primera vista, el bien del mal, la reincidencia en la herejía o su rechazo. El auto de fe es, antes que un espectáculo que divierte al pueblo, una advertencia para todos aquellos que pretendan desviarse de la fe verdadera, esa misma fe que se enseñaba en cualquiera de las iglesias de la ciudad y de las parroquias que la circundaban.

El judío, el blasfemo y el bígamo, que había salvado el pellejo por haber abjurado de su religión, de sus blasfemias y de su perversión, llevaban coroza, aquel infamante capirote con dibujos alusivos a su pecado; en sus manos mostraban una vela amarilla apagada y, atada a su garganta, una soga con tantos nudos como centenares de azotes iban a recibir. Este sería su castigo antes de ser absueltos y admitidos en el seno de la Iglesia. Eros Gianmaria, Isabella Spaziani y los sodomitas mostraban el sambenito de los reincidentes, adornado con llamas que apuntaban hacia su rostro y la cabeza de Jano a la altura de sus vientres, y corozas decoradas de igual manera. Todos ellos irían a parar directamente a la hoguera.

Gianmaria mostraba un aspecto deplorable. Su cuerpo desarticulado había sido arrastrado hasta su asiento como si de un costal de cebollas se tratase. Ese amasijo era la persona que había causado el terror en la ciudad cuando fue trasladado desde Venecia, la misma de la que el vulgo aseguraba era capaz de convertirse en lobo o vampiro y así escapar de su celda a voluntad para, en las noches de espesa niebla, acechar a las pobres gentes en los callejones más tenebrosos del puerto. Eros, el Payaso nefasto, el brujo de Venecia, el mercenario de Satanás, al que se atribuían las más sádicas y horrendas faltas contra la fe, aquel que otrora invocara al demonio y desafiara a los religiosos desde las celdas de su prolongado cautiverio, aquel a quien ninguno se atrevía a mirar a los ojos por miedo a ser víctima de sus malignos hechizos. Ese hombre era el que ahora, hecho una ruina, con la cabeza abatida sobre los hombros, no podía ni mantenerse en pie. El icono del mal absoluto, el mismísimo demonio personificado, había sucumbido ante los jueces de Cristo. El inquisidor había sido más fuerte que todos sus conjuros y malicias juntas. La fe verdadera triunfaba y la Inquisición, altiva ante sus logros y representada por mí, demostraba, una vez más, que era capaz de aplastar al mismo demonio bajo el peso de la Biblia.

Pero lo más llamativo del auto, y de sobrada repugnancia, era, sin duda, el cadáver descompuesto de Isabella Spaziani que, trasladada en un ataúd abierto hasta la plaza, había sido erguida amarrándola a una estaca mediante un corsé de hierro. La otrora bruja de Portovenere, que hedía de manera insoportable, tenía los ojos entreabiertos y una descarnada mueca en lo que restaba de su boca. Estaba lista para recibir su veredicto. Aún se traslucía, a pesar de la hinchazón de su cuerpo, el esplendor de sus generosos y viciados senos, con los que, según las malas lenguas y como yo mismo había podido comprobar años atrás, ella enloquecía de placer, al bañarlos reiteradamente en el semen de sus hechizadas y corrompidas víctimas. A Isabella Spaziani se la acusaba de organizar y llevar a cabo numerosas orgías en las cuales reunía a hombres casados, padres de familia e incluso a curas y religiosos en formación. Sus apetencias sexuales eran depravadas y bestiales, pues le gustaba, entre otras perversiones, relacionarse con animales ante las miradas atónitas y lascivas de los que asistían a las orgías. La muy maldita bruja de Portovenere, con el hábil uso de su cálido vientre, era capaz de envenenar todos los sagrados sacramentos. Su destino no podía ser otro que la hoguera.

19

El arzobispo de Florencia, que descansaba cómodamente sobre los almohadones aterciopelados de la grada oficial, frunció el rostro al ver acercarse el cuerpo inflado de la bruja. Se llevó a la nariz un manojo de jazmines recién cortados que, a su parecer, le protegerían de la temida peste negra. Los que estaban a su alrededor siguieron su ejemplo y se taparon las suyas con pañuelos y sedas perfumadas. Y los que no tenían otra cosa, con sus manos.

Todos los reos, situados en los bancos destinados a ellos frente a las autoridades, avergonzados bajo sus humillantes ropas de penitencia, eran insultados por las miradas despectivas de los nobles y del público, que les lanzaba todo tipo de improperios. Un diácono de facciones delicadas y ampliamente tonsurado fue el encargado de abrir la lectura de las sentencias. Se entregó a un pesado discurso que alcanzó casi una hora y que, dotado de la habitual retórica y ortodoxia eclesiástica, logró adormecer incluso a los más devotos, pues a pesar de que su voz sonaba fuerte como trompeta, al ser pronunciado en latín, la mayoría de los presentes no conseguía entender palabra. Cuando hubo terminado, después de acentuar varias veces la necesidad de obediencia al credo y de entrega abierta a la Iglesia y a sus parroquias, y antes de proceder a la lectura de cada sentencia, entonó en italiano las siguientes palabras:

—Para que los justos puedan ver claramente la maldad del hombre personificada; para que el ciudadano modelo observe las caras del pecado, tal cual son; y para que nuestros hijos puedan tener la herencia de un credo límpido, sin aberraciones ni desviaciones infames, celebramos hoy este *Sermo Generalis*. Ellos —continuó mirando a los reos— son nuestras dolencias y, como hicimos siempre, guiados por un Cristo purificador y sanador de males, nosotros, la Iglesia, a través de nuestro Santo Oficio, los entregamos formalmente a la justicia seglar, pues nuestra tarea ya ha sido cumplida.

El vicario Rivara se acercó al púlpito para entregarle las sentencias de la Inquisición. Mientras lo hacía pude sentir las miradas de todos los presentes centradas en mí. Del rico al pobre y del sabio al ignorante, todos habían depositado sus esperanzas en aquel que debía responder con actos a su respeto y provocar el terror con su sola presencia. Este era el momento de mayor gloria para cualquier inquisidor, pues sus creencias, sus pensamientos, sus debilidades, su crueldad, su misericordia y su disciplina se concentraban en aquellas hojas pálidas que contenían las sentencias. No eran solo obra suya, sino de todo el tribunal, pero ante el pueblo, este solo tenía un rostro: el del Inquisidor General. La voz del joven diácono interrumpió mis reflexiones.

—Archidiócesis de Génova: he aquí ante ti a los detractores de la fe, he aquí siete acusados que nuestra jurisprudencia eclesiástica ha encontrado culpables. El tribunal del Santo Oficio formado por el Inquisidor General de Liguria, Angelo

Demetrio DeGrasso, el fiscal Dragan Woljzowicz, el consultor Daniele Menazzi y el notario Gianluca Rivara, bajo la mirada de Dios, han sentenciado cada caso, lo han preparado y revisado minuciosamente para cumplir con la ansiada búsqueda de la renovación espiritual del penitente de acuerdo con la gravedad de la falta perpetrada. —El diácono detuvo la lectura un instante para dar tiempo a que el acusado al que se iba a dirigir se colocara en el púlpito destinado a los reos antes de leerle su sentencia—. Así, Antonio Righi es culpable de ser un falso converso y seguir profesando, a espaldas de la Iglesia, su fe judía. Deberá trabajar en sábado y prestar servicio durante un año a la archidiócesis de Génova trabajando en las tareas de limpieza de la catedral. Una vez cumplida la pena, será readmitido en el seno de la Iglesia con un nuevo bautismo.

Antonio Righi abandonó el púlpito y dejó su lugar a Sebastiano René para que escuchara debidamente su sentencia.

—Sebastiano René, blasfemo, es encontrado culpable por profesar las creencias heréticas de los maniqueos. Por esta causa llevará la vestimenta punitoria durante seis meses, para que se le reconozca en las calles y en los sitios que frecuentare, y completará su reparación espiritual ayudando durante un año en la edificación de los templos que se levanten dentro de la diócesis. Cumplida su pena, recibirá su segundo bautismo y será readmitido en el seno de la Iglesia.

De la misma forma que hiciera Righi, Sebastiano René abandonó el púlpito para que el siguiente acusado oyera su sentencia.

—Fabio Colonesse, bígamo, acusado de violar el sacramento del matrimonio, de poseer dos mujeres y con el agravante de incesto, puesto que una de ellas es su propia hermana. El acusado es sentenciado a dos años de prisión, habiendo renunciado antes a su abominable e ilícito concubinato para conservar el único lazo que le es permitido, el que formalizó bajo la bendición de los sacerdotes y la cruz de Cristo.

Este pobre talabartero, de hábitos tranquilos pero travieso

por demás en sus conquistas amorosas, fue duramente amenazado en su calabozo, de lo que me encargué personalmente. Le prometí que si no abandonaba a su hermana como compañera de lecho, ella misma sería enjuiciada y quemada por bruja. Estaba seguro de que no conseguiría evitar futuras infidelidades con otras mujeres, ni de que su hermana siguiera protagonizando sus pensamientos más lascivos, pero lo apartaría de ella, pues ni como amante ni como hermano deseaba verla caminar hacia el quemadero.

La lectura de sentencias, la parte más larga de la ceremonia, continuó con los delitos más graves. Al púlpito se acercaron ahora los dos sodomitas.

—Jaime Alvarado y Joaquín Helguera, sodomitas, han sido encontrados culpables de actos denigrantes y carentes de moral, ante los hombres y ante Dios. Son culpables de una relación carnal contra natura plenamente consentida por ambos y solo digna de los más réprobos discípulos de Satanás. Además, son culpables de inducir a honrosos hombres de esta comunidad a practicar estas aberrantes relaciones carnales con el único afán de alimentar aún más su voraz apetito, destruyendo con ello las buenas costumbres y las enseñanzas que la Iglesia intenta inculcar a su pueblo. Ambos son sentenciados a la pena máxima: confiscación de bienes y muerte en la hoguera.

El orador tomó una bocanada de aire, tragó saliva y continuó con los dos últimos casos, los más esperados. Los familiares del Santo Oficio que habían enderezado el cadáver de la bruja de Portovenere se encargaron de trasladarla a las cercanías del púlpito de los acusados.

—Isabella Spaziani, bruja, culpable de herejía por atormentar ciudades y pueblos enteros con hechizos y perversos conjuros, entre los que se cuentan tirar varillas para leer el futuro, hablar y mediar con muertos, utilizar habas para hacerse invisible, utilizar palabras sagradas para hacer amar o aborrecer, bautizar muñecas con palabras sacramentales, utilizar el sortilegio del cedazo, preparar pócimas de encantamiento, usar el cubilete de vidrio, utilizar el sortilegio de las tijeras, valerse del vaso de agua y de la clara de huevo, y otras tantas artes de la magia negra que ahora no se mencionarán. Culpable de numerosas e innombrables aberraciones carnales, de corromper a hombres honestos mediante el uso pecaminoso de su vientre, por todo esto, y a pesar de haber encontrado la muerte antes de ser apresada por la Santa Inquisición, se la sentencia a la pena máxima: confiscación de bienes y muerte en la hoguera.

Era el turno de Gianmaria. Mientras era ayudado a encaramarse al púlpito y sostenido allí, pues no podía valerse de sus brazos y piernas descoyuntado como estaba por la tortura, un murmullo recorrió el tablado de las autoridades. Muchos de los nobles que había en él eran venecianos que habían recorrido la larga distancia que les separaba de Génova solo para deleitarse con el momento de su condena. El peligroso asesino que les había mantenido en vilo durante tanto tiempo, después de su largo peregrinaje de cárcel en cárcel, había sido doblegado por el poder de la Inquisición. Y aunque no se le juzgaría por ser el autor de aquellos horribles crímenes, el resultado final sería el mismo: la muerte del brujo. Las miradas de los nobles venecianos brillaban en un solo regocijo y, en silencio, exigían su cordero, exigían su sacrificio. Exigían venganza.

—Eros Gianmaria —comenzó diciendo el diácono en su última lectura—, hereje impenitente, agorero, culpable de brujería y herejía, de poseer libros prohibidos y satánicos, de leer las estrellas fijas de los cielos y conocer sus significados prohibidos, de divulgar escritos heréticos de su propia autoría con fórmulas alquímicas sacrílegas, de poseer tierra de cementerio y huesos humanos obtenidos de la profanación de santas sepulturas, de oficiar misas negras, de conjurar demonios en sus altares de sacrificio, de comunicarse con espíritus inmundos y ser poseído por ellos, de atentar contra Cristo y sus ministros en la tierra, de utilizar engaños y su lengua viperina para confundir a los custodios de la verdadera fe cristiana. Por brujo, y por los deplorables actos cometidos contra los creyentes, el Santo Oficio lo sentencia a la pena máxima: confiscación de bienes y muerte en la hoguera.

Acto seguido, el pueblo estalló en júbilo. Las gradas temblaron por los gritos, aplausos y pataleos que reflejaban la satisfacción que les había producido la dureza de las sentencias. Algunos se abrazaban y felicitaban mutuamente, otros tan solo alzaban puños desafiantes hacia los reos y les maldecían sin pudor. Un paso más hacia la victoria en la guerra declarada a los disidentes del dogma había sido dado, la fe verdadera había triunfado y la venganza de la Iglesia era también la venganza del pueblo.

En mitad del estruendo, un emisario que llevaba la insignia del Santo Oficio se acercó a Rivara. Venía sudado y desaliñado, debía de haber recorrido el camino espoleando sin cesar a su caballo, sus ropas estaban llenas de polvo y se le veía muy apurado. Se inclinó hacia el vicario y le susurró algo al oído para después desaparecer tan rápido como se había presentado. Rivara se acercó a mí, con la preocupación en el rostro.

—Mi prior, acaba de llegar un emisario de la comisión que enviamos a Ferrara y me temo que trae malas noticias —me susurró a su vez el vicario—. No hallaron el libro prohibido en la iglesia de Portomaggiore. Encontraron evidencias de un escondite secreto bajo el suelo, tal cual confesó el hereje, pero no hay rastro del *Necronomicón*.

Traté de no demostrar mi descontento y, tomando aire pausadamente, le contesté en voz baja:

—Después del *Sermo*... Después del *Sermo* hablaremos.

No importaba cuándo hablásemos, o cuántos detalles pudieran darme sobre la parroquia y el escondite. Lo único importante era que la comitiva había vuelto con las manos vacías, y eso era inadmisible. Roma esperaba el libro, Piero Del Grande necesitaba el libro. Ambos confiaban en mi pericia, y ahora solo tenía un puñado de aire y palabras estériles. Sentí vergüenza e indignación, el hereje había asestado su último golpe, me había engañado a pesar del tormento. Y, en la hoguera, su secreto se convertiría en cenizas. Todo se complicaba, la niebla más espesa parecía cubrir el rastro del maldito libro que, ahora, bien podía estar en manos del Gran Brujo... Como el *Codex Esmeralda*, pues ambos habían desaparecido.

20

Había llegado el momento de mi intervención, el momento de entregar a los reos a la justicia secular. Ellos eran los encargados de ejecutar las sentencias, la Iglesia no podía manchar sus manos con la muerte. Me acerqué de nuevo al púlpito y frente a las autoridades civiles y religiosas pronuncié las palabras que eximían a la Inquisición de toda culpa en el final que iban a tener los reos. La Inquisición perseguía, acusaba, torturaba y sentenciaba, pero no mataba. Esto lo hacía un verdugo, impersonal, sin nombre, encapuchado. Recorrí la plaza con la vista, la paseé primero por el grupo de autoridades y después por los condenados, deteniéndome en Gianmaria.

—Debemos relajar y relajamos a los reos que desde ahora quedarán en manos de Matteo Bertoni, alguacil general de la república de Génova y de su lugarteniente, a los que pedimos se encarguen de ellos.

Las sentencias de muerte se cumplirían ese mismo día. El quemadero había sido preparado a las afueras de la ciudad y allí se dirigieron los presos mientras en la plaza la ceremonia continuaba con la abjuración de los arrepentidos, que allí mismo recibieron el castigo que indicaban las cuerdas colgadas en sus cuellos, y la celebración de una misa en la que se encenderían las velas que portaban los reconciliados. Dándose prisa para que los que no habían abandonado la plaza en dirección al quemadero pudieran disfrutar de un espectáculo sangriento, la guardia ató a los reconciliados a sendas estacas y, descubriendo sus espaldas, procedió con la flagelación.

El bígamo recibió más golpes de los que cabían en su espalda. El verdugo lo azotó con fuerza y sin piedad. Su piel cobriza se desprendió a jirones. Sus lamentos no movieron a compasión a ninguno de los presentes, nadie parecía prestarles atención. Sebastiano René, el maniqueo arrepentido, después de ser golpeado, fue inmovilizado en un cepo de pies y manos para ser abandonado al pueblo enardecido. Hombres y mujeres se agolparon frente a René, empujándose impacientes, para escupirle y arrojarle frutas podridas. La suerte del converso fue más benévola, pues se desmayó al decimonoveno golpe del látigo. El *Sermo* ofrecía al pueblo la primera muestra del castigo, mas su verdadera furia se desataría en el quemadero, hacia el que ya se dirigía la procesión de condenados. Eros Gianmaria había sido colocado de nuevo sobre el asno para recorrer la legua que le separaba de su muerte segura. Y el secreto que guardaba su lengua se iría con él al silencio de la hoguera...

—¡Fascinante! Verdaderamente fascinante, Excelencia DeGrasso —exclamó el corpulento Giuseppe Arsenio acercándose a mí desde uno de los tablados.

No estaba solo, le acompañaba una bella dama. Le sonreí agradeciendo el cumplido. Arsenio era persona adinerada y de facciones agraciadas por lo que no sorprendía verlo siempre con hermosas mujeres; aquella, que seguía sus pasos como si fuera su sombra, me pareció demasiado refinada y frágil para ser la cortesana de turno. Y no me equivoqué. Arsenio se percató de adónde dirigía yo mi mirada y reaccionó rápidamente.

—Permitidme que os presente: la señorita Anastasia. Ha venido con la comitiva florentina para asistir al *Sermo*.

—Es un placer —dije mientras besaba su delicada mano. Ella sonrió.

—La señorita Anastasia —continuó Arsenio— está muy

interesada, desde hace tiempo, en la bruja de Portovenere, y al preguntarme si conocía yo al inquisidor que había llevado su causa, no tuve más remedio que contentarla con esta visita y esta presentación. Espero no ser demasiado inoportuno, Anastasia no va a estar mucho tiempo en la ciudad.

Y tenía razón: el momento no podía ser peor. La procesión había salido hacía tiempo y yo debía asistir a la quema... Pero mentí.

—Nunca es mal momento para conocer a una dama tan elegante y hermosa —dije mientras miraba a Anastasia.

Ella me sonrió y se dispuso a hablar:

—Señor DeGrasso, esas galanterías no son propias de alguien a quien acusan de frío y reservado. En verdad me sorprendéis.

—Frías son las piedras —contesté con habilidad—, mas he de daros la razón en lo de reservado. Solo aquí, en la plaza, y atendiendo a mis obligaciones, me fuerzo a responder. Si en algún momento disponéis de tiempo, no dudéis que os atenderé en mi convento y en privado, para todo aquello que queráis comentarme.

El vicario Rivara se colocó a mi costado y con su característico silencio sepulcral y su expresiva mirada me dio a entender que era hora de partir. Anastasia comprendió perfectamente mi situación y se apresuró a responder:

—Será un honor. Me alegro de haberos conocido, señor DeGrasso, os aseguro que tendréis noticias mías y puede que en un futuro no muy lejano.

Sonreí y besé nuevamente su mano. Por último, antes de partir hacia el quemadero, quise saber más de ella.

—Perdonad mi indiscreción... Quisiera saber a qué familia pertenecéis.

—Iuliano —respondió sorprendida—. Pensé que lo sabíais.

Su respuesta me dejó perplejo y no pude ocultarlo.

—Soy la sobrina del cardenal Vincenzo Iuliano, vuestro superior —aclaró Anastasia.

—Lo desconocía, nunca me dijo nadie que el cardenal tenía tan hermosa descendencia.

Ella volvió a sonreír. Me despedí apresuradamente y la dejé en la plaza junto a su protector. Por todos los rincones de Roma se sabía que el cardenal Iuliano no tenía una sobrina, sino una hija, encubierta bajo otro parentesco y celosamente custodiada. Esa fue la primera vez que la vi y hoy me pregunto si haberla conocido fue una gracia del destino o una maldición que cayó sobre el resto de mis días. Su presencia entonces no poseía otro sentido para mí que la de una dama frívola interesada en conocer de cerca al famoso Ángel Negro. Cuán equivocado estaba…

21

El quemadero había sido levantado en una agreste planicie conocida por los ciudadanos de Génova como «la explanada del castillo». Los condenados, sus acompañantes y el gentío que les había seguido hasta aquel lugar habían recorrido el camino a pie, arrastrándose por el sendero polvoriento, precedidos por la Cruz Verde de la Inquisición, bien alta y visible, como estandarte de un ejército victorioso que mostraba lo bueno que resultaba ser parte de él y lo penoso que podía ser ponerse en su contra. Los representantes de la República de Génova, la comitiva episcopal y los invitados de los ducados y repúblicas vecinas, habían recorrido el trayecto en carruaje o a caballo, protegidos de la fatiga que ahora mostraban los caminantes y del gélido viento que procedía del mar. Iban a observar la hoguera desde las ventanas mientras degustaban algún tentempié y bebían jerez tibio.

En el quemadero se habían dispuesto cuatro estacas en línea. Las cargas de leña estaban apiladas a sus pies. Los guardias y verdugos corrían de un lado a otro para atar a los reos. El gentío se apiñaba a su alrededor, y los que habían conseguido llegar a las primeras filas defendían con uñas y dientes su posición. Los ánimos del vulgo estaban encendidos, y no cesaban de insultar y de escupir a los reos.

Ya en la explanada mis rodillas crujieron como madera vieja y mi voz, en claro signo de agotamiento, apenas fue capaz de susurrar el Ave María que precedía al encendido de la leña. Los lamentos de Gianmaria, continuos desde que tres corpulentos guardias lo habían remolcado hasta su estaca, habían cesado. Estaba sentado en el suelo, esperando que lo incorporaran: la expresión de su rostro ya no se correspondía con la de un ser humano. Los otros reos ya habían sido atados a sus respectivas estacas con sogas mojadas con agua para evitar que ardieran antes de tiempo. Una vez atado Gianmaria, el verdugo me miró esperando que yo procediera a interrogar por última vez a los condenados, un gesto piadoso que podía evitarles el suplicio de las llamas y proporcionarles una muerte a garrote, mucho más rápida. Así que me acerqué a Jaime Alvarado, que me esperaba en la primera estaca.

—¿Te arrepientes de tus pecados y afirmas tu fe en la Iglesia? ¿Tomas a Cristo como Salvador antes de tu muerte? —le pregunté haciendo el signo de la cruz.

El sodomita bajó la vista un momento y después la alzó. Su mirada era desafiante y orgullosa. No pronunció palabra alguna. El verdugo, con la tea encendida, acató mi orden y prendió fuego a la leña. Las llamas alcanzaron las piernas del reo rápidamente y los alaridos no se hicieron esperar. Me acerqué entonces a la segunda hoguera, donde Jaime Helguera contemplaba cómo su amante se retorcía por el dolor y respiraba el tufo de su carne quemada. Hice la señal de la cruz ante su estaca.

—¿Te arrepientes de tus pecados y afirmas tu fe en la Iglesia? ¿Tomas a Cristo como Salvador antes de tu muerte? —repetí la fórmula, y Helguera, aterrorizado al ver los efectos del suplicio sobre su compañero, temblando como una niña asustada, rompió en llanto silencioso y balbuceó las palabras salvadoras.

—Sí, me arrepiento. Sí, afirmo mi fe en la Iglesia y tomo a Cristo como Salvador antes de mi muerte.

—Espero que Él te reciba en su gloria —respondí—, pues aquí tus días, en verdad, han terminado.

El verdugo, al oír sus palabras, había indicado a uno de sus ayudantes que le sostuviera la tea y le diera uno de los garrotes. El cuello de Helguera produjo un golpe sordo y se ablandó, ya sin vida. El verdugo pidió de nuevo la tea y la aplicó a la leña entre el griterío de la multitud a la que se le había estropeado el divertido espectáculo de ver retorcerse de dolor al sodomita. Alvarado y Helguera, dos españoles que habían recalado en la ciudad para trabajar en la banca genovesa, que con sus préstamos sostenía a la corona española, acabaron sus días lejos de su patria.

Cuando llegué a la tercera estaca alcé lentamente la frente para observar a la abominación personificada, la bruja de Portovenere. Isabella Spaziani estaba atrapada en la tenebrosa mueca que le produjo la muerte. El frío hizo un buen trabajo y la conservó lo suficiente para aquel momento, pero su olor... Pensé un momento en la satisfacción que habría sido tenerla allí con vida y en lo que habría gozado torturándola para sacarle la información que ahora necesitaba. Fue un pensamiento fugaz, que voló tan rápido como llegó. Me santigüé y deseé que se pudriera en el infierno mientras el verdugo prendía fuego a la leña.

Gianmaria era el último, y llegué a él paladeando mi ira contenida y acrecentada por las últimas noticias. Recorrí su cuerpo con la mirada, desde la base de la estaca hasta sus ojos, y pronuncié la fórmula:

—¿Te arrepientes de tus pecados y afirmas tu fe en la Iglesia? ¿Renuncias al diablo y tomas a Cristo como Salvador antes de tu muerte?

Eros flexionó apenas su magullado cuello y susurró con voz débil:

—Renuncio a lo que soy... Y te acepto a ti... Dios entre los hombres. Que das y quitas a voluntad, que castigas y matas por deseo… Y lavas tus manos con nuestra sangre de corderos sacrificados. —Gianmaria se desvivía por entonar sus heréticas palabras. Incapaz de tragar, un hilo de sanguinolenta baba recorrió su barbilla y cayó sobre el sambenito.

—Guarda tus ofensas, víbora. Te desangras por la boca y todavía persistes en el pecado que te conduce al destino más cruel. Quien sirve al diablo siempre será mi enemigo.

Eros miró al cielo y luego dirigió su vista hacia mí, intentando sonreír.

—*Elí, Elí… Lemá sabactaní?* —dijo con irónica resignación.

«Dios mío, Dios mío… ¿Por qué me has abandonado?» Escuchar de su boca las palabras que Cristo pronunció en la novena hora de su crucifixión me produjo una inmensa repugnancia, pero me contuve pues no podía renunciar a obtener ahora la confesión que no había logrado en la cámara de tortura.

—Si tú quisieras, aún podría bajarte de esa estaca —le dije—. Sabes que tenemos algo pendiente, algo que tal vez pueda salvarte la vida.

Eros no habló, pero me interrogó con la mirada.

—En la parroquia de Portomaggiore no hemos encontrado el *Necronomicón*. ¿Era una más de tus muchas mentiras?

—¿No está? —balbuceó.

—¿Me engañaste, Gianmaria?

Eros apenas tuvo fuerzas para sonreír.

—Si me dices la verdad, ordenaré que te saquen de la hoguera.

Gianmaria me miró desconfiado. El verdugo se impacientaba. El gentío se impacientaba. No me quedaba mucho tiempo.

—¡Piensa! ¡Rápido! No serás quemado esta tarde si me dices la verdad sobre el libro —repetí con urgencia.

—¿Qué más me ofreces? —preguntó Gianmaria un poco más interesado en mis promesas.

—En una semana estarás libre. Me encargaré de que curen tus heridas y te facilitaré una huida segura desde mi convento.

—¿Cómo puedo saber que cumplirás?

—Soy el Ángel Negro, conoces bien el peso de mis palabras. ¿Me dirás la verdad?

La brisa movió su cabellera rizada.

—Sí —asintió por fin—. Te diré la verdad.

—Te escucho…

—Bájame primero.

—No creo que estés en posición de negociar, Gianmaria. Habla y después te salvaré del fuego.

Muy cerca de mí el verdugo seguía esperando mi última palabra, cada vez más extrañado. El gentío rebullía impaciente y yo necesitaba las palabras de Gianmaria, que volvió a dirigirse a mí:

—Está bien... No fue un engaño, no te mentí. Y ya no hay tiempo, ni nadie que pueda ayudarte, señor Inquisidor. Si el *Necronomicón* no está en Portomaggiore... creo que… otro lo encontró.

—¿Quién? —Mis ojos escrutaban cada pliegue de su rostro.

—Otro brujo…

—¿Y cómo puedo encontrarlo?

—Solo espera… Solo espera… La señal del caos.

—¡Dime dónde demonios está el *Necronomicón*! —Mi paciencia se había agotado. Los ojos de Eros se encendieron y el fuego llegó rápidamente a su boca.

—No sabes lo cerca que estuve... —dijo en voz muy baja—. Lo cerca que estuve de acceder a los secretos más ocultos de las artes negras. Si no me hubieran prendido los de tu ralea, adictos a su fe…, mi vida habría cambiado, ahora sería yo el Gran Maestro. Estuve tan cerca…

—¡Habla! —gruñí con impaciencia, sabiendo que no podría contener por mucho tiempo el curso de los acontecimientos, que en cualquier momento tendría que comenzar la quema.

—Ya no sirvo para nada, sin ese libro y sin saber dónde se

encuentra ahora. Pero quien lo posea y sepa interpretar correctamente sus conjuros saldrá a la luz porque la destrucción que provocará la nueva doctrina le señalará. Estuve cerca, inquisidor... Estuve cerca. Espero que algún día cercano el *Codex* se una al libro y tú sigas vivo para presenciarlo.

—¿Qué sucederá? —pregunté.

Si Eros no sabía, como así parecía, dónde estaba el libro, quizá yo consiguiera por fin una respuesta clara y directa a la pregunta que ya había formulado a Iuliano y a Del Grande.

—Aquel que pronuncie los conjuros recibirá inmediatamente la visita de una entidad demoníaca, que será invisible a sus ojos, pero hablará a sus oídos. Él lo guiará lentamente hacia la llave de las puertas que los mantienen encerrados y, después, la ciencia prohibida se encargará de dotar al hombre con la herramienta más diabólica...

—¿Cuál?

—La última filosofía... La Doctrina Secreta.

—¿Una filosofía?

—La oscuridad será total —afirmó.

—¿Qué clase de filosofía es esa?

—Elaborada por el mismo Satanás, su luz negra acabará con la religión, con el Cristianismo, y el pecado no será más que un mal recuerdo en las mentes de los esclavos del Nuevo Dios. Y Satanás reinará en la tierra y el hombre comerá del fruto prohibido por segunda vez. De la mano de la víbora... De la mano de la filosofía... De la mano de los nuevos teólogos cuya ofrenda será la oscuridad. Él me lo dijo —concluyó mirando fijamente a un punto detrás de mí.

—¿Quién? —pregunté girándome para no hallar a nadie más que al verdugo.

—El demonio flota detrás de ti —continuó, provocándome un estremecimiento que desde mi nuca recorrió toda mi espalda—. El demonio que te sigue desde que te interesaste por el libro. El demonio que me habla....

—¿Tú puedes hablar con el demonio?

—Lo he hecho... Por las noches, en la soledad de mi mazmorra en tu convento, él me hablaba al oído.

—¿Cómo es entonces que el diablo no te salva? —exclamé con ironía.

—No me salva porque ya tiene a otro: yo ya no le sirvo para nada. ¿No lo entiendes? Tiene a otro brujo que continuará mi trabajo, a otro que si no posee ya los libros, los tiene cerca y se encargará de destruir a vuestro Dios.

—¡Brujería! ¡Mísera brujería! —maldije—. ¿Quién te obligó a servir al demonio? Maldita víbora del pecado... Tú, tú tienes el destino que mereces.

—Pero esta víbora es ahora tu socio —dijo Eros sonriendo y babeando—. Cumple tu palabra y bájame de aquí. Sin mí nunca llegarás al que ahora tiene el libro, solo tienes que liberarme de la muerte.

—Dime quién tiene el libro y te bajaré.

Gianmaria dudó. El tiempo se le acababa. Y a mí también: en ese momento el verdugo me tocó el hombro y preguntó si había terminado. El hereje clavó sus ojos en los míos. Estaba muy nervioso.

—El Gran Brujo —articuló sin emitir sonido.

Observé sus labios con suma atención.

—Mi maestro —terminó.

Refugié la mirada en los leños resecos de la base. Después, la alcé hacia Gianmaria. El hereje me miraba suplicante.

—He terminado… —le susurré al verdugo, que seguía allí esperando mi respuesta.

—Entonces, ¿podemos dar comienzo a la quema? —siguió.

—Podéis comenzar… Y, por cierto —dije señalando a Gianmaria—, encargaos de que este hombre se queme lentamente. Parece que en vez de arrepentirse, aborrece a Dios aún más.

Gianmaria escuchó atónito mis palabras y exclamó aterrorizado:

—¡Cumple con tu palabra! ¡Bájame y te ayudaré!

—Muere en la pira, brujo. Hablas como una víbora, solo engañas y tientas. Hallaré el libro sin tu ayuda y silenciaré por siempre a los demonios que atormentan a débiles como tú.

Me volví para retirarme pues ya no tenía más palabras que cruzar con el gran mentiroso. Eros, sin embargo, gritó a mis espaldas algo que me detuvo.

—Ángel Negro... ¿Recuerdas que te llamé bastardo? —Quieto, sin volverme, escuché lo que tenía que decirme—. Fue el demonio quien la noche anterior al interrogatorio me dio esa información.

Yo seguí inmóvil, dándole la espalda, pero él, con la seguridad de haber captado mi atención, silabeó:

—¿Y sabes que más me dijo, señor Inquisidor?

En silencio me volví y le escuché atentamente.

—Que el Gran Maestro de los brujos acabará contigo porque sin mí ya no podrás identificarle. El Gran Maestro permanecerá al acecho y te morderá. Eres un muerto viviente, como lo soy yo. El demonio me lo dijo, y créeme, él no se equivoca. ¿O se equivocó contigo y no eres el bastardo de la tumba sin nombre? —Gianmaria acabó su discurso con una macabra sonrisa. Sus labios dejaban escapar una extraña alegría impropia del que está a punto de atravesar el umbral de la muerte.

Yo, que había comerciado con brujas y endemoniados, herejes y locos, sentí, por primera vez en mi vida, que me enfrentaba a una fuerza real, una fuerza descomunal y cierta. La amenaza era próxima, casi física. Y me apuntaba a mí. Por primera vez sentí, realmente, como un golpe brusco, la presencia del demonio. Las palabras de Gianmaria engendraron en mí el miedo que más tarde corrompería mi sensatez. Poco me faltó para flaquear a causa del pánico.

Aquellas palabras fueron también una descarnada violación de mi intimidad. Era cierto, él hablaba con la precisión de quien puede leer el futuro y visitar el pasado; hablaba con la sabiduría que únicamente tienen los que pueden conversar con los espíritus. Tomé aire, me armé de coraje, miré directamente a los ojos de Gianmaria y le grité:

—*Vade retro, Satana!* Te postrarás ante mi Dios, porque de Él es el reino, el poder y la gloria eterna. Por los siglos de los siglos.

La suerte estaba echada. Y mi decisión, tomada. El pavor desconocido que había sentido y esa conciencia nueva del demonio fueron la sustancia inesperada que finalmente acrisoló mi transformación, un cambio que el alud de sucesos que habían zarandeado mi vida había ido, imperceptiblemente, cincelando. Dios sería mi única ayuda; solo Dios sería mi guía. No los seguidores del diablo. A partir de entonces determiné que solo serviría a Dios. No a los hombres ni a aquellos a los que hasta aquel momento me había empeñado, con poco éxito, en obedecer. Yo solo, de la mano de Dios, frente al Mal.

—¡Morirás, inquisidor, como yo voy a morir! Ya no tienes tu libro. Aprovecha lo que te queda de vida, porque el fin de tus días no tardará en llegar.

Esas fueron sus últimas palabras. Antes de que el verdugo prendiera fuego a la leña, comprobé que estuviera bien seca. Bien sabía que a veces familiares y amigos de los condenados sobornaban a los verdugos para que humedecieran los haces de modo que los reos murieran antes por sofocación. El verdugo me aseguró que Gianmaria tenía la leña adecuada para asarse lentamente como un animal.

Acto seguido, la delegación del Santo Oficio abandonó la explanada. Desde mi carruaje puede contemplar la columna de humo grisáceo que se elevaba sobre el quemadero, silenciosa y cargada. Las hogueras ardían con la ira del fuego bien alimentado, mientras que las almas impías, como la de Gianmaria, descendían directas a las puertas del infierno.

Entre la muchedumbre, un encapuchado había estado observando atentamente el largo diálogo que mantuve con Gianmaria y, antes de desaparecer entre el gentío, dejó que una sonrisa se formara bajo sus bigotes rubios.

VIII

LA MORADA DE DÍOS

22

Necesitaba pensar. Necesitaba encomendarme a Dios. Mi decisión de obedecerle a Él y solo a Él tenía que ser meditada, sopesada en lo que realmente era: un punto de referencia claro entre la niebla espesa de mi amor carnal por Raffaella, mi obligación con el Santo Oficio, la lealtad hacia mi maestro, el desasosiego que me causaba no saber quién era mi verdadero padre... Y esa presencia diabólica cuyo aliento notaba en mi nuca. El *Necronomicón*, al que casi había podido tocar, era un símbolo, el centro de mi zozobra, el acelerador de los procesos que a partir de entonces iban a gobernar mi vida. Necesitaba recogerme en mí mismo y ningún lugar mejor para hacerlo que la catedral. Me encaminé hacia ella al abandonar el quemadero y allí estaba, entregado a mis pensamientos, cuando las puertas de la fachada principal rechinaron con sufrimiento al ser abiertas por una mano impaciente. Desde el interior pudo verse cómo una figura imponente se recortaba sobre la ya escasa claridad del exterior. El hombre, vestido totalmente de negro, avanzó por la nave central con paso armonioso y seguro hasta el lugar donde yo estaba recogido en mis rezos tras aquel largo día que tantas emociones me había deparado. Se trataba de una visita inesperada: el cardenal Vincenzo Iuliano. Había abandonado el púrpura cardenalicio por una sotana negra cubierta por una majestuosa capa que, al moverse, dejaba ver el brillo de la espada que colgaba de su cintura.

Era sabido que el Superior General de los inquisidores era un amante ferviente de las armas y que las usaba con pericia, pues al ser de familia noble, fue instruido en su uso cuando era casi un niño. Iuliano era un guerrero, un soldado a la manera de los antiguos cruzados, y siempre que abandonaba la seguridad del Vaticano, iba armado como un oficial del ejército. Tenía muchos enemigos y había de estar preparado para cualquier eventualidad pues pertenecía a un mundo donde todos conspiraban contra todos.

Se detuvo casi frente a mí, tan cerca que pude admirar nítidamente las marcas que había dejado la viruela en sus mejillas y que él intentaba ocultar bajo su barba recortada.

—¡Qué sorpresa, mi general! Bienhallado seáis en Dios —dije a modo de saludo aunque faltando a la verdad, pues después del emisario que Rivara había enviado con la noticia de la muerte de Isabella Spaziani, su visita, aunque no segura, estaba dentro de lo probable.

—Bienhallado en Dios, hermano DeGrasso —respondió al instante.

Ahora que le tenía delante, se me hacía aún más difícil la tarea de comunicarle mi fracaso. Por eso decidí darle la noticia cuanto antes.

—Me alegro de que hayáis decidido venir pues así puedo comunicaros en persona las últimas noticias sobre el libro prohibido de Gianmaria... Y mucho me temo que no son buenas —dije esperando una reacción iracunda.

Iuliano ni se inmutó. No cesaba de mirar, nervioso, hacia todos los rincones del templo.

—Hay poca claridad aquí dentro. Los vitrales de esta catedral son pequeños, y la intensidad de la luz, mínima. Apenas se aprecia el contorno de los muebles y parece muy fácil esconderse —susurró Iuliano, hombre escrupuloso, tenaz y sobradamente inteligente pero que pecaba de una prevención excesiva. Nunca cometía un descuido y su obsesión por la conspiración a veces le hacía parecer un desquiciado—. Estamos solos, ¿verdad? —continuó entre dientes.

—Dios es nuestra única compañía, cardenal Iuliano —respondí intentando tranquilizarle.

Sus ojos merodearon una vez más por todo el templo y esta vez pareció convencerse de mi afirmación. Y cuando por fin se detuvieron sobre mí, allí estaba, efectivamente, la ira que yo esperaba. Por un momento le creí capaz de degollarme, mas me tranquilicé porque la espada permanecía en su cintura.

—¡¿Qué creéis que estáis haciendo, hermano DeGrasso?! —dijo intentando no gritar en lugar sagrado.

—¿Perdón? —respondí, pues su ira no dejaba de ser desmesurada: aún no le había dado la mala noticia.

—¿«Perdón»? —replicó sorprendido y dejando escapar una sonrisa sarcástica—. ¿Realmente no sabéis por qué estoy aquí?

—Supongo que habéis venido por el libro…

El cardenal levantó su mano derecha y me miró con verdadera inquina.

—Contraviniendo todos mis consejos, que deberíais haber tomado como órdenes, habéis estado pensado más de lo que debíais, y aún peor, interesándoos más de la cuenta por el libro prohibido… ¿No es así, hermano? —Iuliano hizo una pausa antes de continuar—. ¿Y os extraña que haya tenido que venir?

Una luz se hizo en mi interior cuando le oí acusarme de aquella manera. Las palabras de Piero Del Grande sonaron nítidas como si él mismo estuviera allí pronunciándolas: «Iuliano no se fía de ti, te vigila». ¡Y pensar que delante de mi maestro había defendido al cardenal…!

—Comprendo… —respondí.

Por fin sabía a qué atenerme y cómo llevar la conversación de la manera menos perjudicial para mí y para Del Grande.

—Bien… Entonces hablemos de lo que, en realidad, nos interesa.

—Cardenal Iuliano: no creo que mis inquietudes sean de vuestro interés. Entonces, ¿de qué más puedo hablaros? —Me defendí atacando, esperando que fuera él quien confesara antes que yo todo lo que sabía.

—Habéis visitado a vuestro viejo maestro, habéis charlado durante largo rato, le habéis comentado asuntos que solo competen a la Inquisición, le habéis planteado vuestras dudas y contado vuestras pesquisas. ¡No seréis capaz de negarlo! ¿Pensáis que asuntos tan graves pueden considerarse como privados y airearlos cuando os parezca bien y a quien os venga en gana? ¡Los asuntos del Santo Oficio no pueden ventilarse con cualquiera! —La ira de Iuliano crecía como en el exterior, en un instante, crecería la noche.

—Sí, visité al capuchino. Aunque vos suponéis demasiadas cosas. Desconfiáis, no sé cuál es la causa, de mi honradez y pisoteáis mi cargo.

—Hermano DeGrasso —masculló Iuliano como un volcán a punto de entrar en erupción—, ¿me tomáis por estúpido? ¿Negáis que habéis traicionado nuestra confianza?

—Yo no soy desleal —respondí intentando mantener la calma.

—Titubeáis en vuestras creencias y en vuestra labor, Angelo DeGrasso. Sois un Judas capaz de entregar a su hermano —exclamó Iuliano conteniendo sus manos, que ya se acercaban al cuello de mi sotana.

—No os exaltéis, cardenal —proseguí ahondando aún más en su herida—. Yo solo soy un inquisidor, un juez de Cristo. Vuestra ira es la consecuencia de vivir con el temor de estar rodeado de conspiradores.

Mis últimas palabras colmaron su paciencia. Iuliano desenvainó su espada y, sin titubeos, la apoyó en mi cuello. Pude observar de cerca el metal, lleno de marcas de viejos combates.

—¡No oséis mofaros de mí, insolente! ¿Sabéis lo único que habéis logrado con vuestros actos? La desconfianza de vuestro superior, pues habéis puesto en peligro un asunto muy sensible a la Santa Inquisición. El trabajo de decenas de inquisidores y de siglos de investigación puede malograrse por vuestra indiscreción. Un secreto que pasó de mano en mano, de Pontífice en Pontífice, bien vale el silencio del hierro. —Iuliano sujetaba la espada con firmeza contra mi cuello; notaba su filo sobre mi carne. Y mi corazón se desbocó por el pánico.

—No debéis amenazarme —dije con un hilo de voz—. Bajad el arma. Sabéis que no vais a usarla en lugar sagrado…

El cardenal bajó la vista, recapacitó, pareció calmarse y aflojó la presión de la espada sobre mi cuello, pero no la bajó.

—Decidme, Angelo, ¿qué os ha dicho el capuchino sobre el libro?

—Nada.

—¿Cómo nada? Por Dios, Angelo, no agotéis mi paciencia. ¿De verdad no sabéis quién es ese anciano?

—Un fraile capuchino, un religioso que decidió servir a Dios de rodillas y no sentado. Es un buen fraile.

—¡Os equivocáis! —gritó el cardenal ya sin poder contenerse—. Es miembro de una secta rebelde y subversiva. Debajo de su hábito de pobre y de sus canas se esconde un verdadero revolucionario. Conozco muy bien a vuestro maestro, y no creo que haya frenado su lengua para enseñaros todo lo que sabe del *Necronomicón* y advertiros… —El cardenal dio tregua a mi cuello y lentamente bajó su arma.

—Perdonad, mi general, pero estoy seguro de que vos sabéis mucho más del libro de lo que yo pueda saber —afirmé arriesgándome de nuevo ahora que no sentía la presión del metal sobre la garganta.

—Ahí está vuestro error, Angelo, en empecinaros en querer saber cuando no es lo se os ha pedido.

—¿Os molestan mis inquietudes, cardenal? ¿Teméis lo que pueda averiguar?

El cardenal, que no había enfundado su espada, guardó un momento de silencio y acariciándose con insistencia la cabeza, como intentando despejarla de toda pregunta que no fuera la que iba a formular, me dijo exactamente lo que yo esperaba.

—Vos sois uno de ellos, ¿verdad?

—¿De quiénes? —respondí haciendo ver que no sabía a qué se refería.

—Vos sois de la *Corpus Carus*, como vuestro maestro.

—¿La *Corpus Carus*? Solo a vos os he oído mencionar ese nombre y no os dignasteis a explicarme qué era.

—Entonces, ¿por qué buscáis respuestas en ese capuchino y no me preguntáis a mí?

—Porque lo aprecio.

—¡Ah! Admitís que habéis hablado con él.

—Hace un rato que he reconocido ya que le había visitado. Claro que hablé con él, pero de nada relacionado con el libro prohibido. Ni con asuntos que solo he de tratar con mis superiores.

—¡Mentís!

—Y vos, ¿por qué lo creéis así? ¿Me habéis hecho seguir? ¿No confiáis en mí?

—Sí, os hice seguir, porque vuestra insistencia, durante nuestras conversaciones y en el interrogatorio a Gianmaria, en saber más de los libros me hizo perder la confianza en vos.

—Ahora sois vos el que miente —susurré con aplomo—. Jamás confiasteis en mí.

—Y ahora soy yo el que quiere saber por qué estáis tan seguro...

—Porque jamás me hablasteis del verdadero alcance del *Codex Esmeralda*. Conocíais su existencia, puede que hasta supierais dónde se hallaba, y le restasteis importancia —dije, y Iuliano sonrió, pues estaba seguro de ser él quien, en ese momento, me tenía acorralado.

—No me equivoqué. Habéis estado hablando con el capuchino de nuestros asuntos.

—No lo hice, cardenal. Si pensáis un poco llegaréis a la conclusión de que ya tenía los datos suficientes antes de mi visita al capuchino. Vos y Darko me hablasteis en mi convento de la existencia de un segundo libro. Después hallamos en la guarida de Isabella Spaziani aquella carta dirigida a Gianmaria en la que ella se refería al libro como *Codex Esmeralda.* Os envié un emisario con la noticia... ¡Tuve que enterarme de la existencia del *Codex* a través de las palabras de una bruja abominable!

—¡Mentiras! ¡Mentiras! ¡Y más mentiras! —me interrumpió Iuliano que empezaba a recuperar poco a poco su ira—. ¿Quién mejor que Del Grande para confirmaros lo que ya sabíais?

—Es verdad... —confesé tras un estudiado silencio—. He hablado con él de algunos temas, no quiero ocultároslo más.

—El momento había llegado: si yo parecía sincero, quizá podría obtener respuestas de Iuliano.

—Muy bien. Ahora parecemos hablar el mismo idioma. —El cardenal envainó su espada y tomó asiento junto a mí—. ¿Qué os dijo de mí? ¿Qué os dijo de los libros?

Decidido a proteger a mi maestro y a encontrar la verdad, le dije:

—Mi general, es cierto lo que os he dicho: acudí a Del Grande porque lo aprecio. Él fue mi maestro. Pero ese mismo aprecio fue el que me hizo sentir una gran pena después de hablar con él. Es cierto que le pregunté por el *Necronomicón*, pues saber de la existencia del *Codex*, del que ni siquiera vos me habíais alertado, me había sumido en la inquietud. En el padre Piero encontré solo a un anciano al que el tiempo ha vencido. Nada. Del *Necronomicón* no sé más de lo que vos me contasteis. Y del *Codex* conozco lo que vuestras palabras y las de la bruja me han ofrecido. ¿Qué hay detrás de esos libros?

Iuliano levantó sus ojos azules y contempló el altar mayor que se alzaba a pocos pasos de donde nosotros estábamos sentados. Luego me miró fijamente:

—¿De qué lado estáis vos?

—Del lado de Dios. —Esta respuesta recogía la única gran verdad que guiaba mi vida.

—Vos... —me dijo apuntándome con su índice—. Bien podríais ser el enemigo. El Gran Maestro de los brujos. O un cofrade de la *Corpus Carus*. ¿Por que habría de confesaros los secretos de la Inquisición? ¿Cómo estar seguro de que puedo confiar en vos?

—Soy un inquisidor. Y os debo obediencia. No soy ningún brujo. Y de la *Corpus Carus* solo sé lo que vos afirmáis ahora: que Piero Del Grande pertenece a ella.

El cardenal me miró con seriedad y luego me dijo:

—Entonces, escuchadme: no le reveléis vuestras inquietudes a ese capuchino, haced vuestro trabajo sin involucraros y no caigáis en las trampas de la masonería.

Observé al cardenal en silencio. Ya más calmado, me preguntó:

—¿Y cuáles son esas malas noticias sobre el *Necronomicón* que me habéis anunciado?

Era el momento de decirle lo que nada más verle había intentado contarle, la extraña desaparición del libro.

—Cardenal Iuliano, la desconfianza mutua nos ha enredado en un discusión que ha pospuesto hasta ahora la mala noticia que quería daros. Muy a mi pesar he de deciros que ya no sé dónde se encuentra el libro. Alguien se nos adelantó y se lo llevó de su escondite en la iglesia de Portomaggiore... Nada más puedo añadir que no sean excusas vanas...

La reacción del cardenal fue exactamente la misma que había tenido hacía un rato cuando le comenté que tenía algo malo que decirle respecto al libro. Ni se inmutó.

—Sé muy bien dónde está el *Necronomicón*.

Las palabras de Iuliano ascendieron hasta la cúpula de la catedral y allí se perdieron. Se hizo el silencio. Mi perplejidad no podía ser mayor.

—Darko, el astrólogo del Pontífice —continuó Iuliano desquiciado—, es el único que puede ayudarnos en todo esto.

—¿Qué podría hacer el astrólogo del Santo Padre? —pregunté.

—Mientras sirvió a la Iglesia ortodoxa, Darko reunió una gran cantidad de documentos sobre el *Necronomicón*. No existe nadie mejor que él para rastrearlo, pues conoce bien los circuitos más recónditos de brujos y demonólatras dentro de Europa.

—Y vos, ¿confiáis en él? —pregunté mirándole fijamente.

—Fue Darko quien sugirió que fuerais vos quien persiguiera el *Necronomicón*. Fue él quien solicitó directamente al Santo Padre que fuerais vos… ¿Le conocíais? —Iuliano quería saber si Darko y yo estábamos en el mismo bando, sea cual fuere ese bando, pues de todos dudaba.

—No, no le había visto en mi vida hasta que me llamasteis a Roma. —Me pasé la mano por el mentón, preocupado—. Todo esto comienza a parecerme una locura. Un libro que nadie ha visto, excepto el hereje que dijo haberlo poseído, y todos nosotros desconfiando hasta de nuestra propia sombra. ¿Pero qué clase de laberinto es este?

—Uno en el que nos perdemos desde hace más de setecientos años —respondió el cardenal con infinita tristeza.

—Porque vos no habéis visto el libro… —dije queriendo asegurarme.

—Jamás.

—¿Y si solo fuera una conspiración de los herejes? ¿Y si el *Necronomicón* no es más que un mito? —pensé en voz alta.

—La Iglesia persigue enemigos reales. La Iglesia no persigue quimeras. Poseo documentación que os haría estremecer. Muchas personas han dedicado su vida entera, han vivido y han muerto persiguiendo ese libro. El *Necronomicón* es real. Tan real como los muros de esta catedral —afirmó Iuliano.

—¿Por qué habéis venido hoy aquí? ¿Por qué habéis venido a buscarme si sabéis dónde encontrarlo? ¿Queréis decirme de una vez cuál es mi papel en esta comedia?

—Juradme fidelidad… Juradme lealtad y os haré partícipe

de mis secretos. Enseñadme cuánto puedo confiar en vos y seréis mi diestra en la Inquisición.

—¿Qué clase de proposición es esa?

—La única que me garantizará que estáis del lado de la Iglesia. No olvidéis que yo tengo el poder; soy yo quien decide lo que hay que hacer y, sin vacilar un instante, sentenciaré a muerte a los traidores. Seguro que cuando erais niño os alegró saber que Judas terminó sus días ahorcado. Yo soy el puño de Cristo —concluyó mientras sus ojos brillaban con fervor.

—Yo también me alegro ante el castigo de los traidores...

Una tercera voz surgió de la penumbra. Tanto el cardenal como yo nos volvimos sorprendidos hacia el lugar del que provenía: la última arquería de una de las naves laterales en su llegada al transepto. Retumbó como si procediera de una cripta, como si de una profunda caverna surgiera el eco de los muertos. O como si los ángeles que adornaban arcos y pechinas, únicos testigos de nuestra conversación, hubieran decidido hablarnos.

—Pero el poder seglar se mantiene mientras la carne no se pudre —afirmó la voz—. El anhelo de poder es, pues, corto y miope, un deseo propio de los ambiciosos y de los detractores de la fe.

Había reconocido aquella voz y estaba asombrado de oírla allí, en ese momento. El cardenal Vincenzo Iuliano frunció el ceño, abrió bien sus ojos y desenvainó de nuevo su espada. Se mantuvo en guardia todo el tiempo que el morador insospechado, un encapuchado que caminaba con andar pausado, tardó en llegar hasta nosotros. Cuando se descubrió, comprobó asombrado que era el padre Piero Del Grande.

—Preguntadle a César Augusto dónde está ahora su poder y cuánto le duró —continuó el anciano capuchino—. Y no os olvidéis de preguntarle también por su imperio. Levantad de sus tumbas a los faraones e intentad descubrir en sus momias resecas algún resto del poder que detentaron. Que os hablen de sus influencias, de la desgracia que suponía estar en su contra. Traed al rey David y preguntadle al polvo de sus huesos dónde está su poder y si ahora es capaz de conspirar por la esposa de su general. Exhumad a los fariseos de sus tumbas, traedlos y preguntad a los que se confabularon contra Cristo si ahora no tendrían que reconocer que el poder no se encontraba en las armas, sino en la Palabra.

Iuliano contemplaba al anciano como si se tratase de un fantasma y la sorpresa le obligó a balbucear:

—¿Qué demonios... hacéis vos... aquí?

—Sabía que mi instinto no me defraudaría. Estoy viejo, pero siento que mi fe me remonta como una bandera y me clava justo donde debo estar.

El cardenal, renegrido en sus vestimentas y en su alma, se rió y elevó su voz a las alturas.

—¿Habéis venido a socorrer a vuestro discípulo? —preguntó con sarcasmo—. ¡Claro! Debí imaginarlo. En verdad tenéis una habilidad envidiable para enteraros de todo. Y otra más, la de histrión, por la entrada triunfal con la que acabáis de obsequiarnos.

—El amor de un padre puede hacer milagros —dijo Piero en pie de guerra.

Por un momento deseé que aquella palabra, «padre», significara lo que para cualquier humano, que fuera él el causante de mi bastardía pues, en ese caso, la compensaba con creces.

—Hermano Del Grande, ¿qué buscáis en esta basílica? —Iuliano parecía preocupado por la intromisión, y el temblor de su voz le delataba—. Ya no tenéis edad para excesos, ya no sois ni sombra de lo que fuisteis. Miraos, ciego y decrépito... ¿Qué pretendéis?

El capuchino se aferró con ambas manos a su bastón y dirigió sus gastados ojos hacia el superior de los inquisidores.

—Guarda tu espada —le desafió, y ante la risa de Iuliano

volvió a decir en un tono que no admitía réplica—: Guarda tu espada, he dicho.

El cardenal perdió la sonrisa y obedeció. Yo no entendía qué demonios estaba sucediendo. Me limitaba a escuchar como una estatua más con sus oídos de mármol. El anciano capuchino alzó su huesudo índice y señaló al cardenal.

—Si mal no recuerdo te prohibí acercarte a Angelo —le espetó. El desconcierto me invadió: ¿de qué estaba hablando Del Grande?

—No es necesario hablar aquí de eso —respondió Iuliano entre dientes.

—¿Pensaste que la vejez prescribiría mis palabras? ¿Quieres probarme? ¿Deseas enfrentar tu poder con el mío?

Iuliano refugió los brazos dentro de su larga capa y le miró con recelo.

—Angelo, vete por favor —me ordenó mi maestro.

—Solo me iré si venís conmigo —respondí.

—Vete, déjanos solos —repitió con un tono que no dejaba lugar a réplica.

Me retiré hacia la puerta y al pasar a su lado me detuve para besarle la frente y susurrarle:

—Estaré fuera esperándoos. No permitiré que nada malo os suceda.

El anciano apretó mi mano y sonrió.

—No te preocupes, hijo mío. Tengo más protección de la que imaginas.

Mientras abandonaba la catedral Iuliano me siguió con la mirada.

Cuando salí a la plaza vi una treintena de capuchinos esperando, en alerta. Lo insólito de aquella escena no hizo sino acrecentar en mí el estupor. ¿Qué lucha estaban librando los dos religiosos que acababa de dejar en el interior de la catedral? ¿Qué fuerzas representaban cada uno de ellos? Y, sobre todo, ¿cuál era mi papel? Uno de los capuchinos se acercó a mí, me condujo hasta un carruaje y ordenó al conductor que me llevase directo al convento. Antes de que el palafrenero fustigara a los caballos, se dirigió a mí:

—Hermano DeGrasso. El padre Piero Del Grande me ha pedido que os transmita un mensaje de su parte. Repetiré, una por una, sus palabras: «Mi bienamado Angelo: sé que hay muchas cosas que no entiendes, que te acosan las dudas y que mis revelaciones no han hecho sino aumentar tu desasosiego. Sé que tienes los nervios bien templados, no en vano fui yo el que los forjó. Por eso me atrevo a pedirte, por tu lealtad a mí, que no dudes en ir a ese viaje al que Iuliano te envía. Confía en mí como siempre has hecho. Dios está contigo».

Después de pronunciar estas palabras, el carruaje inició su camino hacia el convento. Jamás supe qué sucedió aquella noche en la catedral de Génova, pero sí que volvería a encontrarme con la cohorte de capuchinos que velaba por el anciano Piero Del Grande. El capuchino y el cardenal tenían viejos acuerdos. Un pacto que aquel día Iuliano había intentado romper.

23

La petición de mi maestro y lo que esto significaba —otro enigma más, pues él sabía sin yo decírselo adónde me dirigía y para qué— daban un giro a aquel viaje ya misterioso de por sí. ¿Por qué tendría Piero Del Grande tanto interés en aquel viaje? Entre todo lo que me rondaba por la cabeza mientras ordenaba que organizasen mis pertenencias para el viaje estaba aquella frase de Iuliano: «Sé muy bien dónde está el *Necronomicón*». Sus palabras me incitaban a pensar que aquel viaje se había preparado para alejarme de los libros prohibidos una vez probado, como así parecía por la visita de Iuliano, que yo no era de fiar.

Al día siguiente, de madrugada y sin falta, tenía que embarcar en uno de los galeones españoles que estaban amarrados en el puerto. Empezaba la comisión que me habían encargado, pensé en los misteriosos sobres lacrados que debían abrirse siguiendo aquellas instrucciones precisas —el primero, nada más partir de las Canarias; el segundo, al llegar al *Circulus aequinoctialis,* y el tercero, en las cercanías de la ciudad de Asunción—. Los acontecimientos tumultuosos posteriores a mi visita a Roma habían distraído mi atención de aquellos sobres que tanto me habían intrigado. El Nuevo Continente se había hecho cada vez más real en mis sueños y en mis pensamientos. Todas mis cosas fueron metidas en cinco cofres de madera y cuero, tres de ellos con ropa, otro con objetos personales y el último con documentos y libros del Santo Oficio. Todos y cada uno de ellos fueron cerrados con llave. En la soledad de mi alcoba recé antes de acostarme y de entregar, por fin, mi cuerpo, realmente cansado, a las bondades del lecho.

Esa misma noche, mientras yo descansaba en el convento, cuatro jinetes vestidos de negro atravesaron Génova al galope, en dirección a la abadía de San Fruttuoso. Franquearon sus puertas con mentiras, alegando un recado urgente del arzobispo. Los capuchinos, inocentes como corderos, dejaron entrar a los lobos. Uno de ellos, vestido con hábito, entró en el edificio mientras los otros tres le esperaban en el patio.

Esa misma noche, pasadas las doce, una daga recorrió el cuello tierno, abriendo la piel como seda en las tijeras de un sastre. Nadie vio ni escuchó, no hubo ruidos ni disturbios. Tan solo un silencio que anticipaba el del sepulcro.

La sangre recorrió el hábito y goteó por las alfombras. Una última puñalada en los riñones selló un doloroso pacto con el silencio. La expresión de la víctima bajo el punzante dolor ni siquiera cambió.

Había dado comienzo un pacto de sangre. Esa fue la primera de las muchas muertes que vendrían. Aquella me demostró, dolorosamente y con creces, la importancia de los libros y la maldad de quienes los buscaban.

Aquella noche, el cuerpo desarticulado de la víctima cayó sobre su sangre y mantuvo los ojos abiertos aun después de la muerte. La noticia corrió como el viento, y aunque yo no me enteré hasta mi regreso, Génova entera se vistió de luto.

El padre Piero Del Grande había sido asesinado. La daga de un religioso acabó con sus secretos.

Por el oscuro pasillo de piedra que conducía a la cripta de una iglesia abandonada, una mano portaba la llama de un cirio ardiente. El pasadizo era angosto y húmedo. Los labios del encapuchado exhalaban vapor helado, y sus pasos, cautos, arrastraban la inconfundible figura de un ser atormentado.

Lentamente se abrió paso hasta un amplio recinto excavado en la roca, ornamentado con antiguos frescos. El cirio iluminó la imagen de una Virgen y lentamente mostró sus formas. Era una escultura majestuosa de María, con la piedad reflejada en su rostro, sus manos fuera del manto en actitud de ofrenda. El mundo, rodeado de nubes, yacía a sus pies. Los ojos del encapuchado escudriñaron las facciones de la escultura. Era perfecta.

La mano del Gran Maestro de los brujos acarició una de las mejillas de María mientras un débil susurro escapaba de su boca. Una frase en latín, viciada por la obsesión de su mirada… «*Mater Dei, Mater Dei*», exclamó. Y su plegaria se propagó por el techo de roca.

El frío intenso provocaba que espesos vapores salieran por su nariz y su boca cada vez que respiraba. El brujo se colocó detrás del altar apócrifo, ante una pared presidida por el emblema de la Sociedad Secreta, el pentagrama diabólico, el llamado pie de bruja, trazado sobre un antiguo fresco de la Natividad. Debajo del símbolo, una silla ilustre mantenía sentado el cadáver de un animal disfrazado. Un chivo degollado vestía las ropas sagradas de un obispo, con su cuernos asomando por debajo de la mitra.

El Gran Maestro de los brujos sonrió. Esa noche, un escollo había desaparecido de su camino. Era una noche especial, pues todo se desenvolvía según lo planeado.

La mano del brujo volvió a acariciar el rostro de la Virgen. Sus dedos recorrieron obsesivamente los labios de la escultura.

La celebración del que sería el último de los aquelarres llegaría pronto. Muy pronto.

SEGUNDA PARTE

LOS PASOS INCIERTOS

IX

LA DAMA DE BLANCO

24

Tal y como me habían anunciado, dos galeones de la armada española me esperaban el primero de diciembre en el puerto. Eran dos naves enormes que difícilmente escapaban a la vista a pesar de la espesa niebla matutina que cubría el muelle. Muy quietos, y sin vestigios de vida a bordo, parecían dos barcos fantasma, surgidos directamente de la batalla de Lepanto. El vicario Rivara y el resto de mi séquito habían subido al galeón en el que yo viajaría pues, además de descargar mi equipaje en el camarote, Rivara debía ocuparse de todo el papeleo. En pocos minutos, como le había anunciado el almirante, los galeones estarían listos para soltar amarras. Tenía que despedirme, no solo de mi tierra, sino también de mis afectos: Raffaella D'Alema.

Al lado de la rampa de abordaje, protegidos de las miradas por la espesa bruma que procedía del mar y a la que tanto temían todos los marinos genoveses, Raffaella y yo permanecíamos tomados de la mano, mirándonos como presintiendo que aquel viaje no traería nada bueno, como si no fuéramos a vernos de nuevo.

—¿Qué será ahora de mí? —dijo Raffaella rompiendo el silencio.

—En dos días estarás en Roma —respondí con ternura—. No debes preocuparte...

—No es eso a lo que me refería. No me interesa. Ahora, quisiera pensar en el futuro.

—¿El futuro...? No puedo pensar en él, Raffaella. Estoy a punto de embarcarme en una misión de la que apenas sé nada. Camino a ciegas hacia mi destino.

—¿Hay cosas que tu espíritu aún no puede ver? —preguntó.

—Puede que sí.

—¿Volveré a Roma para no verte más?

No le contesté, solo acaricié su mano.

—¿Pretendes que vuelva y siga mi vida como si nada hubiera pasado...? Nunca había desobedecido a mis padres. Dejé todas las comodidades y me olvidé de los prejuicios propios de una joven de mi edad y condición. Viajé hacia ti, guiada por un sentimiento que estaba ahí, dentro de mí, desde hace tiempo, pero que no brotó hasta que te vi en Roma. Te entregué mi cuerpo, me mostraste el amor… Y ahora pretendes que me olvide de todo. ¿Crees que aunque lo quisiera, aunque fuera lo más conveniente, podría volver a casa de mi padre y vivir como si nada hubiera pasado?

—No —murmuré con un hilo de voz.

—Claro que no... Mi cuerpo es de mujer y ahora ya siento como tal.

—Eres una mujer, una mujer grande y valiente... —dije mirándola a los ojos e intentando reconfortarla.

—Aún no me has dicho qué vamos a hacer —insistió la hermosa Raffaella con mirada impaciente.

Ella había sido clara. Con su mano me entregaba el alma y mientras tanto yo, con la mía, le destrozaba el corazón. Apreté la suya todavía más y, lentamente, la acerqué hasta mi pecho. No pudo evitar que los ojos se le llenaran de lágrimas, alimentados por la ausencia de respuesta. Sus sueños habían sido robados. Y su alma, traicionada.

—Entiendo... —afirmó entre sollozos.

Endurecí el gesto e intenté digerir la amargura de la joven. Nada justificaba mi cobardía… ¡Pero no era cobardía! ¡Era estupidez! Cobarde es quien teme y yo no la temía, al contrario, la deseaba con todo mi amor. Cobarde es quien huye para preservar su bienestar, pero yo no quería escapar, estaba dispuesto a afrontar la situación, puesto que una huida no me ahorraría el sufrimiento. ¿Qué clase de hombre era yo? ¿Un cobarde que escapaba del amor o un estúpido que deseaba el tormento? Lancé un suspiro profundo. No más silencio. Mi respuesta no podía demorarse más.

—No te dejaré —susurré, asombrándome de mis propias palabras—. Moriría si lo hiciera.

En el rostro arrasado por las lágrimas de Raffaella se dibujó una sonrisa.

—Entonces, ¿volveremos a vernos? —dijo ilusionada.

—Pequeña, escúchame. Muchas cosas han cambiado en mi vida en pocos días, cosas que han conseguido que los que creí firmes cimientos se tambaleen. Cosas que han hecho que cambie la imagen que tenía de mí mismo. Y entre todas ellas la única definitivamente hermosa has sido tú. No, no te dejaré, aunque no puedo decir adónde me conducirán mi amor y mi deseo por ti.

—Te he arrancado de Dios —susurró Raffaella muy preocupada.

—Mi amor por Dios es indiscutible.

—Pero Angelo, tu compromiso con Él…

—¡No sigas! —supliqué—. Es asunto mío, ahora no quiero pensar en eso. Es por mi compromiso con Dios por lo que parto de viaje. Resolveré solo ese asunto. Dejemos a los hombres lo que es de los hombres y a Dios lo que es de Dios.

Ella asintió bajando sus ojos con respeto.

—Entonces, Raffaella D'Alema, ¿me aceptarás como esposo, como ese esposo del que habla el *Cantar de los Cantares*? —pregunté, formulé esa pregunta que jamás creí pronunciaría. La joven se quedo quieta, pasmada, como hechizada, antes de contestar:

—Será lo mismo que estar en el Paraíso. Acepto…

—No tengo más tiempo que perder, mis palabras salen de

mi corazón, estar contigo es todo lo que anhelo. Cuando muera quiero hacerlo en tus brazos y no en un frío convento.

—Seremos una misma carne y una misma alma —afirmó ella—. Prometo conservar la llama de este amor para darte calor el resto de tus días.

—Así será, y dejo a voluntad de Cristo que eso suceda. Él dejará, sin duda, que su viejo soldado se retire para buscar alivio a sus múltiples heridas, recibidas en cien batallas. Pues si Él quiere que continúe en mi cargo, me lo hará saber, créeme.

La romana se llevó las manos a la nuca, soltó una cadena que llevaba oculta bajo la ropa y me la dio. De ella pendía una medalla circular con una Virgen y un Niño esmaltados al estilo de la escuela de Limoges.

—Esta medalla es para ti, Angelo, te dará suerte y te acompañará a donde quiera que vayas, como si yo estuviera contigo.

Tomé el regalo, enrosqué la cadena entre mis dedos y besé la medalla. Luego la observé, era una hermosa pieza.

—Es muy bella… Aún puedo sentir el calor de tu piel en el metal…

—Déjame besarte... —pidió Raffaella.

La miré en silencio por un segundo y luego murmuré:

—Adelante… Ya no queda mucho tiempo.

Unimos nuestros labios en ese apasionante y eterno rito, que duró un suspiro, pero fue el sello de nuestro pacto amoroso. Un pacto que traería consecuencias insospechadas.

Escuché unos pasos en la niebla, demasiado sonoros, como si el que se acercaba quisiera avisarnos de su presencia. Una figura estilizada se volvió nítida, poco a poco, entre la niebla. Era una dama. Era Anastasia Iuliano.

—Perdón, no era mi intención molestar —dijo con su voz delicada.

Aparté a Raffaella hacia un costado, intentando resguardarla. Puede que la espesa niebla le hubiera impedido ver el beso, no lo sabía con seguridad. De todas formas no quería exponerla a los ojos de los demás, menos aún a los de la hija de mi superior, hasta que hubiera decidido si renunciaba a mis votos y a mi cargo. Conteniendo todo lo que podía mi sorpresa al verla allí, no dejé de señalarle lo impropio de su presencia en el puerto.

—Por supuesto que no molestáis, pero no conviene a dama tan distinguida andar sola por un lugar como este a hora tan temprana.

—No creáis que os estoy persiguiendo, ni tampoco que tengo por costumbre pasear por los puertos de madrugada. Quería veros antes de que partierais. Tengo asuntos urgentes que tratar con vos —respondió inmóvil, manteniéndose a una distancia prudencial.

Mi asombro era mayúsculo. Anastasia Iuliano allí, en el puerto, sin escolta y reclamando mi atención. Anastasia Iuliano, conocedora de mi partida... ¿y de qué más?

—Acercaos y decidme de qué se trata… Ya no dispongo de mucho tiempo, mi barco va a zarpar —dije mirándola a sus ojos esmeralda.

Ella observó discretamente a Raffaella y me dijo:

—Me gustaría hablaros a solas…

Oportunamente, y gracias a Dios, el vicario Rivara irrumpió en la escena. Había terminado su labor y descendido del galeón para retirarse.

—Mi prior, todo está listo. Los registros de embarque están firmados, os hemos preparado el camarote y acomodado vuestras pertenencias. El almirante os espera para zarpar.

—Gracias, mi fiel Rivara. Quedo en manos del destino. Cuidad, como siempre lo hacéis, de mis asuntos, y cuidad de ella —y señalando a Raffaella se la encomendé, apelando a nuestro mutuo afecto.

El vicario esbozó una tímida sonrisa.

—Lo dejáis todo en buenas manos, tenedlo por seguro. —Rivara extrajo un sobre de su hábito y lo extendió hacia mí—. Ayer por la noche me dejaron esta carta para vos, pidiendo que os la diera en mano y antes de vuestra partida. Está firmada por el padre Piero Del Grande.

Miré de soslayo a Anastasia e intenté ser lo más neutro posible al contestar:

—Gracias, vicario, por vuestra eficiencia.

—Me dijeron también que, sobre todo, no debéis abrirla hasta llegar a las tierras del Virreinato.

—Entonces así lo haré. —Otro sobre más con un contenido misterioso y con instrucciones que retrasaban su apertura. Y ya eran cuatro...

—Cuidaos mucho —recomendó el vicario—, y sabed que hablo por boca de todos los hermanos que no han podido venir a despediros.

Yo sabía que era cierto, pues desde el cocinero mayor hasta el portero, desde el despensero hasta el delgado campanero, todos compartían con Rivara la nostalgia de la despedida, esa que cosecha solo el que ha sembrado cariño durante muchos años.

—Id tranquilo. He regresado intacto de todas mis cruzadas y esta vez no será distinto.

Rivara tomó delicadamente a la joven D'Alema por los hombros y se dispuso a marcharse. Un carruaje les aguardaba.

—Esperaré —me susurró Raffaella acercándose lo suficiente para que solo yo la oyera—. Esperaré en Roma a que vengas a buscarme. Te esperaré. Por siempre.

Como estábamos en presencia de varias personas, besé a la niña en la frente y le contesté quedamente al oído: «El verano me traerá contigo y ya no habrá nada que nos separe». Luego la estreché en un breve y emotivo abrazo. Las despedidas nunca fueron de mi agrado, pero esta era diferente, no era una más en la agenda del nómada, pues en ella estaba la promesa del reencuentro, uno especial, ese que yo esperaría como un niño y disfrutaría como un adulto, imaginándolo. El vicario y Raffaella se alejaron de mi vista perdiéndose en la niebla.

Me volví hacia Anastasia. En su rostro no había emoción

alguna, me contemplaba como una estatua de mármol. No se había inmutado ante la despedida. ¿Qué se traía entre manos? Su presencia allí era un verdadero misterio.

—No pensé que tendríais tanta compañía… Una mañana gris y fría, un horario intempestivo. Todo parece conjugarse para hacer triste la partida. —Anastasia tenía un delicioso acento toscano y en su manera de hablar se distinguía perfectamente que era una dama instruida.

—Podría haber tenido más compañía, pero soy una persona discreta, me conformo con poco —dije bromeando.

—¿Una feligresa? —se interesó Anastasia por Raffaella.

—Una amiga —rectifiqué.

—Veo que os aprecia, ha estado muy afectuosa con vos —siguió comentando Anastasia.

Su interés por Raffaella era excesivo, quizá había visto algo…

—¿Acaso es eso malo?

—¡No…! Por favor, no malinterpretéis mis palabras. Creo que habla bien de vos, ¿no os parece?

Me quedé mirándola en silencio, detenidamente, luego continué:

—¿Qué es lo que buscáis en esta despacible mañana, señorita Iuliano?

—Podéis llamarme Anastasia —dijo al instante—. No lo sé, no estoy muy segura…

—Os voy a ayudar: sabiendo de dónde provenís y conociendo a vuestros amigos estoy seguro de que vuestra presencia se debe a asuntos políticos, y si es así, perdéis vuestro tiempo.

—Me ofendéis —dijo parca.

Su mirada y su actitud se habían endurecido, su ánimo inicial pareció tambalearse.

—Siendo vos la sobrina del cardenal Iuliano, ¿pretendéis que os tome por una amiga que ha venido a despedirme en una mañana horrible? No me conocéis.

—¿De verdad creéis que vengo a tratar de política con vos? —Anastasia enfadada era aún más bella y no pude por menos que admirarla.

—¿Qué esperaríais vos en mi lugar? —pregunté—. Yo espero algún soborno, algún favor para un noble que necesita de la Inquisición y envía en su lugar a una hermosa dama.

—Os confundís. No soy... —intentó explicarse, pero la interrumpí.

—No, sois vos quien quiere confundirme —rectifiqué—. Os presentáis como un espectro entre la niebla y pretendéis que no sospeche. No reconocéis la cara del soborno como yo lo hago; vos no oís sus puños golpear a mi puerta... ¿Acaso no sabéis que este mundo gira y que su motor son las conspiraciones?

Ella bajó la vista y recapacitó.

—Bien, creo que tenéis parte de razón. No he escogido la mejor manera ni el mejor momento para presentarme ante vos. Disculpadme. —La dama de blanco alzó lentamente su rostro para mirarme a los ojos—. No tenía idea de que solieran intentar sobornaros...

—Soy juez. Y hay muchos que quieren utilizar a la Inquisición contra sus propios enemigos. No puedo confiar fácilmente en desconocidos.

—De verdad que no he venido a hablar de política con vos, podéis estar tranquilo.

—Disculpad entonces la dureza de mis palabras y la ofensa que pudiera haber en ellas—dije amistosamente—, pero no podía entender de otra manera vuestra sorpresiva visita.

—¿Sabéis una cosa? Suelo ser blanco habitual del prejuicio por ser quien soy.

—Lo siento, de verdad... Aceptad de nuevo mis disculpas.

—Como sin duda sabéis, aunque es una verdad que todos fingen no conocer, Vincenzo Iuliano no es mi tío, sino mi padre. —La miré admirado por su arrojo y ella continuó sin esperar respuesta—. Os daréis cuenta, pues, del estrecho vínculo que me une al poder y me comprenderéis mejor. Por ser la hija del cardenal Iuliano, vivo respirando política, vivo desconfiando de las personas a las que él llama amigos. Crecí rodeada de pactos y conveniencias. Yo no lo elegí, nací en la casa equivocada. Sueño con no tener que aclarar mis verdaderas intenciones cada vez que me acerco a alguien y no estoy dispuesta a esperar el día en que me señalen a mi futuro esposo solo para sellar otro pacto más de la política familiar.

—Supongo que no habrá noble europeo que se resista a incorporaros a su sangre. ¿Acaso no es un buen futuro heredar alguna fortaleza y pasar vuestros días entre sedas?

—¿Creéis que es un futuro envidiable? Solo pensar en ello me enferma —respondió con una llama de furor en sus ojos que daba crédito a sus palabras.

—No reneguéis de vuestra situación —aconsejé con una dura y casi insolente sonrisa—. Sabed que hay mucha gente con una vida muchísimo peor que la vuestra. Hay gente que come desperdicios, que hurga entre las sobras de los banquetes y carga con pesos en la espalda, solo para pasar un día más, solo por otro corto día. Eso sí es una desdicha, no lo vuestro. Vos tenéis una posición privilegiada, no maldigáis vuestra suerte.

—¿Por qué me habláis de esa forma? —preguntó Anastasia, a la que mis palabras habían contrariado.

—¿Os atreveríais a escuchar la respuesta?

—Adelante, decid lo que tengáis que decir —dijo orgullosa.

—Porque creo que solo sois una señorita caprichosa, que filosofa protegida por la niebla y nunca ha tenido que trabajar bajo el sol inclemente. Espero que mi sinceridad no os ofenda.

—Señor DeGrasso, vos me subestimáis —dijo Anastasia, prueba evidente de que la había ofendido.

—Puede que me equivoque; si así sucediera, no tardaré en retractarme de lo dicho.

—No hace mucho que nos conocemos y ya me dedicáis

palabras envenenadas que rayan peligrosamente con la falta de respeto.

—Anastasia, os pido de nuevo disculpas, pero dejadme deciros que esta conversación me resulta muy extraña. Vos me resultáis extraña. —Había algo en ella, no sé que era, que me llevaba a querer hablarle y a escucharla. Si me hubiera consultado antes de venir, no me habría negado a atenderla.

—¿Entonces? —preguntó ella alzando las cejas.

—Aunque me parecéis una dama muy interesante, tanto por lo que sois como por vuestra historia familiar, sigo sin entender vuestra presencia aquí...

—Quería veros. Solo eso. ¿Acaso os disgusta que una dama se os acerque?

—No, no me disgusta. —Me esforcé por mirar en la niebla—. ¿Quién os acompañó hasta aquí? ¿Vuestro padre? ¿Os ha dicho él que yo partía de viaje? No es algo que sepa mucha gente y me extraña, por la naturaleza del viaje, que vos estéis informada.

—Nadie me acompaña, he venido sola. Vine sin la guardia de mi padre —respondió Anastasia eludiendo mis preguntas y corroborando así que, si no se lo había dicho su padre, era una buena espía...

—Además de caprichosa, sois temeraria —añadí con una sonrisa.

—Lo tomaré como un cumplido, como una muestra de que no tenéis tan mal concepto de mí —dijo la joven recuperando el buen humor con el que se había acercado a mí.

—¿Sabéis, Anastasia?, tenéis algo en la mirada que intento comprender, como si vuestros ojos ocultaran una confidencia que deseáis hacerme. ¿Me equivoco?

—Sois muy perspicaz y mucho más atento con una dama que cualquier miembro de la nobleza italiana.

—Creo que nunca podréis ocultarme nada si mantenéis los ojos abiertos. El brillo de las esmeraldas es hermoso, pero transparente para cualquier buen observador.

Ella sonrió.

—Debéis saber que, con los hombres, suelo ser siempre dueña de la situación. Confío en mi belleza y sé dosificar con inteligencia la seducción. No es este el juego que quiero jugar con vos. De hecho, no quiero jugar con vos.

—No me equivoco pues al leer vuestros ojos —dije—. Decidme por fin a qué habéis venido, Anastasia.

La joven buscó en su pequeño bolso de mano y sacó una carta que me entregó con mano temblorosa.

—Anastasia —dije tomando el sobre, sorprendido—, ¿qué se esconde detrás de todo esto? Ayer aparecisteis por primera vez en mi vida y hoy, después de esta conversación y de esta carta enigmática, estoy seguro de que nuestro encuentro no ha sido fortuito.

—Pensad lo que queráis, señor DeGrasso. Solo prometedme que leeréis la carta y que creeréis en las palabras que contiene —contestó Anastasia.

En sus ojos y en su tono de voz se adivinaba cierta preocupación contenida.

—La leeré, os lo prometo, y creeré lo que diga en ella. —Miré detenidamente sus ojos y escuché su respiración, demasiado agitada para proceder de una desconocida que despide a un desconocido. Su actitud, peligrosamente amorosa, me confundió y tuve que preguntarle sin pudor por sus intenciones—. Vuestra actitud, Anastasia, es engañosa… ¿No pretenderéis seducirme…? —Si era lo que quería, en cierto modo lo estaba consiguiendo, aunque he de reconocer que no necesitaba esforzarse mucho pues su belleza era un arma cargada.

La hija del cardenal no contestó, no tan rápido como supuse, no tan rápido como lo habría hecho alguien inocente de toda culpa.

—Leedme, por favor —dijo en un suspiro—. Y no me creáis loca por lo que voy a deciros: aunque no os conozco, os admiro y, sí, de algún modo deseo teneros cerca de mí. Algo malo puede sucederos —añadió misteriosa—, algo que por nada del mundo deseo que os pase. Solo quiero preveniros. No desconfiéis de mí, os lo suplico.

Guardé el sobre con delicadeza bajo mis ropas, junto a la carta del padre Piero que momentos antes me había entregado el vicario Rivara.

—Así lo haré, Anastasia —le dije.

Un joven soldado español apareció entre la niebla y me advirtió quedamente que la nave estaba a punto de partir y que tenía que embarcar sin más dilación. Miré a Anastasia sabiendo que nuestro tiempo había acabado. No sabía si despedirme de ella besándole la mano como indicaba el protocolo o con un beso en la mejilla que mostrara mi confianza hacia ella y sellara una conversación llena de confidencias. Pero mientras lo pensaba, ella se adelantó simplificando las cosas. Me tomó de los hombros y depositó un delicado beso en una de mis mejillas. Su fragancia bloqueó mis pensamientos y su piel se deslizó como seda contra la mía, un hechizo al que era difícil resistirse.

—Que Dios os acompañe —murmuró.

—Os agradezco mucho la visita, Anastasia, porque ahora sé que procede directamente de vuestro corazón. Que Dios os acompañe también a vos.

La dama de blanco, que había venido con la bruma, desapareció suavemente en ella sin dejar rastro, como un fantasma. A diferencia de Raffaella, ella era más madura; debía de llevarle por lo menos cinco años. Como Raffaella, entró en mis días rápida como una flecha, dejándome solo la capacidad para analizar la herida, pero sin poder hacer nada para controlar la hemorragia de sensaciones que había producido.

25

Nos adentramos a toda vela en el azul profundo del Mediterráneo. El vaivén del galeón no tardó mucho en empezar a causarme molestias. Aunque había pasado largas horas en mar abierto, con lo que mis pronósticos sobre el viaje habían sido optimistas, no conseguía acostumbrarme al constante balanceo del navío. Al principio, intenté no darle importancia, pero pronto se convirtió en un martirio para mi cansado cuerpo y a la cuarta hora de viaje mi único consuelo era aferrarme a la almohada intentando contener el vómito que, con amargas flemas de bilis, ascendía constantemente a mi garganta. Era evidente que yo era un hombre de tierra, no un lobo de mar.

A duras penas conseguí encontrar en uno de mis baúles la botella de *grappa* que me había regalado Tommaso D'Alema. Regresé al lecho consiguiendo, de milagro, no caer. La botella era mi último recurso, la medicina que, según creía, aplacaría mi mal. Bebí el líquido a grandes tragos y dejé que el licor ardiera en mi estómago, cual lava en plena erupción, hasta el punto de hacerme llorar. Aquella medicina en la que había depositado todas mis esperanzas solo agravó el mareo.

A la novena hora de viaje, después de golpear insistentemente mi puerta sin obtener respuesta, un joven suboficial entró en mi camarote. Allí estaba yo, tendido en la cama, amarillo y demacrado, exhalando el suficiente olor a alcohol para que cualquiera me considerara un borracho empedernido. Y aunque quise levantarme reuniendo todas mis fuerzas, no lo conseguí. Un charco de vómito junto a la cama le dio una tranquilizadora respuesta. El inquisidor era un hombre temible, mas únicamente en tierra...

Desperté en una gran bodega, sin ropa, envuelto en varias mantas. Observé a un hombre que sostenía un frasco de sales bajo mi nariz. Me sonreía. A su lado estaban el suboficial que me había rescatado y un soldado.

—¿Os encontráis mejor? —preguntó el médico.

Mis ojos apenas parpadearon.

—¿Qué ha pasado? —musité.

El medico frunció el ceño.

—¿Os encontráis mejor? —repitió.

Yo le miré mientras regresaba al mundo de los vivos.

—Creo que sí… —respondí en mi precario español—. ¿Qué ha sucedido?

—Mal de marineros… Solo un mareo.

—¿Dónde estamos? —Mi vista recorrió el lugar.

—En una de las bodegas del *Santa Elena*. Aquí el movimiento es menor. Me he tomado la libertad de desnudaros; vuestras ropas estaban muy manchadas. Si nos indicáis dónde tenéis ropas limpias, y nos dáis vuestro permiso para traerlas, sería conveniente que os vistierais, pues aunque estáis bien abrigado, no me gustaría que, por el destemple del mareo, cogierais frío.

—No será necesario —respondí—. Me encuentro mejor. Creo que podré ir a vestirme a mi camarote.

En una decisión muy acertada, el suboficial me había traído desde mi camarote hasta este sitio oscuro, un lugar por debajo de la línea de flotación.

—Descansad. Cuando os sintáis con fuerzas podréis regresar a vuestro camarote —dijo el médico. Yo sonreí sin saber qué hacer o decir, pero el médico se me adelantó—. No os preocupéis. Esto suele sucederle a muchas personas, incluso a los marinos más curtidos durante las primeras horas en el mar —mintió—. He pedido que os trajeran una hogaza de pan para que llenarais vuestro estómago. Eso evitará que vuestros líquidos estomacales se muevan.

Seguro ya de que me recuperaría, el médico se marchó a continuar con sus cometidos dejándome en compañía del suboficial y del soldado, no sin antes prometerme que regresaría en una hora para interesarse por mi estado. Fue el suboficial el que, midiendo sus palabras, rompió el silencio.

—Pensé que os moríais.

—Os aseguro que creía estar ya muerto. Nunca más viajaré en barco…

—No es culpa vuestra, Excelencia. Hace un día horrible, el

viento sopla con fuerza contra babor y levanta un gran oleaje. Hoy no es una buena jornada para ninguno de los que estamos en el barco.

—¿Cómo os llamáis? —pregunté mientras tomaba asiento en el lecho improvisado en el que me encontraba, un baúl de cedro.

—Llosa, cabo Llosa, Excelencia —contestó el joven marino.

—¿Tu nombre? —decidí tutearlo al verlo tan rígido.

—Andreu.

—¿Andreu? No creo haberlo oído antes.

—Soy catalán, Excelencia. En mi tierra soy Andreu.

—¿Qué edad tienes, Andreu?

—Diecisiete años, Excelencia.

—Bien, veo que tu vida acaba de empezar… Ahora hazme un favor.

—¿Qué deseáis? —dijo con gran disposición.

—Alcánzame la hogaza y dile al almirante que estaré con él en cuanto recupere las fuerzas.

—Yo fui a vuestro camarote esta mañana para convidaros de su parte a cenar, él no imaginaba que estabais descompuesto. Aún podéis asistir.

—¿Esta mañana...? Pero ¿qué hora es?

—Las seis. Pronto anochecerá. El almirante Calvente ordenó la cena para las ocho. Si deseáis, puedo acompañaros.

Sin saberlo, había pasado el día entero extraviado en mis mareos, ausente de la vida y sin ninguna noción de la hora que me ayudara a recordar algún momento preciso de mi corta estancia a bordo.

—Por cierto —dijo Andreu—, si os sirve de consuelo, en el comedor de oficiales se aprecian menos los vaivenes del barco que en vuestro camarote.

—Creo que podré ir. Dile al almirante que estaré allí a las ocho. Asistiré a la cena como se había previsto.

—Le informaré al instante, Excelencia. Entre tanto, vos seguid descansando. Os hará bien.

—Lo haré. Muchas gracias por todo.

Minutos más tarde, en ausencia de los españoles, me sentí muy cansado y rápidamente caí presa del sueño. La bodega, aunque sucia, me resultaba bastante acogedora.

Cuando desperté, mis ojos encontraron, nuevamente, una figura humana. Esta vez no se trataba del médico. El horror que me causó aquella imagen me hizo soltar un grito sordo, que nació en mi pecho y ascendió a mi boca con aliento frío. Aquel hombre de baja estatura y rostro parcialmente desfigurado estaba a los pies de mi lecho improvisado. Me miraba fijamente y en silencio. No sé cuánto tiempo llevaba allí pero estaba seguro de que debía de haber estado observándome un buen rato.

—No quería asustaros, Excelencia —dijo en italiano.

Rápidamente tomé asiento en el gran baúl recubierto de frazadas que me había servido de lecho y busqué al soldado que habían dejado conmigo. Allí estaba. Todo parecía en orden.

—No nos han presentado —continuó diciendo el encapuchado—. Supe que os hallabais en la bodega y decidí presentarme antes de que acudamos a la cena.

Seguramente no era el mejor momento, ni el mejor lugar para presentaciones. Mas así sucedió. Me levanté para saludar debidamente al recién llegado. El corazón aún me latía con fuerza.

—Excelencia, mi nombre es Giulio Battista Èvola.

—¿Sois del sur? —pregunté seguro de la respuesta pues su acento le delataba.

—Napolitano —confirmó al instante—, de Castellammare di Stabia.

—Encantado de conocerle. Yo soy Angelo Demetrio De-Grasso —dije sonriéndole—, Inquisidor General de Liguria. ¿Y vos? ¿A qué os dedicáis?

—Soy… vuestro notario —dijo—. No tuve oportunidad de presentarme en el muelle y decidí hacerlo durante el viaje.

Le miré un segundo, pensativo. Algo en él me resultaba familiar, puede que su apellido.

—¿Es posible que nos hayamos visto antes?

—No lo creo. Quizá la fama de mi trabajo en el Vaticano y en el Reino de Nápoles haya propagado mi nombre por los pasillos de Roma.

—¿A qué os dedicáis?

—Embalsamador.

—He oído vuestro nombre en el Vaticano —respondí asociando inmediatamente su apellido con su oficio.

La Iglesia había prohibido este tipo de rito que sus más altos cargos y los miembros de las familias aristocráticas seguían requiriendo, y que pagaban muy bien. Su labor era procurar que el cadáver se conservara en buen estado durante los largos funerales, que podían durar semanas enteras. Èvola conocía pues la anatomía humana a la perfección y los arcaicos secretos de su oficio, casi herético, aunque aceptado por el silencio de los cadáveres y el beneplácito de los poderosos.

—Dejemos eso de lado —continuó Èvola—, he venido a ponerme a vuestra disposición.

—¿Os han notificado los pormenores de la comisión? —pregunté secamente pues me costaba mucho esfuerzo tratar con soltura a aquel desconocido.

—No.

—¿Quién os escogió para esta tarea?

—El cardenal Iuliano, personalmente.

Èvola bajó su capucha descubriendo totalmente su rostro. A pesar de la penumbra, pude apreciar una cara cruel, horrible y bestial. No podía quitar mis ojos de ella, nadie habría podido. El napolitano carecía de una ceja y ocultaba su ojo izquierdo tras un parche mientras que su piel, en casi la mitad de su rostro, se fruncía y plegaba en grotescas formaciones. Aquel engendro de la naturaleza no parecía un hijo de Dios…

—No es fácil acostumbrarse a mi rostro —dijo al ver mi expresión de asombro.

—Disculpadme, no pretendía ofenderos —dije avergonzado mientras bajaba inmediatamente la mirada.

—No os disculpéis. No es culpa vuestra: sé muy bien lo que significa este rostro repugnante y lo que produce descubrirlo.

Estuve tentado de preguntarle qué le había sucedido, pero pude controlar los excesos de mi curiosidad y me mantuve en silencio. Fue él quien satisfizo mi interés aunque muy brevemente.

—Es obra de Dios. Él sabrá por qué marcó mi cara y por qué debo explicar mi aspecto cada vez que me descubro. Estos son asuntos que nada tienen que ver con la labor que nos ha traído hasta aquí. ¿Cenaréis con nosotros? —preguntó cambiando rápidamente de tema.

—Sí, creo estar ya recuperado.

—Esta mañana comencé a asentar en el libro los primeros sucesos de nuestra comisión. De ahora en adelante tomaré nota de cuanto ocurra, no solo de las labores de su oficio, sino también de la vida cotidiana de la travesía, por orden explícita del Santo Oficio. ¿Me vais a necesitar durante el viaje?

—No, creo que no tendré que requerir de vuestros servicios —contesté con intención.

Quería averiguar cuánto sabía de nuestra misión.

—¿Estáis seguro?

Levanté la cabeza y le miré con sorpresa.

—¿Qué habéis dicho?

—Digo que si estáis realmente seguro de que no me necesitaréis durante el viaje —repitió Èvola con insolencia.

—Estoy seguro.

Èvola sonrió como si me hubiera cogido en una falta grave. Estaba claro que me había mentido y sabía cuál había de ser su trabajo.

—Las cartas lacradas, Excelencia. ¿No debéis llamarme para la apertura de cada una de ellas?

Me quedé mirándolo en silencio. Sus preguntas no habían sido más que una trampa para ponerme a prueba, lo mismo que mis respuestas. Nos estábamos midiendo y era evidente que no nos gustábamos.

—Creía que no sabíais nada de esta comisión… ¿Quién os habló de los lacres? —pregunté en voz baja.

—El Superior General. El cardenal Iuliano.

—Muy bien, hermano Èvola: solo intentaba asegurarme de que erais la persona que Iuliano me ha enviado. Claro que necesitaré de vos para la apertura de los lacres. —Salí al paso con esta afirmación que pareció convencer al notario.

—Bien, estaré aguardando el momento. Ahora no os robo más tiempo. Os veré en la cena —dijo Èvola dando por concluida la conversación y alejándose hacia la escalera de subida a los camarotes. Pero se detuvo a los pocos pasos, giró sobre sus talones y me miró en la distancia, con su único ojo, para decirme con malicia—: Por cierto, ¿creéis que debo consignar en el libro que habéis intentado ocultarme los lacres?

Aunque las palabras del notario bailaban sobre la línea del respeto debido, me ayudaron a confirmar lo que ya sospechaba: Èvola era un peligroso perro de presa de la Iglesia, de la Inquisición. Ni yo le respondí ni el esperó mi respuesta, pues nada más hubo pronunciado la última palabra se alejó escalera arriba. Solo le dirigí una mirada tan intencionada como había sido su insinuación.

26

Para terminar aquella larga, e inolvidable por espantosa, primera jornada a bordo, pude por fin, y sin muchos impedimentos físicos, asistir a la cena ofrecida por el almirante de la armada y por el capitán del *Santa Elena*. Al volver a mi camarote para asearme y vestirme me di cuenta de que las cartas de Anastasia y Del Piero, que había guardado en mi hábito, ya no estaban en mi poder. Le preguntaría al doctor qué habían hecho con mi ropa manchada y si había recogido él las cartas. La posibilidad de haberlas extraviado me llenaba de desasosiego.

Entré en el comedor de oficiales acompañado por el médico de abordo, quien, cumpliendo su palabra, momentos antes me había efectuado una segunda visita en mi camarote. Cuando llegamos, los presentes se pusieron en pie y fue el almirante el primero en saludar.

—Bienvenido, Excelencia. Todos deseamos que estéis ya repuesto —dijo con voz de trueno.

León Calvente vestía un uniforme impecable, de seda, bordado en hilo de oro y con una reluciente botonadura de bronce. El cuello estaba adornado y casi estrangulado por terciopelo blanco bordado, mientras que una gruesa cadena de oro sostenía el pesado medallón que llevaba sobre el pecho. El distinguido almirante me indicó inmediatamente con la mano que tomara asiento y, una vez lo hube hecho, él mismo se encargó de presentarme al resto de la mesa.

—A vuestra derecha —señaló—, el capitán de la infantería española, don Guillermo Pablo Martínez, que se encargará, junto a su tropa, de protegeros en tierra firme. No es la primera vez que el capitán se encarga de tal menester, pues ha realizado misiones parecidas para la Inquisición española.

El capitán Martínez sonrió cordialmente mostrando tanto su hospitalidad como una dentadura amarilleada por el tabaco. También vestía el uniforme de gala. El almirante siguió con las presentaciones:

—El padre Francisco Valerón Velasco, a quien agradezco mucho su presencia a bordo. Es nuestro capellán. Él se ocupará de nuestras almas y de que podamos cumplir con nuestras obligaciones religiosas durante el largo tiempo de la travesía. Y a su lado se encuentra nuestro médico, Ismael Álvarez Etxeberría, quien imagino no necesita presentación. Y al resto de los presentes ya los conoce.

—Sí, no sé si por desgracia o por fortuna, nos conocimos

esta tarde —dije sonriendo hacia el médico. Él había atendido con paciencia y pericia mi postración. A su lado se encontraba Èvola y a él se refería el almirante con «el resto de los presentes». Lógicamente no me iba a presentar a mi propio notario, quien, no obstante, era tan desconocido para mí como los demás.

El almirante, sabiendo que yo era un hombre de tierra adentro y un analfabeto en navegación, antes de comenzar la cena me explicó las características del barco y algunos pormenores de la travesía.

—Excelencia, quisiera poner en vuestro conocimiento, para vuestra tranquilidad, algunos datos sobre este navío y algunos detalles sobre el viaje que realizaremos.

—No sabéis cuánto os lo agradezco, almirante —respondí—. En materia naval todo se me vuelven dudas.

Calvente sonrió con la caballerosidad digna de un oficial de la Corona y luego prosiguió:

—Primero, me gustaría tranquilizaros sobre la solidez del barco. El *Santa Elena* es un galeón muy seguro; a mi parecer, uno de los más avanzados de la Armada española. Si hubierais podido apreciar la proa del galeón, cosa que os impidió la niebla, habríais observado el emblema de la antigua corona catalano-aragonesa con el que fue bautizado…

—Perdonad, almirante, y eso ¿qué significa? —interrumpí sin saber adónde quería ir a parar el almirante.

—Significa que ese emblema se colocó allí para lucirlo, no para enviarlo bajo el agua. Con ello lo que quiero deciros es que, por mucho oleaje que sacuda su casco y su velamen, este galeón no se hundirá. Eso sí, el balanceo, y con él los mareos que habéis sufrido, es inevitable.

—Ha sido horrible, os lo aseguro —confesé.

El almirante sonrió.

—Cuando entremos en un mar realmente encrespado, y espero que Dios no lo permita, los movimientos de hoy os parecerán los de una cuna.

—Espero que Dios os escuche y no lo permita —exclamó

el capitán de infantería Martínez, revelando compartir conmigo el deseo de estabilidad para el barco.

El almirante continuó:

—Hoy tuvimos viento favorable y avanzamos a un promedio de ocho nudos. Calculo que, en siete u ocho días, estaremos en las islas Canarias, donde recogeremos alimentos y nos uniremos al viaje previsto para la flota de las Indias Occidentales. De ahí en adelante nuestra velocidad disminuirá...

—Perdonad de nuevo, almirante, pero ¿no sería conveniente realizar el viaje en el menor tiempo posible? —Mi deseo de tocar tierra era más que evidente.

—Sí, Excelencia, pero no podrá ser. Tenemos que permanecer en formación con el resto de las naves para protegerlas de los piratas...

—Ingleses... —masculló Martínez.

—Así es —afirmó Calvente—. Son más peligrosos que las tormentas.

—Oportunistas —calificó Martínez—. Gustan de la guerra sucia, pues esconden sus banderas y roban nuestros barcos. Y después ofrecen riquezas que no son suyas a su reina, a cambio de una parte del botín, de su indulgencia y de cargos políticos. Les aborrezco...

—Y con vos, el mundo entero —afirmó Calvente—. Incluso las ratas merecen más respeto.

Todos se miraron y asintieron con la cabeza. La reputación de los ingleses no difería mucho de la de los musulmanes infieles. El almirante León Calvente continuó.

—Debemos cruzar el océano dando protección a la flota hasta Cartagena de Indias. Si los vientos y las corrientes nos son favorables, tras dejar las Canarias, nos aguardan una veintena de días para cruzar el Atlántico y separarnos de ellos en el mar Caribe.

—Interminable... —suspiré en un hilo de voz.

—¿Interminable? No, Su Excelencia, aún no he acabado —bromeó Calvente al oír mi suspiro—. Pues desde el mar

Caribe aún faltan unas 1.350 millas hasta la desembocadura del oscuro río Paraná y, luego, otras 220 río arriba hasta llegar a nuestro destino: Asunción.

—¿Podríais traducirlo a medidas terrestres? —pregunté casi sin atreverme pues no estaba seguro de querer escuchar la respuesta y saber lo que realmente me esperaba.

—Seguro. Son unas… 580 leguas, aproximadamente.

—Parece demasiado… ¿Cuánto tiempo deberíamos navegar para cubrir ese trayecto?

Calvente frunció el ceño concentrado en sus cálculos.

—Digamos que debemos sumarle a lo dicho unos… 20 días. Pero tened en cuenta que estos cálculos son ideales y que en ellos no caben los contratiempos…

Mi rostro reflejó rápidamente la amargura. Delante de mí me saludaba el fantasma de casi dos meses a bordo, y solo contando con el viaje de ida. El médico intercedió al instante.

—Excelencia —dijo en tono agradable—, ya encontraréis distracciones, no os preocupéis. El tiempo pasará tan deprisa que ni lo notaréis.

Conocía de antemano que el viaje al Nuevo Mundo era largo, pero saber que tenía que pasar medio año casi por completo dentro de un barco me resultó muy duro de digerir. Mi mano buscó, dentro de mi ropa, casi inconscientemente, la medalla de Raffaella para aferrarse a ella antes de responder:

—Puede que sí.

Intenté sonreír, pero solo me salió una mueca forzada.

—Pensé que la Tierra era más pequeña —intenté bromear.

Calvente me observó con una mirada transparente y sincera. Luego habló sin tapujos.

—Excelencia, nos dirigimos al fin del mundo. Creo que no tenéis ni la más mínima noción de lo lejos que vamos. En mis largos años de marino jamás vi tierras tan lejanas, solitarias y peligrosas. Será un viaje duro, tanto para nuestros cuerpos como para nuestros espíritus.

—Será una experiencia inolvidable, ya veréis —intentó consolarme el médico de nuevo.

—Seguro —le respondí con ironía—. De eso ya no me cabe ninguna duda.

—Es mi deber, Excelencia, informaros de todo esto —dijo el almirante sonriendo—; ahora hemos de pasar a cuestiones más agradables. —Y levantándose para alzar su copa, continuó—. Propongo un brindis de bienvenida por nuestro ilustre pasaje.

Calvente levantó la copa de vino y nos contagió un poco de su buen humor. Todos le imitamos; todos menos uno: Giulio Battista Èvola. El napolitano permaneció sentado con una obstinación irrespetuosa. Nadie dijo nada, solo volaron hacia él algunas miradas, que, rápidamente, se diluyeron en la atmósfera festiva del comedor.

La noche siguió su curso. La conversación derivó hacia temas generales y no muy comprometidos. Hubo dos asuntos que se esquivaron especialmente en esa primera cena: Felipe II, rey de España, y Clemente VIII, Sumo Pontífice de Roma. Nadie quería quedarse a merced de sus palabras delante de un inquisidor.

En la cena degustamos una variedad de cabracho con muchas espinas, difícil de limpiar y de masticar, pero exquisito al paladar. Esa noche sellamos una suerte de principio de camaradería, pues todos los presentes teníamos algo en común: cargos respetables, responsabilidades honrosas y un encargo que, irremediablemente, nos uniría por un largo tiempo.

Hubo dos cosas en aquella agradable cena que se clavaron en mi garganta como espinas: el médico no había visto ni guardado las cartas de mi maestro y de Anastasia, y Èvola había permanecido en silencio toda la velada. Su cara desfigurada le daba una nefasta ventaja, a él no se le podía leer el pensamiento en la expresión. Esa noche, mis espinas tuvieron rostro.

X

EL LACRE DE SAN LUCAS

27

Había pensado —y con razón— que después de casi diez días de navegación nos detendríamos en tierra lo necesario para devolver el color original a nuestros rostros. Claro que ya tenía idea de los apretados tiempos a los que estábamos sometidos: solo tocaríamos puerto durante unas pocas horas. Cuando supe la brevedad de nuestra estancia, dudé si bajar del galeón, pues aquella miel apenas puesta en mis labios agravaría mi situación y la remataría con intensidad doble cuando volviera a embarcar. Pero tras el largo, balanceante y obligado enclaustramiento a bordo, tener tierra a nuestra disposición y no bajar era como poner un vaso de licor ante un ebrio y pretender que no lo tomara. Y así fue. No pude resistirme, y en contra de lo que mi espíritu me dictaba, bajé a tierra aquel 9 de diciembre y allí me mantuve hasta el último minuto disponible.

Algo noté de particular en esta primera escala y fue el repentino cambio de clima. Un cálido viento primaveral soplaba en el puerto, tan alejado del duro y helado invierno que acababa de dejar en el norte de Italia. Las ráfagas eran espaciadas y tranquilas, al contrario que la vida del puerto, tan caótica y bulliciosa como en todos los que conocía. Por suerte, el almirante me había invitado a pasar el corto tiempo de espera en la guarnición naval, una exquisita fortaleza hispanoárabe en la bocana del puerto donde había suficiente vino, uvas y albaricoques frescos para endulzar cualquier amargura, incluso la más severa y perniciosa.

Sentado en una amplia galería que daba a los pequeños jardines de la guarnición, y mientras degustaba una generosa copa de vino, pude observar algo en la actividad de los oficiales que me llamó la atención. En los jardines, el almirante Calvente hablaba nervioso con un marinero local y se le veía impaciente.

—Se ve que no todo es paz esta mañana —le dije al cabo Llosa, asignado a mi servicio, mientras le señalaba al almirante Calvente con un gesto de mi cabeza.

—Es normal, y más aún en este puerto.

El joven cabo permanecía a la distancia justa para no tenerle que gritar; si quería hacerle alguna pregunta, no podría escucharme con facilidad. Así que, para su sorpresa, le pedí que se sentara conmigo.

—Adelante —dije animosamente, señalándole una silla libre—, acompáñame.

—Excelencia, no quisiera ser irrespetuoso ni tampoco castigado por mis superiores.

—Siéntate —insistí—, y no te preocupes por tus superiores. Yo me encargo de eso. Es mi deseo que te sientes conmigo.

Andreu sonrió algo nervioso pero, delicadamente, y sin quitar la vista de mis ojos, se sentó a un lado.

—Os lo agradezco —musitó algo avergonzado.

—Es lo menos que puedo hacer por ti. Si no me hubieses sacado de aquel camarote, ahora sería alimento de los peces.

Tomé una rodaja de albaricoque y la mordí lentamente mientras mi atención seguía los movimientos del almirante y el marinero en el jardín. Ofrecí un vaso de vino a Andreu.

—¿Sabes qué está sucediendo? —le pregunté al joven.

—Están negociando —dijo seco y conciso.

—Negociando… ¿Qué es lo que puede negociar aquí un almirante de la Armada?

—Un lugar en el barco.

—¿Necesitamos más tripulación? —pregunté sorprendido.

—No, os hablo de polizones.

—Polizones… —pensé en voz alta antes de que Andreu continuara.

—Son personas que deciden ir al Nuevo Mundo, arreglan una buena suma, y listo. Los galeones los llevan en sus bodegas.

—Supongo que es más barato que viajar legalmente —afirmé.

—Pues no, es mucho más caro. Pero el viaje es más seguro —respondió el cabo para mi mayor sorpresa.

—No creo que sea inseguro viajar en la flota, pues los cañones de los galeones siempre la protegen.

—No entiende, Excelencia. Estos polizones son, en su mayoría, prófugos de la Corona, perseguidos por la ley; y su seguridad radica en comprar un cómodo y seguro viaje consentido por la capitanía del navío.

Me quedé mirando al cabo mientras una tibia sonrisa se me fue dibujando en el rostro. Luego eché una pequeña carcajada. Andreu me miraba atónito.

—Veo que los españoles no son muy distintos de los italianos —dije aún sonriendo—. Donde hay necesidades y dinero, habrá siempre algún negocio a la medida, adaptado a la horma de cualquier zapato. ¿Cuánto cobra el almirante por un polizón?

—Puede que diez… Quince, veinte, o incluso treinta ducados. O su equivalente en escudos genoveses de oro. Todo depende de cuán hábil sea como negociador el que paga.

Nuevamente sonreí.

—Por favor, Excelencia. No digáis a nadie que yo os he contado esto —me pidió el joven—, pues no quisiera el resentimiento de mis superiores.

—No debes preocuparte, sé proteger muy bien a las almas nobles. Será un secreto bien guardado. Por cierto… No cuentes a los oficiales que te he permitido beber vino durante la guardia.

El cabo Llosa, que mantenía tímidamente el vaso en su mano, lo dejó inmediatamente sobre la mesa, sonrojándose.

—No lo haré, podéis estar seguro.

Me puse de pie y observé al almirante cerrar la operación, luego se retiró. El polizón tomó un petate del suelo y se lo colgó del hombro. Era un sujeto alto y corpulento. Se volvió en la distancia como si supiera que yo estaba allí y me estuviera buscando. Era un rubio de cabellos largos, barba y bigote. Bien parecía… Un vikingo. Que paseó sus ojos por la galería y los detuvo sobre mí.

28

El puerto de Santa Cruz de Tenerife desapareció rápidamente en el horizonte. El clima primaveral, en cambio, persistió hasta última hora de la tarde, coloreando el cielo del ocaso con un rojo rabioso. El agónico disco solar pareció ser engullido por el mar, lentamente, como si en el confín de las aguas algún calamar gigante lo forzase a desaparecer arrastrado por sus tentáculos. Nuevamente habíamos llegado al océano profundo, pero esta vez, como parte de una asombrosa y descomunal formación de navíos. Al salir del puerto nuestro galeón había ocupado el lugar de nave almiranta mientras que el otro galeón que nos había acompañado desde Génova, el *Catalina Niña*, pasó a ser la nave capitana. Seis galeones más se distribuyeron por los flancos de la flota, compuesta por 35 carabelas cargadas con todo lo necesario para abastecer a los virreinatos del Nuevo Mundo.

Era el primer día que podía salir a cubierta, después de haber pasado los tormentosos días que nos llevó atravesar el Mediterráneo encerrado entre mi camarote y la bodega. Disfruté de la brisa que revolvía mis cabellos y agitaba mi hábito mientras reflexionaba sobre el viaje. Pensé en los avances técnicos que lo permitían, en el humanismo que proclamaba al hombre como centro de la Creación, en el arte del Renacimiento que había conseguido plasmar la filosofía humanista en maravillosas esculturas capaces de animar el mármol dotándole de una vida sin igual, en pinturas que aleccionaban al hombre convirtiendo en imágenes sus pensamientos, en una arquitectura cada vez más cerca de reproducir el magnífico templo de Salomón. El hombre había demostrado estar preparado para comprender la vida y para acercarse a Dios a través del arte.

Por su parte, la ciencia daba sus frutos al servicio de los reinos, creando enormes navíos capaces de unir mundos muy distantes gracias a instrumentos cada vez más precisos que determinaban su curso según las estrellas, y mapas y cartas de navegación cada vez más completos, que simplificaban una tarea otrora imposible. Los avances de la ciencia, como la perfección de la representación del cuerpo en la artes, eran fruto de ese humanismo que proponía conocer al hombre, ese hombre que, a pesar de los cambios, seguiría siendo el mismo. Porque aunque quise imaginarme, dentro de cuatrocientos, quizá de quinientos años, al que sería heredero del buen fermento, no pude dejar de recordar que cuando tuvimos un garrote lo usamos contra nuestro prójimo, y eso mismo seguimos haciendo cuando tuvimos espadas… Ahora la pólvora domina los campos de batallas y los soldados mueren a cientos en sus horribles explosiones. Los avances en el conocimiento no han hecho sino perfeccionar las artes de la guerra. ¿Cuál será entonces el hombre del milenio? ¿El manso o el terrible…? Eso solo Dios lo sabe. A mí, después de presenciar tanto horror, tanto lamento, tantas guerras y tanto sufrimiento, me gustaría pensar que el hombre del mañana aprenderá de nosotros y será manso. Pues tal y como aprendió a perfeccionar el mármol y el lienzo, llegará un momento en que aprenderá de la historia.

Observé a la flota navegando a nuestro lado. Y me sentí insignificante. Había sido presa de elevadas reflexiones que me alzaron sobre el mundo para luego, de repente, saberme tan pequeño como un molusco. Contemplé pasmado la ostentación naval, pude admirar la perfección de los cascos de los buques abriéndose paso entre las olas, con las velas infladas, y a las tripulaciones haciendo posible aquel navegar majestuoso. A pesar de mi ignorancia, pude comprender con el ejemplar avance de aquellos navíos el desmedido progreso que se había producido, la complejidad de los mecanismos que gobernaban aquellos barcos, la ingeniería aplicada para mayor comodidad del hombre. Y esas naves, además, eran hermosas.

Esa noche debía reunirme en mi camarote con mi notario para, en su presencia, romper el primer lacre. La ciencia me facilita la vida, pensé mirando a los barcos navegar con presteza, pero ¿adónde me conduce? Esperaba que la apertura del sobre despejara las incógnitas de aquel viaje.

Èvola me contemplaba en la penumbra con una expresión concentrada, su único ojo pardo me escudriñaba, escondiendo de la luz su cara monstruosa.

—Es el momento de romper el primer lacre —dije en la soledad del camarote.

—Cierto —respondió el notario—. El día y la hora han llegado.

Nuestras miradas se cruzaron un momento pero ninguno de los dos habló. Seguimos con el protocolo. Me arrodillé junto al baúl en el que había guardado los documentos oficiales que me iban a hacer falta y rebusqué con cuidado en su interior hasta dar con el grueso envoltorio de cuero en el que descansaban los tres sobres lacrados con las instrucciones del Santo Oficio. Me levanté y me senté ante el escritorio. La mirada del napolitano perseguía hasta el más mínimo de mis movimientos. Desaté el cordón. Allí estaban los tres sobres, idénticos a

no ser por el símbolo que llevaban en el generoso sello grana-
te. Busqué el buey alado que representa a san Lucas y lo tomé.

—Lacre de san Lucas —dije en voz alta.

—Correcto —certificó Èvola.

El notario extrajo de sus ropas un crucifijo del tamaño de
un palmo. Lo tomó por el travesaño y estiró el vástago hasta
que apareció una daga muy afilada, astutamente escondida
dentro de la cruz y muy adecuada para separar el lacre. Me la
ofreció y yo la tomé sin preguntar nada sobre aquella extraña
arma. Corté el lacre y extraje la nota del interior del sobre.
Procedí a leerla en voz alta:

> Según las condiciones especificadas, este mensaje deberá
> ser leído solo en mar abierto, ya atrás las Canarias españolas,
> y en presencia del notario en comisión.

Detuve momentáneamente la lectura y miré al napolitano.

—Es correcto —dijo—, estamos en condiciones de recibir
las directivas. Proseguid…

> Roma, 15 de noviembre del año 1597 de Nuestro Señor
>
> Carta primera, lacre de san Lucas.
>
> Decidido de esta forma para resguardar la integridad de la
> comisión y provocar vuestra atención a su debido momento,
> las instrucciones han sido fragmentadas y serán completas
> solo cuando la última carta sea leída.
> Excelencia DeGrasso, Inquisidor General de Liguria,
> vuestra partida hacia el Nuevo Mundo contiene una doble
> misión para la Iglesia: por un lado, reafirmar nuestro poder en
> los rincones más inhóspitos de la Tierra donde algún crucifijo
> se clavare en señal de conquista, delimitando nuestra jurisdic-
> ción y la potestad de su ejercicio. Por otro, el necesario escar-
> miento, en este siglo de revolución dogmática y fractura, que
> sirva de ejemplo a nuestros fieles allende los mares. Su tarea
> primordial será la búsqueda, captura y deportación de herejía

escrita, de obras que atenten contra la verdadera fe tal cual nuestro catecismo enseña a los nuevos evangelizados, y la búsqueda, captura y deportación de aquellos que posean, física y moralmente, esas obras.

Os aconsejo que aprovechéis los días de viaje para prepararos como la ley exige. Revisar los preceptos del Concilio de Trento os ayudará a formular juicios justos para una ocasión en la que deberéis obrar con mano fuerte contra faltas inadmisibles.

Preparaos espiritualmente para lo que vendrá, vuestra única arma será la ley de Dios bien aplicada.

Siempre vuestro en Jesús,

Cardenal VINCENZO IULIANO,
Superior General del Santo Oficio

Alcé la vista cuando terminé.

—No dice nada —susurré mirándolo—. Nada que aclare el porqué de nuestro viaje.

—Cierto, poco nos aclara —asintió Èvola que, como yo, debía de haber depositado sus esperanzas en el contenido del sobre—. El cardenal Iuliano tendrá sus razones…

—Pues las tendrá, pero no las comprendo —interrumpí contrariado su discurso—. Y no haremos conjeturas. Solo tenemos que esperar al tercer lacre, como indica la carta, para resolver nuestras dudas.

Èvola quedó sumido en el silencio, con la cabeza baja. No tardó en levantarla para preguntar:

—¿Estáis molesto conmigo, Excelencia? —preguntó el napolitano.

—Digamos que vuestro intento de conversar conmigo más de lo necesario no tiene objeto. No tengo intención de compartir con vos más de lo que estrictamente marcan las instrucciones del Santo Oficio. —Ciertamente, aquel notario impuesto no era de mi agrado y así se lo hice saber.

—Solo cumplo con mi deber —alegó Èvola, mientras metía las manos en las mangas de su hábito— y solo pretendo hablar de la tarea que nos ocupa.

—La lectura de las cartas selladas es el comienzo y el fin de nuestra actividad común. Creo haber sido bastante claro al respecto. Las reflexiones sobre su contenido las dejaré para cuando esté solo.

Èvola escuchó con atención, y respondió con reticencia:

—Vos sois entonces esa clase de magistrados que no muestra lo que piensa, tan prudente como un buen gobernante.

—Os equivocáis, Èvola. Si tuviera aquí a gente de mi confianza, les contaría mis conjeturas.

—Que cumpla de manera estricta con mi trabajo no significa que no podáis depositar confianza en mí.

—¿Es que acaso vuestro trabajo consiste en amenazarme con vuestra pluma y con vuestras anotaciones como hicisteis el día que os conocí?

—¿Teméis que mis informes os comprometan?

—No. Solo temo que vos no seáis digno de mi confianza. Yo no cometo errores y mis actos jamás me comprometen.

—Entonces, no tenéis por qué preocuparos…

—Pues sí, claro que he de preocuparme —le interrumpí con vehemencia—. Yo no os elegí, y sabed que vuestra conducta no es la que se puede esperar de un notario. He trabajado con los superiores más exigentes y jamás levanté en ellos suspicacia alguna. Y sin embargo vos…

—Excelencia... —Esta vez fui yo el interrumpido—. Es parte de mi personalidad desconfiar, y no lo oculto. Pero espero no volver a incomodaros.

Asentí con una leve sonrisa y cambié de conversación.

—¿Qué clase de daga es esta? —pregunté mientras le devolvía su falso crucifijo.

—Una de la que nadie debe prescindir en los suburbios de Nápoles. No es fácil la vida en las callejuelas de la vieja ciudad, menos para una persona de escasa envergadura como yo.

—Entiendo…

Èvola envainó la daga y ocultó el crucifijo entre sus ropas. Lo observé un breve momento y no pude contenerme.

—Parecéis haber sufrido mucho —me arriesgué a afirmar.

El notario levantó sus ojos hacia mí como si llevase el peso del purgatorio en su mirada.

—¿Os habéis imaginado, por un segundo, tener que estar dentro de mi cuerpo?

—No —mentí.

—Quisiera saber cuántos de los que se jactan de su fe podrían resistir detrás de un rostro como el mío sin detestar a Dios por ello.

—¿Renegáis de Dios?

—Jamás. Aunque, en ocasiones, detesto la vida. Detesto todo y a todos los que me detestan. Detesto a las mujeres, a los niños, a los ancianos… A los que me miran y a los que no se atreven a mirarme. Solo encuentro paz en mi oficio y en...

—¿Los muertos…? —me arriesgué a terminar la frase.

—Ellos no preguntan ni se burlan.

—El odio en el corazón… no es bueno… —le dije apiadándome de él.

—Yo no soy predicador —me interrumpió ofendido—, no necesito hablar como tal, ni obrar como un santo. Solo cumplo con mi oficio y con las órdenes de la Iglesia, el resto no es de mi incumbencia.

—Habláis como un resentido —afirmé.

—Hablo como quien ha crecido con la burla. Hablo como el niño que medró a espaldas de los hombres. De personas como vos. A espaldas de las sonrisas, los logros y los laureles. Soy el hombre que ha moldeado ese mundo. Soy real, tan real como las miserias de los hombres.

—No sabéis cómo me apena… —exclamé con sinceridad.

—No os preocupéis, estoy acostumbrado. Incluso podré digerir vuestro rechazo.

A pesar de la piedad que sentía por él a causa de su aspecto físico, aquel hombre no era de fiar. Lo más conveniente para mí era intentar disimular mi desconfianza y mi desagrado, e intentar suavizar nuestra relación, aunque, desde luego, no estaba dispuesto a cumplir el pacto que le iba a proponer. Miré fijamente al napolitano, y luego le hablé en tono conciliador.

—Os propongo un trato... —Èvola se quedó esperando, sonriendo débilmente, con una mezca de alegría y maldad—. Os haré partícipe de mis pensamientos sobre esta comisión, como suelo hacer con mi notario en Génova. Os trataré como a un colaborador, y no como a un extraño impuesto por mis superiores; a cambio...

—¿A cambio qué? —se apresuró a decir alzando la cara.

—A cambio vos debéis comportaros como un notario al servicio de su inquisidor. Deberéis mostraros más humano y menos burócrata. ¿Os parece bien...? ¿O lo anotaréis como un intento de soborno por mi parte?

—No... Me parece justo —afirmó.

—Espero que este acuerdo nos ayude a enderezar una relación que no ha empezado muy bien.

Èvola se arrimó a la ventana del camarote, meditó un momento en silencio, y luego se volvió hacia mí.

—Excelencia, ¿qué os parece pues el contenido de la carta?

Tomé aire antes de contestar.

—Todo esto es muy extraño. Aunque presiento que vamos detrás de algo grande.

—¿A qué os referís?

—No lo sé. No podría precisarlo... Es algo importante... algo muy importante para nuestra Iglesia.

—¿Herejía escrita?

—Algo de eso se ventila en la nota, pero hay algo más... Estoy seguro de que hay algo más.

Y no me equivoqué.

Por un momento, el único ojo de Èvola brilló en la penumbra de mi camarote. Un brillo enrarecido, con el fuego propio de la conspiración.

Después de aquella reunión nocturna, descendí bajo cubierta y me fui a visitar las cocinas para pedirle al cocinero que me hiciera un plato especial: *gnocchi al basilico*. El obeso vasco de cara redonda y cejas pobladas accedió gentilmente a mi petición. Pude percibir que mi visita le llenaba de orgullo pues al instante ordenó de un grito que se calentara agua, haciendo alarde de su rango en la cocina. No ocultó la satisfacción de saber que un inquisidor general degustaría sus platos. El orondo cocinero no podía intuir lo que sucedería. Antes de las diez, uno de los ayudantes de cocina dio la alarma por los pasillos. Algo macabro había sucedido en la cocina. El pesado cuerpo del cocinero vasco se hallaba en el depósito de harinas, apuñalado en los riñones y mutilado. Sin ojos, ni lengua.

Ese fue el mensaje lúgubre que nos trajo aquella noche, tan indescifrable como la carta. Solo legible para quien supiese entender los oscuros códigos de la muerte. La noticia corrió como malaria entre la tripulación y los oficiales consideraron el crimen un mal presagio para el resto de un viaje que se había vuelto indeseado y peligroso. Según los marinos más supersticiosos, la muerte era uno de los pasajeros del *Santa Elena*. Y tenía rostro.

XI

EL LACRE DE SAN MATEO

29

A pesar de la desgana general y después de haber transcurrido apenas quince días desde el brutal asesinato, se celebró la misa de Nochebuena. Poco antes de la medianoche nos encontrábamos todos reunidos en el primer nivel bajo cubierta escuchando la misa del gallo, la primera de las tres que celebraríamos durante la Navidad. El padre Francisco Valerón Velasco ofreció una liturgia ajustada a la dictada por el misal. Aunque era un orador carismático, no dijo más de lo que debía para no entristecer los ánimos y un poco por miedo a que si no seguía a rajatabla la doctrina de Roma, el inquisidor le llamara la atención. No pude objetar absolutamente nada porque el padre Valerón fue estricto con las normas del papa Clemente, que desde que había ascendido a la silla de San Pedro, había tenido como mayor preocupación unificar la Iglesia: «Una sola Biblia, la Vulgata; una sola liturgia, la romana».

Al finalizar la ceremonia salimos a cubierta. El almirante Calvente ordenó una salva con los cañones de popa y los disparos se repitieron en los demás navíos, iluminando de manera formidable las aguas y convirtiéndolas, por un instante, en un brillante espejo. Después, a la luz de la luna, la marinería tuvo permiso para beber alcohol.

—Nunca pensé que pasar la Nochebuena en este barco me resultara agradable, y menos aún después del asesinato del cocinero —dije mirando los destellos de las salvas que aún persistían sobre las aguas. Como en otras ocasiones mi mano buscó el objeto amado, la medalla que mi cuerpo mantenía caliente y que al tocarla me llevaba, de alguna manera, hasta Raffaella. Calvente evitó mi invitación a hablar de aquella extraña muerte y del posible asesino. Y yo me pregunté si el almirante no habría pensado en su polizón...

—Es hermoso todo esto, Excelencia —respondió Calvente—. Es hermosa la noche, estrellada y fresca, tal cual la sueña todo marino mientras se encuentra en tierra.

—Ahora veo que no todo es sufrimiento a bordo —reflexioné mostrando una sonrisa franca.

—¿Sabéis, Excelencia? Creo que, poco a poco, os estáis transformando en un buen marino. Con el tiempo incluso terminaréis amando este barco.

—Dios os escuche —respondí con cortesía a sus amables palabras.

Calvente me ofreció licor para llenar mi copa, pero rehusé rápidamente. Conociendo la costumbre de beber tras la misa, había rellenado de *grappa* una botella pequeña. Aquel licor era la bebida justa para mi garganta y muy acorde con el festejo. Saqué la botella, rellené mi copa y me dispuse a brindar.

—¡Salud! —exclamó Calvente mientras levantaba su vaso—. ¡Y feliz Nochebuena!

Después de un rato y algunas copas bajo el firmamento estrellado, Calvente me dijo:

—Excelencia, ¿recordáis que me preguntasteis por el *Circulus aequinoctialis*? Debíais saber cuándo estaríamos cerca de él, y que yo bromeé sobre el sometimiento de todos nosotros a la burocracia.

—Sí, almirante, lo recuerdo perfectamente: es un dato muy importante para mí. ¿Es que estamos cerca?

El almirante entrecerró sus ojos y bebió otro trago de licor. A continuación me dio una explicación prolija que yo no necesitaba pero en la que podía demostrarme sus conocimientos, así que le escuché con paciencia.

—Viajamos a un promedio de seis nudos —pensó en voz alta—, estamos a quince días de Tenerife... Por lo que... Podría deciros que hemos recorrido unas 600 millas… Eso quiere decir, Excelencia, que hemos atravesado hace días el *Tropicus cancri*, y, por lo tanto, puedo aseguraros que, aunque no estemos en una línea divisoria exacta, estamos navegando ya en las cercanías del *Circulus*.

—Perfecto. Vuestra pericia es indiscutible, almirante —le dije agradeciéndole la información.

—¿Es una notificación importante? —preguntó el almirante con repentino interés.

—Así lo creo.

—Podéis estar tranquilo: cumpliréis correctamente las órdenes que os han dado. Este es el momento.

De esta forma culminamos la noche de festejos, y por ello supe que había llegado la hora de romper el segundo lacre. El día de Navidad se tornó largo y festivo. Antes del despunte del sol, celebramos otra misa, la de la aurora. Y cuando finalizó el día, un última celebración vespertina: la misa de Navidad. Y después de cada misa, los licores… Yo volví a llevarme, en cada ocasión, mi pequeña botella de *grappa*.

30

Esa misma noche, después de la cena de Navidad, el notario acudió puntualmente a mi camarote. Giulio Battista Èvola, nada más cerrar la puerta, mostró su sorpresa.

—¿Me mandasteis llamar, Excelencia?

—Sí —respondí ya sentado ante el escritorio.

Èvola se había percatado de que el envoltorio de cuero que contenía los sobres lacrados estaba sobre la mesa.

—Veo que pretendéis abrir el segundo sobre —dijo el notario mirando hacia el envoltorio.

—Así es. Por eso estáis aquí. Es el colofón perfecto para una Navidad especial, ¿no creéis?

—Cierto, aunque haberla pasado en altamar ya supone un gran cambio en mis hábitos. ¿Estáis seguro de que es el momento adecuado? —continuó Èvola, mirándome receloso.

—Hablé con el almirante sobre nuestra posición y su respuesta fue clara. Estamos donde debemos para poder proceder a la apertura del segundo sello.

—Entonces, será correcto —siguió Èvola.

Mi alusión al almirante parecía haberle tranquilizado. Estaba claro que mi palabra seguía sin bastarle y así se lo hice saber.

—Veo que habéis dudado de mi palabra.

Èvola sonrió.

—Excelencia, ni vos ni yo tenemos conocimientos suficientes de cartografía, y sería arriesgado suponer que sabemos a ciencia cierta que ahora nos encontramos en el punto que indican las instrucciones. He podido comprobar que Vuestra Excelencia ha hecho un buen trabajo al requerir la información al almirante. Sus palabras nos dan la seguridad que necesitamos.

Miré al notario mientras defendía su conducta. Si bien ya me había informado de su naturaleza desconfiada, no conseguía acostumbrarme a ella. Desde luego, era un gran defensor de sus actos y un burócrata excelente, y seguro que por eso había sido el elegido de Roma. No quise rumiar más el asunto.

—¿Estáis, pues, en condiciones de comenzar con el protocolo?

—Lo estoy —respondió tomando asiento, papel y pluma.

—Lacre de san Mateo —dije mientras alzaba mi brazo para mostrarle claramente el sello del envoltorio con el ángel que simboliza al evangelista.

—Correcto —certificó Èvola.

Procedí al corte del lacre con un fino estilete de mi propiedad y del interior extraje un papel que acerqué al candelabro para poder leer:

Roma, 15 de noviembre del año 1597 de Nuestro Señor

Carta segunda, lacre de san Mateo.

Hermano DeGrasso: estando ya a medio camino de vuestro lugar de destino, os será necesario conocer algunos pormenores de la comisión. Por favor, leed atentamente este segundo manuscrito.

Después de largos años de seguimiento y tras intensivos estudios realizados sobre las evidencias obtenidas gracias al trabajo de numerosos inquisidores en las últimas décadas, hemos podido localizar el paradero de dos obras prohibidas de gran importancia, que desde el Medievo circulan de mano en mano en ciertos círculos demonólatras. La existencia de estas obras amenaza severamente con la posibilidad de nuevos brotes heréticos, y no solo en Europa, sino también en el Nuevo Mundo.

Ha llegado a nuestros oídos una información altamente fidedigna sobre el paradero de estos libros proscritos, que ya no se encuentran donde suponíamos, sino ocultos en lugar seguro fuera de Europa, no lejos de la ciudad de Asunción, su destino.

Vuestra tarea, que a nuestro parecer es la más importante que cualquier Inquisidor General podría querer sumar a su haber, es terminar con los años de investigación y siglos de preocupación de nuestra Iglesia haciéndoos cargo de dichos libros, que deberéis confiscar a quien o quienes los poseyeren, y bajo la jurisdicción del Tribunal del Santo Oficio, dictar la inmediata deportación a Roma de las obras y de sus poseedores.

Tanto yo como Su Santidad Clemente VIII hemos depositado toda nuestra confianza en vos, valioso inquisidor al servicio de nuestra Santa Iglesia, y rezamos para que podáis concluir vuestra tarea de manera satisfactoria.

Siempre vuestro en Jesús,

Cardenal Vincenzo Iuliano,
Superior General del Santo Oficio

Al concluir la lectura levanté la vista y la dirigí directamente al rostro inexpresivo del notario que, acariciándose la barbilla con insistencia, era incapaz de formular palabra.

—Interesante... —dijo al cabo de un rato.

—Amenaza con serlo —respondí martirizado por mis sospechas.

Quería, trasladando a Èvola la obligación de hablar, ganar tiempo para serenar mis agitados pensamientos

—Excelencia, teníais razón. Sabíais muy bien lo que decíais cuando pronosticasteis que íbamos detrás de algo importante.

—Lo presentí, hermano. Y sí, tenemos la fortuna de estar encargados de una alta tarea, aunque pueda ser más compleja de lo que esperábamos.

—Parece que perseguimos el rastro de literatura muy antigua —dijo Èvola

—Del Medievo, según parece —dije a mi vez—. Copias recientes, posiblemente.

—¿Sospecháis de alguna en especial? —preguntó el napolitano, seguro de que yo tenía información que no le daba.

Me quedé mirándole mientras intentaba ordenar mis pensamientos. Claro que sospechaba, y mucho. Las palabras de Piero Del Grande y, aún más, la falta de preocupación de Iuliano cuando en nuestra larga conversación en la catedral le dije que habíamos perdido el libro empezaban a cobrar sentido.

—Excelencia… ¿Sospecháis de alguna obra en especial? —repitió el notario impaciente al ver que yo no respondía.

—No —le mentí.

Nada más irse Èvola, me senté en la cama y contemplé la llama del candelabro en busca de concentración. Tenía que recapitular y ordenar en mi mente toda la información que poseía, que había ido apareciendo como una chispa y se propagaba ahora como una llama. Me vi peligrosamente tentado de romper el tercer lacre en ese mismo instante, sin el notario y sin ser el momento señalado. Pero un resto de lucidez me frenó justo a tiempo.

Los libros estaban adquiriendo un sentido nuevo. Por la fecha de los sobres, Iuliano sabía el paradero del *Necronomicón*, y quizá del *Codex*, antes de encargarme su búsqueda. ¿Qué sentido tenía? Dos libros, *los* libros, era lo que me esperaba en Asunción. ¿Y si detrás de toda esta complicada maniobra estaba la desconfianza del cardenal Iuliano, que parecía haber concebido tanto el interrogatorio de Gianmaria como el viaje como pruebas de fidelidad? Tenía justos motivos para sospechar que yo era miembro de la *Corpus Carus* por ser el discípulo predilecto de Piero Del Grande. Sí. Y ¿por qué no?: también era posible una hipotética vinculación con la Sociedad Secreta de los Brujos... Pero algo me decía que Iuliano sabía más, algo más, y que el tercer lacre me ayudaría a comprenderlo. Por eso lo sujeté, temblando de ira, e introduje mis dedos por debajo de la solapa con la intención de romperlo. Mis ojos estaban fijos en él, mis manos sudaban. Quería abrirlo, pero no podía. Lancé el sobre lejos de mí y suspiré. Necesitaba algo que me ayudara a pasar el trance, así que alargué la mano hacia la botella de *grappa*, le quité el tapón y bebí un generoso trago que, en vez de calmar mi ira, la encendió aún más.

¡Había sido una estupidez!, una estupidez desmedida todo este plan organizado desde las oficinas del Santo Oficio, ¿para qué? Sin duda, para secarme el cerebro, de Europa a América, para volverme loco, para tentarme, para ponerme a prueba. Pues ¿qué otro sentido podía tener? ¿Por qué no me lo notificaron todo de una vez? ¿Quién era ese notario que me asignaron caprichosamente, de palabras ácidas y rostro diabólico? ¿Quién lo puso en mi camino y para qué? ¿Qué mente retorcida auspiciaba este laberinto de incertidumbres y cuál era su objetivo? No tenía respuestas, pero las obtendría. Me levanté de la cama y me dirigí hacia la puerta, el lugar hasta donde el sobre, en alas de mi ira, había volado, con la intención de devolverlo al envoltorio común y tranquilizarme. ¡Cuánta falta me hacían las cartas de mi maestro y de Anastasia! Tal vez ellas me habrían ayudado a comprender aquel absurdo viaje. Y cuando estaba agachado recogiéndolo, unos golpes en la puerta me sobresaltaron.

Fueron tres golpes secos y pausados. A pesar de la hora intempestiva, alguien que quería hablar conmigo estaba al otro lado de la puerta. Escondí el sobre bajo el hábito y puse el oído en la puerta sin intención de abrirla. Distinguí una voz que hablaba a la madera.

—Excelencia… Maestro DeGrasso… ¿Dormís? —Se detuvo un momento al no obtener respuesta y después siguió hablando—. Perdonad la hora, solo os molestaré un instante. Soy el doctor Ismael Álvarez Etxeberría.

Entreabrí la puerta inspeccionando el pasillo oscuro. Allí fuera, lámpara en mano, efectivamente, se encontraba el doctor.

—Adelante, entrad.

—Permiso… —dijo cuando le abrí paso—. Disculpadme, espero no haberos despertado.

—Descuidad, no podía conciliar el sueño —respondí mientras le ofrecía una silla.

Aproveché el momento para encender otro candelabro que iluminara un poco más la estancia.

—Se os ve demacrado —dijo al instante Etxeberría.

Al aumentar la luz pudo apreciar la palidez de mi rostro.

—Esta noche no está siendo fácil para mí, doctor.

—¿Demasiada bebida? —preguntó sonriendo.

Era evidente que mi aliento me delataba.

—No, no se trata de eso. Ojalá lo fuese, ojalá se me pasara todo con un simple trago.

Mi respuesta, y la preocupación implícita en ella y en mi rostro, le obligó a formular una pregunta amable aunque indiscreta:

—¿Qué os preocupa? ¿Puedo ayudaros?

—Es algo personal. Os lo agradezco, pero esta vez no hay nada que podáis hacer por mí.

—¿Seguro...?

Me quedé mirándolo de tal forma que borré todas sus dudas. Prefirió pasar directamente al asunto que le había llevado hasta mi camarote.

—Solo quería haceros un comentario... Como bien sabéis, la seguridad dentro del barco podría calificarse, siendo benévolo, de «escasa». —El médico aludía al crimen del cocinero, aún pendiente de esclarecimiento—. Y de eso, precisamente, quería hablaros...

El médico hizo una pausa esperando mi respuesta, ante lo que me encogí de hombros.

—¡Hablad, hombre de Dios! No os quedéis como esperando mi aprobación. Creo que estamos de acuerdo en que una muerte no es algo que pueda tomarse a la ligera.

—Bien... Supongo que os preguntaréis por qué he venido precisamente ahora y no en otro momento... —El doctor seguía sin encontrar palabras.

—Adelante, os escucho —repetí con calma.

—Es un asunto que no podría tratar con nadie más que con vos, Excelencia. Sois el único en quien puedo confiar —dijo el doctor antes de continuar hablando en voz muy baja, como si las paredes del camarote tuviesen oídos—. Esta tarde me enviaron a un sitio bajo cubierta llamado el pantoque, situado precisamente en el último subsuelo de bodegas... Un lugar apestoso. Allí tuve que curar a una persona que tenía una herida infectada en uno de sus puños, algo no muy grave, pero sí llamativo. —El doctor se pasó la mano por los cabellos para tomarse un tiempo y ordenar sus pensamientos; estaba nervioso—. Lo alarmante no era su herida, Excelencia, sino que esta parecía mantenerse infectada por no tener aire fresco y sol para una buena cicatrización.

—¿Qué intentáis decir? —pregunté con atención.

—Digo que el lugar donde se encuentra ese hombre es tétrico. Convive con el hedor insoportable que produce un gran charco de orines, agua de mar y lavazas. Y por el aspecto de su herida, deduzco que esta persona lleva allí, sin moverse, varios días. Sospechoso, ¿no…? Y más si tenemos en cuenta que no forma parte de la tripulación.

—¿Adónde queréis ir a parar? —pregunté impaciente.

—Es… un polizón —dijo el médico bajando aún más la voz, si es que eso era posible.

—Un polizón… ¿Y bien?

—Me han dicho que su apellido es Xanthopoulos, y os confieso que tiene un aspecto temible, una mirada cruel y desquiciada. Según mis cálculos su herida lleva supurando unos quince días, el tiempo que ha transcurrido desde el asesinato. Es sospechoso, en verdad es un hombre sospechoso… Soy médico, Excelencia, no creo equivocarme. Además, entre sus ropas asomaba un mango, tal vez de un puñal. Estoy seguro de que va armado.

—Perdonad, Etxeberría, pero si estáis tan seguro de vuestras suposiciones, ¿por qué no se las confiáis al almirante? —dije al fin, pues el médico me había convencido.

—Porque el polizón pagó sin duda una fuerte suma por su pasaje, y precisamente al almirante. ¿Acaso no me creéis cuando os digo que vos sois el único en quien puedo confiar? Ese hombre es parte de un negocio y yo solo tengo sospechas.

—Tenéis razón —respondí con franqueza.

Miré el nervioso rostro del doctor y tuve claro que le quedaba algo más por decir ya que su lucha interna sobre si mencionarlo o no era evidente. Su rostro y sus ojos, como los de mis herejes cuando les interrogaba, así me lo decían.

—¿Queréis decirme algo más?

—Ese hombre es un convicto de la Corona —añadió de manera entrecortada.

—Bien, ahora os comprendo mejor. ¿Cómo lo supisteis?

—Un marino me lo confesó. En las bodegas corren muchos rumores y este no escapó a sus oídos.

Miré un momento por la ventana. Allí estaba, una gran

luna creciente, iluminando una noche límpida, mientras que dentro la atmósfera se tornaba cada vez más tormentosa.

—Tranquilizaos. Intentaré hablar por mi cuenta con el capitán Martínez. Tal vez él, siendo del ejército, me dé algunas respuestas.

—Hay algo más, Excelencia. Y, debo decíroslo, es lo que más me asusta.

—¿Qué sucede?

—El polizón habló de vos. —Inmediatamente mi rostro se petrificó—. Estaba delirando… Pronunciaba una y otra vez vuestro nombre…

Etxeberría tragó saliva enérgicamente y se rascó su afilada y rojiza nariz.

—¿Cómo es? ¿Qué aspecto tiene? —El miedo y los nervios iban haciendo presa en mí.

—Rubio. De cabellos largos, barba y bigote. De nariz recta y ojos verdes y penetrantes…

Era el sujeto que había visto hablando con el almirante en el fortín de Tenerife.

—Un vikingo —afirmó el médico—, parece un vikingo.

—¿Qué más dijo de mí?

—Me mostró un dibujo… Quiso que viese un dibujo que lleva con él.

—¿Qué era?

—Era parecido a un pentágono, con algo dentro, como una estrella de cinco puntas, pero no lo recuerdo bien, Excelencia… —Etxeberría bajó la cabeza turbado por el interrogatorio.

Me levanté de la cama y fui hasta el baúl que contenía los libros y papeles de la Inquisición que había traído conmigo. Cogí uno de los libros y busqué en sus páginas.

—Por favor, doctor, mirad aquí. Fijaos bien en todos estos dibujos de estrellas. ¿Está aquí la que os mostró el polizón? —Le estaba enseñando una página llena de símbolos diabólicos.

El médico se tomó su tiempo mientras mis ojos perseguían su índice por la página, impacientes. El dedo se detuvo.

—Esta —señaló..

—Un pie de bruja... —dije—. ¿Estáis seguro?

—Sí, Excelencia. ¿Qué significa?

Un escalofrío había recorrido mi espalda. Una estrella de cinco puntas inscrita en una circunferencia. Era el pentagrama satánico, el pie de bruja celta, un símbolo antiquísimo que habían adoptado los adoradores del cuerpo humano y los demonólatras. Sin ser capaz de contestarle me quedé mirándolo fijamente y decidí despedirlo. Le agradecí infinitamente su visita y le pedí que estuviese en contacto permanente conmigo. También le pedí, por supuesto, una reserva absoluta sobre sus sospechas hasta que yo pudiera hablar con Martínez. Etxeberría parecía aliviado al poder compartir sus temores.

Cuando me quedé a solas cerré la puerta a cal y canto, también la ventana que permitía el ingreso de la brisa marina. Esa noche me fue imposible dormir. Alguien me acababa de enviar un mensaje, un desconocido acababa de entrar a formar parte de la complicada trama y sabía, al parecer, tanto como yo sabía. Llegué a pensar si el doctor no sería cómplice de toda esta cadena de sucesos, en la que, por boca de un tercero, la leyenda de los libros prohibidos había llegado directamente a mi camarote. El pentagrama era clara evidencia de que la brujería estaba en el barco. Y no tardó en actuar de nuevo.

Por la mañana, el griterío de los marinos se multiplicó por los pasillos con una noticia terrible: Ismael Álvarez Etxeberría había muerto. Sin ojos ni lengua, su cuerpo fue recogido de las apestosas aguas del pantoque. Igual que el cocinero, asesinado de manera atroz como parte de un mensaje diabólico.

Ese día me encerré en mi camarote. El peligro se escondía en cada rincón.

31

El día siguiente a Navidad había sido planificado como otro día festivo para los marinos de alto rango puesto que se quería agasajar al capitán Martínez por su cumpleaños. Pero los sucesos de la madrugada ensombrecieron la mañana con el pánico y el decaimiento generalizado de los ánimos ante el horroroso asesinato del doctor Álvarez Etxeberría, el segundo acontecido en la embarcación. Nadie era capaz de pensar en otra cosa que no fuera el cuerpo mutilado del médico. A pesar de lo ocurrido, y al final del día, el almirante Calvente logró reunirnos para cenar pese a que ninguno deseábamos salir de nuestros camarotes, ni siquiera para comer. Un miedo cerval se había adueñado de los oscuros pasillos del galeón.

Moviéndose con destreza, cuatro sirvientes entraron al comedor de oficiales portando bandejas de plata con gran variedad de manjares procedentes de España y, en cuestión de minutos, estábamos servidos. Llené mi copa con vino y me obligué en silencio a saborear aquella comida deliciosa. Nadie deseaba mencionar el asesinato del médico, y unos y otros nos dedicamos a comentar asuntos banales para no estropearle la comida al agasajado.

—Debo reconocer que este jamón está a la altura de los mejores, incluso de los que he podido degustar en Parma —sentencié con franqueza.

—Me alegro de que sepáis apreciarlo —dijo al instante Calvente—. Los puercos de los que procede el jamón que degustáis han sido engordados al aire libre, con bellotas de las encinas más pobladas. No existe cocinero que pueda embellecerlos ni añadirles un sabor que supere el suyo propio. No todos los jamones son así en las tierras españolas. El que ahora probáis es de lo mejor que se encuentra, reservado para los oficiales.

—Tuve la oportunidad de recorrer España en varias ocasiones —expliqué— y pude observar la gran variedad de jamones que poseéis y que son exhibidos en los comercios. No entiendo mucho, pero creo que la curación de estos jamones, además de lo que pueda comer o no el cerdo, es su secreto mejor guardado.

—Pues sí, Excelencia. La temperatura y el tiempo que han de permanecer colgados antes de su degustación son la clave de su sabor. Y que vos los hayáis visto colgados en comercios y tenderetes de mercado se lo debemos a la Iglesia —añadió el capitán Martínez sonriendo con cierto misterio.

—¿Por qué lo decís? —pregunté intrigado.

—La tradición de colgar los jamones en las tiendas tiene una causa religiosa —continuó Martínez—. Por eso, en cierto aspecto, la Santa Iglesia ayuda a ventilarlos.

—¿Acaso hubo algún edicto oficial al respecto? —seguí preguntando.

—No, no lo hubo. —El capitán sonrió de nuevo—. Los comerciantes del siglo pasado, temerosos de los señores inquisidores, no quisieron ser sospechosos de judíos conversos y se propusieron demostrar que eran cristianos viejos. Si colgaban los jamones en sus comercios demostraban que les gustaba la carne que el judaísmo les prohibía.

—Interesante... —concluí.

—En aquella época la gente lavaba la ropa y la tendía en sábado —añadió Martínez—. Y si alguien no tenía esa costumbre podía ser acusado por algún vecino de celebrar el Sabbat. El resultado fue que la gente se desvivía por demostrar que trabajaba ese día.

—Por suerte ya no quedan judíos en España y sí buenos jamones en su lugar —añadió Calvente de muy buen humor y después de vaciar su copa de un solo trago.

—Y yo, personalmente, brindo por eso —concluyo Martínez imitando al almirante.

Esta simple charla aparentemente culinaria había mencionado los excesos puristas de la Iglesia y, aunque nadie se atrevió a rozar el tema, nada había cambiado desde entonces, pues las leyes, los métodos y quienes los aplicábamos, nosotros los inquisidores, no solo seguíamos siendo los mismos, sino que nuevos códigos nos habían endurecido. A finales del siglo XVI el control de la Iglesia católica de las creencias de sus fieles era absoluto.

A pesar de que todos los comensales desviaron hábilmente la conversación, después del afectuoso brindis en honor de Martínez, el almirante Calvente no pudo eludir por más tiempo la pregunta que a todos nosotros quitaba el sueño. Y fue el capellán Valerón Velasco quien, aprovechando un breve silencio, se atrevió por fin a formularla.

—Almirante, ¿se sabe algo del asesino? —preguntó bajando la vista.

Calvente se quedó mirándolo sin saber qué contestar y al fin dijo:

—Por el momento no hay nada en firme. Se está investigando.

—Es un hecho lamentable —siguió el capellán—. Creo que después de todo lo ocurrido ninguno nos sentimos a salvo en esta embarcación.

Calvente habló mirando fijamente al candelabro central de la mesa.

—Evidentemente, se trata del mismo asesino. El que mató al cocinero mató también al doctor Álvarez Etxeberría. Las dos víctimas han sido asesinadas y mutiladas de la misma manera.

—Espero por el bien de todos que lo encuentren lo más rápido posible —deseó el capitán Martínez—. El ánimo de mis soldados apenas se mantiene.

—Pero ¿cuáles son las razones del asesino? —pregunté.

—Eso es un misterio, Excelencia —respondió el almirante—. Nos sería de gran ayuda saber qué hizo el doctor antes de morir…

Giulio Battista Èvola rompió inesperadamente su habitual silencio para interrumpir al almirante.

—Me crucé con el doctor a altas horas de la noche por el

oscuro pasillo de nuestros camarotes; creo que se dirigía al lugar de donde yo venía pues no hay otro destino posible en esa dirección…

—¿Adónde suponéis que iba? —le interrumpió el capitán Martínez, al que las palabras del notario apenas dieron tiempo a mojarse los labios en su copa de vino.

Èvola me miró fijamente sin responder. Yo no daba crédito a lo que estaba sucediendo. Tomé la palabra para decir lo que solo debía conocerse por mi boca.

—El doctor Álvarez Etxeberría estuvo en mi camarote la noche de su muerte —afirmé para asombro del resto—. Mi notario se lo encontró cuando salía de allí.

—¿Por qué no lo mencionasteis antes, Excelencia? —preguntó Martínez.

—En verdad es un tema del que pretendía hablar a solas con el almirante a su debido momento —mentí obligado por la presencia de Calvente, pues mi intención inicial había sido hablar con el capitán. De Èvola me ocuparía más adelante—. Ya que se ha mencionado no me queda más remedio que confiarles a todos ustedes lo que el médico, pesaroso, me confesó aquella noche, buscando alguien con quien desahogar su conciencia.

Miré a Calvente pidiendo autorización y él no dudó en asentir con la cabeza. Necesitaba su permiso ya que él dirigía la investigación y lo que yo iba a revelar era de tal importancia que podía influir en su curso. Él supuso que los presentes eran merecedores de confianza.

—El doctor Etxeberría me confesó ayer por la noche en mi camarote que sospechaba de una persona, que, según él, se escondía bajó las bodegas, en un sitio maloliente e insalubre llamado…

—¿Pantoque…? —dijo el almirante, pues sabía perfectamente a qué me refería.

—Eso es, el pantoque.

—¿Es eso posible? —preguntó el capellán a Calvente.

242

El almirante no contestó con palabras, pero le devolvió un asentimiento de cabeza.

—Según Etxeberría —continué—, el sospechoso parece ser una persona desquiciada, de aspecto temible y armada. No pudo decirme nada más, pues después de tranquilizarle, le invité a que se retirara a descansar y le prometí que hoy hablaría con alguno de ustedes. Nunca supuse que pagaría con su vida... Tal vez, por un secreto mal guardado.

—Parece que tenemos un loco a bordo... —suspiró Èvola—. Quizá el mismo diablo...

Por un instante las miradas se cruzaron silenciosas, nadie se atrevió siquiera a romper el silencio que había impuesto ese pensamiento expresado en voz alta aunque la idea excediera de forma muy macabra todo raciocinio. Cuando el fantasma del miedo se alejó, retomamos la conversación.

—Dígame, Excelencia, ¿por qué el doctor os diría eso a vos y no directamente a alguno de nosotros? —dijo Martínez, aunque su pregunta se dirigía un poco a todos—. ¿No les parece ilógico?

—Él no confiaba en los oficiales por una sencilla razón... —dije mirando a Calvente y esperando que continuara con la explicación que, como bien sabía, no correspondía a ninguno más de los presentes.

Y así fue. El almirante no tardó en alzar su mano pidiendo la palabra para relatar, a su manera, una historia que rayaba en el deshonor y decía muy poco de su moral.

—Tanto el difunto doctor como su Excelencia se refieren a una persona que abordó nuestro barco en el puerto de Tenerife, un último pasajero civil, al que aseguré personalmente transporte hasta Cartagena de Indias previo pago de un aporte en favor de la Armada —afirmó con habilidad considerando la Armada su propio bolsillo—. Es un infortunio que os hayáis enterado, Excelencia, por boca del médico, pero ahora no queda más que clarificar la situación para tranquilidad de todos. La persona que viaja en el pantoque es un comerciante griego que no tiene otra intención que la de llegar al Nuevo Mundo sano y salvo, y sin crear problemas, pues es al último al que convienen. Es lógico que el doctor desconfiara de él al verlo en aquel sitio, sobre todo después del asesinato del cocinero. Sus sospechas, creo yo, son más producto del pánico que de la razón. También es lógico que el doctor, a sabiendas de que el pasajero era, por llamarlo de alguna manera, clandestino, no haya confiado en los oficiales para advertir de su presencia. ¿Voy muy descaminado, Excelencia?

—En absoluto, almirante. Así fue.

El capellán intervino rápidamente:

—Si sostenéis la inocencia del polizón, entonces, ¿quién es el que trae la muerte a este navío, almirante? Alguien tiene que ser responsable de los crímenes y no es un asesino común. Marca a sus víctimas con un ensañamiento claramente demoníaco. Creo que el médico sabía lo que decía... Y eso le costó la vida.

—Tenéis razón —afirmó Èvola gesticulando con cara deforme—. El asesino está en el barco aunque no creo que demos con él. Nadie podrá contra ese ser, al que delata la bestial carnicería. Nadie lo hallará y nos acompañará hasta que cumpla su propósito.

—¿A quién os referís? —le preguntó Martínez no muy seguro de querer escuchar la respuesta.

—Al Maligno.

El almirante Calvente sabía muy bien lo que significa la muerte en un barco, sabía que cualquier hombre de mar, además de ser aventurero, es también extremadamente supersticioso. Él sabía que dilatar el asunto empeoraría el espíritu de su tripulación, afectaría a su eficiencia y hasta a la disciplina.

—Será solo cuestión de días que lo hallemos. No puede esconderse para siempre —dijo el almirante con firmeza, intentando dar por concluida la conversación—. De todas formas, mantendré bajo custodia al pasajero del pantoque.

La cena terminó con las mismas dudas con que había empezado. Martínez, encargado de protegerme, me prometió para esa misma noche una guardia de los suyos en la zona de mi camarote y el de mi notario.

32

Aquella noche, en mi camarote y encerrado con llave, no pude conciliar el sueño. Intenté dormir, apagué el candelabro, me acomodé en el lecho caliente, tenía todo lo necesario para relajarme y dormir, pero no era capaz de pegar ojo. Incluso pensé en salir de allí y dar un paseo por cubierta, ¡una verdadera locura...! Las ganas de salir se fueron tan deprisa como llegaron con solo pensar que un asesino deambulaba por el galeón. Y, además, el comportamiento de Èvola, acusándome delante de todos de manera tan ambigua que incluso yo podría haber parecido el asesino. Decidí acudir a la botella de *grappa*, que tan medicinal me estaba resultando en aquel largo viaje. Me acomodé sobre la cama con la botella, dejando que mi vista se perdiera por la habitación en penumbra y la detuve sobre los baúles. Mis cosas, la razón del viaje, los engaños, Raffaella, las cartas de mi maestro y de Anastasia, que había perdido tras mi accidentado primer día de viaje. Debían de haberse caído en algún lugar cuando me desvistieron para quitarme las ropas manchadas por el vómito antes de trasladarme a la bodega. Las había buscado sin éxito cuando me devolvieron las ropas limpias, las había olvidado, de manera intermitente, tras los asesinatos, pero ahora, después de varios tragos largos había vuelto a mí su recuerdo. Apoyé la botella en el suelo, encendí el candelabro y decidí, un poco ebrio ya, remover los baúles y el resto del escaso mobiliario de mi camarote para intentar encontrar las cartas. Ayudado por esa clase de percepción que da el alcohol, vi cómo, bajo uno de los baúles, una línea blanca muy leve sobresalía entre el entablado del suelo. Allí estaban. Las cartas. Se habían deslizado entre dos tablas. Las recogí, riendo, lleno de alegría, besé la de Piero y la puse a buen recaudo en el baúl donde guardaba mis libros. No la volvería a perder hasta que llegase el momento de abrirla una vez en tierras del Virreinato.

Tomé la de Anastasia, acerqué el sobre a la luz, rompí el lacre y extraje el contenido. Acomodé la almohada para poder leer y, dando otro largo trago de la botella, me dispuse a hacerlo:

> Angelo, es para ti y pensando en ti todo lo que aquí escribo. Espero que lo guardes como las palabras de una dama, y no simplemente como las de la hija de tu superior. Lee con confianza y acéptame.

Percibí instantáneamente el aroma penetrante del perfume en el papel, que, a pesar del largo cautiverio, afloraba en deliciosa fragancia llegando a mi nariz como un grato aliento. Anastasia empleaba una prosa informal, había abandonado el protocolo por un tuteo espontáneo y fresco, tan halagador como sospechoso. Anastasia, la pretendida sobrina del cardenal, era la joya de la antigua familia Iuliano. No solo era una dama de la aristocracia florentina, sino un arma diplomática que el cardenal usaba en interés de su familia y, a decir de muchas bocas, gratamente efectiva, pues tanto su discurso como su porte eran capaces de enamorar a las mismísimas estatuas de los dioses griegos que atesoraban los Uffizi.

Génova, 30 de noviembre de 1597

> Debo decirte que es extraña la fuerza que me impulsa a escribir esta carta y me obliga a abandonar las formalidades. Te pido que perdones mi osadía y este tono inusual y en exceso confidente, y lo tomes como lo que es: la única forma espontánea de dirigirse a ti que encuentra esta alma inquieta.
>
> Es noche cerrada. Escribo con la única comodidad de un candelabro y un escritorio ajeno, en la nunciatura apostólica de Génova, donde me han alojado después del auto de fe. Y de conocerte.

Recordé aquel día y el deleite que entre tanto dolor, angustia y misterio resultó para mí su esbelta figura. Recordé, no sin vergüenza, la mirada que dirigí a su pecho firme, que ella enseñaba generosamente, el exquisito equilibrio de sus brazos y de sus hombros delgados. Y aquellos ojos verdigrises, cambiantes como un eclipse, con el destello de una esmeralda ante una llama. Bebí otro trago de *grappa* y dejé que ardiera en mi garganta mientras impulsaba unos pensamientos desbocados.

Sería un regalo divino tener en mi lecho a Anastasia, ¡claro que sí! Poder sentir y descubrir su cuerpo había de ser una experiencia sublime… Rozar y capturar sus senos abundantes, refugio de los más nobles y depravados deseos… Sus caderas… ¡Quién podría resistirse a los embates caprichosos de la hija del cardenal! ¡Quién no dejaría fluir su alma en un torrente de satisfacción dentro de su vientre, si luego, en definitiva, podría hallar la paz en su rostro inmaculado! A diferencia de lo que sucede con cualquier prostituta, ¿quien querría que ella abandonara el lecho después del coito? No. Retenerla allí para apreciarla, acariciándola, como hacen los maestros joyeros con las gemas más preciadas…

Por un instante, Raffaella D'Alema se hizo presente en mis pensamientos. La pequeña y hermosa romana apareció para darme un mensaje claro: mi corazón ya tenía dueña. ¡Claro que sí! Busqué en mi cuello la cadena y deslicé mis dedos hasta la medalla de la Virgen que Raffaella me había dado en el puerto. La observé a la luz y medité. ¿Acaso Dios no podría regalarme a ambas? ¿Sería demasiado pedir? ¿Cómo sería tener a Raffaella y Anastasia en un mismo lecho…? Besarlas y poseerlas, que ellas se acariciaran ante mis ojos, disfrutar de sus cuerpos, tan distintos, admirarlas como a reliquias del placer más absoluto. ¡Así debería ser el Paraíso…! Pero ¡demonios! Esta no sería una petición para el Padre Celestial, sino más bien un deseo solo confesable al mismísimo Satanás. A cientos de leguas de Italia, en mitad del océano, en cierta forma, la carta de Anastasia había logrado enervar todos mis sentidos. No por mi pericia en el arte de la navegación, sino por mi deseo incontenible de una mujer, comenzaba a parecerme a un marino.

Muy alejada de mis fantasías de disfrutar de Anastasia y Raffaella, aquella carta no era, por supuesto, una invitación a compartir lecho sino algo mucho más propio a su condición de miembro de la familia Iuliano. El resto de la carta dio un vuelco a mis pensamientos libidinosos y a mi corazón.

El porqué de mí interés hacia ti debe quedar forzosamente postergado a un segundo plano, pues ahora no es menester averiguarlo, y menos aún entenderlo.

Mi padre desconoce por completo la existencia de estas líneas, por lo que te suplico encarecidamente que nunca salgan de ti: serían vistas como una traición. Es un intento desesperado, un impulso que no he podido resistir. Es mi deber advertirte de una confabulación contra tu persona y de una trampa que lentamente se quiere cerrar sobre tus días... No puedo contemplar esto en silencio por más tiempo...

¿Una confabulación, una trampa contra mí? ¿De qué hablaba Anastasia? Seguí leyendo con atención:

En los últimos tiempos, mientras acompañaba a mi padre a diversos banquetes, tanto en Roma, como en Florencia, Milán y Venecia, pude saber de un asunto que no dejó de mencionar en ninguna de las reuniones que tuvo con sus pares. Se trataba de un grave problema teológico, una disputa que mantiene a la Iglesia en suspenso en espera de resolución. Un conflicto entre dominicos y jesuitas, que según mi parecer es una cortina de humo sobre asuntos más complejos y secretos.

En un visita que hicimos al reino de Nápoles, noté que las conversaciones eran diferentes de las anteriores. En ningún momento se habló de disensiones en el seno de la Iglesia, ni por la ya mencionada disputa ni por las luchas habituales entre cardenales por repartirse el poder en el Vaticano. Gracias a un amigo de la familia, que no puede resistirse a mis encantos, pude enterarme de todos los rumores que mantienen en vilo a obispos, arzobispos y demás representantes de la Iglesia en las repúblicas, ducados y reinos de Italia. Giuseppe Arsenio, el hombre que nos presentó y a quien ya conocías, dispuesto siempre a pagar mi amor con todo lo que yo le pida, fue quien me contó lo que a continuación encontrarás.

Según Arsenio, mi padre es el encargado de encontrar unos libros prohibidos que han demostrado ser muy peligrosos para nuestra fe cristiana. Estos ejemplares son portadores de un mensaje cifrado y oscuro, potencialmente destructivo de los dogmas de fe y el orden eclesiástico. Sé que tú has sido comisionado para realizar esta tarea, una elección hecha a conciencia puesto que eres uno de los inquisidores más respetados de Italia. Pero también sé que no conoces el verdadero alcance de tu tarea, que aún no sabes qué pieza representas en esta partida de ajedrez. Ni tú ni los que te han elegido.

Arsenio, quien con solo poner mis labios cerca de los suyos o dejarle oler el perfume de mis pechos podría llegar a delatar hasta a sus amos, los Médicis, pues su deseo de poseer a la hija del cardenal más poderoso de Roma le nubla el entendimiento y con él toda discreción, me hizo una revelación aún más grave. Y te aseguro que es tan cierta como el estrépito que provoca mi aliento en los latidos de su corazón.

En una ocasión, en la seguridad de la fortaleza de Basso, tras los cerrojos más seguros de Florencia, Arsenio percibió un murmullo detrás de una puerta. El astrólogo papal, un monje llamado Darko, estaba advirtiendo a alguien de la existencia de una masonería, la *Corpus Carus*, y de una Sociedad Secreta de Brujos que también iba tras los libros.

Detuve mis ojos en esas líneas. Aferré el manuscrito con ambas manos y releí los últimos párrafos. Anastasia unía en su carta las piezas sueltas que a mí tanto me había costado juntar y corroboraba la información que yo ya tenía.

La *Corpus Carus*, aunque católica, es perseguida por mi padre por tener estrechos vínculos con los gobernantes españoles, sus actuales rivales políticos. Esta fue la causa del silencio de mi padre en Nápoles, puesto que es gobernada por un virrey español. La disputa es clara: tanto en materia dogmática como política, la *Corpus* —constituida en su mayoría por jesuitas asilados en España— es un escollo porque su objetivo es evitar que las familias florentinas, como la de los Médicis, pretendan perpetuarse en la silla de San Pedro. Precisamente por eso la *Corpus* cuenta con el favor de Felipe II, pues sus intereses coinciden con los del monarca, que quiere contrarrestar el poder del rey francés al que están atados políticamente los florentinos.

Así que la lucha por la fe verdadera, la pureza doctrinal... ¿se reducían, a fin de cuentas, a una complicada pelea por el poder político en el seno de la Iglesia? No podía ser, no podía ser que Piero Del Grande no fuera nada más que un instrumento al servicio del rey español. Continué leyendo:

Está claro que la *Corpus* pretende alcanzar los libros antes que Roma tan solo para extorsionar a la curia y evitar así una cacería masiva de sus miembros. Una acción que es llevada a cabo desde Italia por el capuchino Del Grande, tu maestro y miembro destacado de la *Corpus Carus*.

Por otro lado, la Sociedad Secreta de los Brujos quiere los libros para poner en práctica su contenido nefasto y destructivo. Esta parece ser una sociedad muy antigua, y aunque diezmada por nuestra Santa Inquisición, aún opera bajo la dirección de un Gran Maestro que se escabulle como una anguila, un sujeto sin rostro ni identidad, a quien nadie conoce pero que actúa a diario. Podría ser cualquiera de los que nos rodean mas no revelará su identidad hasta que complete su cometido.

Me pareció oír un leve crujido en mi camarote. Observé la penumbra y no pude apreciar nada. Debían de ser simplemente ratas en busca de comida. Así que bajé la vista hacia la carta y continué leyendo:

> Así es, Angelo: la Iglesia, la *Corpus* y los brujos andan detrás de lo que tú has ido a buscar, cada uno con su interés, y todos observándote, tratando de seducirte e incluso de eliminarte. Donde estés, estarán la muerte y el engaño, pero también la verdad, envuelta en el barro de la traición. Nadie podrá ayudarte. Creo que el misterio de esos libros es demasiado profundo. Es difícil imaginar qué contienen para haber conseguido recabar la atención de los más poderosos. Pero además, recuerda: una trampa se cierne sobre ti.
>
> Paz y amor para ti, Angelo, siempre tuya en sentimiento,
>
> Anastasia Iuliano

Otro leve rechinar de la madera distrajo mi atención. Casi imperceptible y dentro del camarote. Bajé la carta lentamente asomando mi nariz por encima de la hoja, eché un vistazo general y luego me incorporé sobre la almohada. Aunque la lámpara estaba encendida, la llama, casi agotada, no facilitaba más que un pobre y poco profundo contraste amarillento, casi nada, como la luz de las luciérnagas encerradas en cristal.

Un nuevo sonido emergió de la oscuridad. Salía del rincón del camarote opuesto a la cama, junto a la puerta. Esta vez la madera chilló generosamente bajo una clara e inequívoca pisada. Un espanto desbordante, que se manifestó como un frío entumecedor y un sudor incontrolable, me paralizó. Había distinguido, con gran esfuerzo, una sombra. Una sombra que se acercaba.

Un rostro demoníaco, de proporciones humanas y mirada turbada, apareció ante mis ojos. Tal cual la había descrito el médico, aquella persona, de ojos desequilibrados y barba rubia, se acercaba hacia la cama. Todo aquello de que nos creemos capaces en una situación como aquella, los gestos grandilocuentes, la valentía de la que uno puede hacer gala después, en una taberna de puerto, se transformaron en un encogerse, en un gesticular desmedido, sin palabra alguna, sin grito alguno, con la lengua anudada y seca, y el cuerpo descontrolado por el temblor...

—¿Quién eres? —conseguí balbucear.

El hombre siguió su lenta e inexorable marcha hacia mí, sin una palabra, sin un solo gesto. De repente, una mueca horrible, algo parecido a una sonrisa que no lo era, floreció en su cara y sus ojos parecieron inyectarse con finos hilos rojos de pasión. Pasión por la sangre, por la muerte...

—¿Quién eres? —repetí con espanto.

—Importa poco quién sea —masculló el desconocido extendiendo su palma abierta hacia mí.

—¡¿Qué haces en mi camarote?! ¡¿Qué demonios quieres?! —conseguí gritar mientras saltaba del lecho hacia la otra punta del cuarto.

—¡Shhh...! ¡Silencio...! Solo he venido por vos... —murmuró el vikingo.

Cogí uno de los candelabros y lo amenacé con él, mientras gritaba sin cesar con la esperanza de que la guardia prometida por el capitán Martínez estuviera cerca de mi puerta.

—¡No gritéis...! Ellos no os protegerán. ¡Dejad de gritar, por el amor de Dios! —insistió la tenebrosa figura.

—¡No te acerques...! Te golpearé si lo intentas. —Aunque me esforcé en demostrarlo, no pude esconder el miedo que fluía de mí como un torrente. Y él lo notaba.

—Tenemos que hablar... Más os vale no despertar a los demás... Es una conversación íntima entre vos y yo.

—¿Sobre qué?

—Sobre brujería… Sobre los libros…

—No tengo nada que hablar contigo —respondí—, no te conozco... Y no creo que esconderte en mi cuarto y aparecer en medio de la noche sea la mejor manera para conseguir que hablemos. ¡Eres quien creo, eres el asesino! —terminé gritando.

—Os equivocáis. Solo he venido por vos. Dejad de gritar y hablad conmigo. Esconderme aquí era la única manera que tenía para hablar con vos sin que nadie nos vincule.

—¡Quieres matarme! ¡Como hiciste con los otros! —grité.

Cuando ya solo le faltaban un par de pasos para alcanzarme, alguien golpeó a la puerta.

—Excelencia, ¿os encontráis bien? —se oyó en el pasillo.

—¡A mí la guardia! ¡Intentan matarme! —grité con todas mis fuerzas mientras, acorralado contra la esquina, veía cómo aquel hombre sacaba una daga de entre sus ropas.

—¡No debisteis alertar a los demás! —gritó—. ¡Estáis arruinándolo todo...!

La puerta se vino abajo y la guardia entró en la habitación. Aunque el intruso intentó alcanzar la ventana para escapar, fue reducido y desarmado. Le ataron las manos a la espalda y le obligaron a tumbarse boca abajo en el suelo.

—¿Estáis bien, Excelencia? —preguntó el cabo Llosa, muy alarmado.

El cabo había dado la orden de entrar y, ayudado por el resto de la guardia, pudo derribar la puerta y librarme de lo que parecía una muerte segura. Esa noche Andreu, en cierto modo, había actuado como mi ángel guardián.

—Sí, lo estoy —respondí agradecido.

—Oí vuestra voz desde el pasillo. Por un momento pensé que estabais mareado de nuevo, pero cuando escuché una segunda voz, y luego vuestros gritos... ¿Os ha herido?

—No, no tuvo tiempo —respondí sin poder ocultar mi excitación, ni mi olor a alcohol.

El almirante Calvente entró súbitamente por la puerta, pistola en mano. Su rostro delató que había sido arrebatado de un grato y profundo sueño. Detrás de él aparecieron Martínez y cinco soldados más, todos ellos con largos arcabuces. Por último, asomó Èvola.

—¿Os encontráis bien, Excelencia? —exclamó preocupado el almirante, con las marcas de la almohada aún en su rostro.

—Sí, estoy bien, ahora estoy bien…

—Mirad esta daga, almirante —dijo Martínez levantando el arma del suelo—. Creo que nuestro amigo tenía intenciones siniestras. —El capitán revisó meticulosamente al detenido, cogió algunas de sus cosas y, agarrándolo por el pelo, le alzó la cabeza.

—¿Lo reconocéis? —preguntó el capitán a Calvente.

El almirante lo observó y luego murmuró:

—El polizón… Es él.

Un profundo silencio siguió a las palabras del almirante.

—El médico tenía razón —dijo Martínez—. Era el hombre del pantoque.

El napolitano se arrodilló y extrajo un pequeño papel de la camisa del intruso. Mostraba el esbozo de un pentagrama.

—Es un brujo —dijo Èvola.

Martínez y los soldados se santiguaron.

—Por el amor de Dios… Llévenlo al calabozo —ordenó Calvente mientras guardaba el arma—. Mañana estudiaremos esto y todo se esclarecerá.

Tras el pavoroso suceso, ante mi puerta se instaló una guardia permanente. El polizón fue llevado a la bodega, con grilletes en manos y pies, muy lejos de mí y de sus oscuras intenciones. Al parecer, el asesino había dado un mal paso y ahora la tripulación podría descansar de nuevo, con tranquilidad.

Aunque no iba a durar demasiado.

XII

LAS BRUJAS DE MONTPELLIER

33

Podría decir con total certeza que los festejos de fin de año nos trajeron más penurias que alegrías; y no lo digo por la celebración en sí, sino por el desafortunado encuentro entre oficiales de las diversas galeras. El caprichoso destino quiso que aquel día coincidiera con la llegada al punto de separación entre nuestros galeones y el resto de la flota de Indias. El almirante Calvente, después de ordenar echar anclas a escasas leguas de la isla de Trinidad, consideró oportuno realizar una reunión de oficiales para despedir a los que seguían rumbo a Cartagena de Indias y, de paso, celebrar el año entrante con la fraternidad de los marinos: un deseo bondadoso que causó un engorro casi irreparable a nuestra tripulación. Porque con cada oficial de las distintas embarcaciones dimos la bienvenida a una infinita cantidad de pulgas.

Veintitrés días más tarde de este suceso, puedo confesar que el infierno tomó forma de navío. Me rascaba sin parar y no paraba de contar ronchas en mis piernas, brazos y cabeza. Las pulgas se habían reproducido a placer en aquellas carabelas que llevaban bestias y, gracias al deseo de confraternización de Calvente, subieron a nuestro galeón de la manera más digna y allí siguieron aumentando con el calor, nuestro propio bestiario y nuestra noble sangre. A pesar de todo, el ánimo de la tripulación había mejorado notoriamente tras la detención de Nikos Xanthopoulos, griego y sobrino de un pintor errante apodado El Greco. Aunque sostuvo con tozudez su inocencia sobre los crímenes acontecidos, después de su reclusión, y para tranquilidad de todos, no se había producido ninguno más.

Pero el sosiego no tardó mucho en abandonarnos, pues además del ataque incesante de las pulgas, días atrás, mientras navegábamos en aguas brasileñas, cerca de la ciudad de São Paulo, un marinero enfermó de malaria y falleció lastimosamente a los pocos días. La idea de tener un malato abordo nos aterrorizó a todos y obligó a tomar medidas drásticas: además del cadáver, costumbre habitual en el mar, se arrojaron al agua todas las pertenencias del difunto y se roció gran parte del navío con agua de rosas y fragancias supuestamente purificadoras.

La mañana del 23 de enero de 1598, y no en las mejores circunstancias, vi lo que podría describir como un mar negro, pero que no era tal, sino como me señaló Andreu, un río: el inmenso río Paraná, que se abría de horizonte a horizonte. Se acercaba, pues, el momento de abrir el tercer sobre. Durante la noche y gran parte del amanecer, una feroz tormenta había sacudido el *Santa Elena*. La vela mayor se había hecho jirones y el mástil de la menor estaba completamente astillado. El mar negro se había presentado de una forma poco cordial, agitando sus aguas oscuras como si hubiesen sido vomitadas por el mismo Neptuno. Los desperfectos nos obligaron a echar anclas y dedicar el resto del día a reparar los daños.

Sin duda aquel fue el día más aburrido del viaje, varados, con una persistente llovizna y la ausencia total de compañía de mi agrado. Por lo que sabía, el almirante Calvente estaba borracho y encerrado en su camarote esperando que pase el fatídico tiempo de reparación. Martínez no se separaba del capellán, quien lo confesaba casi cada hora, para que si se contagiaba de la enfermedad estuviera en estado de gracia, digno de merecer un buen lugar en el Reino de los Cielos.

Durante el mediodía me negué rotundamente a asistir al almuerzo en el comedor, puesto que prefería no cargarme con más pulgas de las que ya tenía. Pero no perdí el tiempo: encargué una gran cantidad de aguardiente para sorpresa del mozo que me lo trajo. No bebí ni una gota sino que lo usé para lavar mi cabello y mi cuerpo, como un remedio desesperado para acabar con las pulgas. Después rocié el piso y las paredes, para además de con las molestas chupasangres terminar con cualquier portador de malaria. Sofocado por los vapores etílicos, me acurruqué en un rincón del lecho.

Habían pasado muchos días desde que leyera la carta de Anastasia y Xanthopoulos fuera confinado. Días en los que mi cabeza trabajó con ahínco para ordenar toda la información que, de una u otra manera, había obtenido sobre los libros y aquellos que los perseguían. Por un lado, el cardenal Iuliano me había encargado sonsacar a Gianmaria sobre el paradero del *Necronomicón*, pero sin mencionarme la existencia de un segundo libro hasta que yo no le confirmé que sabía dónde había ocultado el hereje el primer libro, y lo hizo sin darle demasiada importancia. Después, aquel papel de Isabella Spaziani me confirmó la existencia del segundo libro, el *Codex Esmeralda*, más pernicioso si cabe que el primero, pues era la llave que abría los conjuros malignos de aquel. El hallazgo, fruto del azar, no debió de ser del agrado de Roma, cuya intención hasta entonces había sido la de ocultarme su existencia. Y fue mi querido maestro, Piero Del Grande, el encargado no solo de confirmarme la importancia de ambos libros, algo que yo ya había deducido de los pocos datos obtenidos del cardenal y de mi visita al archivo de la Inquisición, sino también mi bastardía y la existencia de una batalla a tres flancos para alcanzar los libros que la carta de Anastasia había esclarecido aún más. Una batalla que, a tenor de la revelación de Iuliano en la catedral de San Lorenzo, parecía tener ya un vencedor: el propio Iuliano. Lo que nadie sabía, ni siquiera yo hasta conocer el nombre auténtico de la bruja de Portovenere, era que mi vida estaba ligada a esos libros desde hacía tiempo de manera fortuita.

Muchos años atrás, once para ser exacto, mi recién adquirido cargo de Inquisidor General me llevó a intervenir en un extraño caso. Un abad francés había solicitado los servicios del Santo Oficio. Comoquiera que en aquel tiempo las guerras de religión asolaban el reino francés y la mitad del territorio había sido tomada por los protestantes, la jurisdicción de la Iglesia de Roma era escasa, sobre todo en el sur, desde donde, precisamente, se recibiera la solicitud del abad: Montpellier, un bastión protestante poco aconsejable para los católicos. En enero de 1588, acompañado por mi notario y discípulo, Giovanni D'Orto, partí en un largo e incómodo viaje desde mi Liguria natal hasta Francia. Disfrazados de comerciantes para evitar los controles de los hugonotes, nombre por el que se conocía a los protestantes franceses, cruzamos la frontera a lomos de sendas mulas y conseguimos llegar a la majestuosa ciudad de Aviñón. Allí nos dirigimos al que fuera palacio de los Papas cismáticos, junto al Ródano. En aquel edificio, símbolo de la gloria de los Papas que durante más de sesenta años habían gobernado la Iglesia francesa al margen de Roma y de la gran influencia de los reyes de Francia sobre la Iglesia, nos esperaba el ya fallecido abad Vincent Lanvaux, encargado de recibir a aquellos comerciantes que escondían sus crucifijos y los distintivos de la Santa Inquisición bajo ropas seglares. Aviñón fue nuestro descanso y refugio, un enclave católico en aquel vasto reino convertido al protestantismo.

El abad Lanvaux nos ofreció todo lo necesario para recuperar nuestros exhaustos cuerpos del áspero y tortuoso viaje en mula y, cuando estuvimos algo repuestos, no esperó más para comunicarnos lo que debíamos saber para cumplir la tarea que nos había sido encomendada.

—No sabéis lo que me alegra que estéis por fin aquí —dijo Lanvaux.

Tenía un rostro afable y bien coloreadas sus mejillas y nariz, puede que por su afición al vino tinto, que no tardó en demostrar llenando tres vasos y dando al suyo un trago largo.

—Pensé que jamás llegaríamos —le confesé—. Los protestantes están por doquier y ya sabéis que no son muy «tolerantes» con los ministros de nuestra Iglesia.

—Dios es sabio y ha escuchado mis plegarias. Vos sois la respuesta, la prueba viviente de que el Señor todavía me escucha.

—Abad Lanvaux: si internarse en tierras protestantes ya es una absoluta locura aún lo parece más tener que llegar hasta el centro del dominio hugonote para investigar a un par de brujas…

Lanvaux me regaló una cálida sonrisa.

—No se trata solo de un par de brujas...

—Bien, explicadnos entonces…

—Deberéis ir al sur de Montpellier, donde no vais a encontrar mucha ayuda, por no deciros ninguna, para investigar a una señora de apellido Tourat, madame Tourat, de quien se sospecha realiza ritos satánicos y hechizos que proceden de un libro, al parecer, extraordinario.

—Si los hechizos son reales, el libro ha de ser excelente. La mayoría de lo que el vulgo considera hechizos no son más que buenos trucos —añadí.

—Es por eso, mi querido hermano, por lo que habéis venido de Italia y no solo para investigar a un par de brujas en tierra hostil. Ese libro es nuestro objetivo. Debéis traerlo a Aviñón junto con su dueña. Después convocaremos una sesión del tribunal e investigaremos a fondo sus artes.

—Entonces, ¿todo esto es por un libro? —dije algo sorprendido—. ¿Realmente es tan importante?

El abad apuró de un trago su copa antes de responder.

—Lo suficiente para que el Papa os ordenara venir en cuanto se lo hice saber. Nuestra Iglesia está tan interesada en este caso que parece incluso dispuesta a cometer locuras para conseguir lo que quiere. Ahora ya sabéis por qué estáis aquí.

Al día siguiente, aprovechando el atardecer, me despedí del abad Lanvaux prometiéndole un pronto regreso. Él me respondió que Dios deseaba que así sucediera y que nada podría vulnerar su deseo. Sus palabras líricas, providenciales, bondadosas y optimistas lograron que creyera que mis días serían iluminados y me infundieron una confianza que me ayudó a tranquilizarme en los momentos de tensión extrema que me quedaban por vivir. Con las primeras sombras de la noche, otra vez sobre el duro lomo de una mula, mi notario y yo partimos hacia la ciudad de la Gran Bruja, hacia Montpellier.

Desangrada, fatigada y empobrecida, primero por la larga guerra contra los ingleses y ahora por las guerras de religión entre protestantes y católicos, que tantas vidas se habían cobrado desde su inicio en la cruenta noche de San Bartolomé, los campos y lugares que atravesamos en nuestro viaje mostraban la devastación que las luchas continuas estaban causando en Francia. Al llegar a Montpellier decidimos alojarnos en las afueras de la ciudad para evitar exponernos a protestantes curiosos quienes, de encontrarnos, serían más peligrosos que alacranes en nuestras ropas. Y así, a cambio de unas pocas monedas, fuimos alojados en una modesta casa de campo.

Esa misma mañana senté a Giovanni sobre la cama para explicarle los problemas que tendríamos en esta ocasión al no poder aplicar la rutina a la que estábamos acostumbrados, pues nadie estaría a nuestro servicio. En lugar de presentarnos al obispo para darle a conocer nuestra visita y lo que habíamos venido a hacer para que él nos facilitara desde el alojamiento hasta las más mínima de nuestras exigencias, estábamos allí, a merced de nuestro ingenio. Buscar un obispo católico entre hugonotes solo conseguiría que nos despellejaran como a liebres. Por la misma razón, tampoco se podía anunciar nuestra llegada, algo que siempre nos proporcionaba los delatores necesarios para detener a los acusados. En aquella ciudad la Inquisición no era bien recibida. Giovanni escuchaba dócil como un cordero, palideciendo ante mis palabras y llenándose, poco a poco, de temor. No era extraño, pues era joven e inexperto.

—Maestro Angelo… Entonces, ¿dónde vamos a instalar la audiencia?

Miré al notario casi con ternura.

—Giovanni, ¿estás loco? ¿Crees que haremos una audiencia en Montpellier? ¿No he sido lo suficientemente claro? No habrá audiencia, no tenemos parroquias, ni iglesias. Permaneceremos escondidos mientras podamos.

—¿Y cómo daremos con las brujas? —inquirió el ingenuo notario.

—¡Piensa, Giovanni! ¡Piensa! —le dije reprimiendo mis ganas de sacudirle por los hombros hasta que su cabeza diera signos de despertar.

—No lo sé... —respondió encogiéndose de hombros.

—No es posible obtener ayuda de la gente ni podemos atraer a las brujas por la fuerza, ¿no?

—Sí, maestro.

—Entonces, si ellas no vienen a nosotros, nosotros... —Me interrumpí mirando al notario para que él terminara la frase.

—¿Nosotros iremos a ellas? —terminó Giovanni mi frase no sin esfuerzo.

—¡Correcto, Giovanni! Nosotros iremos a ella.

—¿Iremos nosotros mismos a cazar a esas brujas? ¿Sin ayuda...? —preguntó, aterrorizado.

—Así es. Pero no te preocupes, que no iremos en procesión, anunciando nuestra llegada.

—Contadme, maestro. Entonces, ¿qué tenéis en mente?

—Nos esconderemos. Fingiremos necesitar de sus servicios, y luego, cuando nos hayamos acercado lo suficiente..., ¡serán nuestras!

—¿Serán nuestras? ¿Cómo pensáis hacer realidad esa afirmación? —replicó el muchacho, evidentemente mucho más realista que yo. Medité un breve instante, mas, la verdad, no tenía mucho que añadir.

—No lo sé, Giovanni. Dios dirá —concluí.

No hay manual que diga cómo ha de atrapar un inquisidor a su hereje, por lo tanto, en materia de fe y doctrina, todo está permitido. Incluso simular ser hereje, solo para llegar a la raíz de los males. Esa fue la primera y gran lección que aprendió mi joven discípulo. Y fue, sin duda, el veneno que causó su muerte.

—¡Ten cuidado con el diablo! —le dije aquella noche antes de salir.

—Sí, maestro. Lo tendré —respondió Giovanni.

—Vamos a presenciar un aquelarre y a enfrentarnos al diablo en persona. Acuérdate de que el demonio después de ser vencido regresará con siete demonios más; estos últimos son peores y más repugnantes que el primero. ¿Entiendes, Giovanni?

—Sí, maestro —repitió convencido.

Después de dos semanas habíamos conseguido localizar a la bruja y ganar la suficiente confianza de su círculo para ser invitados a una de sus sesiones. Nos habían convocado en una mansión del centro de Montpellier y la auspiciante de la ceremonia prohibida sería, por fortuna, la mismísima madame Tourat.

—¿Quién será tu guía, Giovanni? —le pregunté al muchacho, tal y como había hecho conmigo el padre Piero.

—¡Jesucristo Nuestro Señor, maestro! —respondió con el brillo de la pasión en los ojos.

—¿Quién te protegerá de las tentaciones del maligno, Giovanni?

—¡Mi ángel de la guarda, maestro!

—¿Y quién es tu ángel de la guarda, Giovanni?

—¡El arcángel Miguel, quien derrotó al demonio con la espada, maestro!

—¿Con qué espada perece el demonio, Giovanni? —seguí con aquel interrogatorio que a mí me llenaba de valor cuando era tan joven como él.

—¡Con la espada de la Iglesia, maestro!

—Recuerda: tú vistes el escudo de la Fe, el yelmo de la Salvación y la espada del Espíritu Santo. Ante ti toda maldad se desvanecerá y Cristo la pondrá ante tus pies, al igual que a tus enemigos. ¿Entendido? ¿Has entendido?

—¡Sí, maestro!

—Bien. Es suficiente. Toma tus cosas. Nos vamos a cazar demonios.

Esa misma noche, tras ser recibidos y presentados como dos comerciantes genoveses en busca de pócimas mágicas para el éxtasis y la satisfacción corporal, algo que toda bruja tiene entre sus hechizos, nos condujeron directamente al tercer piso, donde gran cantidad de personas aguardaban sentadas. Pagué por adelantado una suma de quince ducados por mi pócima, que era, además, la mejor prueba de herejía que habría podido imaginar.

—No te separes de mí —susurré al oído de Giovanni nada más vernos inmersos en el grupo que esperaba el inicio del aquelarre.

El notario sonrió. Justo a medianoche, y a media luz, pues casi todas las lámparas habían sido apagadas, la Gran Bruja entró en aquel salón. Era madame Tourat, la Bruja de Montpellier. Llevaba un vestido largo y negro, digno de una aristócrata y, a pesar de sus más de cuarenta años, su generoso escote mostraba gran parte de sus blancos y carnosos senos. Sobre ellos colgaba un medallón con el símbolo que la identificaba: el pentagrama. A continuación, Giovanni y yo presenciamos y vivimos un acto sin igual, un rito inolvidable y tan tentador como aterrador.

El mismo adorno satánico que la bruja lucía en su cuello se hallaba dibujado en el suelo, con harina, justo en el centro del salón: una estrella de cinco puntas inscrita en una circunferencia sobre la que se habían colocado cinco velas rojas, una en cada punta de la estrella. Una muchacha semidesnuda había seguido a la Gran Bruja en su entrada. La joven se colocó sobre el pentagrama, los brazos en cruz y las piernas abiertas sobre las dos puntas inferiores de la estrella. Madame Tourat ordenó a una de sus ayudantes que decapitara un gallo negro y regara el cuerpo de la muchacha con la sangre que salía a borbotones del cuello del animal. Luego habló:

—Hemos dado comienzo al aquelarre, henos aquí nosotras, las brujas y servidoras del príncipe de las Tinieblas, del hermoso y seductor, del mentiroso y terrenal. Henos aquí nosotras, ante ustedes, entregadas a sus apetencias y necesidades, a sus ruegos y deseos.

Había otros siete varones entre los presentes que escuchaban maravillados las palabras de la bruja mientras la sangre copiosa del gallo pegaba la escasa ropa de la muchacha a su cuerpo, dejando traslucir sus formas. Madame Tourat volvió a entonar con su voz lasciva.

—Créanme si afirmo que sus problemas tienen solución. Créanme si digo que las plegarias del hombre son atendidas en la tierra y no en el cielo. Créanme si afirmo que los deseos de la carne solo tienen consuelo en el reino de la carne y no en el reino del espíritu. Pidamos entonces que el rey de los reinos de la tierra nos unja, nos dé algo de su poder y permita que nos regocijemos en los beneficios de su gracia. Demos culto a quien nos otorgará lo que buscamos, invoquemos a quien dará rápida respuesta a nuestras demandas. Llamemos entonces al rey, llamemos entonces a Lucifer.

La madame entró en el pentagrama y, mientras encendía una a una las cinco velas de los extremos, recitó con voz encendida:

—Hazte presente, Lucifer, ven a tus brujas, ven a tus siervas. Hazte presente, Lucifer, toma nuestros cuerpos en sacrificio sobre este altar de carne y hueso. ¡Consagra este aquelarre con tu presencia y oscurece la noche para nuestro vuelo! Hazme poderosa en mis hechizos, ¡y llena mi boca de tu boca y mi deseo de tu poder!

Cuando acabó de encender la última vela, sonrió para sí y masculló un conjuro en latín vulgar, mal entonado y lleno de errores, pero solo para mis oídos, pues el resto lo escuchó como sentencia sublime de una sabiduría infinita. El conjuro venía a decir: «Verdadero, sin falsedad, cierto y muy cierto: lo que está abajo es como lo que está arriba, y lo que está arriba es como lo que está abajo, para realizar el milagro de la Cosa Única. Y así como todas las cosas provinieron del Uno, por mediación del Uno, así todas las cosas nacieron de esta única cosa, por adaptación. Su padre es el Sol; su madre, la Luna; el Viento lo llevó en su vientre, la Tierra fue su nodriza». Esas palabras quedaron grabadas a fuego en mis oídos pues intuí que no eran más que una pequeña muestra de los conjuros que se encontraban en el libro que ella poseía.

—Señores... Lucifer ya está entre nosotros —afirmó la bruja tras recorrer lentamente con su mirada maligna a todos los presentes y dando así por concluido el preámbulo del aquelarre.

Giovanni me dirigió una mirada rápida y alarmada; al parecer, mi compañero estaba espantado hasta la médula. La madame continuó:

—Nuestra reunión de hoy tiene un único objeto: la búsqueda mágica del placer. Así lo pidieron todos ustedes. ¿O no?

La mayor parte de los presentes sonrió y asintió con la cabeza, en silencio y temerosos.

—Bien, entonces prepárense para recibir lo que han venido a buscar...

Su discípula más aventajada, tanto en edad como en curvas, le acercó un cuenco opaco del que salía un almirez de madera, herramienta del alquimista. La discípula se acuclilló y esperó las palabras de su maestra.

—Aquí está el secreto que ustedes buscan, la pócima del encanto, el brebaje del deseo. Pero no piensen que se lo daré a probar, como si fuera una mercancía. Ese no es el sentido de un aquelarre, esta no es una reunión comercial, sino un encuentro del Maligno, del Señor de los Reinos de la Tierra, de Lucifer, con todas nosotras —dijo y terminó señalando a sus cinco discípulas.

Cuanto más escuchaba, más se abrían los ojos de Giovanni con una mezcla de espanto y admiración. Quizá por eso madame Tourat lo señaló entre todos los presentes.

—Tú. Acércate.

Giovanni palideció.

—¿Yo? —preguntó con una voz que no quería abandonar su garganta.

—Sí. Tú —asintió la bruja.

El joven me miró. No sabía qué hacer. Desde luego, no habíamos pensado en la posibilidad de tener que participar activamente en el aquelarre, pero el infortunio y la fatalidad del destino habían tomado su decisión. Tras darle una sutil aprobación con la mirada, Giovanni se acercó al centro del pentagrama, hacia los tentáculos de madame Tourat.

—Tú eres genovés, ¿verdad? —le preguntó cuando le tuvo a su lado.

—Sí... —respondió el joven en un susurro.

—Has venido por la poción del deseo, ¿cierto?

—Sí —contestó de nuevo el joven, que no era capaz de articular nada que no fuera un monosílabo.

—Vas a probar la pócima para que el resto pueda comprobar sus efectos. Miren lo que sucede. Vean...

Y con estas palabras, la primera entre las discípulas caminó de rodillas hasta los pies de Giovanni y, con delicadeza, le bajó los pantalones. Tomó su verga y se la metió en la boca. La muchacha trabajó el miembro del notario con la dedicación de una prostituta sin conseguir ninguna reacción, pues el muchacho estaba sobrecogido, era incapaz de relajarse y dejar que su virilidad se mostrara.

—¿Lo ven? —dijo madame Tourat—. Es natural que no consiga la excitación necesaria, es casi imposible entregarse al deseo de esta forma, es difícil gozar cuando los sentidos nos traicionan, aun siendo el rey de los sementales.

La muchacha había desistido de seguir con la felación, de la que solo quedaba un hilo de saliva fresca sobre la verga de Giovanni. Este escuchaba a la Gran Bruja, con la mirada perdida, avergonzado. Había sido el elegido para satisfacer a los presentes pero no, desde luego, para satisfacción propia.

En ese momento, madame Tourat le dio a beber el líquido del mortero en medida, a mi parecer, bastante generosa. Un murmullo recorrió el salón: todos deseaban ver qué les depararía el brebaje de la Gran Bruja. Sus efectos no se hicieron esperar mucho: el joven notario comenzó a decir insensateces, alucinado, y se comportó de manera irreconocible. Lo primero que hizo fue agarrar a la muchacha por las orejas y obligarla a continuar con la felación. Pero no todo quedó ahí...

Convertido de repente en un bestia sin control, Giovanni apartó bruscamente a la discípula y se dirigió hacia la muchacha que, ensangrentada, permanecía aún tumbada sobre el pentagrama. Le arrancó bruscamente la ropa y la manoseó con lujuria hasta encontrar su vulva tierna, de adolescente. Los presentes estaban sorprendidos gratamente por el espectáculo, y excitados. Yo deseaba que se abriera la tierra bajo mis pies y me llevara directo al Infierno. Si Giovanni estaba pasando por tamaña blasfemia, era por mi culpa. De eso estaba seguro.

—¡Miren! Observen el fuego que ha salido del interior de este muchacho. Admiren las maravillas que nos regala el diablo desde su reino —exclamó madame Tourat, más exaltada aún que los demás por el obsceno espectáculo.

Giovanni parecía al borde del paroxismo mientras penetraba a la niña embadurnada en sangre y ausente, y la discípula aventajada se unía a la orgía participando cuanto podía. Alrededor de los tres jóvenes, madame Tourat y la otras discípulas formaba un círculo pendiente de cada gesto de Giovanni. Y cuando vieron claro en su rostro que estaba a punto de derramarse, fue madame Tourat la primera en arrodillarse y arrancar la verga del joven del interior de la niña para introducirla en su boca y recibir los latigazos del semen. Giovanni cayó rendido al suelo, aunque las discípulas persistían en seguir mientras madame Tourat tragaba el semen con placer.

Este no fue más que el inicio de una orgía descomunal, la que se produjo cuando el resto de los presentes probó el brebaje. Fue realmente una ofrenda al diablo, a su abominable existencia que, aunque invisible, bien se veía en el comportamiento que producía en sus vasallos. Esa noche aborrecí a los herejes como a la misma peste, alimenté una fobia sin igual hacia las mujeres, aquellos cuerpos repugnantes, lascivos, que eran capaces de hacerte olvidar tu naturaleza humana y convertirte en una más entre todas las bestias de la Creación. Deseé vivir mucho tiempo y con salud con el único propósito de borrar a aquellos miserables parásitos de la tierra, conduciéndolos al único lugar donde estarían a gusto: la hoguera.

Madame Tourat se excitaba al bañar sus pechos con el semen de sus invitados. No perdía la ocasión de ofrecérselos a cualquiera de los presentes que estuviera a punto de eyacular. Cuando la fiesta hubo terminado, con todos los asistentes medio dormidos sobre sillones y suelos, la Gran Bruja se me acercó.

—No habéis bebido de la pócima. ¿Hay algo que os impida hacerlo? —me dijo, plantada frente a mí, totalmente desnuda y salpicada de semen allá donde uno mirase.

—No, no hay nada que me lo impida. No es el momento ni el lugar adecuado —le respondí mientras recorría su cuerpo con la vista.

La bruja me miró incitante.

—¿No os parece *este* un buen lugar? —dijo abriéndose la vulva.

—Podría serlo —respondí simulando que admiraba su interior rosado—. Pero no ahora.

—¿Vos sois el que pagó quince ducados por algo que no quiere probar?

—¿Os parecen quince ducados mucho dinero? —dije sonriendo.

La trampa estaba tendida.

—Lo es, sin duda lo es —afirmó la bruja.

—Eso quiere decir que no rechazaríais otros cincuenta… por probar la pócima a solas con vos —continué, y al oír mis palabras los ojos de madame Tourat brillaron de codicia. Se acercó todavía más a mí, insinuante, y me susurró al oído:

—Creo que invertís demasiado dinero en vuestro vicios, caballero.

—No se trata de vicios, sino de comercio. Aunque soy un tratante en seda de Génova, pretendo «ampliar» mis negocios… Con vos.

—¿A qué os referís, señor…? —preguntó madame Tourat.

Estaba claro que había conseguido atraer su atención y conservarla. Mi estrategia empezaba a cobrar sus frutos.

—Angelo. Llamadme simplemente Angelo.

—Bien. Angelo. ¿Qué podéis desear de mí además de lo que ya os he ofrecido esta noche?

—Quiero que trasladéis reuniones a mi tierra como la que he presenciado. Quiero vender vuestros brebajes por toda Italia, incluso llevarlos al Imperio turco, Grecia y Tierra Santa. Seriáis propietaria de una fortuna, de tierras, y tendríais protección en Génova. Disfrutaríais al ser miembro de una sociedad sin parangón, con la que obtendríais más dinero del que hubierais soñado. Y placeres seguros.

—¿Y qué proponéis? —preguntó madame Tourat, ya dispuesta a lo que fuera, sin distraer su atención de mi boca.

—Esa reunión a solas que os he solicitado. Sin invitados. Vos y yo.

—¿En qué tipo de «reunión» estáis pensando? —susurró la bruja, excitada y excitante.

Sonreí suavemente y le contesté.

—Una reunión donde pueda beber de vuestro «cuenco», madame Tourat —le repliqué mirando con descaro y lujuria su pubis.

La bruja se echó a reír.

—Será entonces un verdadero placer reunirme con vos. ¿Cuándo deseáis hacerlo?

—Mañana mismo. Por la tarde. En vuestra casa.

—De acuerdo. Veremos entonces cómo se nos dan los negocios… Por cierto, ¿pagaréis los cincuenta ducados que prometisteis?

—Seguro. Será un pequeño anticipo por vuestra brillante carrera como nueva bruja italiana.

Tal como lo habíamos acordado, al día siguiente acudí a su casa. Sin saberlo, ella había firmado su sentencia de muerte.

34

Me presenté puntual a la cita, como cualquiera deseoso de comenzar con buen pie un negocio prometedor que, además, tenía otros alicientes. En un principio, madame Tourat, desconfiada, miró detrás de mí para comprobar si alguien me había acompañado, temerosa de ser víctima de una encerrona. Solo halló mi rostro complacido de estar en su presencia. No obstante, preguntó:

—Habéis venido solo, ¿verdad?

—Desde luego, madame. Como ya os dije esto es algo entre vos y yo —respondí con cierto deje galante. Con una súbita y calculada sonrisa, la bruja, finalmente, me franqueó la puerta.

—Bien, Angelo, aquí me tenéis, profundamente intrigada y con muchas ganas de escucharos —dijo sentándose en uno de los sillones de su salón.

—Creo que ya os expliqué casi todo anoche. Vayamos ahora a los pormenores de nuestra futura empresa.

Madame Tourat se dispuso a escucharme con atención.

—Seré claro con vos. Os prometo que la mitad de las ganancias de nuestra empresa serán vuestras.

—¿Y cuál sería mi labor, Angelo?

—Organizar reuniones como la de anoche, en mansiones seguras, y elaborar pócimas, y lujuria, mucha lujuria para los clientes.

La bruja acariciaba su medallón mientras preguntaba reticente:

—¿Y qué os induce a pensar que seré más feliz en vuestra tierra y estaré mejor que aquí? ¿Qué gano marchándome a Génova?

—Tengo amigos y clientes poderosos, madame. De aquellos a quienes no les importa gastar una fortuna por una noche mágica, una noche de placer, una noche de brujería. ¿No seríais más feliz si tuvierais que contar una fortuna después de cada aquelarre?

—Suena tentador… Pero ¿y la Iglesia? ¿Y la Inquisición?

—¿Es que acaso los hugonotes no persiguen a las brujas? —pregunté.

—Bien cierto, Angelo, que lo hacen, mas aquí sé bien en qué agujero esconderme. En Génova no cuento ni con recursos ni con lugares para ocultarme y escapar de esos locos católicos, de esos fanáticos de la religión. ¿Qué me decís al respecto? —Ella hablaba de personas como yo.

—Permaneceréis en mi residencia, madame, no debéis preocuparos por eso. Habitaréis tras la seguridad de mis muros. Poseo una antigua fortaleza a las afueras de la ciudad. Allí no solo podréis celebrar vuestras sesiones, sino que estaréis más segura que una reina.

—Parece que sabéis hacer buenos negocios —dijo la bruja sonriendo desconfiada—. O eso, o sois un embustero excelente.

La miré a los ojos mientras sacaba de uno de los bolsillos de mi abrigo un saquito.

—Aquí tenéis.

—¿Perdón? —balbuceó sin comprender el gesto.

—Las cincuenta monedas de oro que os prometí anoche. ¿Lo habíais olvidado?

La bruja abrió sus ojos codiciosos y en su mirada brotó un brillo que revelaba la calidad de sus pensamientos. Y cambió rápidamente de actitud. Sin lugar a dudas, y como ella ya había afirmado la noche anterior, le parecía mucho dinero.

—¿Creéis que podéis ganar este dinero aquí, haciendo hechizos para campesinos? —pregunté con aire de comerciante corrupto. Era la primera vez que tenía que representar un papel y me estaba revelando como un excelente actor.

La bruja pareció meditar un momento y luego dijo con rotundidad:

—Trato hecho.

Había mordido el anzuelo y lo había engullido hasta el fondo de sus entrañas. Ahora debía ser taimado y sacar el mayor provecho de la situación. No había olvidado que, además de aquella siniestra mujer, mi objetivo era también el manual de conjuros que tenía en su poder y del que ella no se separaría si emprendía un viaje. Ahora mis pesquisas tenían que dirigirse hacia el libro, así que me decidí a dar un giro a la conversación.

—Sé que os voy a parecer indiscreto, y si no queréis contestarme, no lo hagáis. Realmente tengo mucha curiosidad por saber cómo elaboráis esas pócimas y de dónde proceden los conjuros que pronunciáis y que dan resultados tan sorprendentes.

—Sí que sois indiscreto. Es secreto de profesión; más aún, es mi secreto. No se lo diría ni siquiera a la Inquisición —se jactó con aire de superioridad.

No iba a tardar mucho tiempo en tragarse sus palabras.

—Estoy de acuerdo en que vuestro secreto ha de ser guardado, pero no me negaréis que tenéis un buen libro de cabecera...

Madame Tourat sonrió.

—Tengo el mejor.

Y dando por concluida la conversación y sin querer contar nada, se levantó de su asiento, sacó sus pechos del escote y caminó hacia mí, insinuante.

—Mirad mis pezones, mirad cómo se endurecen... ¿Os gustan? Mi cuerpo es el templo en el que realizo mis ofrendas a la magia y al deseo...

La bruja se detuvo muy cerca de mí, cogió una de mis manos, chupó lentamente los dedos y después los condujo al centro de su pecho carnoso.

—Sentid cómo se excita mi cuerpo, deseando que me montéis como a un animal, deseando que, como prometisteis, bebáis de mi cálido cuenco —decía sonriendo mientras frotaba mis dedos ensalivados sobre sus pezones erectos—. Vos habéis cumplido con vuestra parte; ahora, dejadme daros un adelanto de lo que recibiréis cada día por vuestro gentil ofrecimiento.

Tuve que pensar con rapidez, debía actuar con naturalidad, sin levantar sus sospechas y dilapidar todo el trabajo efectuado. Debía escapar con inteligencia de la telaraña de vicio que aquella mujer tejía a mi alrededor.

—¿Estáis lista para acompañarme a Génova? —susurré de manera entrecortada.

—Seguro... Dadlo por hecho —murmuró la bruja muy cerca de mi boca mientras se arrodillaba ante mí y buscaba en mi pantalón hasta dar con mi verga.

—Me deseáis, Angelo, cómo me deseáis —dijo acariciándola y agarrándola con fuerza—. Venid a mí, tengo un sitio para vos...

No sin cierto temblor, la tomé de la muñeca para detener el movimiento de su mano e intenté continuar con mi desesperada evasiva.

—Me importa más nuestro negocio que tomaros ahora, mi querida madame Tourat. Hemos de partir esta misma tarde, no perdamos tiempo.

—No podría. Tengo que preparar a mis discípulas y recoger mis libros.

—Id a buscar todo lo que necesitéis y vayámonos cuanto antes...

Ahora sí, la bruja se detuvo y me miró sorprendida.

—Pero ¿no queréis poseerme hasta el hartazgo?

La miré con la determinación de un gladiador y le respondí con la desquiciada inmutabilidad de un dominico.

—Ahora no, ya tendremos tiempo para eso.

A pesar de la negativa, y para mi sorpresa, ella se echó a reír. Mi actitud esquiva le había dado todavía más motivos para creer que había hecho un trato serio y seguro. Hora y media más tarde, en compañía de dos discípulas y un baúl lleno de libros, estaba lista para partir hacia la tierra prometida: Génova.

Con la ayuda de Giovanni, y de un gran esfuerzo físico, reduje a las mujeres a bofetadas y conseguí atarlas de pies y manos. Mi discípulo había alquilado un carruaje mugriento para el viaje. En él metimos a las brujas y sus pertenencias. Después de viajar toda la noche llegamos a un lugar muy lejos de la Génova prometida: Aviñón. Allí nos recibió el abad Lanvaux, que sin poder creerlo, se quedó sin aliento ante la noticia: el inquisidor había regresado con las manos llenas.

—Bien, Giovanni, ¿qué recuerdas del aquelarre con aquellas jovencitas? —le pregunté a este una vez instalados en el palacio de los Papas. No había querido indagar sobre su funesta experiencia, tampoco había tenido tiempo, pero no era bueno posponerlo más, pues en la sala de torturas habría de enfrentarse otra vez con las brujas. Así que le llamé para que viniera conmigo a la capilla de palacio.

—Nada, mi maestro... No recuerdo nada. —Giovanni estaba tan ruborizado que parecía arder dentro de un horno en vez de congelarse en el frío glacial que hacía en la capilla.

Era evidente que mentía.

—¿Nada? ¿Quieres decir que no guardas ningún recuerdo en tu cabeza? Piensa, piensa.

Giovanni se mordió el labio inferior y negó débilmente con la cabeza.

—Si pretendes ocultármelo es que tu recuerdo es indigno. Y si no es bueno para confiármelo a mí, menos aún lo será para confiárselo a Nuestro Señor Jesucristo —le dije muy serio buscando su confesión, una confesión que era necesaria para limpiar su alma.

—Maestro… Estaba bajo los efectos del brebaje… Mis actos fueron involuntarios, me comporté como un animal… Yo no quería…

Yo lo miraba como si de un monaguillo descarriado se tratara y él se dio cuenta de que no encontraría misericordia si seguía insistiendo en mentir.

—Mientes, Giovanni —afirmé en tono seco y grave. Giovanni agachó la cabeza y rompió en llanto, y yo continué hablándole en el mismo tono—. ¿Qué me quieres decir con lágrimas que no puedas decirme con palabras?

—Vos me pedisteis que fuera, maestro —replicó el muchacho—. ¡Qué culpa tengo yo si fui el elegido por la bruja! ¡No sabéis cómo deseo que no hubiera ocurrido nunca! Lo hice porque vos me llevasteis al aquelarre, a aquella sala llena de brujas.

—Los deberes no deben ser confundidos con las debilidades. No te he preguntado por qué accediste a mi deseo, ni te he dicho nada sobre tu obediencia. Mi pregunta es cuánto gozaste con las brujas. —El joven suspiró exhausto antes de responder.

—Gocé como nunca antes, maestro —afirmó por fin Giovanni perdiendo su vista en el techo de la capilla.

Y continuó llorando.

—Bien, eso ya suena más cierto.

—¿Y ahora qué? —bufó mi discípulo sacando de sí la angustia que debía de corroerlo desde hacía días.

—Consuélate, Giovanni, has dicho la verdad y tu confesión te salvará.

—Maestro… No quise ocultaros la verdad por temor. Fue por vergüenza. No quisiera que ya no confiarais en mí.

—Giovanni, tu fe te ha salvado. Te he escogido como notario porque creo en ti. Te he escogido como discípulo porque eres como yo cuando era joven. Ahora ya no escondes nada,

nada que por confesión no hayas limpiado. No ocultas nada ni a ti, ni a mi, ni a nuestro buen Maestro Jesús.

El joven cayó rendido a mis pies abrazándome las rodillas. Acaricié afectuosamente su cabello y dije con frialdad:

—Dame tu mano y reza para limpiar los pecados de tu carne.

Extraje una maciza vara de avellano de la sotana y comencé a golpearle en los dedos. Con cada golpe mi mente buscaba, desesperadamente, mi propia tranquilidad: tenía que devolver a Giovanni la pureza de alma anterior a su caída. Esa caída a la que yo, de manera involuntaria, le había conducido. A él, a mi discípulo amado, al joven en el que había depositado mis esperanzas y afectos. Aquel a quien, sobre todos los demás, habría querido proteger. El acto punitorio se prolongó hasta que su mano roja e inflada tuvo el mismo aspecto que su verga durante la orgía de Montpellier.

35

Madame Tourat chillaba como un cerdo en su San Martín mientras un nuevo giro de la rueda hacía que dentro de su ano se abrieran aún más los pétalos de la Pera Veneciana, un tormento que conseguía confesiones rápidas de las brujas impías.

—¡Piedad! Ya os he dicho todo lo que sé —gritó la bruja desde lo más profundo de su garganta.

—Creo recordar —le respondí con sarcasmo— que ni siquiera a la Inquisición le hablaría del libro del que obtiene sus conjuros. ¿Lo recuerda tan bien como yo?

La bruja miró hacia el suelo desde el banco de tormento y jadeó mientras pensaba. Claro que lo recordaba, como si las palabras volviesen a brotar de su boca. Tal afirmación había sido hecha en la seguridad de que jamás se encontraría con un inquisidor, mas el destino puso uno disfrazado ante su puerta. Y ahora pagaba por ello.

—No penséis que lo dije por vos, ¿verdad? —dijo por fin.

—¿Cuál es ese libro, madame Tourat? ¡Dígamelo! —le pregunté directamente.

—¡Está en mi baúl! ¡Búsquelo, es suyo! —gritó la bruja, desesperada.

—¡El cofre está lleno de libros! Dígame inmediatamente cuál de todos ellos es el que usa para sus conjuros.

—Uno de tapa oscura... Ese... ¡Ese es el que buscáis!

Pedí al verdugo que girara vuelta y media la mariposa de hierro y al instante un grito desgarrado sonó en la sala. La Pera Veneciana estaba destrozando su recto, abriéndolo a más no poder con sus pétalos mecánicos. El abad Lanvaux no resistió la escena y volvió la cabeza.

—¡El *Libro Esmeralda*! —gritó la bruja con todas sus fuerzas.

Miré al notario. Giovanni apuntaba todas las palabras, asentando el nombre misterioso que acabábamos de escuchar, mientras que con la mano izquierda, vendada e inflamada por los azotes recibidos, me indicó que todo era correcto.

—Vayan a por él —ordené mientras pedía que cerraran inmediatamente los pétalos de la Pera Veneciana.

Madame Tourat relajó el semblante nada más aflojar la máquina de tormento y retirarla de su ano.

—Ahora que tenéis lo que buscabais, ¿qué será de mí? —preguntó la bruja.

La miré con asombro y respondí:

—Tengo la leve sospecha de que piensa que esto llegó a su fin, ¿me equivoco? —dije mirándola a los ojos.

—¿Acaso no tenéis lo que queríais? —preguntó la bruja mientras el pavor se apoderaba de sus ojos.

—Creo que ha confundido el fin del dolor con el fin del interrogatorio, madame. Y eso es un error...

La bruja frunció el ceño y me miró con recelo.

—Pero... ¿qué más queréis de mí? Os he dado todo: mis libros, el secreto de mis pócimas... ¿Qué más queréis?

—Quiero una confesión, quiero que afirme que es bruja y culpable de herejía —dije tajante.

—¿Mi confesión? ¿Para qué queréis mi confesión? ¿Acaso no sabe todo el mundo ya que soy una hereje?

—Cierto, mas quiero oírlo de su boca para asentarlo en el libro como mera formalidad —dije intentando engañar a la bruja que sabía bien para qué quería yo su confesión.

—¿Y qué me sucederá si confieso?

—Morirá en la hoguera.

Los ojos de la bruja se abrieron desorbitados, su cara se deformó en una mueca de terror y gritó completamente desencajada:

—¡Os lo he confesado todo! ¡He contestado a todas vuestras preguntas! ¡No podéis hacerme esto!

—¿Y por qué cree que no puedo? —pregunté sin poder evitar una sonrisa triunfal.

—Porque he colaborado... —afirmó ella, cada vez más asustada por mi actitud intransigente.

—Ha colaborado consigo misma, digamos que lo ha hecho por el bien de su conciencia, para que nadie más pudiera caer prisionero de los conjuros de sus libros, ni aprender de ellos. No ha colaborado conmigo, lo ha hecho por su salvación.

—¿Salvación...? ¡Maldito loco! ¡Me queréis matar! ¡Decidme, por el amor de Dios, qué puedo hacer yo para dejar de formar parte de vuestra locura!

—No puedo quemarla si no confiesa.

Madame Tourat se quedó repentinamente muda. Luego preguntó extrañada:

—¿Me estáis sugiriendo que no me declare hereje?

—Así es.

—Entonces no lo haré.

—Sí, madame Tourat. Sí lo hará —dije sonriendo. Después me dirigí al verdugo—: Por favor, tráigame el desgarrador...

El recuerdo del aquelarre, el sometimiento de Giovanni, la locura del muchacho en aquel momento vinieron a mi cabeza ante la afirmación tajante de la bruja; me había soliviantado. El hierro incandescente irradiaba un calor sofocante. Llevaba un buen rato en las brasas. Dentro de la sala todos sintieron la temperatura del metal, el centelleo del hierro al pasar frente a ellos como estandarte de una procesión infernal. Todos imaginaron el dolor; todos menos aquella que lo sintió con horror en carne propia.

Desabotoné lentamente su camisola, disfrutando del momento, hasta abrirla por completo. Sus pechos brotaron blancos, tentadores, desnudos y expuestos a la mirada de todos los presentes. La miré a los ojos, como un enamorado; luego mi vista recorrió sus pezones. Nada más apoyar el hierro en uno de ellos, un fuerte y desagradable olor a carne quemada invadió la cámara, acompañado por un alarido descomunal. Su pezón, otrora dulce y rosado como flor, desapareció bajo el metal. Bastó aplicar el hierro en su otro seno y su confesión fue tan limpia y clara que la habrían escuchado incluso los campaneros sordos de mi abadía. Giovanni siguió la escena con pavor, asco y tristeza. No podía entender mi actitud. Piedad, pensé en aquel momento, es bueno que la sienta, eso habla de la bondad de su alma. Pero no era solo piedad...

Me acerqué a la bruja y le susurré:

—Nunca subestime a su señor Inquisidor.

De su boca cayó un espeso hilo de baba. No dijo nada. Me miró con unos ojos en los que se traslucía su total destrucción. Estaba rendida, agonizando bajo el pesado brazo de la Iglesia. El mío.

Lo que sucedió después ocurrió tan rápido y fue tan inevitable que marchitó mi victoria y me sumió en el desconsuelo. Esa misma tarde fría de invierno, mi misión tuvo un dramático desenlace, penoso y deshonroso por dondequiera que se lo juzgue.

Escuché los gritos en francés por los pasillos de palacio, su eco se propagó por las galerías y emergió por los patios internos: la bruja había escapado y habían matado al notario. Al asomarme a la puerta, una veintena de monjes pasó corriendo por el pasillo hacia el lugar donde se había cometido el crimen, confirmándome la noticia. Les seguí hasta la alcoba que el abad Lanvaux me había cedido para instalar en ella la cámara del secreto, donde por norma inquisitorial tenían que descansar las pruebas que había confiscado el tribunal. Como sus miembros solo éramos dos, Giovanni y yo, a él le confié la llave de la cámara. Me abrí paso entre los monjes y encontré a mi discípulo en el suelo, pálido y semidesnudo. A duras penas pude contener el desgarro que sentía en mi corazón y que peleaba por salir transformado en llanto. Un dolor insoportable, no solo por mi discípulo: también por mí. Un leve gesto de mi mano, que se posó un momento en su rostro frío, fue la única muestra de amor que pude brindarle. Una caricia que era una despedida.

La expresión de Giovanni era evidencia del engaño del que había sido víctima. Abrí su boca y allí estaba su lengua, hinchada y amoratada por el veneno. Junto a su cintura, en el suelo, cuatro o cinco manchas de semen aún fresco me dieron a entender que sus últimos momentos fueron guiados por una mente diabólica, libertina y asesina. Cuando el abad Lanvaux llegó a la habitación, todas mis dudas habían sido resueltas.

—Excelencia, ¡qué horrible suceso! —exclamó el anciano al entrar en la alcoba.

—Lo peor, abad, lo peor...

Vincent Lanvaux observó el cuerpo de Giovanni con ojos turbados y luego se santiguó.

—Lo engañaron —dije—, lo envenenaron y se llevaron nuestro libro.

—¿Quién...? Por el amor de Dios... ¿Quién pudo hacer eso?

—La bruja —contesté con desazón.

—Imposible. Está en la cárcel secreta. ¿Cómo pensáis que

pudo hacer tamaña «proeza» y luego volver a su encierro? —dijo el abad, consternado.

—No, abad. No madame Tourat, sino su discípula —afirmé El abad continuó mirándome con cara de sorpresa.

—Excelencia, ella también estaba encerrada —añadió el abad—. No es posible que haya violado la seguridad de los barrotes y también la puerta de la cámara del secreto.

—Ella no violó sino la mente de mi notario —respondí apenado—. Fue él quien la liberó del cautiverio, quien le abrió el camino hasta el libro de hechizos. Fue seducido para reincidir en los excesos de la carne, fue hechizado por el peor enemigo del hombre: la tentación lasciva. Giovanni D'Orto sin duda bebió de nuevo de aquella pócima de Montpellier que la discípula, no sé de qué manera, había conservado en su poder. La pócima volvió a excitarle hasta perder el control y someter su voluntad. La joven bruja debió de convencer a mi notario para que la sacase de su encierro y la trajese aquí, donde cumplió con la promesa del coito y terminó su tarea dándole una dosis excesiva de brebaje que acabó con su vida. Después, robó el libro y escapó.

—¿Cómo ha podido huir en pleno día sin que nadie la viera? —preguntó el abad.

—Con el hábito de mi discípulo. Con sus ropas, abad. ¿Quién iba a vigilar a los monjes que entraron y salieron por la puerta principal de palacio a última hora?

El abad me miró. Después, pidió con autoridad a todos los presentes que abandonaran la habitación y cerró la puerta.

—Excelencia —dijo bajando los ojos preocupado—, hemos vuelto al principio.

—Ese libro no irá muy lejos: lo encontraré a él y a su nueva dueña —prometí.

—Espero que así sea, para que no provoque más engaños. Ni muertes. —El abad se volvió en silencio hacia la puerta y me dejó solo en la habitación, junto al pobre Giovanni.

Al atardecer y a las afueras de Aviñón, dimos fuego a las

mujeres pecadoras. Madame Tourat parecía resignada a su dramático destino y le alegró saber que su discípula había escapado con el libro de los conjuros. A su lado estaba la niña de la que gozó Giovanni, llorando desconsolada por tener que morir en la hoguera a sus tiernos trece años. Pero el verdugo no vaciló. Cumplió con su tarea y en poco tiempo las llamas rojas purificadoras se alzaron desde la leña para lamer el cuerpo de las condenadas. Yo no solía contemplar las ejecuciones, pero aquella tarde me quedé. Quería ver cómo se abrasaba el rostro de la bruja y saciar la pena que me oprimía el corazón con venganza, y no precisamente con oración. Cuando las llamas comenzaron a hacer mella en su cuerpo, madame Tourat, la bruja de Montpellier, perdición de tantos fieles, se retorció como la víbora que era y lanzó un grito de espantoso dolor al cielo mientras sus piernas se llenaban de vejigas y su rostro se arrugaba. Su piel se acartonaba y cedía rasgándose como el papel. Las llamas trabajaron su vientre, que se rajó liberando las vísceras sobre las llamas. Los gritos de la bruja cesaron y yo volví el rostro. La carne quedó ardiendo en la ya silenciosa pira.

Tanto la madame como su joven discípula terminaron sus días en aquel lugar, sometidas por mí, en la hoguera de mi juicio. Esa misma tarde di cristiana sepultura al cuerpo de Giovanni D'Orto, mi notario, quien no conoció mayor pecado que el de la tentación de la carne. Giovanni, que de no haber sido mi discípulo, tal vez, solo tal vez, nunca habría encontrado la muerte en la fría campiña del sur de Francia. Este peso me ha acompañado durante muchos años, y ha sido el culpable de innumerables desvelos nocturnos, que me señalan como el culpable de que el alma de Giovanni se marchitara antes de haber florecido.

Aquella discípula que logró escapar de mis manos y que perseguí durante mucho tiempo sin poder darle alcance era Isabella Spaziani, la bruja de Portovenere. También ella había muerto aunque no por mi mano.

Dos fuertes golpes sonaron en la puerta de mi camarote. Era el joven Andreu, que me preguntó si quería asistir a la cena en el comedor de oficiales o si prefería cenar en mi camarote. Ante mi rotunda negativa a salir, el joven catalán regresó sobre sus pasos no sin antes darme una muestra de su espontaneidad.

—Hacéis bien, Excelencia —dijo desde el otro lado de la puerta—. Os haré llegar pues vuestro alimento. ¿Queréis algo más?

—Sí, por favor. Tráeme algo de aguardiente.

—Una botella pequeña, ¿Os parece? ¿Será suficiente?

—No, mejor tráeme tres botellas —respondí.

Hubo un breve silencio al otro lado de la puerta.

—Si así lo queréis, Excelencia, así será —dijo Andreu antes de alejarse por el pasillo.

Solo Dios sabe lo que pensó el joven catalán de mis deseos. ¿Quién no habría creído que tres botellas de aguardiente para acompañar la cena era o el deseo de un loco o, más bien, el de un borracho empedernido que vestía los hábitos de la Inquisición? Solo Dios sabe lo que pensó Andreu esa noche, pero lo cierto es que el uso que le iba a dar al aguardiente no pasaba por bebérmelo. Mi única intención era hacerme con más líquido para mi baño antipulgas.

Prendí el candelabro para matar la penumbra. Después de aquel día interminable en el río Paraná, las nubes se movían arrastradas por el viento vespertino, abriendo esperanzadores claros que dejaban ver las primeras estrellas. Recosté la espalda en la almohada y me dispuse a aguardar el nuevo día.

XIII

EL ÚLTIMO LACRE, LA REVELACIÓN DE SAN JUAN

36

Giulio Battista Èvola entró en mi camarote con su porte de notario eficiente y metódico y el silencio propio de un monje benedictino permanentemente enclaustrado. Cerró suavemente la puerta a sus espaldas y, quitándose la capucha, esbozó una tímida sonrisa, tan tímida que casi pasó desapercibida. Después habló.

—¿Me mandasteis llamar, Excelencia? —dijo permaneciendo junto a la puerta.

—Así es, ha llegado el momento de seguir con nuestra misión.

—Supongo que se trata de la apertura del último lacre —continuó Èvola acercándose al escritorio.

—Cierto. Hoy es el día determinado para abrirlo. —Habíamos llegado a nuestro destino aquel 29 de enero. Un par de días y desembarcaríamos.

El notario tomó asiento al otro lado de la mesa, colocó encima el libro de actas, acercó una vela y observó meticulosamente el bisel de su pluma antes de hundirla en el tintero. Después, musitó:

—Le confieso, Excelencia, que ardía en deseos de que llegara este día.

Observé al napolitano con detenimiento, como lo habría hecho mi maestro Piero conmigo, y sin esperar más, contesté:

—La curiosidad es mala consejera, hermano. No lo olvidéis.

Èvola respondió con una sonrisa desabrida y fría. Cual hiena antes de atacar. Puede que su escaso sentido del humor procediera de su vida de eremita, dentro del claustro, con sus sentimientos totalmente cauterizados. ¡Qué diferentes todos los que formamos nuestra Santa Iglesia! Como él y yo, educados casi bajo el mismo techo y en la misma doctrina. Pero tan diferentes en la vida. El carácter define y ha definido siempre las funciones de cada hombre en esta Gran Casa de Dios, y las de Èvola, sin duda, se adaptaban perfectamente al suyo: el de un mastín, el de un perro guardián que poco sabía de docilidad y amabilidad en la vida, y sí mucho de celo y protección. Algo que el Vaticano necesitaba en su día a día.

Yo ya había colocado el último sobre encima de la mesa. Grabado en el lacre se apreciaba el símbolo de san Juan Evangelista: el águila. Como las veces anteriores lo tomé y se lo enseñé a Èvola antes de proceder a romper el lacre.

—Sello de san Juan —murmuré.

—Sello de san Juan —certificó el notario para que yo pudiera proceder a la apertura y lectura de la última carta.

Por fin iba a saber qué quería de mí la Santa Inquisición en este viaje. Así que extraje la hoja del interior y leí en voz alta:

Roma, 15 de noviembre del año 1597 de Nuestro Señor

Carta tercera, lacre del misterio de san Juan.

Hermano De Grasso: en los instantes finales de vuestro viaje, teniendo por delante la labor que se os ha encomendado, consideramos de utilidad despojaros de toda duda y precisaros los pormenores de esta comisión.

Como ya os anticipé en los lacres anteriores, el motivo de esta comisión es encontrar la literatura prohibida que de algún modo halló refugio lejos de Europa para radicarse en suelos nuevos, lejos de la Santa Inquisición y cerca de las vulnerables almas que moran en aquellos territorios. El último de estos libros hace poco que ha dejado nuestras costas, pero sin duda, cuando vos leáis esta carta, se hallará en el destino elegido por los herejes. La intención de los demonólatras es clara: buscan propagar la herejía en la calma aparente que produce nuestra ausencia y tratan de engañar al nativo desviándolo de la Evangelización.

Excelencia DeGrasso, he aquí una confidencia sin igual, que solo podría guardar el secreto de su oficio y el silencio de su notario. He aquí la revelación de un alto secreto guardado por la Iglesia, estudiado por diversos teólogos y aún no resuelto a pesar de los años de exhaustiva y silenciosa investigación en el Vaticano.

Elevé por un momento mis ojos hacia Giulio. Él me contemplaba en silencio, con su único ojo y una expresión más adecuada a un ladrón de tesoros que a un monje. Proseguí la lectura:

En la región de Guairá, en plena selva, no lejos de Asunción, se encuentra el asentamiento de Los Altos, fundado por los franciscanos y ahora regentado por jesuitas. Allí, en la quietud y refugio del pequeño templo de San Esteban descansan dos de los libros más terribles jamás escritos. Debéis, imperiosamente, confiscarlos. No es necesario, ni lo será, revelaros los títulos de estos libros puesto que los distinguiréis fácilmente: están ocultos en un cofre de madera, separados de cualquier otro libro y escondidos en alguna cámara secreta en el interior del templo.

No estáis autorizado a examinar el contenido de los textos, ni mucho menos a intentar comprenderlos. Esto será tarea posterior de los doctores asignados por la Iglesia. Vuestro cometido se reduce a la incautación y deportación de los dos libros y del prior jesuita, un sacerdote llamado Giorgio Carlo Tami, responsable directo del encubrimiento de los libros buscados. Quedáis facultado para obtener de las autoridades civiles todo lo que necesitéis para realizar esta labor, pero no debéis convocar un tribunal ni celebrar auto de fe alguno. A su tiempo ambos se realizarán en Roma con juristas y teólogos especializados.

Junto a esta carta encontraréis un mapa con el detalle necesario para que localicéis vuestro destino. Entregadlo al responsable militar del viaje, que estará a vuestro servicio en todo momento, cuando lleguéis a tierra para que os guíe hasta allí.

Cuando hayáis terminado de leer, quemad este último mensaje y los anteriores en presencia de vuestro notario.

Siempre vuestro en Jesús,

Cardenal VINCENZO IULIANO,
Superior General del Santo Oficio

Como aval de los tres escritos, al pie de la carta se distinguía claramente la firma y el sello del Sumo Pontífice. No era extraño, pues él había dejado claro desde el inicio de este galimatías que estaba al lado de la Inquisición en lo que sería un acto de prevención de la herejía y en favor de la salvación de los hombres. Desde el 15 de noviembre, la Inquisición sabía que el *Necronomicón* y el *Codex Esmeralda*, si no estaban ya, estarían, en el momento en que yo llegara allí, escondidos en Los Altos. El hecho de que no se mencionara el nombre de los libros me hizo dudar de la confianza de Iuliano hacia su esbirro, Èvola, pues ¿a quién, si no a él, pretendían ocultárselo?

En esta última carta también quedaba claro cuál sería mi ámbito de actuación: no había ido hasta allí en calidad de inquisidor sino simplemente como un comisario facultado con ciertos poderes. Tomé una de las velas y prendí fuego a las cartas, concentrado en las llamas y sin pronunciar palabra. Èvola rompió el silencio:

—Interesante desde cualquier punto de vista con el que se mire…

—¿Interesante decís? —respondí sin poder ocultar mi enojo—. ¿Podéis decirme qué es lo que encontráis de interesante en seguir sin saber qué perseguimos y, sobre todo, en que nos hayan enviado como meros «alguaciles», ya que ni podemos estudiar los libros ni juzgar a los herejes?

El notario se acarició la enorme cicatriz que sobre su ojo ocupaba el lugar donde antes hubo una ceja.

—¿De verdad llegasteis a creer que os entregarían el caso por completo? —dijo sonriendo con ironía—. Siento mucho vuestra desilusión. Las instrucciones de la carta son muy claras.

—¿Os parecen claras? —repliqué airado—. Puede que a vos, cuya máxima aspiración parece ser cumplir a rajatabla las órdenes que os dan, os satisfagan. ¿Ni siquiera os habéis preguntado por qué tres sobres? ¿Cuál es la razón de su existencia?

—Eso solo lo sabe el cardenal. Imagino que tiene sus razones… —dijo Èvola, siempre fiel a su amo.

—¿Razones? ¿Qué razón hay detrás de que ni siquiera se nos informe de los títulos a confiscar? ¿Os parece razonable haber recorrido medio mundo y no saber aún exactamente para qué? ¿Suena razonable tener que llegar hasta aquí para enterarse que será misión de «teólogos» estudiar y juzgar las evidencias? ¿Y por qué no embarcaron una docena de teólogos? ¿Por qué me enviaron a mí si solo necesitaban a alguien que prendiera a un sacerdote sacrílego? —respondí sin poder contener por más tiempo mi enfado.

—Creo, Excelencia, que la delicadeza del caso os requería a vos —opinó el napolitano intentando calmarme.

—Se me ocurre que la delicadeza, el caso y sus pormenores siguen sin estar por completo en mi conocimiento, ni lo estarán. Y no hay juez que pueda desempeñar bien su tarea si no comprende por completo el proceso que ha de juzgar, ¿no creéis?

—Cierto, pero las órdenes son las que son y hay que cumplirlas, Excelencia —replicó Èvola.

Mas la obediencia para mí era un voto, algo íntimo y personal que, sin embargo, requiere de la confianza para poder llevarse a cabo con amor a Dios. Porque no todos pueden reclamar nuestra obediencia, porque no todos son dignos de ella, solo los que la solicitan dentro de la cordura y de la moral cristiana. Mi silencio, unido a mi enfado, preocupó al notario.

—¿Qué pensáis hacer?

—Seguiremos las directrices —respondí intentando esquivar el asunto, pues no me convenía mostrar más de lo debido mi desconfianza en las palabras del cardenal Iuliano delante de su servidor.

—Bien —exclamó Èvola más tranquilo—. ¿Necesitáis algún preparativo especial para las próximas horas?

—Preparaos para desembarcar y encargaos de que se avise a las autoridades de la provincia y la diócesis de nuestra llegada.

El notario se disponía a salir cuando se detuvo cerca de la puerta. Se volvió hacia mí y habló bajo y suave, como un violín bien afinado.

—¿Querréis desembarcar, de todas formas, los instrumentos para los interrogatorios?

Observé al deforme y cauto personaje, aprecié toda su morbosa maldad y luego susurré:

—Desde luego, hermano Èvola. No iría a ningún lado sin ellos.

Poco después, unos golpes en mi puerta me anunciaron la llegada de otra visita. Era el capellán del *Santa Elena,* el pacífico Francisco Valerón Velasco.

—¿Os molesto, Excelencia? —dijo asomando su puntiaguda nariz por el quicio de la puerta una vez la hube abierto.

—Adelante. Pasad, por favor, y tomad asiento —dije.

El capellán se sentó junto al escritorio donde antes había estado el notario y, aunque intentó disimularlo, notó algo en el ambiente que se tradujo en una sombra de preocupación en su rostro.

—¿Sucede algo? —preguntó con cautela y sonriendo levemente—. Perdonadme, Excelencia, pero hay aquí un penetrante aroma a aguardiente...

Sorprendido, miré al sacerdote fijamente, sin decir palabra. Él malinterpretó mi silencio y bajó inmediatamente la cabeza como para mostrarme que era consciente de su indiscreción. Su sorpresa fue mayúscula cuando oyó la primera carcajada y el torrente de risa imparable que siguió a esta, y que casi le hizo pensar si no estaría ebrio en ese momento. Cuando por fin pude controlarme, y aún con lágrimas en los ojos, le contesté.

—No os alarméis, padre, que el aguardiente no lo he bebido yo, sino las pulgas. ¡Fíjaos adónde me ha llevado la desesperación! He derramado más aguardiente en este camarote del que podría servir un tabernero en todo un año. ¡Dios Santo! Son muchas las cosas que uno aprende de viejo y sin universidad alguna. —El capellán había conseguido con su observación inocente cambiar mi ánimo; sonrió aliviado mientras yo le hacía una pregunta directa—: ¿Os gusta beber?

—No —respondió el capellán sin atisbo de duda.

—¿De verdad? —insistí.

—No —repitió con la misma rapidez y rotundidad.

—¡Santa Madre, un español abstemio! Aunque, Francisco, a estas alturas del viaje uno está ya acostumbrado a las sorpresas. La vuestra es, sin duda, de primera categoría.

—Ya veo que no os falta sentido del humor —dijo el capellán—, algo que uno no supone que exista cuando se detenta vuestro cargo.

—Hermano mío, hay veces que las cruces en el pecho hablan demasiado y no precisamente de uno. ¿Así que pensabais que este inquisidor es un agrio y acartonado hombres de leyes?

—Pues sí lo pensé, Excelencia.

Desvié mi mirada del capellán hacia el baúl que contenía todos mis libros y todo el papeleo que había traído conmigo. Y se me quitaron las ganas de seguir riendo.

—Quizá tengáis razón. Quizá no sea sino un agrio y acartonado hombre de leyes.

Valerón Velasco se quedó en silencio, sin ánimo para replicar a mis palabras.

—¿Qué se os ofrece? —le pregunté continuando la conversación.

—He venido a haceros una propuesta.

—¿Qué clase de propuesta? —pregunté intrigado.

—Me ofrezco a ir con vos y vuestra comitiva a tierra, hasta donde tengáis que ir. Podría encargarme de los servicios religiosos para los miembros del ejército y podría ayudar en todo lo que vos considerarais menester.

Miré fijamente al capellán.

—No había pensado en ello y me parece una excelente idea. ¿Necesitáis una orden mía para desembarcar?

—Sí, Excelencia. Dependo de la Armada y de este barco; solo una petición vuestra conseguiría que el almirante Calvente accediera a mi desembarco. Siempre y cuando vos realmente me necesitéis.

—Seguro, me será útil teneros conmigo. Dadlo por hecho. Esta misma noche hablaré con el almirante.

—No sabéis cuánto os lo agradezco, Excelencia.

El ofrecimiento del capellán había sido una sorpresa y no podía creer que la única razón que le impelía a hacerlo fuera el cuidado de las almas de mi comitiva. Así que le seguí preguntando:

—Además de su muy loable deseo de cuidar de nuestro espíritu, ¿hay algo más que le haga querer desembarcar, padre?

—No he visto estas tierras, Excelencia —dijo sin dudar.

—¿Solo curiosidad, pues?

—Curiosidad, intriga, sí... Son parajes que se mencionan frecuentemente en Europa, aludiendo a sus encantos, tanto terrenos como espirituales. Es un territorio que desconocemos y que nos queda muy lejos. He pensado que sería un pecado estar aquí y desaprovechar la oportunidad de verlo, ¿no creéis?

—Tenéis espíritu de aventurero, padre, de descubridor. Como Marco Polo o como mi compatriota Cristóbal Colón.

—Puede que algo de eso tenga, pero mi descubrimiento más precioso lo hice hace tiempo.

—¿Y puedo saber cuál es? —pregunté con sumo respeto.

—Por supuesto, Excelencia. Es Cristo, Nuestro Señor.

Me gustaba aquel hombre sencillo que por un momento me hizo sentir bien, en paz conmigo mismo, algo que solo podría apreciar alguien que se sintiera sumido, como yo, en la soledad más absoluta desde el comienzo del viaje.

—Pues bien, haréis realidad vuestro deseo. No seré yo la causa de que «pequéis». Veréis las tierras míticas del Nuevo Mundo.

—Sois muy amable conmigo, Excelencia.

Y dicho esto, el capellán se despidió y abandonó mi camarote. Ni él ni yo sabíamos entonces que aquella sería la última vez que nos veríamos y que había formulado su último deseo.

A la mañana siguiente el cuerpo sin vida del capellán apareció en la santabárbara del navío. Apretujada entre los barriles de pólvora, la gran humanidad del padre Valerón Velasco había tenido el mismo final siniestro que el cocinero y el médico, como si el diablo se estuviera cobrando una deuda personal con los asesinados. Su rostro reflejaba el pánico de los últimos momentos y, al igual que las dos víctimas anteriores, sus ojos habían sido obligados a abandonar las cuencas y la lengua le había sido cercenada. De nuevo el sello del diablo y un misterio tan oscuro como la misma muerte.

El pánico se extendió de nuevo por el barco. El Padre Valerón Velasco había sido víctima del mismísimo Satanás, pues el que hasta entonces era considerado el asesino estaba enjaulado en la bodega y no podía ser el autor de aquella muerte.

El diablo había manifestado otra vez su presencia.

37

—¡Es imposible, mi guardia jamás se separó de su celda! ¡Mis hombres juran que pasó la noche en el calabozo! Entonces, ¿qué está sucediendo? ¿Acaso es capaz de traspasar los barrotes? —El capitán Martínez no salía de su asombro.

Yo le había invitado a venir a mi camarote para comentar el suceso y para darle el mapa con la situación del templo de San Esteban, pues poco tiempo nos quedaba ya para desembarcar.

—Es más probable que sea inocente —afirmé sin vacilar.

—El monje que os acompaña dijo que era un brujo. Bien puede haberlo matado con algún sortilegio… —insistió Martínez, que prefería pensar en eso antes de darse cuenta de que el verdadero asesino campaba a sus anchas por el barco desde hacía muchos días.

—Puede que sea un brujo, pero es humano —aseguré.

—¡Por Dios, si intentó asesinaros! ¿Y pensáis que no tiene nada que ver con la muerte del capellán? —exclamó Martínez, desesperado.

—Es posible que tenga un cómplice. Estoy seguro de que Xanthopoulos no asesinó al padre Valerón.

—Eso empeora las cosas —musitó Martínez, bajando la cabeza.

—Y si tiene un cómplice, por fuerza ha de ser otro brujo —afirmé en un susurro—, que nos acechará en nuestro camino en tierra.

—Reforzaré vuestra custodia, Excelencia —aseguró Martínez.

—Confío plenamente en vos, Martínez. Pero ¿y Xanthopoulos? ¿Quién se encargará de él cuando partamos? —pregunté.

—Desembarcará con nosotros —afirmó el capitán sabiendo que no iba a gustarme su respuesta—. Tenemos que llevarlo para entregarlo a las autoridades civiles en Asunción. ¡Dios mío! El almirante Calvente no desea tenerlo en el barco ni por todo el oro del mundo. Bastantes problemas le ha causado ya el maldito polizón.

—¿Y cuál será el informe del almirante sobre las muertes? —quise saber.

—Xanthopoulos es el culpable y será juzgado en Asunción.

—¿Y el capellán? —pregunté extrañado, pues no se podía acusar al polizón de esa muerte.

—También se le inculpa de la muerte del padre Valerón. El informe debe cerrarse, Excelencia —afirmó Martínez, aunque no parecía muy de acuerdo con el procedimiento.

—Capitán Martínez... Tengo que pediros un favor —le dije con la confianza que el largo viaje había hecho posible entre nosotros.

—Pedid lo que sea, Excelencia —respondió el capitán tan solícito como siempre.

—Tratad en lo posible de mantener a Xanthopoulos fuera de mi vista y, sobre todo, rodeadlo de la máxima seguridad. ¿Podréis hacerlo?

—Dadlo por hecho. No notaréis su presencia en nuestro viaje por tierra. Mis soldados lo alejarán de vos.

—Sois muy amable, capitán, y os lo agradezco. Por cierto, ¿sabéis cuánto tardaremos en llegar al lugar que señala este mapa?

Le tendí el mapa al capitán, que no tardó en extenderlo sobre el escritorio. Martínez miró con atención y con el índice siguió el recorrido marcado en el papel. La cartografía solía pecar de imprecisa, sobre todo la de aquellas tierras recién descubiertas, pero yo esperaba que los cartógrafos del Vaticano se hubieran esmerado y su precisión hubiera igualado a su curiosidad por estas tierras de los confines del mundo.

—Un día o dos, no podría precisarlo —calculó el capitán.

—¿Tanto tiempo? ¿Y a pie?

—Tal vez más, Excelencia. Nunca había visto selvas tan pobladas como estas, llevo días observando la tupida vegetación que se aprecia en las orillas. Las plantas lo cubren todo y seguro que nos dificultan el paso arruinando mis pronósticos más optimistas.

—Bien. Espero que después de este viaje tanto vos como yo podamos tomarnos unos días de asueto —dije intentando quitarle hierro a la conversación.

—Ojalá, daría un dedo de la mano derecha por estar un día en mis tierras de Benajarafe.

Miré al capitán y pensé para mis adentros, deseando que mi conciencia fuera sorda, que yo daría la mano por una hora con Raffaella.

—¿Excelencia? —me preguntó Martínez con suavidad, sacándome de mi ensoñación.

—Benajarafe —dije al instante aparentando lucidez—. ¿Dónde queda?

—A pocas leguas de Málaga, en la costa andaluza. Un lugar muy hermoso, os lo aseguro.

—Me alegro por vos, sois un hombre afortunado. Por cierto, si alguna vez visito España, no descartaré acercarme a Benajarafe —dije con una cálida sonrisa.

—Será un honor para mí recibiros en mi casa —dijo Martínez haciendo gala de su exquisita educación.

Después, y siempre escoltados por la guardia que me había asignado el capitán, caminamos hacia proa, rumbo al comedor, para celebrar la última cena a bordo junto al almirante Calvente y sus oficiales. La mañana siguiente sería distinta; por fin pisaríamos tierra firme, una tierra que por lo visto era rojiza como el bronce y sugerente como una insinuación.

TERCERA PARTE

EL HALLAZGO DE LOS LIBROS

XIV
VIGILIA

38

El desembarco se realizó con la primera claridad del día, rápidamente y con renovado espíritu de trabajo. Después de dos meses de encierro en el galeón, de los que cabía exceptuar las pocas horas que habíamos descansado en las islas Canarias, los ánimos parecían estar entregados en una suerte de resignación en la que la tierra parecía olvidada, arrancada de nuestras mentes por la monótona extensión de agua, el viento constante y el horizonte vacío. Los soldados ansiaban sobremanera caminar libremente por los prados, algo trivial para otros, pero un tesoro para un prisionero del mar que necesita recuperar sus recuerdos. En cierta forma, las vidas de todos cambiarían en tierra, pues los soldados de Martínez, que lejos de ser marineros no tenían sus costumbres, ya no estarían obligados a dormir sobre hamacas, ni a sufrir a las pulgas. Estar en tierra era un regalo, algo preciado, que cada uno disfrutaba a su antojo y descubría con ojos de recién llegado.

Martínez galopó por la playa a lomos de un cartujano negro, con una espléndida coraza que le cubría pecho y brazos, y un sable con empuñadura de oro. Su capa ondeaba al ritmo del caballo y cuando se separaba de la coraza, dejaba ver a la espalda del capitán dos largas pistolas con culatas ornamentadas. Solo le faltaba una daga oculta en la bota para ser el hombre mejor pertrechado que yo había visto en mi vida. Con él había descendido del barco una dotación de sus mejores hombres, armados con mosquetes. Lentamente, hollamos el nuevo suelo. Y, poco a poco, fuimos encontrando lo que la selva nos iba a deparar.

Pronto supimos que la tierra y sus encantos habían sido una ilusión, una esperanza que había durado poco porque, simplemente, habíamos cambiado un encierro por otro, un hastío por otro peor. Las pulgas ya no me hacían sufrir, ahora eran los mosquitos, tan grandes como pájaros y tan osados como vampiros, que se acercaban a nosotros a cientos. También me molestaba el persistente y rancio olor de las cabalgaduras, su estiércol y su orín. Eso sin contar con la asfixiante temperatura, que calentaba el aire hasta hacerlo prácticamente irrespirable. No había bebida que no pareciese sopa, el agua era espesa; los licores, fermentos; los vinos, caldos. Todo era sudor, sudor y un paisaje muy poco seductor, pues en medio de la jungla se repetía un árbol tras otro, tan atractivos al cabo de un rato como granos de arroz en una cazuela.

Sabía muy poco de esta tierra y menos aún de los parajes lindantes. De vez en cuando advertíamos la presencia de los nativos, que salían de entre el follaje para lanzar sus flechas a todo lo que se movía y no tenía su color de piel. Algunos soldados comentaban que había tribus que lo devoraban todo, incluidas las armaduras. Todo aquello no eran más que fanfarronadas de taberna contadas por los que al regresar a Europa querían captar durante algunas horas la atención de borrachos y prostitutas.

Desde que el dominico fray Bartolomé de las Casas denunciara los abusos que se estaban cometiendo contra los indios desde el inicio de la conquista del Nuevo Mundo, cada vez que se fundaba una nueva ciudad y se organizaba el gobierno de los territorios lindantes, la Iglesia disponía el envío de sacerdotes que evangelizaran, y también protegieran, a los indígenas. Yo sabía que los franciscanos habían llegado a aquellas tierras un año después de que se fundara Asunción en 1537, y habían establecido, en la llamada provincia de Guairá, unos asentamientos en los que enseñaban religión católica, agricultura, artesanía y pequeñas industrias a los guaraníes. Y además, algunos, como Luis Bolaños, no solo habían aprendido a hablar la lengua de aquellos hombres, sino escrito un catecismo en guaraní. ¡Qué distinta la labor de aquellos hombres a la de la Inquisición!

El capitán Martínez mantenía un grupo de soldados de avanzada constituido por diez hombres, mientras que otros quince escoltaban a la compañía, formada por nosotros y otros veinte soldados, cuatro de ellos destinados a custodiar al prisionero. Así pues, cuando creía haber abandonado el infierno del navío, lo cierto es que solo había ganado un paseo por el jardín del purgatorio.

Al caer la noche todo se complicó. Durante la hora que siguió al ocaso una cabra había muerto. Se desplomó, agotadas sus fuerzas por los mosquitos, exhalando un último y quejumbroso aliento. Después, Martínez me informó de que debíamos apagar todas las luces —teas, lámparas de aceite, faroles— para no atraer a los malditos insectos y de que tendríamos que aprovechar solo la luz de la luna, pues al parecer ni las armaduras soportaban sus terribles embates. Además, estaban los jaguares que se acercarían por la noche para intentar conseguir comida fácil, algún español exquisito engordado con jamón y buen vino.

El capitán no tardó mucho en acercarse a mi carruaje para comunicarme que tendría que abandonarlo, pues no podía seguir adelante por su volumen y el poco espacio que dejaba la selva para su paso. Así que le quitaron el eje y las ruedas, soltaron a los caballos y, amarrando a la cabina dos largas vigas, improvisaron un palanquín que ocho soldados transportarían a hombros. Seguramente para los esforzados soldados españoles, el inquisidor y sus baúles eran los primeros candidatos para dejar olvidados entre el follaje, pero ninguno de sus rostros delató tal pensamiento. Èvola había decidido realizar el viaje a lomos de una mula, tapado de pies a cabeza con su hábito benedictino que le protegía de los voraces mosquitos y le hacía deshidratarse en espesos sudores.

Siguiendo los consejos del capitán, cerré las cortinas de la cabina y me cercioré de que ningún destello de luz escapase al exterior. Encendí luego una lámpara de aceite y descansé la espalda con un suspiro, que nació en mi pecho y murió en mi boca con resignación.

El último lacre me había abierto los ojos. La realidad se asemejaba mucho a la carta de Anastasia. Desde el principio presentí una conspiración, esa que Piero Del Grande mencionó por primera vez y que Anastasia corroboraba en su escrito. Era hora de saber qué decía mi maestro. Ya estaba en tierras del Virreinato y podía leer su carta. Busqué en uno de los baúles y la tomé. Me había causado tanta intriga como los sobres lacrados de la Inquisición, pero esperaba que fuera menos enigmática. Antes de abrirla me serví las últimas gotas de cristalina *grappa*, di un trago lento y corté la solapa del sobre:

Génova, 30 de noviembre del año 1597 de Nuestro Señor.

Querido, apreciado y siempre muy amado discípulo mío:

Después de mi confesión, aquella que guardé, aquella que silencié y reservé solo para cuando tu formación se hallase completa, no en galardones de nuestra Iglesia, sino en enseñanza del espíritu, esa que solo el ojo del maestro percibe, aún tengo otro asunto que debes conocer.

Digo y manifiesto que tu formación es completa y que tu vocación debe dedicarse a un único fin: servirnos a nosotros, la *Corpus Carus*, que existimos como una gran masonería oculta en el seno de la Iglesia.

Cumplí con mi labor en cuanto pude, educándote, guiándote y protegiéndote. Di rienda suelta a tu vocación de justicia, permitiendo incluso que abandonaras mi ala y entregándote a los dominicos. Sé qué el vínculo entre nosotros jamás se debilitó lo más mínimo, a pesar de los largos períodos que pasamos sin vernos en los últimos años.

Porque mi amor te llevó al equívoco y destruyó todo lo que te había enseñado: este día en que decidí hablarte de tus orígenes, una verdad que me había quitado el sueño durante años y que fue la causa de que no nos viéramos tan a menudo como ambos habríamos deseado. Una verdad pospuesta desde el mismo día en que entraste en el monasterio envuelto en la mortaja de tu madre. Pero ahora que sabes la verdad, revelada por mi boca y sufrida por mi corazón, te exhorto a que cumplas la misión para la que estás predestinado: el servicio de Nuestro Salvador Jesús, de su Iglesia y de nuestra *Corpus Carus*, que hoy a gritos pide tu ayuda.

Bajé lentamente la carta y contemplé atónito la llama de la lámpara. ¿Qué clase de proposición era aquella? ¿Acaso mi maestro había enloquecido?

La *Corpus Carus* necesita que te entregues y veles por ella, por tus cofrades, aunque no sepas quiénes son y aún no tengas noticias de ellos. Y este viaje que llegará a su mitad cuando leas esta carta es parte de tu misión. Por eso insistí personalmente en que embarcaras. De igual forma que las negras nubes de la tormenta asoman en tus días, la claridad de la *Corpus* te ayudará a meditar y buscar con esperanza esos retazos de cielo azul que se abren cuando descarga la lluvia.

Súbitamente recordé la carta de Anastasia, la trama de conspiraciones alrededor de mi persona que ella mencionaba, y sus recomendaciones para que fuera cauto.

Recuerda siempre un nuevo pensamiento que debes sumar a los que ya posees y que no es contrario a ellos, sino multiplicador de tu fe y tu propia estimación. Un Caballero de la Fe, que forma parte de la *Corpus*, nunca debe alejarse del lema: «El Vicario de Cristo es lo que dicta nuestra espontánea y primera conciencia». Sin negar al Sumo Pontífice nuestra obediencia, nuestra primera premisa es que Cristo está en nuestro corazón y toda determinación que de él salga estará ungida por Su gracia. Cada decisión que tome un Caballero de la Fe está forjada en el Espíritu y templada en la unidad de nuestra Hermandad.

Querido Angelo, no estarás solo. De ahora en menos tiempo del que podría parecerte razonable, heredarás un cargo que no esperabas. Hallarás hermanos de la *Corpus Carus* que se presentarán oportunamente en tu viaje, y se darán a conocer pronunciando nuestro lema: *Extra Ecclesia nulla salus*.

Y bajo orden expresa mía, un hermano velará por ti durante todo el viaje pero no sabrás quién es hasta que lo crea oportuno.

Esperando volver a verte, te envío un cálido saludo y un deseo inmenso de paz.

Tuyo en Jesús,

Padre PIERO DEL GRANDE

Doblé la carta rápido como un rayo, luego me asomé entre las cortinas, un instante, para mirar hacia la selva iluminada en luz de luna, buscando.

—¿Un hermano estará velando por mí en el camino? —me pregunté—. ¡Pero si un brujo casi me mata en el galeón!

Volví a mirar el final de la carta: *Extra Ecclesia nulla salus*, «fuera de la Iglesia no hay salvación». Esas eran las palabras que había de pronunciar cualquiera que quisiera darse a conocer como miembro de la *Corpus Carus*. Guardé la carta en el fondo falso del baúl que llevaba mis pertenencias, y luego medité, medité cuanto pude, mas todo se me volvían preguntas sin respuesta: Piero Del Grande quería que yo estuviera allí, quería que actuara en nombre de la *Corpus Carus*, incluso me anunciaba que heredaría un cargo... ¿Cuál era mi misión? ¿Cuánto debía esperar para saberlo? Y ese cargo que iba a heredar... Mis sentimientos era confusos, pero en cierta manera aquella carta me había aligerado del peso de la soledad. Si había emprendido finalmente aquel viaje a lo desconocido no fue por lealtad a la Inquisición o al Papa: fue por Dios, por su Iglesia y por la insistencia de Piero Del Grande. Y nunca, en todos estos días largos, tediosos y llenos de peligros insospechados, había estado solo: mis dos maestros estaban conmigo.

No tardaría mucho en encontrar respuesta a todas esas preguntas. Tan solo un día.

XV

LIBRORVM PROHIBITORVM

39

Llegamos al templo el 31 de enero por la tarde, sin que nadie advirtiera nuestra presencia, ayudados por el torrencial aguacero que asoló la jungla y que nos acompañó durante todo el día. Aquellas tierras me enseñaron que las lluvias podían fraguarse en un instante, de forma impredecible, sin ningún signo que las anunciara, como si el capricho de la naturaleza tuviera su ombligo en algún recodo de aquel cielo. El aguacero caía, rebotaba en las altas copas de los árboles y descendía hasta empapar los cientos de plantas, helechos y demás especies exóticas que yo no era capaz de reconocer. Y el suelo se convertía en un profundo lodazal. Repentinamente, la marcha se detuvo y el capitán Martínez se acercó a mi cabina.

—Excelencia, las puertas del templo se encuentran a la vista —me dijo desde su montura, esforzándose en hablarme a través de la ventanilla.

Estaba algo demacrado y tenía la capa empapada.

—¡Gracias al Cielo! Mi más cumplida enhorabuena. Tenía el mal presentimiento de que nos habíamos perdido. —Suspiré, pues después de varias horas de vagar por aquella selva, los fantasmas habían comenzado a torturarme lenta y fatalmente—. ¿A cuánta distancia estamos?

—A unos doscientos pasos, aunque la selva nos ampara —dijo el capitán, que era un buen estratega, puesto que el factor sorpresa era importante y jugaba a nuestro favor.

—Bien. Vayamos directos al templo. Que sus hombres lo cerquen y que no se distraigan. Nadie debe salir de ese edificio sin mi permiso.

—Así será, Excelencia. Prepararé a la tropa para el acercamiento. En breve estaréis pisando suelo seco y seguro, justo donde indicaba vuestro mapa y vuestras órdenes.

Espoleando su caballo, Martínez se alejó al galope. Como dijo, estábamos a punto de llegar. Mi corazón empezó a latir con la euforia de los momentos finales.

El templo formaba parte de un asentamiento en cuyo interior pude contemplar los comienzos de una precaria civilización. Construida con ladrillos de barro rojo, la iglesia era la estructura más imponente del conjunto y la que ocupaba su centro. El resto lo formaba una pequeña plaza alrededor de la que se situaban las chozas, todas ellas cubiertas con hojas. Cuando entramos en el recinto, algunas cabezas asomaron con cautela por las ventanas: eran los temidos guaraníes. La lluvia los mantenía dentro de su refugio, esperando, mientras nuestra presencia anunciaba aquello que habían temido durante años: la imposición de algo no deseado. Contemplaban nuestra llegada como jaguares, en silencio y preparados para el ataque. Y eso nos asustó más de lo que esperábamos.

Martínez ordenó la toma del templo. Ubicó a sus veinte mejores hombres en el pórtico, mientras que el resto vigilaba el entorno. Los soldados miraron de cerca a aquellos hijos de la selva, intimidándoles para que permanecieran donde estaban, sin entrometerse. Cuando todos sus hombres estuvieron emplazados, Martínez ordenó a los que portaban mi cabina que la posaran en el suelo. Diez ballesteros cubrieron mi descenso y me escoltaron hasta el templo. Pude sentir el pánico a mi alrededor: aquello no era un asentamiento cristiano, estaba lleno de nativos y aparentemente desierto de hombres blancos.

—Me quedaré aquí fuera —dijo Martínez sin poder ocultar su preocupación—. Estaré velando por el control de la plaza. Vos podéis disponer de vuestra guardia personal para hacer lo que tengáis que hacer.

En la fachada principal del templo me reuní con el notario y dispuse la entrada. Por delante de nosotros cinco soldados desenvainaron sus espadas y empujaron la robusta puerta. Íbamos a vivir algo inolvidable.

40

—¿Qué significa este atropello? ¿No sabéis que esta es la Casa de Dios? —preguntó un padre alto y delgado, que antepuso su frágil humanidad a las espadas.

En ese instante ordené que las envainaran y, abriéndome paso entre los soldados, tomé la palabra. Aquel hombre tenía razón, aquella era la Casa del Señor y la serenidad que allí se respiraba así lo indicaba. No era lugar para alzar las armas.

—No se trata de ningún atropello —respondí seco y cortante—. Hemos venido en nombre de la Santa Inquisición a tomar este edificio y todo el asentamiento.

El fraile me miró extrañado.

—¿La Santa Inquisición? Pero ¿qué ha de hacer la Inquisición en este lodazal?

Me bajé la capucha y examiné el interior de la iglesia antes de responder.

—Mi nombre es Angelo Demetrio DeGrasso, Inquisidor General de Liguria. A partir de este momento queda instalada en esta iglesia mi delegación. La utilizaremos para desarrollar las tareas inquisitoriales. Quedáis momentáneamente bajo arresto, vos y todos los religiosos que aquí se encuentran.

El hombre no salía de su asombro. Solo fue capaz de fruncir el ceño y exclamar:

—¿Me vais a encerrar?

—¿Cómo os llamáis? —pregunté sin responder a su pregunta.

—Nuno Gonçalves Dias Macedo —contestó.

—Portugués... —pensé en voz alta sabiendo ya que no era el hombre que buscaba.

—Sí, soy portugués, señor DeGrasso.

—Decidme, ¿hay alguien más con vos en el asentamiento, además de los nativos?

—Sí, dos hermanos más.

—¿Se encuentran aquí en estos momentos?

El portugués dudó por un momento si contestar o no, pero luego prosiguió.

—Sí, Excelencia.

—¿Dónde?

—Aquí mismo, en la sacristía o en los dormitorios, no lo sé exactamente.

—¿Alguno de ellos tiene por nombre Giorgio Carlo Tami? —seguí preguntando.

—Sí.

—¿Sí? —repetí, no tanto porque dudara, sino porque me parecía demasiado fácil que el hombre al que tenía que interrogar y detener estuviera allí, al alcance de mi mano.

—¡Dije sí, Excelencia! —desesperó el portugués—. El italiano, preguntáis por el italiano.

—¿Dónde está la sacristía?

—A vuestra derecha, tras aquella puerta —dijo el portugués señalando una puerta cercana al altar mayor.

Ordené a los soldados que me siguieran y me encaminé hacia la puerta pero cuando estaba llegando, esta se abrió y de la sacristía salió otro padre.

—¿Qué sucede aquí? —gritó.

Su acento era inconfundiblemente sajón; no era el italiano. Dos soldados se dirigieron inmediatamente hacia él para apresarlo, y él no se resistió.

—¿Cómo os llamáis? —le pregunté.

—Padre Lawrence Killimet, jesuita. Y ahora, ¿podéis decirme qué significa todo este alboroto?

—¿Dónde está el padre italiano? —le pregunté.

—¿Giorgio...?

—Giorgio Carlo Tami. ¿Está aquí?

—¿Quién lo busca? —preguntó el sajón con desconfianza. Y encontró pronta respuesta.

—La Inquisición.

El padre Killimet miró al portugués y después señaló a una puerta que se hallaba en una de las naves laterales del templo.

—En su alcoba —musitó.

—Capitán Martínez: detened a estos hombres y habilitad alguna estancia adecuada para su confinamiento hasta nueva orden —dije antes de dirigirme hacia el lugar indicado por el padre Killimet.

Al final de un oscuro y húmedo pasillo, una puerta entreabierta nos invitó a pasar. Siguiendo a los guardias me abrí paso hacia el dormitorio. Encontré un sacerdote leyendo, de espaldas, y en penumbra, a la luz de una vela casi consumida. A diferencia de los otros dos, este no preguntó quiénes éramos ni qué hacíamos; solo se volvió hacia nosotros con una enorme paz interna y miró sin decir palabra al gentío que había invadido su habitación. Después se levantó y clavó su mirada en mí. Tami era delgado, con unas entradas profundas en su cabello y nariz aguileña. Sus ojos irradiaban espiritualidad. En ese momento tuve la clara sensación de que sabía quién era yo, pues antes de que pudiera decirle nada, soltó entre dientes:

—Ahora lo sé: el mal tiempo nos ha llegado desde Roma.

—Quedáis bajo arresto y permaneceréis incomunicado hasta que la Santa Inquisición lo decida —le dije, y mis palabras parecieron no importarle, aunque para hacer honor a la verdad, a mí también me sonaron huecas.

Me quedé mirando al sacerdote como si fuera parte de un botín de guerra. Giorgio Carlo Tami pasó a mi lado después de que le ajustaran los grilletes en las manos y no lo volví a ver hasta el día siguiente, en su encierro y sin las comodidades elementales de todo ser humano. Una vez más, el mazo de la Iglesia había caído y en esta ocasión, según mi información, sobre la nuca de uno de los herejes más buscados.

Una vez detenidos los jesuitas y registradas a conciencia todas las estancias del asentamiento, los soldados se concentraron en el templo, que era el lugar señalado en la carta. No había rastro de los libros. La noche empezaba a caer, todos estábamos agotados por el largo viaje a pie. Era hora de comer algo e ir a descansar: el día siguiente nos iba a deparar sorpresas inquietantes. Antes de recogerme en la estancia habilitada para mí, avisé a Èvola y a Martínez: iba a ser necesario interrogar a Tami y, como teníamos orden expresa de no convocar un tribunal, tendríamos que hacerlo de manera informal. Los libros debían aparecer.

41

Al día siguiente, después de un almuerzo que realizamos tarde, comenzó el interrogatorio. Decidí llevarlo a cabo en la celda donde estaba recluido, improvisada en una habitación vacía, oscura y fría situada en la misma zona donde los sacerdotes tenían sus dormitorios. En aquella zona estaba también encerrado Xanthopoulos. Una vez allí convoqué a Martínez para que presenciara la sesión. Por supuesto, también estaba Èvola, que no había asistido al almuerzo y se excusó por llegar tarde. Tomaría nota de todo lo que iba a suceder, vigilándome para que no me extralimitara y preguntara más de lo debido.

Dentro de la habitación se había dispuesto una mesa cuya parte central estaba reservada para mí. A mi derecha se sentó el notario y a mi izquierda el capitán Martínez. Una guardia de cuatro soldados custodiaba a Tami. Ordené a Èvola que comenzara con el preámbulo del interrogatorio.

—¿Nombre? —preguntó el napolitano al acusado.

—Giorgio Carlo Tami —respondió el sacerdote, que se hallaba sentado en una silla enfrente de mí.

Èvola anotó el nombre en el libro con su rebuscada y cuidada caligrafía y siguió:

—Siendo la tarde del primero de febrero del año 1598 de Nuestro Señor, se da comienzo al interrogatorio del sacerdote Giorgio Carlo Tami, jesuita, por desviación de la fe. De aquí en adelante, las palabras del acusado serán tomadas como pruebas de su inocencia o culpabilidad. El Inquisidor General Angelo Demetrio DeGrasso es la persona encargada de realizar el interrogatorio. Sin más, como notario del Santo Oficio y con la facultad que ello me confiere, doy por asentado en el libro este interrogatorio.

Después del preámbulo comencé a preguntar con todas las armas que me habían dado mis muchos años de estudio, los manuales al uso y, sobre todo, la práctica, aquella con la que convivía día a día en los últimos años de mi cruzada personal. Aunque el interrogatorio no sería una sesión de un tribunal de la Inquisición, íbamos a realizar la misma puesta en escena, dado que Tami desconocía la limitación que Roma me había impuesto.

—Hermano Tami, ¿podéis decirme el motivo por el que comparecéis ante nosotros? ¿Qué os ha llevado a esta situación? —dije y me quedé mirándole con la falta de expresión propia de un cadáver.

—No lo sé, Señoría —respondió abiertamente.

—¿No lo sabe...? Piense, por favor. ¿No se le ocurre nada por lo que haya de sincerarse con este tribunal?

—No, Señoría.

—¿Sabéis, padre Tami?, sé que me ocultáis algo...

—Sois libre de pensar lo que queráis, Excelencia DeGrasso. Pero por mucho que vos sospechéis, yo no llegaré a saber qué es lo que buscáis.

—Vuestro discurso es típico de los que tratan de esconder sus trapos sucios debajo de la lengua. Soy la persona a la cual jamás conseguiréis engañar con vuestras mentiras, la que nunca desviará su atención de vos, por lo que será mejor que os mostréis razonable y me digáis eso que espero oír.

Tami respiró hondo y luego dijo:

—Siento haceros perder el tiempo, Excelencia. Y mucho más siento que se me considere mentiroso, pues ninguna mentira ha salido de mi boca.

—Sigo sospechando que algo ocultáis y eso no os favorece, padre.

—Podéis sospechar de por vida; en verdad que no es de mi incumbencia.

Tami parecía empecinado en no hablar. Esto era una constante en los acusados que tenían cierta cultura, pues los analfabetos soltaban la lengua con solo verme el crucifijo del pecho. Aunque para cada pez hay una carnada, y para cada hereje, una trampa.

—¿Habéis tenido anteriormente pleitos con la Inquisición?

—No.

—Entonces será por eso que no entendéis. Mientras permanezcáis bajo sospecha seréis un eterno confinado. Si no reparáis vuestra imagen ante mí, solo podréis esperar una vida deplorable y sin la gracia de todo hombre libre en la Iglesia de Cristo.

—¿Queréis decir que si vos sospecháis de mí, yo he de desvivirme para convenceros de lo contrario?

—Así es, padre. Pero vuestro esfuerzo no será en vano, pues lo haréis por vos mismo y por vuestro honor. ¿Tenéis algo que decir ahora?

—¿Y si me niego? —preguntó Tami con los ojos encendidos.

—Nadie se niega por siempre; os lo digo con conocimiento de causa. Tarde o temprano hablaréis, de una forma u otra. Yo preferiría que lo hicieseis en primera instancia, puesto que la fuerza es solo recurso para un diálogo roto y estéril, y digno de un sospechoso con ego desmedido, y no creo que sea vuestro caso. No permitáis que vuestras palabras os enreden en asuntos peores.

—Creo no tener problemas, no más de los que vos intentáis causarme, Excelencia.

Recibí con tranquilidad su acusación y luego respondí con el aplomo y seguridad dignos de un juez.

—Os noto reticente. Creo que estáis pidiendo a gritos un tiempo de encierro. Un mes, dos, o tal vez cuatro, el tiempo necesario para que olvidéis cómo es la luz y aflojéis la lengua. Tal vez no os hagáis una idea del horror al que podéis ser expuesto, padre Tami, por lo que prefiero tomar vuestra actitud hacia mí como ignorancia de vuestra precaria situación. Sed razonable, dejad que os ayude con vuestro problema.

—¡Pues decidme entonces cuál es mi problema! —exclamó desencajado. Y ese fue el momento en el que, como todo buen pescador, lancé el anzuelo.

—Habladme de los libros.

—¿Los libros?

—Habladme de ellos y evitad ser encerrado.

—Tengo muchos libros… ¿Por cuáles os interesáis?

Súbitamente me puse de pie y di un fuerte golpe a la mesa.

—¡No perdamos el tiempo! ¡Habladme de los libros que escondéis en el templo!

El sacerdote se puso lívido y siguió obcecado en su silencio.

—Os equivocáis, Excelencia. No soy la persona que buscáis y no sé de qué libros me estáis hablando —respondió con calma.

Giulio Battista Èvola levantó la mirada de su libro y me observó con complicidad. El descargo de Tami no le había convencido.

—¡Jurad entonces por las Sagradas Escrituras que no escondéis nada! —repliqué.

—Yo no juro y menos por vuestro deseo.

—¿Es esa una forma elegante de afirmar que sois el que buscamos mas no queréis daros a conocer?

—Vos… —comenzó Tami. Inmediatamente le interrumpí.

—No respondáis hasta que yo os lo permita, aún no he terminado. —Me volví hacia el capitán Martínez, que seguía el interrogatorio en silencio—. ¿Acaso, capitán, si alguno de vuestros soldados se niega a jurar algo sobre lo que normalmente juraría, no sospecharíais de él?

Martínez pensó por un instante. Luego respondió:

—Pensaría que esconde algo.

—Bien... ¿Por qué?

—Porque si no tuviese algún cargo de conciencia juraría sin ningún inconveniente.

—¡Exacto! Eso es lo que sucede con nuestro sospechoso. Si bien guarda información, y abiertamente la esconde a este tribunal con sus actos, también podemos decir que el padre Tami tiene un mínimo de conciencia y no jura por miedo a un pecado peor, espiritual: el de jurar en vano. ¿Acaso hay mejor prueba que esto que estamos presenciando?

—¿Esto es una prueba? —dijo Tami incrédulo.

—Seguro, y no solo esto. Cuento con un informe de gravedad sobre vos.

—¿Quiénes me acusan?

—Tengo que deciros que la Inquisición nunca revela los nombres de los delatores que ayudan a erradicar a personas como vos. En verdad quién os acuse no es lo que interesa, sino si las denuncias son ciertas o no.

El clérigo italiano bajó el rostro. Sin esperarlo la telaraña de la Inquisición le había atrapado. No tenía ninguna salida, pues si decidía jurar podía acusarle de blasfemo y cualquier defensa posterior sería descalificada.

—Si afirmáis tener pruebas de que algo encubro y que vuestras sospechas pueden hacerme la vida imposible, ¿qué queréis? ¿La verdad o lo que ansiáis escuchar?

—Decidme dónde guardáis los libros prohibidos y ya no tendréis más problemas, os lo garantizo.

Tami apretó los dientes y, relajando su semblante, dijo con voz calmada:

—Yo no sé nada sobre los libros que buscáis.

Inmediatamente y por obra misma de la Providencia, la

puerta del cuarto se abrió dando paso a un soldado corpulento que nos informó del hallazgo de un falso nicho en la iglesia. La noticia nos paralizó a todos. Tami bajó la cabeza, desolado, y yo le miré fulminándole con las llamas de mis ojos.

—Reanudaremos el interrogatorio con la caída del sol —dije, y así abandoné la sala para dirigirme al lugar del hallazgo a examinar las posibles evidencias, algo mucho más apasionante que seguir hurgando en la cabeza del jesuita.

El sacerdote italiano se quedó en la soledad de su encierro, acompañado solo por su conciencia y por los negros nubarrones que parecían cernirse sobre su horizonte. Un tropiezo para su frágil credibilidad, por definición para todo aquel que se enfrentaba a la Inquisición.

42

Llegué a la capilla mayor todo lo rápido que mis piernas fueron capaces de llevarme. Los soldados estaban reunidos a pocos pasos del altar, murmurando. Los susurros rebotaban en los techos y propagaban el murmullo, duplicándolo en un constante rumor. Las miradas se entrecruzaban, preguntándose sin obtener respuesta. Algo misterioso había aparecido tras una pared falsa, en un hueco lúgubre situado bajo la sencilla cruz de madera que era el único adorno de la iglesia. Ordené que desalojaran el lugar de inmediato.

Miré aquel agujero. Era un nicho sepulcral antes cubierto por una sencilla lápida que ahora estaba rota en el suelo. Una tumba profanada. Por nosotros. Me volví para pedir una luz que me permitiera examinar el interior. En la iglesia solo quedaban Èvola, el capitán Martínez y un suboficial, el responsable de haber removido la lápida de su posición original. Me trajeron un candelabro de hierro con el que iluminé el hueco para ver el costado de una vieja caja. El resto estaba vacío, no había cadáver alguno en la sepultura.

—¿Cómo disteis con esto? —pregunté sin dejar de observar la caja.

—Nos lo indicó esta mañana vuestro notario —respondió el cabo Llosa.

Me volví y miré a Èvola que permanecía en silencio a mi lado. Por eso había madrugado y por eso había llegado tarde, contra su costumbre, al interrogatorio.

—¿Vos ordenasteis profanar una tumba?

—Sí, Excelencia.

—No consigo imaginar cómo, habiendo tantos lugares dónde buscar, intuisteis que aquí se encontraba el escondite, y más viendo que hay otras tres tumbas al lado del altar que no habéis tocado.

Giulio Battista Èvola repitió aquel gesto que le ayudaba a pensar y se pasó la mano por la enorme cicatriz que coronaba su ojo parcheado antes de responder.

—Es un escondite ingenioso, casi perfecto. Fue la fecha de la muerte inscrita en la lápida lo que provocó mi sospecha.

—¿Y qué había de extraño en ella? —pregunté.

—¿Vos pensaríais que este templo fue erigido hace un año? Le miré intrigado y contesté sin vacilar:

—Desde luego la construcción es reciente, pero un año…

—¿Y si os dijera tres años?

—Creo que es más antiguo…

—¿Diez?

—Podría ser…

—¿Veinticinco?

—Hermano Èvola: los franciscanos llegaron a estas tierras en 1538, ¿satisfecho...? Y ahora, ¿os importaría dejaros de circunloquios? —exclamé exasperado y ya cansado de las palabras de Èvola, aunque reconociendo que quisiera alargar su momento de gloria.

—La lápida que ordené levantar, Excelencia, era de un sacerdote fallecido en 1523. No tenía ninguna lógica que un sepulcro fuera anterior al templo. Y el resto de las tumbas llevan nombres de nativos, con seguridad personas reales, y muertos en los últimos tiempos. La más antigua es del año pasado. Estoy seguro de que hallaremos huesos en todas ellas.

—No será necesario profanarlas —continué—. Creo que ya no hay nada más que buscar. Pero vamos a confirmarlo.

Ayudado por el capitán y el suboficial, arrastré el cofre hasta el suelo de la iglesia. Después lo colocamos encima del altar. Cuando contemplé el pequeño cofre, una llama insólita brilló en mis ojos, una mezcla de recelo y codicia, la misma de aquel que observara una gema oculta en una simple piedra. El momento que esperaba había llegado.

—Capitán —dije a Martínez—, ¿seríais tan amable de dejarnos a solas? Únicamente mi notario y yo estamos autorizados para inspeccionar el contenido del cofre.

El deseo de curiosear de Martínez se esfumó ante lo irrevocable de mi argumento. No pudo más que resignarse, y con una leve sonrisa él y Llosa abandonaron la iglesia. Una vez a solas, Èvola y yo nos miramos en silencio.

Soplé el polvo que cubría la tapa y descubrí algo de su sencilla belleza. Sin duda sus dimensiones eran ideales para manipularla sin esfuerzo, unos dos palmos y medio de ancho por palmo y medio de fondo y un palmo de altura. La madera oscura apenas mostraba decoración alguna y solo unos refuerzos de bronce protegían las esquinas y el frente de la caja. Pasé mis dedos por la tapa disfrutando de cada irregularidad de la madera. Me detuve en el cierre y lentamente lo abrí. Las bisagras rechinaron débilmente.

Dentro del paño que los protegía, afloraron las siluetas de dos libros: uno grande y grueso, y otro más pequeño, tanto en tamaño como en número de hojas. Èvola anotó en el libro de actas el descubrimiento y después habló.

—Coinciden perfectamente con los señalados por Roma. ¿Tenéis vos alguna duda de que sean estos los ejemplares que buscamos?

—Ninguna, está claro como el agua. Estos son los libros prohibidos.

—Es asombrosa la precisión del Santo Oficio —reflexionó Èvola en voz alta—. Estaban exactamente donde nos habían señalado, ninguna complicación y ningún error.

—Es igual de asombrosa la habilidad del hombre para hacer eterna la maldad. ¿Quién podría afirmar que estos parajes tan remotos ocultarían tanto dolor en su suelo?

Retiré el primer ejemplar utilizando ambas manos y lo coloque en el altar. Se trataba de un abultado libro con tapas de cuero negras y un millar de hojas en su interior. No había grabado alguno en su frente ni en su canto. Abrí la tapa.

—¿Qué vais a hacer? —me interrumpió Èvola, fuera de sí, agarrando mi mano.

Me solté con rabia y contesté con tranquilidad.

—Revisar el material.

—No nos está permitido hacer eso, las órdenes son claras, Excelencia.

—Necesitamos saber qué clase de literatura escondía el sacerdote italiano. Es menester si hay que acusarlo formalmente para juzgarlo.

—Las órdenes son otras, Excelencia. Debéis obedecerlas o asentaré en el libro de actas vuestro comportamiento. Vuestra facultad de juez ha sido cercenada y no tenéis derecho a violar las órdenes de Roma.

Dirigí distraídamente la mirada hacia la primera hoja del libro abierto. Allí estaba el grabado de un pie de bruja y, bajo aquel funesto símbolo, el nombre del autor, Abdul Al-Hazred; del traductor al italiano y el título de la obra. El traductor era Gianmaria, y el título, *Necronomicón*. Cerré la tapa rápidamente.

—Tenéis razón —le dije al notario—, la curiosidad nunca es buena consejera. —Èvola se quedó mirándome sin dejar traslucir emoción alguna.

—Es mejor así —musitó.

Devolví el grueso volumen a la caja y extraje el segundo libro. Estaba encuadernado con tapas de madera, cosidas en el lomo por un hilo deteriorado que unía no más de ciento cincuenta hojas. Muchas de ellas ya reflejaban el inexorable paso del tiempo en sus hilos corroídos y, en algunos casos, en la podredumbre que les había causado la humedad. El segundo libro era mucho más antiguo que el *Necronomicón* y estaba escrito en latín pues en su primera hoja se leía *Codex Esmeralda*. Allí estaban los conjuros que faltaban en el otro, allí estaban las líneas que los brujos del siglo XIII decidieron que era mejor ocultar. Y aunque deseaba más que nada en el mundo leer el contenido, siquiera hojearlo, no pude hacerlo pues el notario me observaba como un sabueso. Así pues lo devolví al cofre y cerré la tapa. Estaba emocionado, había tenido los libros, que habían marcado mi vida y que escondían un poder letal para el reino del Señor, en mis manos.

—¿Qué haremos con la caja, Excelencia?

—Lo primero, retirarla del altar, pues no quisiera cometer ningún sacrilegio. Instalaremos una cámara del secreto en alguna estancia vacía del asentamiento y allí será vigilada por dos soldados, día y noche, hasta que partamos.

—¿Y con el jesuita? —Èvola sonreía no por satisfacción de haber hecho perfectamente su tarea sino al pensar en la posibilidad de que yo decidiera usar mis instrumentos de tortura.

—Disminuidle las raciones diarias de pan y agua. Así empezará a pagar sus calumnias.

Esa misma noche informé al sacerdote de que habíamos encontrado los libros y que con eso ya teníamos pruebas suficientes para encausarlo por delitos contra la fe, con el agravante de que era un religioso. Él, y el resto de los jesuitas, a los que considerábamos sus cómplices, permanecerían encerrados e incomunicados por tiempo indefinido, el que nos llevara regresar a Italia. También le dije que serían juzgados en

Roma. Tami se mostró tan inexpresivo como una estatua de mármol, ninguna emoción se tradujo en su rostro. Con esta actitud sobria había encendido mi curiosidad por su persona. Y todavía no tenía idea de lo que el sacerdote italiano iba a revelarme.

XVI
REVELATĬO

43

Habían transcurrido tres días desde nuestra llegada, tres días largos en los que estuve sumido en un mar de dudas, allí, en aquel asentamiento que me había tocado compartir con dos enemigos de Dios: un brujo y un hereje. Pues, aunque Martínez había cumplido con creces su promesa y yo no le había visto en ningún momento, Xanthopoulos seguía allí, esperando la disponibilidad de los soldados para llevarlo a Asunción y entregarlo a las autoridades civiles. Mas mi cabeza insistía en lo que ahora me preocupaba: ¿no había sido el hallazgo de los libros demasiado fácil? ¿Podía ser solo fruto de la sagacidad, demasiado oportuna por otra parte, de Èvola? Iuliano había afirmado saber perfectamente dónde estaban los libros y Èvola era su perro fiel. ¿No me habría equivocado al pensar que el notario no sabía a qué veníamos? Puede que incluso supiera, exactamente, dónde se hallaban escondidos aquellos malditos libros. Y aquel jesuita italiano, su entereza, aquella aureola de serenidad que le rodeaba y que yo, tan necesitado de calma, apreciaba y envidiaba, me invitaban a hablar con él; más que a hablar, a escucharle. Por eso aquella mañana, no bien despuntó el día, decidí visitarlo en su encierro, no en calidad de inquisidor, sino como un hombre que necesita respuestas para hallar descanso. El canto del gallo anunció mi llegada al carcelero que, sorprendido, me permitió entrar a la celda húmeda y oscura. El sacerdote estaba acurrucado en el rincón más seco que había encontrado, sus manos como almohada y su viejo hábito, lleno de rasgaduras, como único abrigo. No se había alimentado más que de pan y agua, y tanto la escasez de comida como el mal dormir y el tener que convivir con sus excreciones se reflejaban en su rostro fatigado. El jesuita abrió los ojos al notar mi presencia, se incorporó y se apoyó contra la pared.

—No os asustéis, solo he venido a conversar —le dije al ver su preocupación.

El jesuita miró a la puerta y se dio cuenta de que no se trataba de ninguna sesión de tormento, pues nadie más había con el inquisidor.

—Si os digo la verdad, os estaba esperando —contestó—. Pensé que vendríais ayer, pero he comprobado que, tal como me habían dicho, sois un hombre muy paciente.

—¿Quién os dijo que yo era paciente? —le pregunté con suavidad.

—Un amigo común.

—¿Un amigo común…? No creo que compartamos ninguno, habría reconocido vuestro nombre en cuanto lo leí.

—Creedme, hermano DeGrasso, no seáis reacio a mis palabras.

—¿Creéis que puedo confiar en vos después de que me ocultasteis la verdad sobre los libros? ¿Osáis apelar a vuestra credibilidad?

—Claro que sí —me respondió Tami sonriendo y arreglando sus cabellos—. Si no creyerais en mí de alguna forma, no estaríais aquí. No habréis madrugado tanto solo para hablar con un mentiroso, ¿verdad? Sería estúpido pensar eso de vos, sería subestimar vuestro intelecto. Por cierto, os debo una disculpa por lo de los libros. Y, respecto a ellos, si me dieran otra oportunidad para esconderlos, lo haría de nuevo.

Había permanecido de pie, al lado de la puerta hasta ese momento. Entonces acerqué un pequeño banco y me senté frente al sacerdote, para dirigirme a él cara a cara.

324

—¿Quién es nuestro amigo común, Giorgio? —le pregunté tuteándole para ganarme su confianza. Tami me miró fijamente durante un momento antes de responder.

—El padre Piero Del Grande —afirmó el jesuita.

Y sus palabras retumbaron en mi cabeza mientras en aquella celda se extendía un silencio lleno de rumores.

—¿Piero? ¿Conoces a Piero Del Grande?

—Sí, Excelencia. Antes de enviarme a este lugar, me habló de vos, quizá previendo mi destino.

—¡Es imposible! Piero jamás me habló de ti ni de este lugar…

El rostro de Tami mostraba la solemnidad del momento que iba a llegar, aquel en el que de su boca escuché palabras que nunca creí pronunciaría un hereje.

—*Extra Ecclesia nulla salus* —musitó.

Miré atónito al sacerdote, esperando sus próximas palabras.

—Angelo, soy un cofrade de la *Corpus Carus*. Soy aquel que buscas, no como inquisidor, sino dentro de tu corazón. Y ahora espero lleno de dudas sobre si querrás ayudarnos o nos vas a destruir. No sé si ha llegado tu momento; a nosotros no nos queda tiempo ahora que somos tus prisioneros y, por tanto, prisioneros de Roma. Espero que comprendas mis palabras y ruego a Dios para que decidas unirte a nosotros. La *Corpus Carus* te necesita. Ahora.

No me fue fácil salir del asombro, como tampoco lo fue mirar al que ahora se revelaba como cofrade de la *Corpus Carus*, un discípulo de Piero Del Grande. Como yo. El jesuita continuó hablando.

—Es tu curiosidad por los libros prohibidos lo que te ha traído aquí tan temprano, lo que no te deja dormir. Estás aquí porque yo puedo esclarecer, sino todas, gran parte de tus dudas y ayudarte a verme como tú deseas: no como un hereje que se ha apartado de la ortodoxia, sino como alguien que persigue lo mismo que tú, como inquisidor, persigues, aunque por un camino diferente. Angelo, has visto los libros pero sabes muy poco de ellos. Ni siquiera sabes a quién has de entregárselos, ni cómo llegaron aquí. Y tampoco conoces apenas nada sobre la *Corpus*…

Tami hablaba lentamente. No me conocía mas sabía más de mis cuitas que yo mismo. Le interrumpí acuciado por la urgencia de saber.

—Pues entonces dímelo. Ya es bastante para mí, siendo inquisidor, tener que prestarte atención como si fuera tu alumno.

—Vayamos por partes… —continuó Tami tomándose un tiempo para ordenar su discurso—. Lo primero es lo primero; los libros, después. Es primordial que conozcas mejor a la *Corpus Carus* y por qué se formó. Así podrás comprender lo que intentamos hacer nosotros y, por supuesto, los brujos. Angelo, ¿qué sabes de nosotros?

—¿Qué sé…? Nada, lo poco que me contó Piero Del Grande en mi última visita al monasterio, otro poco que me confesó en una carta… Y una brevísima mención que me hizo el cardenal Iuliano.

—Dime, ¿qué te dijo Piero Del Grande?

—Entre otras cosas que os presentaríais a mí con las palabras *Extra Ecclesia nulla salus.* Él me dijo que sois una cofradía católica que defiende la infalibilidad de la Santa Sede y los dogmas de fe de nuestros Santos Padres. Os llamó Caballeros de la Fe…

—Sí —me interrumpió Tami—, Caballeros de la Fe que nos regimos por el lema «El Vicario de Cristo es lo que dicta nuestra espontánea y primera conciencia».

—Sí, eso mismo fue lo que mi maestro me escribió —afirmé.

—¿Y qué más sabes, Angelo? —continuó Tami preguntándome, como si hubiéramos intercambiado los papeles y yo fuera el acusado y él el juez de la Iglesia.

—Piero me habló de alguien que velaría por mi vida durante el viaje; sin embargo, nadie de la *Corpus* se presentó a mí y, desde luego, tú no eres esa persona, pues desde tu encierro no puedes velar ni por ti mismo.

—Tienes razón, y menos aún si me mantienes a pan y agua. Creo que en un par de días en esta habitación solo quedará mi cadáver... Pero no es ese el tema, Angelo, sino tu guardián, que sí existe. Te aseguro que Piero no ha dejado sin protección a su discípulo predilecto.

—Giorgio: hubo tres muertes a bordo... Tres asesinatos. Y mi vida estuvo en peligro. Me atacaron en mi camarote. Tras los dos primeros asesinatos, la guardia custodiaba el pasillo donde yo me hallaba, así que me defendí como pude hasta que ellos escucharon mi llamada de socorro. Un brujo intentó asesinarme y solo tuve la protección de la guardia...

—¿Un brujo? ¿Estás seguro de lo que dices?

—El médico de a bordo, la segunda víctima, me habló de un pentagrama diabólico que le había enseñado aquel hombre que, desde Tenerife, viajaba como polizón escondido en el pantoque del barco. Y cuando la guardia lo detuvo, Èvola lo encontró entre sus ropas.

—¿Y dónde está ahora ese hombre?

—Aquí, en vuestro asentamiento, aislado en una estancia esperando su partida hacia Asunción para que allí lo juzguen las autoridades civiles —expliqué mientras el rostro de Tami reflejaba el temor de tener un brujo tan cerca de los libros.

—¿Está vigilado? —quiso saber Tami.

—Sí lo está. Te aseguro que su aspecto causa pavor: es un sujeto corpulento, alto, de ojos azules muy claros con expresión fría, rubio, con pelo largo y trenzado, barba y bigote. Parece un vikingo y su apellido es...

—Xanthopoulos —me interrumpió Tami bajando la cabeza apesadumbrado y hablando como para sí.

Y de nuevo me dejó atónito.

—... ¿Cómo es que lo conoces?

—Es tu ángel de la guarda, hermano Angelo, el hombre enviado para protegerte. Es un cofrade de la *Corpus Carus*, uno de nuestros mejores hombres. Un excelente cazador de brujos. Tienes que estar confundido. No ha podido intentar matarte...

Me puse de pie bruscamente. Recordé sus palabras: «He venido solo por vos». Me dirigí a la puerta para dar una orden a los soldados. Poco después, ante la puerta de la celda improvisada de Tami estaba Xanthopoulos, custodiado por dos soldados, que no tardaron en empujarlo al interior. Cayó al suelo, con gran estruendo de grilletes y cadenas, en uno de los rincones de la habitación. Nos miraba extrañado, sin comprender qué hacía allí. Al salir los soldados, me dirigí a él para tranquilizarlo:

—No temas. Tami acaba de decirme que eres un miembro de la *Corpus* y que viajaste con nosotros para protegerme. Al acercarte a mí de aquella manera, estuve seguro de que era el siguiente, aunque el siguiente fue otro al que tú, sin duda, no pudiste matar pues ya estabas preso. Eso es algo que tuve claro y que me hizo dudar de si realmente habíamos detenido al asesino... Cabía la posibilidad de que no actuaras solo.

—Angelo —dijo Nikos Xanthopoulos incorporándose para acomodarse en el suelo, apoyado en una de las paredes, cerca de Tami—, fueron precisamente los asesinatos los que me impulsaron a hablarte aquella noche. Mi cometido era vigilar tu camarote. Y lo mismo que yo hacía tu notario... Sobre todo los días en que te reunías con él para abrir los sobres lacrados...

—¿Conocéis la existencia de los sobres? —pregunté muy sorprendido

—La *Corpus Carus*, hermano Angelo, tiene ojos y oídos por doquier —intervino Tami—. Pero solo sabemos de su existencia, no lo que contienen...

—Los tres sobres no contenían ninguna información que yo no conociera de antemano, incluso menos. Eran absurdos, y las instrucciones tan rígidas que me dieron para abrirlos aún lo eran más. Estaba obligado a abrirlos en presencia de mi notario, por eso Xanthopoulos lo vio entrar en mi camarote... Pero... ¿vigilarlo?

Tres muertos, tres sobres, Èvola vigilando mi camarote. De repente lo vi claro.

—Cuando abrí el primer sobre, no comprendí su razón de ser. Inmediatamente después de abrirlo, fui a la cocina a pedirle al cocinero mayor un plato especial. Y el cocinero fue asesinado. Un lacre roto, una vida sesgada. La visita del médico se produjo justo después de abrir el segundo sobre. Y también fue asesinado. Dos lacres, dos asesinatos. Y lo mismo sucedió con el tercero, que le costó la vida al padre Valerón. Tres lacres, tres muertos. Y solo una persona, además de mí, que sabía de su existencia y de su apertura. Una persona que ha estado vigilando mi camarote. La misma persona que, fortuitamente, encontró un pentagrama en la ropa de Xanthopoulos... Demasiadas coincidencias. Èvola y no tú —concluí señalando al griego— es el asesino. ¿Por qué? ¿Por qué ha matado a todo el que se me acercaba tras abrir los sobres?

—Creo, Angelo —intervino Xanthopoulos—, que los sobres eran anzuelos dirigidos a mí, que soy el hermano que te ha acompañado en el viaje. El cardenal Iuliano supuso que después de cada apertura, transmitirías el contenido de cada carta a la *Corpus Carus*. Así él tendría no una, sino tres oportunidades para identificarme y para corroborar las sospechas que tiene sobre tu pertenencia a nuestra cofradía.

—Parece todo tan difícil de creer... —Suspiré desalentado—. Mas todo encaja. Preferiría pensar que Èvola es miembro de la Sociedad Secreta de los Brujos, a un monje que asesina inocentes... Él pudo haber puesto el pentagrama en tu ropa —dije dirigiéndome a Xanthopoulos— para incriminarte.

—No, Angelo. Ese pentagrama lo tenía yo, lo había encontrado en el pantoque —contestó el griego.

—Si no fue él, ¿quién fue? Èvola me fue impuesto por Iuliano, es su perro fiel.

—Ojalá fuera él —intervino Tami—. Roma, Angelo, quiere destruir la *Corpus Carus*, que se desliza silenciosa por el Vaticano, y para destruirla necesita los libros que estás a punto de entregarles, por cuya posesión cualquier rey vendería su trono. Estoy seguro de que los brujos están muy cerca de ti, vigilándote tal y como lo hace Roma.

—¿Me estás diciendo que necesitáis los libros para protegeros de Roma? Vosotros, los Caballeros de la Fe, los guardianes de la pureza... —repliqué con ironía—. ¿Me estás diciendo que también vosotros habéis entrado en el juego malsano del poder? ¡Esos libros deben ser destruidos inmediatamente! ¿Y quién mejor, por cierto, que la Inquisición para encargarse de esto?

—Angelo, creemos que Roma quiere interpretar los libros, no solo obtenerlos para destruirlos, pues está convencida de que puede hacer un uso «beneficioso» de su contenido. Por eso los libros no pueden caer en manos de la Inquisición. Nosotros los queremos, sí, como valor de cambio para conseguir un bien mayor: tiempo para acabar con el Santo Oficio. La Inquisición está pervirtiendo el legado de Nuestro Señor: solo existe el Dios que juzga, condena y destruye, no el Dios del amor y el perdón. Ellos también son implacables con sus hermanos. Tenemos que acabar con el Santo Oficio, algo que podremos conseguir si seguimos formando e infiltrando discípulos en Roma, en la curia papal... Hermanos como tú que puedan derrumbar esa abominable institución desde dentro. Por eso queremos custodiar los libros hasta que podamos destruirlos. Algo que es, desde luego, nuestra misión principal.

Tras las palabras de Tami, se hizo un silencio profundo. Todo encajaba, no podía negar eso, todo encajaba, ningún movimiento de esta gran partida había sido calculado al azar y yo no era más que ese caballo que siempre se sacrifica para proteger piezas más valiosas. Necesitaba saber, necesitaba cotejar la información que yo tenía sobre los libros. Y pregunté.

—Habladme de los libros, necesito saber más sobre ellos. No obtengo nada más que informaciones fragmentarias, los he tenido en mis manos y no he podido hojearlos. Y desde el momento en que me los mencionaron y me vi envuelto en este complejo asunto, nadie me habla de ellos con claridad.

—¿Qué sabes? —dijo Tami.

—Lo desconocía, pero mi vida como inquisidor ha estado unida a ellos. Perseguí el *Codex Esmeralda* durante años, sin saber qué era lo que perseguía. Para mí era solo un libro de conjuros más, muy bueno eso sí, que la Iglesia quería recuperar, y por el que no mostró más interés que el que le dedicó a las brujas que lo manejaban. Y por perseguir el *Necronomicón* he llegado hasta aquí. No tengo nada más que una ligera idea de lo que contiene, mas soy testigo de que se ha depositado demasiada energía en su búsqueda y no en vano, pues lo que he escuchado sobre su hipotético poder lo justifica con creces.

—Desconoces el contenido de los libros, pues, pero conoces bien la trascendencia que puede tener el que estén en manos equivocadas —dijo Tami.

—Eso es precisamente lo que quiero saber, qué hay exactamente en el interior de estos libros y si me podéis confirmar lo que sé…

—No —dijo Tami, tajante—, no es el momento. Piensa en lo que hemos hablado ahora que sabes quiénes somos y nuestras intenciones. Medita con tranquilidad pues has de tomar una decisión de gran importancia. Deja que nuestras palabras fermenten en tus pensamientos. Luego seguiremos con eso que tanto te preocupa. Si has de ayudarnos, es de ley que sepas lo que contienen los libros. Vuelve al anochecer.

XVII

LOS LIBROS

44

Obedeciendo a mi promesa y empujado por la intriga, ese atardecer ingresé por segunda vez en el claustro obligado del sacerdote jesuita. A diferencia de la sesión matinal, Giorgio Carlo Tami se encontraba despierto, con una extraña mueca de satisfacción en su rostro y un aparente espíritu renovado de lucha. En cierto modo, su lucha no sería con armas, sino con afiladas palabras, las cuales, si eran bien usadas, podrían incluso perforar la coraza de mi buena investidura y transformar a este juez de la Iglesia en un posible aliado de la cofradía. La hábil oratoria de Tami me había asombrado, consiguiendo que dejara de subestimar a los teólogos de la Compañía de Jesús. La conversación que íbamos a tener se planteaba como un duelo dialéctico entre un jesuita y un dominico, un misionero y un jurista, ambos versados en la ley eclesiástica, frente a frente, listos para recorrer juntos el camino que nos llevaría al centro de aquel laberinto de conspiraciones y herejías.

Después de entrar en la habitación, pedí a uno de los guardias que cerrara la puerta e impidiese la entrada a toda persona. Giré y me dirigí hacia Tami, acomodándome a su lado sobre el camastro. El jesuita me observaba con el brillo de los que sueñan escapar de la hoguera.

—Esto es para ti —dije mientras sacaba de entre mis ropas medio salami, algo de queso y una bota de vino.

—¿Para mí? —respondió, atónito.

—Desde luego… ¿Acaso no has visto tu reflejo en el balde de agua...? Pareces un cadáver. Come algo, te hará bien.

El jesuita tomó de mis manos la vianda y comenzó a tragar con fruición y sin demasiados miramientos. Necesitaba el alimento casi tanto como respirar; comía con desesperación, atragantándose continuamente.

—Tranquilo, Giorgio. Nadie te va quitar la comida. Sé un poco más comedido —le dije.

Tami contestó sin dejar de masticar y acercando la bota de vino a su boca.

—Deberías comprobar en tus carnes los efectos de tus condenas. Verías que pronto se te olvidan tus modales si has estado tres días sin comer nada sólido, excepto pan reseco. Mis maneras no son exquisitas en este momento, lo sé, pero de verdad te digo que mi estómago es un déspota que hoy sacrifica la elegancia por necesidad.

Cuando hubo dado cuenta de la comida, el sacerdote se acomodó en el camastro, satisfecho, colocó sus ropas, juntó las manos en el regazo, suspiró y se dispuso a hablar. El momento de la verdad había llegado.

—Cuéntame ahora lo que sabes sobre los libros —murmuré con esa voz dulce y suave que un sacerdote solo utiliza en las confesiones.

El jesuita me miró en silencio y comenzó a hablar:

—Bien, Excelencia DeGrasso... Debes escucharme con la mayor atención e interrumpirme solo cuando no entiendas lo que digo y, sobre todo, intenta no ser incrédulo ni reacio ante las revelaciones que voy a hacerte, pues de nada me servirá hablarle a una estatua.

—¿Acaso las estatuas traen alimentos a los que pasan hambre? —dije con humildad para dejar clara mi disposición.

—No, desde luego. Has demostrado ser humano, lo reconozco. Mas para escucharme y entender el alcance de lo que te voy a decir necesitarás despojarte de todos tus prejuicios, pues de lo contrario podría parecerte un cuento para inocentes.

—Está bien, cuenta con mi disposición y empieza ya, por favor —le dije impaciente.

Sin duda, ese fue el momento donde mis oídos se llenaron de palabras, unas palabras que brotaron como agua límpida de manantial y llenaron los sedientos deseos del saber interior.

El sacerdote jesuita comenzó con su secreto.

45

—Si has llegado hasta aquí —comenzó Tami— sin duda sabes qué son el *Necronomicón* y el *Codex Esmeralda*. Son, por así decirlo, como la puerta y la llave que abrirán el reinado oscuro de Satanás. Digamos que uno no es nada sin el otro, siendo estéril cada cual por sí solo, y hallando la funcionalidad solo en su combinación. ¿Qué quiero decir con esto? —El jesuita tomó aire. Reordenó las ideas y continuó—. Con esto digo que los libros toman valor cuando se los junta… en tiempo y forma. Estos libros ocultan sus funciones disfrazadas en literatura herética y mimetizadas en versos poco ortodoxos a nuestra formación religiosa. A simple vista uno vería un simple poema, herético, cuando en verdad ese poema es un código.

Observé a Tami en silencio, pero él siguió adelante.

—El origen del libro más pequeño es aún incierto. Este *Codex*, que al correr de los años fue conocido en Europa como *Libro Esmeralda*, fue escrito por brujos del medievo para una sola utilidad… Codificar los conjuros del *Necronomicón*. De hecho, si intentas leer el *Codex* podrás encontrar coherencia en sus líneas, encontrarás bellos poemas, aunque heréticos, pero ni un solo rastro de anormalidad en sus letras. Y justamente allí, en medio de los poemas y demás líneas, se encuentran entramadas y codificadas las estrofas que faltan en el otro libro, el más buscado por la Iglesia en los últimos 750 años.

—¿Por qué cercenaron el *Necronomicón*? —indagué alzando las cejas.

—Fue la decisión del Gran Brujo que vivió en el año 1231. Un sujeto astuto y despreciable, que se encargó de esconder las oraciones prohibidas solo para que los inquisidores no pudieran leer los axiomas e interpretar sus finalidades. No olvides que la versión original del *Necronomicón*, escrita en árabe, fue quemada ese mismo año en Toledo sin siquiera ser examinada. Seguramente ese suceso fue el que puso en alerta a la Sociedad Secreta de los Brujos.

Hubo un silencio. Tami continuó:

—Fue este antiguo Maestro de Brujos quien elaboró el *Codex*, y codificó la única versión del *Necronomicón* que quedaba, una copia en griego… que llegó hasta nuestros días. La misma que fue traducida al italiano y luego destruida.

—… Gianmaria —dije entre dientes.

—Correcto. Gianmaria.

—¿Acaso lo conoces? —musité.

Tami sonrió.

—Fui yo quien ordenó a Nikos que robara el *Necronomicón* de su escondite. El rubio levantó el suelo de la iglesia abandonada de Portomaggiore y allí estaba. El libro oscuro que atesoraba Gianmaria.

—¡Tú! —exclamé, pues una pieza más del rompecabezas acababa de encajar—. Interrogué y exprimí a Gianmaria hasta arrancarle la confesión… pero cuando llegamos, ya había desaparecido…

—Llegasteis tarde; nosotros lo hicimos primero. —El jesuita volvió a sonreír—. La *Corpus Carus* tiene hombres fieles en puestos de la mayor relevancia y puede actuar sin burocracia, lo que le da una velocidad semejante a la de los ladrones. Es así como dimos con el libro hace dos años, anticipándonos a la Inquisición.

—Increíble…

—Mientras tirabas de la lengua a Gianmaria, nosotros ya teníamos lo que buscabas.

—¿Y el *Codex*? ¿Cómo habéis dado con el *Codex*?

—Fácil. En la guarida de Gianmaria pudimos confiscar las cartas de una bruja que le escribía con apremio. Tardamos largos meses en rastrearla, incluso respondimos a sus cartas haciéndonos pasar por Gianmaria, y pronto recibimos sus respuestas. Fue su sentencia de muerte.

—Si el *Codex* está aquí, es porque ha llegado hace poco —afirmé—. La carta que habíamos encontrado en el cadáver de Isabella Spaziani estaba fechada en octubre de 1597 y nosotros habíamos tardado dos meses en llegar allí.

—Es cierto, hace poco tiempo que lo obtuvimos. De hecho nos ha costado más trabajo que el *Necronomicón* de Gianmaria… pero ya es nuestro. Los libros están juntos y son nuestros. Eso, sin duda, aceleró su búsqueda por la Inquisición. Aceleró tu llegada.

—¿Vosotros asesinasteis a la bruja de Portovenere? —indagué en un hálito de incertidumbre.

—Lo hizo Nikos. Llegó a su guarida y le metió una flecha en la boca. Luego robó el *Codex*.

—Imposible. —Negué con la cabeza—. Es demasiado perfecto…

—Xanthopoulos es un buen cazador de brujas. Hizo un gran trabajo. Él se encargó de exterminarlos a todos.

—¿Todos? ¿Acaso los brujos ya no existen?

Tami observó con una extraña llama en sus ojos.

—Todavía queda uno. El Maestro de los Brujos es el único que subsiste… y no descansará hasta hacerse con los libros, te lo aseguro. El Gran Brujo no despegará sus garras del *Necronomicón*, y temo que esté muy cerca de su rastro.

—¿Qué sabes de él?

—Nada.

—¿Tú tampoco? ¿Nada?

—Solo que puedes ser tú, puedo ser yo, quizá el cardenal. Puede ser un hombre o una mujer, un joven o un anciano. Es astuto y su disfraz es, hasta hoy, su mejor arma.

—¿Qué hay en el *Necronomicón* que despierte tanto interés?

Miré al teólogo jesuita con cautela, mis ojos revelaron deseos, inquirían más y más de sus extrañas explicaciones.

El jesuita tomó aliento y mojó el gaznate con un largo trago de vino, luego prosiguió.

—El *Necronomicón*, al que podríamos considerar la «puerta» que será abierta por el *Codex*, significa en griego «Libro del Nombre de los Muertos». Y es una abominación que no puede compararse con nada. Su título original en árabe es *Al-Azif*, y fue escrito por un poeta loco que huyó de Sana a Yemen hacia el año 700, durante el califato de los Omeyas. Su título proviene del término «azif», que alude al ruido que hacen los insectos por la noche, y que en este caso se refiere al murmullo constante que, como los insectos, producen las criaturas demoníacas que vagan por el desierto amparadas por la oscuridad. ¿Recuerdas el sonido de los insectos por la noche?

—Sí —respondí al instante—, es como un bisbiseo…

—¿A qué se asemeja? Tómate tu tiempo…

Pensé. Intenté reproducir en mi cabeza aquel sonido, similar al de voces pequeñas, que cuchichean en diferentes idiomas, mas no se hablan, manteniendo un discurso cada una de ellas que no se traduce en conversación. Y, como siempre, acudí a las Sagradas Escrituras, pues en ellas está todo. Babel, pensé, son los idiomas de Babel, la falta de entendimiento que lleva al caos y la destrucción. Caos, eso eran aquellas voces diminutas que susurran en la oscuridad sin buscar respuesta.

—Al caos —contesté muy seguro de mí.

Los ojos de Tami se iluminaron.

—¡Exacto, Angelo! Caos… El *Al-Azif* contiene el germen del caos porque no es otra cosa que el evangelio de Satanás…

Tami quedó en silencio esperando una reacción por mi parte. Me sentí estúpido. Gianmaria había descrito con total exactitud el *Necronomicón*, pero yo no supe escucharle. Sus primeras palabras sobre él fueron justamente esas, «el apócrifo del diablo». ¡Dios mío! ¡Cómo pude estar tan ciego! Con un gesto de mi mano invité al jesuita a que prosiguiera.

—El poeta loco que escribió el libro, Abdul Al-Hazred pasó diez años en la soledad del Dahna, el llamado «desierto escarlata», y no fue más que la mano que trabajó al dictado de las voces, de ese murmullo diabólico que escuchaba su mente y que llegó a atormentarle hasta que perdió el juicio. Tras la extraña muerte de su autor en el año 738, el libro transitó en secreto por varios círculos de adoradores del diablo hasta que un griego que vivía en Constantinopla, Theodorus Philetas, lo tradujo a su lengua en el siglo x y lo dio a conocer por el nombre que ahora tiene. La presencia del *Necronomicón* a lo largo de la historia es innegable. Varios edictos lo condenaron, se intentaron quemar todas sus copias en varias ocasiones: el patriarca Miguel ordenó una destrucción en el siglo xi y el mismo Gregorio IX, dos siglos más tarde, lo incluyó en el *Índice de libros prohibidos* de nuestra Iglesia.

—Además de ser una hipotética puerta al caos demoníaco, ¿qué más contiene el libro? —pregunté incrédulo.

—La filosofía que encierra el libro, bien empleada y reservada solo para quien la sepa interpretar correctamente, le dará un poder sin parangón. Un poder que amenaza directamente nuestros dogmas de fe.

—¿Un poeta loco escribió algo que puede dañar nuestra fe? ¿No es este un tema que suena por demás descabellado?

—Omites un pequeño detalle: no fue un poeta loco el autor del libro. Fue Satanás. El árabe solo movió la pluma, poseído… endemoniado… No proceden de un mortal esas letras prohibidas.

—Tus palabras suenan demasiado apocalípticas, Giorgio —confesé con una sonrisa incrédula.

—Y tu reacción es la que esperaba de un teólogo, demasiado sumergido en la rutina de su trabajo y con el corazón endurecido —dijo Tami intentando mantener la calma, aunque encolerizado—. No sabes lo que me cuesta entender la poca fe de algunas personas. Tu poca fe. Cuando las Sagradas Escrituras hablan del fin de los tiempos, de la Parusía, del Apocalipsis y el demonio uno finge creer, pero cuando se nos habla de la posibilidad de que todo eso ocurra mañana, quizá hoy mismo, preferimos calificar de ridículo aquello que antes era dogma. ¿Es que hemos de excluir el *Apocalipsis* de las páginas de nuestras biblias? ¿Es que tú persigues brujas y brujos sin creer que el demonio existe y es real?

—¡Creo en el demonio! —respondí categórico—. ¡Soy un perseguidor de demonios y en ellos creo como en el aire que respiro!

—Pues bien, olvida entonces tus prejuicios seculares porque no hay nadie sino Satanás detrás de esos textos —afirmó el jesuita calmado tras su enérgico discurso. Se recompuso el hábito y continuó—. Una vez restituidos al *Necronomicón* en el lugar que les corresponde aquellos conjuros que ahora están el *Codex,* el libro romperá la puerta que contiene a la Bestia. Por eso ha sido perseguido con ahínco y se le continúa persiguiendo. Y tus iguales en la Inquisición podrían dar testimonio de esto.

—¿Cómo? ¿Qué dicen los conjuros?

—No se sabe exactamente. Lo único cierto es que son doce, entramados y ocultos ahora entre otros conjuros dentro del *Codex.* Primero han de ser localizados dentro del *Libro Esmeralda* y luego restituidos a los párrafos del *Necronomicón* de donde fueron cercenados. Y por último, han de pronunciarse en un orden concreto, también cifrado en el *Codex.*

—No entiendo… ¿Puedes ser un poco más claro? —pregunté pues todo me seguía pareciendo de una vaguedad que asunto tan grave no podía permitirse tener.

El jesuita me miró fijamente y continuó.

—Tienes que creer, Angelo, creer sin tocar. Los conjuros serán devastadores. Nada quedará en pie, solo la historia de nuestra religión marchita. Las iglesias se vaciarán y los hombres serán esclavos de la Bestia. Todos. Protestantes y ortodoxos. Caerá Roma, caerá Constantinopla. Todo el mensaje apostólico caerá por tierra, como si hubiera existido en vano. La religión tal cual la ves y la sientes desaparecerá. Recuerda el *Apocalipsis*, Angelo: «Los habitantes de la tierra cuyo nombre fue inscrito desde la creación del mundo en el libro de la vida se maravillarán al ver que la Bestia era y ya no es, pero reaparecerá». Eso es lo que consigue el libro, que la Bestia triunfe sobre el Cordero y sea liberada junto a su ejército de muertos…

—¿Cómo? ¿Cómo es posible que un libro pueda hacer semejante cosa? ¡Carece de la más mínima lógica, Giorgio! Necesito una respuesta concreta: ¿qué dice el *Necronomicón*?

—No puedo decirte más.

—¿Me vas a ocultar lo más importante?

—No puedo no porque no quiera, sino porque esa información solo la conocen tres personas y yo no soy una de ellas.

—¿Quiénes la conocen?

—El Sumo Pontífice, el Gran Maestre de la *Corpus* y el Gran Maestro de la Sociedad Secreta de los Brujos. Ellos heredaron el secreto que a su tiempo deberán comunicar a sus sucesores. Así ha sucedido desde hace más de 700 años.

—Dime, al menos, quién es el Gran Maestre de la *Corpus*. Creo que merezco saberlo —pedí, pero Tami negó con la cabeza antes de continuar.

—No puedo decírtelo. Solo el Gran Maestre decide quién ha de conocerlo como tal.

—Entiendo.

—Pero has de saber que el Gran Maestre te conoce bien.

—¿El padre Piero es el Maestre? ¿Es él quién dirige la *Corpus Carus*? —insistí.

Tami se mantuvo en silencio y volvió a negar.

—Jamás hablo del Maestre. Espero que me entiendas.

—De acuerdo, respetaré tu decisión y digamos que te creo. Incluso cuando me acabas de confesar que esos libros son un arma mortal para el Cristianismo. Y cuando me has revelado una increíble conspiración que implica a la Inquisición, a brujas muertas y brujos anónimos. Digamos que te creo, pero ¿qué he de hacer?

—Bien. Comprenderás que es prioritario que los libros continúen en poder de la *Corpus Carus* y que nunca lleguen a manos equivocadas, tampoco a las del Vaticano. Así que has de desenvolverte como uno de nosotros, como un Caballero de la Fe.

—Eso es difícil y arriesgado. La Inquisición me envió a por los libros, por ellos he cruzado el mundo conocido y mis superiores me pedirán resultados.

—Esos mismos superiores que te pusieron a prueba con los lacres; esos mismos superiores que, sabiendo que los libros estaban aquí, te encargaron que torturaras a Gianmaria...

Seguí hablando ignorando lo que el jesuita acababa de afirmar.

—Giorgio, me estás pidiendo que oculte una herejía a la Inquisición y a pesar de que tu explicación suene alarmante y llamativa... tu deseo, indiscutiblemente, es punible con la hoguera. Tal vez lo que pretendas sea más de lo que en realidad puedo darte. —Lo miré directo a sus ojos—. ¿Acaso piensas que podría disfrazar la situación para volver a Roma con las manos vacías y sin sospechas? ¿O piensas que contaré en Roma lo que acabas de confesarme? ¿Cómo puedes pensar que no seré fiel a mi Oficio y sí a la *Corpus Carus*, de la que apenas sé nada, ni siquiera quién es su cabeza?

—Ese es tu dilema, Angelo, sobre el que has de meditar. Yo ya he hecho mi parte, he puesto mi vida al servicio de mi Iglesia. Puedo encarar la muerte seguro de que mi juicio es correcto, pero no quiero conformarme con eso, quiero más. Quiero que mi sacrificio no sea en vano, que esos libros desaparezcan para siempre a los ojos de los hombres. Si para conseguirlo he de morir, no me importa. Estoy preparado.

—¿Sería una solución que los libros se quemaran accidentalmente?

—No... eso no sería una opción.

—¿No?

—Perderíamos nuestra única arma de extorsión. La Inquisición nos aplastaría, nos perseguiría por los recodos del mundo y nos borraría de la historia. Son nuestro único seguro de vida; mientras los tengamos, ellos nos respetarán.

—¿Y por qué no los habéis usado para evitar esta comisión? ¿Por qué no habéis amenazado a los dominicos con los libros para evitar lo que ahora está sucediendo?

—Gracias a ti. Porque tú lo has impedido. Porque tú has llegado justo en el momento preciso y nos has arrebatado la posibilidad. ¡Tú nos has allanado esa única posibilidad! Es por eso que esta comisión que encabezas fue tan secreta, pues fue pensada para que la *Corpus* no se percatase de la maniobra. Tú nos has cogido por el cuello, nos has adelantado en nuestras estrategias, tan solo por llegar sigiloso desde la selva. ¿Ahora comprendes por qué tu misión comienza poco tiempo después de que arrebatásemos el *Codex Esmeralda* a la bruja? ¿Lo entiendes? ¿Entiendes la clase de peón que eres en este juego?

—Estás loco, Tami, estáis todos locos. Me estás pidiendo no solo que renuncie a lo que es mi casa, a mi cargo, a mi posición privilegiada en la Iglesia. Estáis poniéndome en peligro de muerte, en el mismo lugar en el que tú estás ahora. No os entiendo…

—No lo entiendas, tómalo como una orden. La *Corpus Carus* desea conservar los textos, no destruirlos. Al menos hasta que la guerra entre dominicos y jesuitas termine. Tú haz tu trabajo: recapacita.

Las velas casi consumidas del candelabro daban cuenta de lo que había durado aquel largo diálogo. Alcé los ojos en la penumbra queriendo buscar más respuestas, tal vez las últimas.

Tami continuó:

—El pentagrama que Nikos encontró en la bodega es la evidencia de que los brujos parecen seguir nuestros pasos, en

343

el anonimato, solo para dar su golpe en el momento oportuno... Ten cuidado, Angelo, no estamos solos ni seguros en esto.

—Bien... Terminó mi visita. —Era hora de marcharse.

Me levanté para irme pero Tami me retuvo un momento.

—¿Pensarás en todo lo que te he dicho?

—Seguro. Aunque no te ilusiones, no creo ser tan valiente como tú.

Salí de la habitación y esperé a que los soldados cerraran la puerta. Cuando comencé a recorrer el pasillo, vi una figura que me contemplaba entre las sombras, como un lobo al acecho. Vestido con su hábito oscuro, las manos recogidas dentro de las mangas, y su cara espantosa asomando de la capucha, Giulio Battista Èvola me aguardaba. A buen seguro tenía preguntas que no podían esperar.

46

Esa misma noche, después de la cena, el notario entró en mi cuarto y se colocó junto a mi mesa. No había dicho palabra durante la cena, apenas comió y eludió todas las miradas que le dirigí. Allí estaba, ante mí, mirándome cual esfinge.

—Buenas noches, hermano. ¿Qué puedo hacer por vos? No os he mandado llamar. ¿Os sucede algo? —pregunté aparentando desinterés.

—Tengo algunas preguntas que haceros, Excelencia...

—Que, por lo visto, no os dejan dormir —repliqué interrumpiendo su frase.

—Quisiera saber a qué se debieron vuestras visitas al hereje —dijo alzando un índice admonitorio.

—¿Qué visitas? ¿Las de hoy? —continué con el mismo tono de desinterés

—Sí, las *dos* que realizasteis hoy —dijo.

Miré detenidamente al monje benedictino antes de contestarle, solo para que se diese cuenta de que se adentraba en terreno peligroso.

—Soy el inquisidor y así lo decidí —respondí sin apartar mis ojos del suyo.

—Entonces aún entiendo menos estas sesiones a escondidas, pues si le visitasteis como inquisidor deberíais haberme llevado con vos.

—Veo que me tenéis vigilado. Y por lo visto, permanentemente.

—Ya os he dicho en más de una ocasión que es mi trabajo —respondió insolente el notario.

—Hermano Èvola, visité al detenido a solas porque lo creí conveniente. ¿Tenéis algún problema?

—Vuestra manera de actuar no es la adecuada, Excelencia. No puedo obligaros a que sigáis las normas, pero os advierto que esta irregularidad ha sido asentada en el libro de actas que, a su debido tiempo, entregaré en Roma.

Bajé la cabeza y sonreí, luego la sacudí mostrando con ello mi fastidio y mi posición superior antes de dirigirme a él.

—Hermano Èvola, sabéis que si lo considerase oportuno podría apartaros de vuestro cargo e incluso encerraros hasta que esta comisión termine, sustituyéndoos por cualquier suboficial con algún estudio.

—Lo sé —dijo el napolitano—. Sois el inquisidor y yo solo el notario. Os serviría hasta que llegáramos a Europa y nuestros superiores se enteraran de vuestra actitud que, ni que decir tiene, es bastante sospechosa.

—Eso es asunto mío, vos no debéis preocuparos. Sé bien quiénes son mis superiores y por qué causas se implicarían en un litigio tan vulgar como este.

—¿Qué queréis decir, Excelencia? —replicó Èvola.

—Simplemente os aviso para que no os excedáis, pues no me temblará el pulso si he de encerraros durante todo el largo viaje de vuelta que nos separa de Roma. ¿He sido lo suficientemente claro?

Èvola no contestó, solo me miró como el asesino a punto de saciar su instinto criminal pero que tenía que contenerse, pues mi muerte dependía de algo que nos sobrepasaba a los dos.

—Como soy misericordioso —continué—, solo hasta que me obligan a no serlo y me convierto en el Angelo de las sesiones de tormento, ese al que no se convence con palabras, sino con gemidos de dolor, consideraré que aún no habéis traspasado la línea y todavía puedo tener clemencia con vos. Decidme, ¿qué os preocupa de mis visitas al hereje?

El tono del notario se había suavizado al oír mi amenaza y prefirió cambiar de actitud, así que me preguntó con humildad:

—Me gustaría saber de qué hablasteis con él. Simplemente eso.

—Interrogué al hereje con el único propósito de obtener información sobre los jesuitas que lo acompañan —le mentí, intentando mostrarle que era mejor estar conmigo que contra mí, pues así obtendría respuestas, aunque alejadas de la verdad.

—¿Dos visitas solo para eso? ¿Nada más?

—Nada más. Por eso prescindí de vos.

—¿Y no le preguntasteis por los libros? —Me atacó el napolitano.

No había creído una sola palabra.

—¿Creéis que necesito más información sobre los libros para culparlos a todos y llevarlos a Roma? ¿No eran mis instrucciones no preguntar sobre los libros, sino simplemente encontrarlos y llevarlos de vuelta junto con todos los implicados? El tema de los libros es un asunto cerrado, ¿de qué más queréis que hable con Tami? —Esta vez mi discurso fue más convincente, aunque Èvola era empecinado.

—¿Y qué conclusión sacasteis sobre los otros jesuitas?

—Mañana mismo serán liberados.

Èvola se quedó de piedra. Aquello era demasiado para él.

—¿Pensáis liberar a los jesuitas? ¿No debemos llevarlos a Roma y que allí decidan?

—No encuentro razones suficientes para hacerlo.

—¿No...? Perdonad, Excelencia... ¿habéis olvidado el último lacre?

—Lo recuerdo como el mismo Padrenuestro, hermano. Os lo recitaré: «Vuestra tarea se reduce a la incautación y deportación de los dos libros y del prior jesuita, un sacerdote llamado Giorgio Carlo Tami, responsable directo del encubrimiento de los libros buscados. Quedáis facultado para obtener de las autoridades civiles todo lo que necesitéis para realizar esta labor, pero no debéis convocar un tribunal ni celebrar auto de fe alguno. A su tiempo ambos se realizarán en Roma bajo juristas y teólogos especializados». El responsable único es el que ellos ya señalaban. Quedaos tranquilo, que mi decisión no ha sido tomada a la ligera.

—¿Cómo puedo saberlo? —replicó Èvola que seguía aferrándose a su oficio.

Antes de contestarle, le sonreí con ironía.

—Tenéis razón, hermano. Ahora que lo pienso, debería haberos convocado. No lo hice y no os queda más remedio que confiar en mí.

Pude observar cómo la ira bullía en su rostro, traduciéndose en la mandíbula férreamente cerrada. Continué:

—Por cierto: el día de mañana lo emplearé en estudiar la situación de nuestro hereje. Mientras tanto, quiero que os encarguéis de organizar una misa para antes de nuestra partida.

—¿Una misa? —masculló el napolitano—. ¿Y la va a celebrar...?

Esa sí que fue una buena pregunta, pues yo había olvidado que ya no teníamos capellán. Salí de la situación con una inspiración súbita que fue muy dolorosa para Èvola.

—Que la celebre alguno de los jesuitas, el que quiera hacerlo.

—Excelencia... ¿vais a dejar que celebre la Santa Misa cualquiera de los jesuitas que ahora están encerrados? ¿Qué pensarán los soldados españoles? ¿Vais a dejar en manos de posi-

bles herejes la consagración del Cuerpo y la Sangre de Cristo?
—Èvola estaba enfadado, asombrado, dolido. Estupefacto.

—Dejaos de peros y haced lo que os he ordenado. Lo demás no son sino consideraciones carentes de sentido —respondí, y bajé la vista regresando a mis asuntos.

Con aquel gesto fácil de interpretar daba por terminada la conversación. Y Èvola así lo entendió.

—Como ordenéis, Excelencia.

Después de estas frías palabras, el notario se apresuró a abandonar la habitación. Al llegar a la puerta se detuvo para hacer una última pregunta o decir una última palabra, pero me adelanté y no le dejé hablar.

—Comprended que soy un juez y que no han de importarme las consideraciones que los soldados españoles puedan hacer sobre mis decisiones. Mi oficio es la justicia, no el prejuicio. Y sabed, además, que estáis acabando con la poca paciencia que me queda.

Giulio Battista Èvola me miró antes de repetir aquel gesto tan característico suyo, el de acariciarse la cicatriz de la cara lentamente. Y después sonrió, con una sonrisa de insatisfacción que prometía males mayores, antes de cerrar la puerta sin dirigirme la palabra. Esa noche, sin duda, encendí la leña de mi propia hoguera.

XVIII

REDEПCIÓП

47

Aquel viaje se había convertido en un punto de inflexión en mi vida y en mi carrera, en el episodio más importante de mi existencia, de la pasada y de la por venir. Lejos de casa, algo habitual en mi trabajo, y de los afectos recién adquiridos, estaba solo y tenía que tomar una decisión de la que dependería mi futuro y el de todos aquellos que habían depositado su confianza en mí. Por supuesto, yo no iba a dedicar aquel día a estudiar el caso de Tami, como le había asegurado a Èvola, sino a reflexionar sobre mí y sobre todo lo que me había pasado.

El futuro era incierto ahora que mi camino, recto hasta entonces, se había bifurcado y vuelto a bifurcar en varias direcciones, todas ellas posibles. Había cumplido las órdenes de Iuliano de forma impecable, nada se me podía reprochar: tenía en mi poder los libros prohibidos y con ellos la gloria necesaria para ascender en la carrera eclesiástica, algo que hasta entonces era prioritario para mí. Adquirir poder. Aumentarlo. Pero allí estaba Tami, representante de otra realidad, invitándome a entrar en ella. Aquel sacerdote me recordaba a mí mismo hacía años: la vehemencia que ponía en las cosas del espíritu, mi entrega a la defensa de la fe a través de mi entrega a los demás. Era el camino de Piero Del Grande, aquel que me obligaron a abandonar, para el que fui educado. Y ahora, cansado de tantas intrigas, el discurso honesto, sincero y sencillo de aquel sacerdote «hereje» me llegaba al corazón. Actuar como él me pedía era renunciar a mi cargo. Ambos caminos eran irreconciliables, y una vez hubiera decidido internarme en uno de ellos, no habría marcha atrás. O yo no era capaz de ver la posibilidad de retroceder. Deseaba evadirme, tomar el camino de la renuncia total, pues me conducía directamente, sin apenas recorrido, a Raffaella, mi niña querida.

No dejaba de pensar que mi trabajo me gustaba, me satisfizo desde el primer día y sació mi necesidad de justicia. Me había enfrentado con el pecado en los rostros de hombres y mujeres; había extirpado la herejía de sus mentes trabajando, además, con el ejemplo. El Santo Oficio no dejaba de estar en mi sangre, de bullir en mi mente. Había sido mi vida. No era capaz de imaginar un mundo sin censura, dado al libertinaje, donde las ideas de teólogos de escaso vuelo desvirtuasen los dogmas de fe, aquellos que nos legaron nuestros Padres con gran esfuerzo, donde cualquier iluminado del vulgo se sintiera con derecho a vituperarlos con blasfemias abominables. Allí estaba yo, allí estaba Angelo DeGrasso, el Ángel Negro, el protector.

El mal es inagotable. Mi vida no.

No era solo la destrucción de aquellos libros, cuyo contenido demoníaco y devastador, aunque parecía encajar más como punto de discusión en un seminario teológico que como prueba en un tribunal inquisitorial, yo había sentido, casi tocado a mi alrededor. No podía dejar de pensar que, cuando yo no estuviera, la Santísima Trinidad estaría en boca de marranos, de extraviados y falsos cristianos. ¿Abandonaría la gente el catolicismo para adorar de nuevo a becerros de oro? Los falsos profetas se multiplican, con ideas que parecen nuevas pero que recuerdan a las primeras herejías. ¿Cuál sería su cabeza? ¿Un nuevo Lutero, otro Calvino, quizá un Zwinglio o un Enrique VIII? Volverían a afirmar que la Trinidad no existe y sustituirían este dogma de fe, conseguirían que la gente escuchase sus palabras de eruditos modernos con ideas aparentemente innovadoras, ministros falsos que serían aclamados por pronunciar palabras que nada tienen que ver con los apóstoles y su doctrina. ¿Creería la gente en un cristianismo nuevo? ¿En una Iglesia nueva? ¿En nuevas doctrinas? Puede que regresen los iconoclastas vendiendo su mercancía manida, pues como los detractores de la Trinidad, tampoco los de las imágenes son ajenos a la lucha por la ortodoxia de la Iglesia: ya vinieron y ya se fueron. Volverán los que derribaron la figura de Cristo, desgajándola del Padre, los que lo consideran o puramente humano o puramente divino. Volverán los que lo desfiguraron, haciéndolo irreconocible e incluso negando su cruz, invitando a la gente a leer los Evangelios al margen de la tradición, sin la interpretación de los apóstoles. Estos mismos pregonarán el libre albedrío y la libre interpretación de las Sagradas Escrituras y así darán lugar a tantas religiones como interpretaciones. Estos mismos anunciarán el fin del mundo para infundir temor y actuarán como siervos de Satanás al dispersar el rebaño.

Y una vida de Angelo no puede contra todo, pensé. Ni siquiera dos vidas. El mal seguirá y se propagará y persistirá como una mancha de aceite en el agua. Y yo no podré evitarlo. Porque ya no estaré.

Que el caos reinará es bien cierto, puedo verlo. Sin la Inquisición que señale cuál es el árbol verdadero del Cristianismo dentro del bosque de las falsas creencias. Hay árboles que, alimentados por el mismo sustrato que el de la Iglesia católica, han crecido torcidos al negar en todo o en parte la esencia del tronco verdadero, el único que se mantiene intacto desde los tiempos de Nuestro Salvador.

En mi paso por la Inquisición, he obrado como un verdadero soldado de Cristo, he combatido a sus enemigos y he paladeado el sabor de la victoria con el éxtasis del soldado fiel armado con la dulce doctrina de los Padres de la Iglesia. En diez años he enviado a ciento cuarenta y cuatro personas a la hoguera, todas ellas meticulosamente interrogadas y juzgadas según las ecuánimes leyes eclesiásticas, que caían cual espada sobre sus cabezas. Desde los albigenses, los cátaros y los gnósticos, hasta los judíos y musulmanes, los protestantes, brujos y demonólatras, sodomitas y adúlteras, la Inquisición ha eliminado sistemáticamente la aberración del cuerpo de la Cristiandad católica. Pues todos ellos no son más que portavoces del diablo que quieren que la humanidad tropiece.

He amado y amo la Inquisición. He amado y amo la Iglesia, de la cual se alimentan cismáticos, anglicanos y protestantes.

Este pensamiento pareció sosegarme. Consiguió detener aquella loca carrera de ideas y, más tranquilo, volví a abordar mi reflexión, porque a pesar de mi amor, aquella mañana debía poner en la balanza de la justicia demasiados elementos externos a lo que yo había sido, debía emanciparme de mi labor de juez para intentar ver las cosas desde el otro lado, no como otorgador sino como merecedor de la justicia divina. Tenía que renegar de mis rutinas.

Empujado por el amor, pero no por ese que con tanta insistencia pregonamos los clérigos, sino por el amor carnal, prohibido para mí, y que una vez conocido me tenía preso en sus redes, me había entregado a Raffaella. Su medalla seguía colgando de mi pecho, irradiando calor. El amor por esa mujer era, en ese momento, mi mayor deshonor. La ruptura de mis votos me imposibilitaba moralmente para seguir juzgando a los demás. Mi tiempo en la Iglesia parecía haber terminado. Y no solo por Raffaella sino porque otra causa tiraba ahora de mis brazos: la llamada de auxilio y la fidelidad debida al que fuera mi maestro, mi padre, Piero Del Grande. Si me hubieran colocado en el potro no me habría sentido tan dislocado y descoyuntado como, espiritualmente, me encontraba en ese momento. Por un lado, Piero Del Grande y la *Corpus Carus*; por otro, Raffaella, y por último, la Inquisición, todos tirando de mí en direcciones contrarias. Cuánto dolor...

Mi deseo de cumplir moralmente con todos ellos me estaba estrangulando y no era capaz de encontrar la salida a tanto padecimiento. Porque entregar los libros a Roma y cumplir con ella era, a la vez, encender las hogueras de los cofrades de la *Corpus*. Porque llevar a Giorgio Carlo Tami ante la justicia eclesiástica era condenarlo con los mismos deshonores que a un brujo. Pero la *Corpus Carus* lo que pretendía realmente era terminar con la Inquisición... ¿Quiénes eran estos masones con hábitos católicos? La respuesta era tan fácil como dolorosa: los discípulos de mi maestro capuchino, el mismísimo Piero Del Grande. ¿Podría negar a aquel que se ocupó de mí como un padre...? Y la fidelidad... ¿Cómo iba a ser fiel a una mujer si no lo había sido ni con mi Iglesia ni con mi mentor?

No podía pensar. Estaba aturdido. Tomé el crucifijo entre mis manos, caí de rodillas y así postrado, como un creyente ante el Juez Supremo, lloré. Mi verdadero padre, aún desconocido para mí, vino a mi mente. También aquel que me cuidó como tal, Giandomenico DeGrasso, trabajador incansable que me regaló su apellido sin haberme concebido. Y allí estaba también Piero Del Grande, mi maestro, con su pasión y todo lo que esperaba de mí, su discípulo predilecto. Y Raffaella D'Alema, la joven que me entregó su corazón enfrentándose a sus padres y a los prejuicios, arriesgando su reputación. Una persona más vino a mi mente, aquella extraña mujer a la que, no sabía por qué, me sentía tan vinculado: Anastasia Iuliano. Todos eran valientes. Yo debía serlo también. Por ellos.

El camino sería tan cómodo y despejado o tan lleno de zarzas como yo deseara. Por un lado estaría el Angelo triunfante, al que todos admiraban, el magnífico e implacable Angelo. Y por otro, el Angelo que es capaz de acabar con todo solo por un sentimiento. «El que perdiere la vida por mí, en verdad la encontrará», había dicho el Señor. Y yo estaba perdido: mi mayor necesidad era encontrarme, a mí, no al discípulo predilecto, ni al bastardo, ni al ejecutor, ni al enamorado. Tenía que elegir quién quería ser en adelante.

<h1 style="text-align:center">48</h1>

La misa de nuestra despedida se celebró puntualmente con la primera oscuridad del ocaso, en aquella sencilla iglesia de adobe, cuyo color se asemejaba al rubor en las mejillas de una dama. No podía competir con las exquisitas e imponentes iglesias del gótico europeo pero se veía muy hermosa con los arreglos florales que los guaraníes habían elaborado y colocado para la ocasión. Èvola había proporcionado todo lo necesario al padre Killimet, incluida su excarcelación, para que pudiera celebrar la misa.

En la capilla mayor aún se apreciaban los restos de la apertura de la tumba, la lápida con los bordes claramente removidos. Estas marcas actuaban como un símbolo de la lucha de la Iglesia contra el diablo, puesto que de allí salieron los libros prohibidos, como demonios de un sepulcro blanqueado.

El padre Killimet salió de la sacristía vestido con una pesada casulla, con el cáliz y el pan ya preparados y el misal señalado con las lecturas que iba a realizar. Hizo la obligada genuflexión frente al sagrario, colocó todos los objetos de la liturgia sobre la sencilla mesa de piedra que constituía el altar mayor y, santiguándose, se dirigió a nosotros:

—*In nomine Patris, et Filii, et Spiritus Sancti, Amen.*

Inmediatamente, el jesuita se dirigió al guaraní que hacía de monaguillo:

—*Introibo ad altare Dei.* —Era la fórmula de inicio: «Yo entraré en el altar de Dios».

—*Ad Deum qui laetíficat juventutem meam* —contestó aquel con esta hermosa frase: «Del Dios que alegra mi juventud», y con el acto de contrición que nos sumergió a todos en el silencio, terminó la introducción a la liturgia.

De espaldas a nosotros y frente al altar, el jesuita se preparó para iniciar la Eucaristía, el mayor de los sacramentos, la emulación de Cristo en su última cena. Preparados para revivir su entrega, su pasión y su sacrificio, tal cual Él nos enseñó, tal cual Él nos pidió que repitiéramos tomando su Cuerpo y su Sangre en las especies de pan y vino, los presentes esperábamos el inicio de la liturgia de la palabra, tres lecturas de las Sagradas Escrituras estrictamente seleccionadas para ese día en el misal, y que no serían exactamente las mismas hasta dentro de tres años. La Iglesia estaba repleta de fieles, militares en su mayoría, unos pocos religiosos y los guaraníes que vivían bajo la protección de los jesuitas. Èvola me había destinado, con su excesivo respeto por el protocolo, un asiento a la derecha del altar desde el que podía observar con detenimiento los pormenores de la celebración, y los rostros de los fieles. Y a eso me dediqué mientras el jesuita leía.

El capitán Martínez estaba en la primera fila de bancos, acompañado por dos suboficiales, todos vestidos con su traje de gala. A su lado, Giulio Battista Èvola parecía más pequeño de lo que era y mantenía la mirada de su único ojo perdida en el altar, incómodo porque a su lado estaba el jesuita Nuno Gonçalves Dias Macedo, recién liberado por mi orden expresa. En un rincón alejado de la vista de todos los presentes y fuertemente custodiado, Giorgio Carlo Tami presenciaba la ceremonia a petición propia, algo que acepté en el último momento con una sola condición: no podía negarle la asistencia a la Eucaristía, mas bajo ningún concepto podía permitirle, como acusado de herejía, que comulgara. Si lo intentaba, volvería a su celda tan rápido como pudieran arrastrarlo los soldados. La misa se llevó a cabo, pues, entre pensamientos encontrados, y acunada por mis dudas.

Enredé mis manos en el rosario y las junté para orar. No recé: hurgué en mi conciencia e intenté hablar con Cristo, deseoso de obtener la respuesta que, a pesar de mantener mi fe intacta, no podía hallar solo.

«Señor, ¿cuál es el camino correcto? He perdido mi confianza ciega en Roma, y tengo miedo de que por culpa de aquellos que se disputan el poder dentro de nuestra Iglesia, esos libros vomiten sobre tus fieles toda su podredumbre. Si tal sucediera, sería el comienzo del fin y toda mi labor en defensa de la fe se volvería en mi contra, yo sería entonces el brazo armado del mal y no del bien. ¿Justificaría esto mi deserción?

»Señor, si vuelvo a Roma con los libros cumpliré con la misión pero entregaré como cordero para el sacrificio a un pobre hombre, un hombre bueno que lucha por una causa justa, tan justa que es capaz de afrontar la muerte con la fortaleza de un mártir. ¡Ayúdame, mi Dios! ¡Ayúdame a mirar dentro de mí!»

Detuve el curso de mi oración. Abrí los ojos y observé a los fieles. Èvola me miraba fijamente mientras oraba. El celebrante iba a dar comienzo a la segunda parte de la misa, la Consagración. Tomó la patena con el pan y oró sobre él para presentárselo a Dios:

—*Suscipe, sancte Pater, omnipotens aeterne Deus, hanc immaculatam Hostiam...*

Luego tomó el cáliz, echó un poco de vino, y unas gotas de agua y de vinagre:

—*Deus, qui humanae substantiae dignitatem mirabilius reformasti: da nobis per hujus aquae et vini mysterium, ejus divinitatis esse consortes, qui humanitatis nostrae fieri dignatus est particeps, Jesus Christus, Filius tuus.*

Por último, elevó el cáliz sobre su cabeza:

—*Offerimus tibi, Domine, calicem salutaris...*

Pensaba en lo hermosas que sonaban aquellas palabras, las que presentaban al pan como recipiente futuro del cuerpo de Nuestro Señor, y las recité para mí —«Recibe, oh Padre Santo, omnipotente y eterno Dios, esta que va a ser la Hostia inmaculada»—, y aquellas más extensas dedicadas al vino —«Oh Dios, que maravillosamente formaste la naturaleza humana y más maravillosamente la reformaste, haznos, por el misterio de estos agua y vino, participar de la divinidad de Aquel que se dignó hacerse partícipe de nuestra humanidad, Jesucristo, tu Hijo»—, para terminar con la esperanza, la esperanza renovada del sacrificio: «Te ofrecemos, Señor, el Cáliz de Salvación». Todos habíamos muerto e íbamos a resucitar en la fe, esa que yo necesitaba más que nunca para tomar una decisión. Cerré los ojos de nuevo y apreté con fuerza el rosario entre mis dedos:

«Necesito descubrir, oh, Señor, cuál ha de ser mi camino. ¿Qué harías Tú en mi lugar? ¿Entregarías los libros y al hereje? ¿Estarías de acuerdo con echar leña al fuego en las disputas internas de la Iglesia? No he perdido la fe, Señor, mi fe permanece intacta. Sigo siendo digno de ti, sigo siendo yo, Angelo, el que te protege por encima de todas las cosas, el que obliga a arrodillarse a tus enemigos, sean quienes fueren. Tú eres mi luz y mi guía, si Tú estás a mi lado, nada temeré...»

El padre Killimet elevó el pan para la Consagración, aquella que convertiría el pan y el vino en el cuerpo y la sangre de Cristo, un momento lleno de solemnidad en el que el jesuita, alzando por encima de su cabeza primero el pan y luego el cáliz, repetía las palabras de Jesús en la última cena:

—*Accipite, et manducate ex hoc omnes. Hoc est enim Corpus meum.*

Estas palabras poderosas —«Tomad y comed todos de Él. Porque este es mi Cuerpo»— acababan de transformar aquel pan sencillo en el cuerpo de Cristo. Después, el padre Killimet alzó el cáliz y dijo:

—*Accipite, et bíbite ex eo omnes. Hic est enim Calix Sanguinis mei, Novi et aeterni Testamenti: Qui pro vobis et pro multis effundetur, in remissionem peccatorum.*

Y de nuevo sus palabras —«Tomad y bebed todos de Él. Este es el Cáliz de mi Sangre, de la alianza nueva y eterna, que será derramado por vosotros y por todos los hombres, para el perdón de los pecados»— terminaron de obrar el milagro de la transustanciación convirtiendo el vino en la sangre que Cristo derramó por todos nosotros. Cristo de nuevo vivo y glorioso, invisible a nuestros sentidos pero presente en nuestra fe. Cristo muerto y resucitado por amor a los hombres.

Fue ese amor del sacrificio supremo lo que llegó hasta mí, allí, en el humilde templo de San Esteban para mostrarme el camino que debía seguir:

«Señor, ahora que estás dentro de mí, redivivo en mí, silencioso, me siento lleno de amor. Y será el amor mi guía, mi amor por ti, mi amor por Piero Del Grande y mi amor por Raffaella. Y nadie podrá desviarme ya de este camino por el que he decidido transitar siendo el que soy».

El jesuita terminó la Consagración:

—*Hoc est mysterum Fidei.*

«Este es el misterio de la fe», de nuestra fe, de mi fe que ahora ya había encontrado su camino, gracias al amor de Cristo. Era el momento de participar del misterio y acercarse al altar para comulgar, todos de la misma forma, justos y pecadores redimidos, religiosos, militares y evangelizados. Èvola fue el primero en recibir el Cuerpo de Cristo, «*Corpus Christi*», que el jesuita le dio a comer tras escuchar la palabra «*Amen*» de la boca del napolitano. Después le ofreció el cáliz del que bebió un pequeño sorbo antes de regresar a su sitio y recogerse en oración. A él le siguió el capitán Martínez, el jesuita Dias Macedo y gran parte de los soldados. Y el último fui yo. Sin despegar mis ojos de Tami caminé hacia el altar. Él me respondió con una gastada expresión de fatiga, resignado a su amargo porvenir. Ante sus ojos comulgábamos como hijos buenos, olvidándonos de aquellos que habíamos condenado. Tami tenía la mirada deslucida del que ha sido apartado, relegado, la del que está solo y moralmente destruido, como si hubiese sido arrebatado a la mismísima memoria de Dios. Se equivocaba, pues mis pensamientos estaban con él, incluso en la comunión.

Tras haber comulgado, regresé como todos a mi sitio para recogerme en oración. Recordé entonces el lema de la *Corpus Carus*: «El Vicario de Cristo es lo que dicta tu espontánea y primera conciencia». Si tu conciencia habla, escúchala, pues Cristo habla en ella. ¡Terrible herejía para algunos! Pero no lo era, pues el Vicario de Cristo seguiría siendo el Papa para asuntos de la Iglesia, cabeza de toda estructura y doctor infalible, de eso estaba seguro. Mas para mis decisiones personales no esperaría una bula como solución, solo escucharía a Cristo en el silencio de mis pensamientos. Donde lo escuchamos aunque parece no estar, donde en verdad vive inspirándonos.

Después de la misa, nos dispusimos a celebrar la última cena en el asentamiento. No nos llevó mucho tiempo pues ninguno de los presentes tenía ganas de hablar. Nada más acabar de comer, nos retiramos a nuestros aposentos. Al día siguiente, al alba, iniciaríamos el viaje de regreso al galeón. Todos teníamos que recoger nuestras pertenencias, estudiar el plan de viaje y prepararnos mentalmente para la travesía. Todos tenían en mente el mismo horizonte, todos menos yo. Esa noche me acosté con la tranquilidad que no había tenido en once años como inquisidor. Había elegido. La primavera que floreció aquella noche se tornaría en invierno nada más llegar a Europa. Cerré los ojos y dormí.

49

Giulio Battista Èvola llamó a mi alcoba nada más cantar el gallo. Parecía algo turbado pero intentó contenerse:

—Buen día tengáis, Excelencia. Perdonadme si os molesto... Habéis hecho algunos cambios de los que no he sido informado —comenzó con toda la sutileza de que era capaz.

—Buen día también para vos, hermano —dije mientras terminaba de colocar sobre mi pecho el crucifijo y decidido a obrar según había planeado—. ¿Cambios? No sé a qué os referís.

—Sí, Excelencia. Yo ya tenía lista una escolta para acompañar a Xanthopoulos a Asunción...

—¡Ah! Os referís a eso... —respondí interrumpiéndole.

—Sí, Excelencia, a «eso» —replicó airado—. El almirante Calvente había ordenado que se entregara a ese sujeto al gobernador de Asunción para que fuera juzgado allí por los asesinatos acontecidos durante el viaje.

—¿Y bien...? No sé qué me queréis decir con todo esto. Recuerdo muy bien las órdenes de Calvente —repliqué encarándome con él.

—¿Cómo que «y bien», Excelencia? —dijo el notario con más insolencia que de costumbre—. El capitán Martínez me prohibió enviarlo diciéndome que vos habíais ordenado retenerlo con nosotros. ¿Es que viene a Roma? ¿Habéis ordenado que Xanthopoulos venga con nosotros?

—Sí —exclamé sin añadir más.

—¿Sí? ¿Y cómo justificáis esa locura? ¿Y por qué no he sido avisado para asentar esta decisión en el libro?

—No os avisé porque no le di importancia, os ibais a enterar de todas formas. He tomado la decisión de procesarlo y por eso viene con nosotros.

—¿Por qué, si su delito es civil y no eclesiástico? Xanthopoulos no ha de responder de nada ante la Inquisición.

—Desde ayer por la noche Xanthopoulos es sospechoso de herejía. Ha de ser procesado por delitos contra la fe.

—¿Herejía? —exclamó Èvola antes de soltar una carcajada sardónica—. Xanthopoulos es un asesino vulgar, un polizón que ya había escapado de la justicia española. No es un hereje. Tenéis que dejarlo ir.

—Vos mismo dijisteis en el barco que Xanthopoulos es un brujo. Estoy de acuerdo con vos. Y volverá con nosotros.

—Insisto, tenéis que dejarlo ir. Que sea juzgado en Asunción.

—¿Dejarlo ir? ¿Qué expresión es esa? Que yo sepa no figura en ninguno de mis libros de inquisidor —repliqué y conseguí que Èvola permaneciera en silencio—. ¡Contestad! ¿Sabéis de algún libro que afirme que un inquisidor debe «dejar ir» a un brujo?

—No hay nada que deba contestaros —replicó Èvola con orgullo.

—Oh, sí, claro que debéis contestarme aunque no sabéis qué. Yo sí —dije mientras le indicaba el baúl que contenía mis libros—. Traedme el primer libro que hay en ese baúl.

A regañadientes, el notario se acercó al baúl, lo abrió y tomó el primer libro.

—Aquí tenéis —me dijo entregándome un grueso volumen.

—Leed vos. Abridlo...

—¿Adónde queréis ir a parar con todo esto? —replicó el notario.

—Tenéis en vuestras manos una joya de la literatura penal eclesiástica, oro para cualquier inquisidor. ¿Queréis saber cómo se llama? —continué.

—No.

—Os lo diré a pesar de todo: *Malleus maleficarum*, el famoso *Martillo de brujos*, impreso en Alemania, una verdadera cátedra para descubrir y juzgar a un brujo. ¿Sabéis cuánto cuesta esa copia?

—No, Excelencia.

—Más que un carruaje lujoso tirado por cuatro sementales cartujanos. ¡Hojead el libro a ver si encontráis algún párrafo que hable de «dejar ir» a un brujo!

—No es necesario que me hagáis pasar por esto —dijo Èvola, avergonzado por la situación.

—¡Leed el maldito libro si no queréis volver al barco atado a un asno! —exclamé dejando a Èvola perplejo.

El napolitano comenzó a mirarlo.

—No aparece... —musitó sin atreverse a alzar la voz.

—¿No aparece? —pregunté con ironía.

—No, Excelencia.

—Id a la segunda parte, a la «Pregunta dos: los métodos de destrucción y curación de la brujería» y leedme los epígrafes.

—… «Introducción, en que se establece la dificultad de este tema; Los remedios que prescribe la Santa Iglesia contra íncubos y súcubos; Remedios prescritos para los hechizados por una limitación en la capacidad de engendrar; Remedios prescritos para quienes, por actos...» —Èvola alzó su mirada del libro y me miró suplicante. Pero no tuve piedad.

—¿No queréis seguir? ¿Creéis que se han olvidado de incluir el capítulo en el que se indica cuándo se debe «dejar ir» a un brujo? Debéis saber que me conozco ese libro de memoria, que recuerdo cada uno de sus párrafos y puedo recitarlo como si del Avemaría se tratara: «Porque la brujería es alta traición contra la Majestad de Dios», dice entre otras cosas, en la primera parte. Y si no os fiáis de mí, aquí estaremos hasta que localicéis en el libro lo que os he dicho.

—Os pido disculpas, Excelencia. Todo esto sucede porque calláis más de lo que debéis. No es de mi agrado andar detrás de vos y meterme en vuestra tarea —intentó excusarse Èvola.

—Sin embargo creí haberos escuchado opinar sobre la brujería como si fuerais un doctor de la Iglesia. ¿No sería mejor que hundierais la nariz en vuestros cuadernos y no en los asuntos del inquisidor?

El notario cerró la boca y me miró con la dulzura de un cuervo.

—¿Todavía estáis interesado en conocer las razones de mi decisión? —pregunté.

—Sí, Excelencia.

—Pues sabed que Xanthopoulos no es solo un vulgar asesino, sino también un cofrade encubierto de la *Corpus Carus* que andaba detrás de los libros, como Tami. Y es por eso por lo que que ha de volver con nosotros para confesar ante Roma.

Èvola se quedó boquiabierto y tardó un tiempo en volver a hablar.

—¿Cómo lo supisteis?

—Es mi trabajo —respondí muy seco.

Èvola no había intentado fingir que desconocía qué era la *Corpus Carus*.

—Me sorprendéis, Excelencia, de verdad. Por un momento pensé…

—Casi dejáis escapar una pieza fundamental en este galimatías —continué interrumpiéndole—. En lo venidero tratad de no entorpecer mi trabajo. Y ahora, cercioraos de que los detenidos estén listos para el viaje tal como le ordené al capitán Martínez. Ya tendremos tiempo para hablar en el barco. He desbaratado una trama secreta contra la Inquisición. Tengo mucho que contaros. Solo dadme tiempo para seguir largando el anzuelo que los herejes han comenzado a devorar…

—Perdonadme, Excelencia, estaba equivocado respecto a vos, muy equivocado.

—¿Desconfiáis de mí?

—A veces —confesó Èvola. Su concepto de mí había cambiado, lo notaba en su mirada de respeto. Poco más necesitaba, pero quise corroborarlo.

—Èvola, vos no sois el único fiel a Roma. Ni siquiera el más fiel. Recordad que fui yo el elegido para llevar a cabo esta misión. Y recordad también que la *Corpus Carus* intentó matarme en el barco. Decidme, ¿hasta dónde llegaríais vos por la Santa Inquisición? ¿Estáis dispuesto a morir por ella?

—A morir y a matar, Excelencia. Estoy dispuesto.

Sonreí. Bien sabía que eso era cierto, pues lo había hecho con todos aquellos a los que creyó sospechosos. Un hombre tan pequeño y con tan desmedido coraje.

—Estáis solo, no sois corpulento y aun así habláis con el fervor de un ejército.

—Este rostro me trajo por siempre el desprecio, el espanto y la exclusión. Me acostumbré a la soledad y ya no la temo. Embarqué solo con órdenes muy claras y voy a cumplirlas. Y si es necesario me enfrentaré a masones, brujos o al mismísimo diablo. Solo. Como hice siempre. Y ahora, al fin, con vos...

—Hablaremos en el barco —repetí—. Ya tendremos tiempo para nuestros asuntos.

—¿Qué haremos entonces con los masones? —preguntó el napolitano.

—Los encerraremos en el barco —dije mirando por la ventana y suspirando—. Tami ha de aflojar más su lengua. Debéis saber que he conseguido convencerle de que soy uno de ellos.

Èvola sonrió.

XIX

DERRAME INFECCIOSO
DE LA BLASFEMIA

50

Ni las previsiones más pesimistas me habrían permitido vaticinar que el viaje de regreso nos llevaría ocho largos meses. Fuè lo más parecido al Infierno que he visto y veré en mi existencia. Tuvimos un sinfín de problemas causados por las tormentas que azotaron nuestro galeón dejándolo muy mal parado. Apenas sobrepasada la isla de Trinidad, el mar nos enseñó su bravura, nefasta como los sueños más terroríficos y más perversa aún que la imaginación humana. Durante tres días y tres noches el cielo tomó la negrura del carbón mientras los vientos rabiosos soplaban erizando las aguas. Las olas sacudieron el barco como si del de Jonás se tratara. Temí por mi vida, no lo puedo negar, aunque no llegué a enloquecer como la tripulación, que maldijo mi presencia y culpó del temporal a esos libros de naturaleza desconocida que estaban en mi camarote, en custodia permanente. Los que se suponía rudos marinos demostraron ser tan supersticiosos como las prostitutas de los burdeles genoveses. La consecuencia inmediata del temporal fue la rotura del palo mayor, la pérdida casi total del velamen y la desaparición del timón, que nos dejó a la deriva en mitad del mar Caribe durante un día entero.

Gracias al segundo galeón, el *Catalina Niña*, pudimos ser remolcados hasta la isla de Trinidad. Ya en puerto seguro, evaluamos todos los daños, que eran cuantiosos. Era necesario trasladar el barco al puerto de Cartagena de Indias, el único que contaba con astillero para reparar, sobre todo, el mástil y el timón. El temporal continuó durante tres semanas, haciendo imposible la reparación. Para colmo de males, la piratería había esquilmado la flota de Indias en su última travesía, por lo que la Corona española había decidido suspender momentáneamente los viajes; y como nuestros galeones debían unirse a uno de ellos, la fecha de nuestro regreso, cuando ya estábamos en condiciones de hacerlo, se retrasó hasta que desde España llegaron más galeones para garantizar la seguridad de la flota. Estábamos a principios de agosto y aún seguíamos en el Nuevo Mundo.

Durante todo aquel tiempo seguí labrando la confianza que había conseguido despertar en Èvola y esperando que la Providencia me guiara en los pasos que iba a dar para servirla de la manera más justa. Y además de la lectura y las charlas con la tripulación, solicité al almirante que me adjudicara alguna tarea con la que pudiera mantenerme ocupado. Siempre bajo la vigilancia de la marinería, aprendí a realizar pequeñas labores que me ayudaron a comprender cómo funcionaba el barco. Mi cuerpo adquirió robustez, nervio y músculos; mi piel se curtió, y me sentí fuerte, como hacía mucho tiempo que no me sentía, pues el ejercicio físico era algo que no practicaba desde la niñez. Poco sabía entonces la falta que me iba a hacer esa fuerza...

Una de tantas noches en altamar, después de la cena y por obra del destino, me quedé a solas con el capitán Martínez en el comedor de oficiales. Decidimos trasnochar un poco para conversar y matar el aburrimiento en compañía del licor.

Después de varias copas de brandy, Martínez habló de su cuñado, un marqués con mucho encanto y pocas tierras, que se había ganado la confianza del círculo de influencias de Felipe II. Según el capitán, su cuñado departía cada semana con personas muy cercanas al rey y con la mismísima Isabel Clara

Eugenia, la hija predilecta del monarca. Y como Martínez era un hombre de principios poco dado a la fantasía de los charlatanes de taberna, yo le creí. Sus ojos, además, me lo confirmaban. Tras más copas y muchas confidencias, nos retiramos al tedio de nuestros camarotes. Aquella noche, con la valiosa información que me había proporcionado el capitán, no pude dormir. Todavía no había conseguido resolver qué haría con los libros al llegar a Roma. Las revelaciones que Martínez me acababa de hacer abrieron mis ojos y mi entendimiento. Era el momento de trazar un plan.

Al día siguiente, solicité al almirante una reunión privada: tenía que hablar con él y debía estar sereno. Era un alivio saber que su tripulación podía manejar el galeón incluso mejor que él, porque Calvente había decidido descansar durante todo el viaje de vuelta y beber hasta el hartazgo. Solo abandonaba su camarote para dar gritos a sus oficiales y para observar las estrellas. Era un gran marino, miembro de una familia distinguida de navegantes e hijo de un héroe de Lepanto, pero tras nueve meses de convivir con él, conocía de memoria sus flaquezas. Y si su amor era el mar, su mejor amiga era, definitivamente, la botella. A última hora de la tarde el almirante me recibió. Le pedí algo que le dejó perplejo. Antes de retirarme, le solicité una reserva total sobre lo que le había pedido, incluso con Martínez. De su silencio dependían, según le dije, el Papa, e incluso su rey.

Las consecuencias de mi solicitud, puntualmente cumplida, se produjeron cinco días más tarde. Y el desastre fue absoluto.

51

Tenía la profunda convicción de estar haciendo las cosas bien, aunque hasta los malvados, en algún momento de su vida, creen estar haciendo lo correcto. Yo, simplemente, esperaba no estar entrando en sus filas por culpa de mi decisión. Para el buen fin de mi plan, en primer lugar tenía que esconder los libros.

Una hora antes de que amaneciese, abrí el armario de mi camarote en el que habíamos instalado la cámara del secreto. Tomé la caja que contenía los dos libros y la dejé sobre la mesa. Estaba solo, nadie miraba, únicamente Dios. La atracción que sentía por los libros era insoportable sin contar que podía justificar fácilmente mi deseo de hojearlos puesto que ellos habían cambiado radicalmente mi vida. Así que abrí la caja y saqué los libros. Coloqué el *Necronomicón* sobre la mesa y, a su lado, el *Codex*.

Observé sobre la madera aquellos libros, la voz misma de Satanás, escudriñando cada palmo de sus tapas y de su lomo. Toqué sus cantos y sentí la rugosidad de los folios y la dureza de las cantoneras de bronce. Y abrí el *Necronomicón*.

Allí estaba la primera hoja que ya había visto en Asunción, con el dibujo del pie de bruja y la firma de Gianmaria como traductor. La siguiente hoja me mostró el preámbulo del libro y parte de su espíritu, un mensaje breve que ocupaba su centro:

Las doce tribus de Israel acabarán con el Nazareno.
Los doce Apóstoles serán su perdición.

Leí varias veces las dos frases. En ellas estaba ya el número fatídico del que me había hablado Tami: doce tribus, doce apóstoles, doce conjuros que abrirán la puerta al caos demoníaco. Seguí adelante. En la hoja siguiente, había un prólogo muy breve bajo un grabado de criaturas monstruosas que vagaban por el desierto, amparadas por la noche. Aquel párrafo, entre la profecía y la admonición, mostraba a Gianmaria como un buen traductor del griego, mientras que por el grabado podía considerársele un más que correcto artista.

La horda del sepulcro no otorga privilegios a sus adoradores. Son escasos en poder, solo pueden alterar dimensiones espaciales de pequeña magnitud y hacer tangible únicamente aquello que pertenece al mundo de los muertos. Tendrán potestad dondequiera que fuesen entonados los axiomas de Zeghel Bliel, y si es la época propicia, pueden atraer a quienes abran las puertas que son suyas, en las moradas sepulcrales. No poseen consistencia en nuestra humana dimensión pero penetran en la mortal envoltura de los seres terrestres, y en ellos se cobijan y nutren mientras aguardan a que se cumpla el tiempo de las estrellas fijas y se abra la puerta de infinitos accesos liberando a Aquel, que tras ella intenta destrozarla para abrirse camino…

Cerré el libro de golpe y miré a través de la ventana de mi camarote. La noche era tan negra como las páginas del *Necronomicón*. Coloqué los dos libros sobre un paño de seda y los cubrí. Luego introduje la envoltura en una gruesa bolsa de piel de foca que había impermeabilizado con sebo. Sujeté todo el paquete con cuerdas y lo dejé listo para resistir cualquier embate, incluso la lluvia. Lo tomé y abandoné mi camarote.

Descendí hasta las celdas situadas en el pantoque, por debajo de los dos niveles de bodegas. Con mucho sigilo y a la débil luz de una lámpara de aceite recorrí los húmedos pasillos que me separaban de aquel apestoso lugar, lleno de charcos de agua sucia cuyos efluvios podían llegar a provocar el vómito. Los soldados destinados a la custodia de los prisioneros vieron, con pavor, una figura encapuchada que surgía de entre las sombras, como un fantasma que viviera en aquel lugar infecto.

—Buen día, Excelencia —balbuceó el cabo, que no esperaba ninguna visita a aquellas horas de la madrugada—. ¿Venís a visitar a los prisioneros?

—Bienhallado seáis en Dios, cabo —dije mirando a Andreu Llosa directamente a los ojos con mi rostro apenas iluminado por la luz de la lámpara y tratándole con la solemnidad de rigor al estar delante de sus hombres—. Por favor, abandonen el pantoque y esperen arriba. Les llamaré si les necesito.

—¿Deseáis ver a los presos sin ninguna protección? —exclamó muy sorprendido el cabo.

—No habrá problemas, no se preocupe. No correré ningún peligro.

—Pero, Excelencia, el capitán Martínez me pidió especialmente que mantuviese mis ojos bien abiertos y os custodiase mientras realizarais vuestras labores.

—Pues bien, cabo, puede realizar su trabajo en la boca de la escalera. No se preocupe, estaré bien.

La guardia se vio obligada a retirarse. Tomé la llave que llevaba en la cintura y abrí el cerrojo. El chirrido del metal sonó desafinado en el pantoque, anunciando a los prisioneros que alguien llegaba. La incertidumbre de aquella visita no les pertenecía solo a ellos. También a mí.

—No tenemos demasiado tiempo, será mejor que nos demos prisa —les dije nada más entrar en el lugar de su encierro.

Giorgio Carlo Tami me miró intrigado. Sus pensamientos sobre mi visita no iban desencaminados.

—¿Nos vas a ayudar? —dijo el jesuita.

Me agaché para liberarlo de sus grilletes y no respondí.

—Angelo —dijo Xanthopoulos—, faltan siete días para llegar a puerto. No creo que este sea el mejor momento para organizar una fuga. Es demasiado pronto…

Tami sonrió y disfrutó del silencio. Luego murmuró:

—Has conseguido algo maravilloso, Angelo. Piero no se equivocó contigo —dijo sonriendo.

—¿Por qué lo dices? —le preguntó Xanthopoulos, sin entender su alegría, mientras yo también sonreía.

—Porque no queda otra posibilidad que la que imagino.

—¿Y qué imaginas, hermano Giorgio? —siguió preguntando el griego.

—Angelo ha desviado el galeón. Es admirable —afirmó Tami.

—¿Y dónde estamos? —bramó Xanthopoulos al instante.

—En aguas de España. Navegamos hacia el puerto de Sevilla —respondí casi orgulloso.

—¿Y los demás? ¿Qué dirán cuando vean tierra? —Nikos no entendía por qué estábamos tan contentos. Todo le parecía complicado, como efectivamente era.

—El sol aún no ha despuntado y no hay luna. Nadie lo advertirá hasta que lleguemos a puerto —dije mientras me apresuraba a liberar al rubio. El silencio se apoderó de la bodega, aquellos dos hombres solo tenían ya oídos para mis palabras—. Esto es para ti —dije dándole a Tami el grueso envoltorio de piel de foca—. Aquí están los libros. Debes llevarlos a sitio seguro.

—¿Y los demás es para ti un sitio seguro en Europa? —quiso saber Tami solicitando tácitamente mis instrucciones.

—La abadía de San Fruttuoso. Allí descansarán lejos de la Inquisición —afirmé sin dudar.

—¿En Génova? —preguntó Tami, incrédulo.

—Sí. Es el sitio más seguro y el que mejor conozco. Busca en el cementerio un panteón al lado de una tumba sin nombre y escóndelos allí hasta que Piero escoja un sitio más adecuado para ellos. Tenéis que encontrar la forma de llegar a Italia lo más rápido que podáis.

—¿Qué harás tú al llegar a puerto? —preguntó Tami.

—Desembarcaremos por una petición exclusiva y extraordinaria que le hice a Calvente. Allí solicitaré audiencia al nuncio papal y conseguiré tiempo para que escapéis y os alejéis de Sevilla lo más posible. Si pudierais embarcar hacia Francia y estar allí al día siguiente o en un par de días, tendríamos todo a nuestro favor.

—¿Y Èvola? —dijo el griego a quien no se le había olvidado que seguíamos a merced de un asesino.

—No se dará cuenta de nada hasta que estemos amarrados

en el puerto de Sevilla. Creo que he conseguido engañarlo; no sospecha nada sobre el giro que están tomando los acontecimientos.

—¿Y nosotros? ¿Cómo saldremos del barco nosotros? —preguntó Xanthopoulos.

—Os he preparado ropas de trabajo y un puñado de monedas. Bajaréis como parte de la tripulación aprovechando la confusión que se creará al saber que estamos en Sevilla. Tenéis que espabilaros para conseguir un transporte rápido.

—¿Y tú? ¿Qué harás tú? —preguntó Tami, preocupado—. Tarde o temprano se descubrirá nuestra huida y se sabrá que tenemos los libros.

—Lo sé. Diré que los robasteis.

—No convencerás a Èvola —afirmó Xanthopoulos—. Te preguntará por el cambio de rumbo y te acusará de cómplice.

—También he pensado en eso. Y mientras esté en España contaré con el favor de un marqués que tal vez pueda dilatar el proceso el tiempo suficiente para prepararme una defensa.

—Te vas a meter en problemas graves… —dijo Tami, cansado y entristecido.

—No creo que sean más graves que los que tenéis vosotros —contesté intentando darle ánimos.

—¿Cuánto falta para llegar? —exclamó el griego, siempre práctico, interrumpiendo la conversación.

—Una hora, tal vez menos. Es mejor que vayamos subiendo.

Antes de salir al pasillo Xanthopoulos apoyó su mano en mi hombro y me susurró:

—Te debo la vida, Angelo. Cuando los libros estén a buen recaudo, volveré a por ti. Dondequiera que estés.

Pero cuando dejamos la celda, en el pasillo, ante nosotros, el terror cobró forma humana, emergiendo entre los hedores y la oscuridad para espantarnos. Èvola nos miraba silencioso e inexpresivo.

El sicario de la Inquisición había llegado.

—¿Qué significa esto? —preguntó Èvola.

Los reos gozaban de libertad mientras el gran magistrado mantenía abierta la puerta de su encierro.

—¿Podríais decirme qué os ha traído hasta aquí? —dije encarándome con él.

El napolitano mantenía alzada su capucha por lo que era imposible leer en su rostro qué estaba pensando. Giulio habló:

—Ha sido una noche extraña, Excelencia. Es muy raro en mí no poder conciliar el sueño, pero es lo que me ha pasado esta noche. Desvelado, decidí dar una vuelta por cubierta, aunque no hubiera amanecido aún. Y allí estaba, sorprendido por la gran cantidad de aves marinas que sobrevolaban el barco y por una luz que parecía un espejismo en el horizonte, demasiado cercana, como a una milla de distancia. ¿Acaso son estas las visiones de un loco desvelado...? No, Excelencia. A una semana todavía del puerto de Génova no es normal encontrar tantas aves mar adentro, ni por supuesto apreciar el destello de luces en la costa, tan cerca que si hubiera sido de día, o luciera la luna, habría podido apreciarla. Mi insomnio no ha sido casual, sino resultado de un aviso divino, que me ha alertado de esta diabólica confabulación. Habéis alterado el curso del barco, no vamos a Génova, sino a un lugar muy distinto del que debemos...

—¡Brillante, hermano Èvola! —le interrumpí—. Debo reconoceros una gran inteligencia deductiva aunque una imaginación escasa y aún menor vocabulario, pues términos como «confabulación» no son adecuados a lo que sucede. Todo obedece a mis órdenes y son legítimas.

—¡Basta ya de mentiras, Excelencia! —gritó Èvola—. Ya no tenéis palabra puesto que, por mucho que queráis negarlo, estáis conspirando contra la Inquisición. ¿Me vais a decir que un cambio de rumbo es un detalle sin importancia y que por eso no me avisasteis? ¿Y que también lo es que estéis aquí, liberando a los prisioneros? ¿O que lo que hacéis es enredar a los herejes en vuestro anzuelo aún más de lo que ya están? ¿De verdad pensáis que seré yo el que se enrede aún más y se trague ese anzuelo?

—¿Qué pretendéis hacer? —pregunté directamente, sin intentar disculparme ni justificar la situación.

—He comprobado, Excelencia, que sois una persona muy capaz, no solo un excelente inquisidor, sino un conspirador de habilidad incomparable —respondió Èvola con calma—. En cierto modo, os admiro, pero lamentablemente nuestras lealtades son irreconciliables. Es una pena que no estéis del lado correcto, y lo lamento mucho por vos.

—¿Qué haréis, Èvola? —volví a preguntar.

—Sois un cofrade de la *Corpus Carus* —afirmó con odio— y debéis pagar por vuestra traición.

—¿Cómo? ¿Qué está tramando vuestra mente asesina?

—Es fácil: os encerraré con los demás. Sois tan hereje como estos dos —afirmó Èvola.

Era sorprendente su audacia, dada la inferioridad de condiciones en que se hallaba. Fue tan arrogante que nos hizo dudar de cuál sería el secreto que guardaba para reducirnos. Sería un monje demente, o muy osado. De todas formas se mostró como alguien temible, con o sin plan. Giulio procedía de los peligrosos suburbios napolitanos. Sus únicas armas, además de la daga escondida en el crucifijo, eran su valentía y deformidad, que a buen seguro ahuyentaban a muchos antes de tener que desenvainar. Y dio resultado.

—Perdonad, Giulio, pero ¿podríais decirnos cómo vais a conseguirlo? No vemos que nadie os acompañe —dije con una media sonrisa señalando hacia el pasillo oscuro en el que ni un alma se apreciaba.

—Avisaré al almirante Calvente. Creedme, Excelencia, a pesar de todo le que le hayáis dicho, él jamás os dejará desembarcar si lo informo de que habéis liberado a los prisioneros y planeáis huir. No creo que el almirante os siga el juego en estas condiciones, no sería lógico que quisiera ser cómplice de una conspiración y ser procesado por ella, destituido y quién sabe qué más. Perdonadme, hermano DeGrasso: no entiendo vuestra conducta, en verdad que no la entiendo. Tal vez en otra ocasión podáis explicarme por qué uno de los inquisidores mejor considerados de Italia se convierte en un hereje y en un ladrón. ¿Qué demonios os ha sucedido? Sea lo que fuere, de verdad que me tiene intrigado, pues no concibo que alguien quiera destruirse como lo habéis hecho vos.

Mientras pronunciaba estas palabras, el notario empezó a retroceder de espaldas, buscando la protección de las sombras. Si se iba, todo estaba perdido. Por eso Xanthopoulos tomó la iniciativa y en tres largas zancadas se abalanzó sobre el notario, derribándolo. Los jadeos y gritos roncos acompañaron al forcejeo. Xanthopoulos sacudía a Èvola agarrándolo del hábito con la furia de un toro mientras el notario se defendía hundiéndole al griego sus pulgares en los ojos. El dolor hizo que liberara a Èvola de su abrazo, momento que este aprovechó para morderle la nariz, de la que comenzó a manar sangre en abundancia.

Tami dejó los libros sobre un barril y arremetió contra el napolitano propinándole una patada en las costillas. El golpe lo separó de Xanthopoulos, pero estuvo muy lejos de dejarlo fuera de combate. Tami volvió a atacar al notario dándole un puñetazo en el rostro aprovechando que este se agarraba el costado allí donde el dolor de la patada se volvía insoportable. Cuando se incorporó, tenía la daga en la mano y se la clavó a Tami en el pecho hasta la empuñadura. Giorgio buscó el apoyo de un barril y entrecerró los ojos. El mango en forma de crucifijo asomaba a la altura de sus costillas, en el lugar donde Cristo recibiera la lanzada. Èvola parecía haber tomado el control; el mastín de la Iglesia había mostrado sus dientes. Vencido el jesuita, Èvola se dirigió hacia Nikos y le dio un nuevo mordisco, esta vez en una mejilla, con claros deseos de llevarse un pedazo de carne y mutilar a su adversario. El griego intentó como pudo que aflojara, pegándole reiteradamente en el vientre. Era hora de intervenir. Miré a mi alrededor y encontré un madero lo suficientemente grueso, corrí hacia el notario y le asesté un golpe en los riñones. Èvola soltó a Xanthopoulos y se quedó quieto antes de volverse hacia mí. La visión terrorífica de su rostro y su boca manchados con sangre ajena fue excesiva. Mi brazo se soltó de nuevo en un golpe brutal contra su cara. El notario no lo soportó, siquiera chilló, y se desplomó sobre las aguas sucias del pantoque. No volvió a moverse.

Xanthopoulos surgió de la oscuridad con el rostro bañado en sangre y se dirigió directamente hacia el jesuita, el peor parado de la pelea. Tami intentaba sacar de sus entrañas el mortífero metal, sin conseguirlo.

—Tranquilo, no es nada —susurró Nikos mientras examinaba la herida.

Tami respiraba entrecortadamente, pero permanecía sereno.

—Intento sacarlo, mas no puedo. Me faltan agallas —dijo el jesuita en un susurro.

—No hables. Déjamelo a mí —le contestó el griego.

Y tomando mi pañuelo envolvió el mango de la daga, apoyó su rodilla en el pecho del jesuita y mirándole a los ojos para tranquilizarlo, de un solo tirón extrajo el metal y lo arrojó con rabia al interior de la celda.

El rostro de Tami se deformó en un mueca de espantoso dolor y luego el jesuita se desmayó. Poco después había recuperado el color. Nikos utilizó su camisa para vendarlo, y con aquella cura de urgencia Tami pudo ponerse en pie.

Xanthopoulos y yo arrastramos el cuerpo de Èvola al interior de la celda y cerramos la puerta con llave. Después subí al lugar donde se encontraban los soldados para pedirles que se quedaran allí hasta mediodía, sin acercarse al pantoque y sin hacer caso de los gritos que de allí provinieran. Ellos me miraron con una mezcla de respeto y pavor, pues pensaron que el inquisidor iba a usar sus instrumentos con los prisioneros. Mientras tanto, Nikos, con Tami a cuestas, abandonó la bodega por la escalera de proa para dirigirse al lugar donde esperarían la llegada a puerto.

Casi una hora más tarde, con las primeras luces del alba, el puerto de Sevilla nos saludó envuelto en bruma. Las gruesas amarras tocaron tierra y nuestras esperanzas las acompañaron. Mi estrategia, a pesar de las complicaciones, parecía dar los primeros resultados.

52

Un práctico de la Aduana de Sevilla subió al barco para averiguar el porqué de nuestra aparición, cuestión que le explicó personalmente el almirante Calvente. Con el permiso para desembarcar, envié recado al nuncio para que supiera que estábamos en Sevilla. Tres horas después, un enviado de la nunciatura se personó en el barco para aclarar la situación.

—Excelencia DeGrasso, ¿cómo es que habéis atracado en Sevilla? Hace meses que se os espera en Roma. ¿Por qué os habéis desviado tanto de vuestro rumbo?

—Sucedieron a bordo varios incidentes de gravedad que no voy ahora a contaros en detalle y que me obligaron a tomar la decisión de atracar en Sevilla. Quisiera que enviarais una carta al Santo Oficio de Roma anunciándoles que no me demoraré más de lo que tarde el transporte desde aquí y que su paciencia será recompensada pues la comisión que me encargaron ha sido un éxito.

El enviado del nuncio me miró con asombro.

—De acuerdo, Excelencia. Estamos al tanto de la importancia de la comisión y del interés personal que el Santo Padre ha depositado en ella. Enviaré la carta en el próximo barco y prepararé un carruaje para su partida inmediata.

—Que sea lo antes posible —insistí.

—Así será. Mientras tanto, ¿deseáis descansar en la nunciatura? Vuestra Excelencia y el notario que os acompaña...

—No es necesario —le interrumpí—. Ya descansaré durante el viaje, no quiero perder tiempo. Además, he de daros una triste noticia... —El enviado del nuncio me miró con atención—. Mi notario falleció durante el viaje...

—¡Santo Cielo! —exclamó horrorizado—. ¿Qué le sucedió?

—Malaria —mentí—. Os pido que se lo comuniquéis a las autoridades de la aduana para que nadie, excepto yo, desembarque hasta que un médico lo autorice.

—Entiendo. Lo haré ahora mismo ya que urge vuestra partida; mientras tanto podéis acudir a la nunciatura para explicar los pormenores de la muerte de vuestro notario —dijo el enviado del nuncio.

—Imposible —negué—. Ya lo haré en Roma. No hay tiempo para detalles, vos sabéis lo impaciente que está el Santo Padre por recibir noticias mías. Debo partir cuanto antes, así que agilizad en lo posible mi viaje con un pase especial de la nunciatura que me permita abandonar el barco rápidamente.

—Tenéis razón —dijo aquel hombre y allí mismo, en mi camarote, redactó y selló mi pase, y mientras lo hacía, le miré aliviado. Camino de Italia mis posibilidades de escapar se multiplicarían, solo debía esperar el momento adecuado.

Todo mi plan parecía funcionar a la perfección hasta que sonaron aquellos golpes en la puerta de mi camarote y, sin esperar respuesta, el capitán Martínez entró en él con una escolta de seis hombres y junto a un oficial del puerto. Sus caras mostraban la gravedad del asunto que les había llevado a visitarme. Y alguien más entró tras ellos: Èvola.

Mi notario me señaló mientras vomitaba toda la verdad ante el enviado del nuncio y los soldados, que no daban crédito a sus oídos. El enfrentamiento fue devastador, estaba claro que yo mentía puesto que poco antes había asegurado que Èvola había muerto. No tenía palabras para eludir sus graves acusaciones de traición y confabulación contra Roma, aunque mi cargo era lo bastante relevante para detener los primeros ataques. No me permitieron abandonar el camarote, pero nadie se atrevió a detenerme ni a ponerme grilletes. No hasta que llegara el nuncio en persona para hacerse cargo de mí, cosa que sucedió cerca ya de mediodía.

El nuncio papal era un anciano venerable que me saludó con una cortesía exquisita y con igual atención me pidió que lo escuchase, pues ya había sido informado de todo el asunto antes de llegar al barco.

—Excelencia DeGrasso, debo deciros que no admitiré ningún descargo por vuestra parte puesto que ya he examinado la situación y no tengo otra opción que enviaros a Roma donde tendréis tiempo de elaborar una defensa en vuestro favor. Espero que, por vuestro cargo, sepáis entender mi decisión —dijo el nuncio lavándose las manos, algo que yo esperaba y que era para él la salida más fácil. Mi caso estaba cerrado, no quedaba otra opción que el agónico viaje a Roma.

—¿Qué os ha obligado a tomar esta decisión? —pregunté de todas formas para seguir ganando tiempo.

El anciano acarició su anillo mientras lo miraba con una expresión triste antes de contestar.

—La acusación que sobre vos recae no es despreciable. He verificado vuestra petición de cambio de rumbo al almirante; sobre vuestra mentira acerca de la muerte del notario, no hay mucho que decir, ¿verdad? Es lamentable. Y también he podido comprobar que ni los herejes que debían ser juzgados en Roma ni el «objeto» de vuestra comisión están ya en el barco…

—¿No están ni los herejes ni los libros? —le interrumpí con una excitación llena de esperanza.

—No.

En mi interior suspiré aliviado pues les creía tan atrapados como yo. Su destino había sido más sencillo que el mío. Este inquisidor había fallado, había perdido contra todo pronóstico. No así sus herejes. El nuncio continuó:

—Hay un testigo que afirma haber llevado en su carruaje a dos forasteros a primera hora de la mañana. Según él, uno estaba herido y murmuraba en acento italiano. El otro estaba lastimado en la nariz y portaba un grueso envoltorio de cuero. ¿Os resulta esto familiar, Excelencia?

Sabiendo que los libros parecían estar a salvo, hice ejercicio de mi derecho al silencio. De nada servía ya seguir hablando pues no conseguiría desviarme de mi camino a Roma.

—No haré ninguna declaración. Las reservaré para Roma —dije, y el nuncio asintió.

Ya no podía hacer uso de mi influencia como inquisidor, ni defenderme recurriendo al derecho canónico. Aún me quedaba un recurso, un último madero al que aferrarme para no perecer ahogado en el naufragio. El anciano Abelardo Pérez Antuña era nuncio papal desde hacía quince años. Su capacidad diplomática y sus contactos políticos le habían mantenido en el cargo. Por eso me permití utilizarle como tabla de salvación.

—¿Existe alguna posibilidad de que pueda quedarme en España?

—En materia eclesiástica ninguna. Tenéis un asunto pendiente con la Santa Sede y no hay ninguna razón para que se os retenga aquí a menos que algún obispo osado desee acogeros en su jurisdicción. Nadie querrá buscarse problemas.

—Seguro, pero ¿y si alguna autoridad civil decidiera retenerme?

—Eso sería distinto, ahí podríais tener una oportunidad… ¿Por qué lo preguntáis?

—Es necesario que me quede aquí por un tiempo —dije, sin querer explicar demasiado.

—¿En qué raro asunto estáis metido, Excelencia? —me preguntó el nuncio mirándome intrigado.

—En uno que necesita tiempo para ser esclarecido.

—¿Y conocéis a alguien lo suficientemente poderoso para resguardaros del Santo Oficio? —me preguntó el nuncio.

—Sí. Solo necesito hablar con él.

—¿Puedo preguntaros de quién se trata?

—Es un marqués, un marqués muy ligado a la hija predilecta del rey, Isabel Clara Eugenia. Ella podría retenerme y garantizar mi seguridad. ¿Os parece poco aval? —expliqué triunfante.

El nuncio me miró entre compasivo y extrañado y continuó:

—Es lógico, no lo sabéis. Tanto tiempo lejos y en altamar…

—¿Saber qué? —exclamé asustado.

—Excelencia DeGrasso, en verdad habríais logrado lo que pretendéis con vuestro querido marqués, pero la suerte no os acompaña…

—¿Por qué decís eso? —pregunté mientras mi corazón comenzaba a latir con fuerza.

El nuncio suavizó su voz y musitó:

—Nuestro rey, Felipe II, ha fallecido.

—¿Ha muerto el rey? ¿Cuándo? —Mis esperanzas se rompieron como copa de cristal.

—Ayer domingo, 13 de septiembre, en el monasterio de El Escorial. Lamentablemente el reino está descabezado, y mientras dure el luto y se corone a su hijo, vos no obtendréis suficiente atención para vuestro problema. Ni siquiera el marqués será escuchado.

No había más que decir. Ya no tenía escapatoria, Felipe II había muerto y con él mi última esperanza. Esa misma noche embarqué hacia Génova.

Pocos días más tarde comenzaría mi calvario. La Inquisición castigaría duramente mi traición. Sus lobos pelearían por mis despojos. Querían respuestas y querían dolor. La angustiosa sensación de la muerte, rondándome, se apoderó de mí.

CUARTA PARTE

AQUELARRE

XX

EL YUGO

53

Durante mi viaje por el Mediterráneo, mi cargo fue respetado y, aunque prisionero en mi camarote, dispuse de todas las comodidades que a otros acusados se les niegan, como papel, plumas y tinta, y la misma comida que se servía en el comedor de oficiales. Era otoño, hacía frío y yo echaba de menos aquella primavera y aquel verano que había pasado por primera vez fuera de mi tierra.

El 20 de septiembre, en el puerto de Génova, me esperaba la comitiva enviada desde Roma. El capitán Martínez les entregó una carta firmada por el nuncio papal de Sevilla en la que se ordenaba entregarme a la justicia eclesiástica de la Santa Sede, en definitiva, al cardenal Iuliano. Allí perdería todos mis privilegios, solo vería el gris monótono del encierro, sentiría la humedad de la celda y escucharía los lamentos de mi propia garganta. Ya no sería espectador ni juez, sino reo. Durante los dos días que tardamos en llegar a Roma, solo un pensamiento desgarrador ocupó mi mente: me habían comunicado la noticia de que el padre Piero Del Grande había muerto. Su asesinato había causado un gran revuelo en Génova y, por supuesto, sospechas cruzadas entre las dos órdenes, capuchinos y dominicos. Me causó una inmensa tristeza y una gran postración. Mi querido maestro había muerto, mi guía, mi padre espiritual y también la razón principal de mi inclinación hacia la *Corpus Carus* había desaparecido. Estaba seguro de que Del Grande era aquel Gran Maestre cuyo nombre nadie quería pronunciar. No sabía nada sobre el destino de Tami y Xanthopoulos. Y estaba en Roma y no podía ver a Raffaella... ¿Me habría dado por muerto? ¿O estaría convencida de que la había abandonado...? Confinado y sin ánimos, solo me quedaba esperar la visita de algún emisario del cardenal. Pero no llegó ninguno.

Apenas comenzado el segundo día de reclusión en la cárcel del Santo Oficio, el cardenal Vincenzo Iuliano irrumpió en mi calabozo a primera hora de la mañana. Iba solo, vestido completamente de negro como corresponde a un inquisidor, con el único destello del magnífico crucifijo de plata, enhebrado en una gruesa cadena, que siempre llevaba. En sus ojos se advertía una paradójica mezcla de bondad, maldad y curiosidad que no duró demasiado. El Superior General de la Inquisición rompió el silencio:

—No sabéis la gran desilusión que inundó mi corazón al enterarme de vuestros actos, hermano DeGrasso. Sois un traidor y habéis ocasionado un quebranto irreparable a nuestro Santo Padre. Aunque he de deciros que no me sorprendió, pues ya hacía tiempo que desconfiaba de vos, un presentimiento que me confirmasteis con vuestra visita al capuchino Del Grande, que en paz descanse.

—¿Por qué no impedisteis, pues, mi viaje? ¿Por qué si pensabais que era miembro de la *Corpus Carus*? ¿Por qué yo?

—Olvidáis que no fui yo quien os eligió, Angelo. Fue el Santo Padre aconsejado por su astrólogo —dijo Iuliano.

Él personalmente me había dado ya aquella información en nuestro encuentro en la catedral de San Lorenzo, ya tan lejano.

—Pues no os sintáis culpable entonces, no es vuestra la responsabilidad de mi falta —dije, y el cardenal me perforó con sus ojos azules.

—Quisiera saber la razón, tan solo saber qué oscura razón os llevó a liberar a los herejes y dejar los libros en sus manos.

Si es que existe algún motivo válido sobre esta tierra para tan deplorable acción... —dijo Iuliano y permaneció en silencio esperando mi respuesta.

—Siempre hay una razón para todo, mi general. Tan solo hay que aprender a leer entre líneas.

—Hermano DeGrasso, dejemos de lado la erudición y los acertijos, por favor. Hay un asunto muy serio por resolver y precisamente por eso estoy aquí. Aunque este no sea el momento ni el lugar para los descargos, os recomiendo que empecéis a contarme lo que sabéis, pues vuestra vida depende ahora de vuestras palabras y de mi comprensión. Puedo ser benévolo con vos si vos sois complaciente conmigo.

—Mi general, conozco sobradamente mis derechos.

El cardenal pareció saborear el comentario, como quien se enorgullece de su pavo mientras lo engorda. Y su réplica brotó cargada de sarcasmo.

—¿Sabéis, DeGrasso?, creo que sois el demonio, un ser grotesco y abominable que trabaja para el Anticristo protegiendo a los enemigos de la Iglesia mientras se escuda tras el orgullo de un poseído. Ahora estáis en manos de la Inquisición y, es cierto, vos sabéis mejor que nadie cuáles son los derechos de los que están a merced de los doctores de la Iglesia. Así que será mejor que reflexionéis —dijo Iuliano disfrutando de sus palabras.

—Imagino que no estáis aquí solo para rebautizarme como ayudante del Anticristo —susurré—. Decidme, cardenal, qué es lo que, personalmente, queréis de mí.

—He venido para ayudaros, Angelo —continuó el cardenal cambiando radicalmente su discurso y su tono—, y para aconsejaros de la mejor forma. Colaborad con nosotros y tal vez podáis reparar todo el daño que habéis causado. Os advierto que el yugo de la Inquisición será sobre vuestro cuello tan opresivo como vuestra testarudez determine. Vuestros amigos no podrán ayudaros. Vuestro maestro ha muerto y con él todos los que podían protegeros. Estáis solo, únicamente podéis confiar en mí.

—Lo pensaré, mi general —dije bajando la vista.

—Esa es una respuesta sabia, hermano DeGrasso. Tal vez sea el comienzo de vuestra liberación.

—¿Seré juzgado por la Orden de Santo Domingo? —pregunté.

—¡Claro que no! Vuestro proceso es cosa de la Inquisición.

—La Inquisición solo tiene competencias en asuntos relacionados con la fe —repliqué—. No puede intervenir en una simple insubordinación. ¿Acaso dudáis de mi respeto por los dogmas de fe?

Iuliano sonrió mientras acariciaba su anillo.

—¿Insubordinación? —exclamó—. ¿Solo eso?

—¿De qué más se me podría acusar?

—Seréis procesado por hereje, no por desobediencia. Por ocultar escritos heréticos y por conspirar contra la Iglesia con la intención de violar el Santo Canon, las leyes y las constituciones.

—Yo no escribí los libros, mi general. ¿De qué clase de herejía me vais a acusar?

—Al sustraer los libros de las manos de la Inquisición habéis colaborado a su difusión. Sois el responsable de la propagación del contenido demoníaco y sacrílego de esos libros.

—¡Eso es mera especulación! ¿Y quién sois vos para determinar los motivos de mi proceso?

—Lamentablemente para vos, soy la máxima autoridad y creo que tendréis un juicio justo. Si los dominicos quieren también juzgaros por indisciplina y desobediencia, lo harán después.

—¿Y qué quiere el Santo Oficio de mí?

—Nada que vos no podáis dar. Los libros prohibidos deben aparecer, y vuestros amigos, todos vuestros cómplices y compañeros de la *Corpus* deben ser delatados... ¡Todos ellos!

—¿Por qué los perseguís?

—Es una historia antigua, muy larga de contar, hermano.

Además de encontrar los libros, mi preocupación siempre ha sido desenmascarar y desarticular a esa peligrosa logia que afirma querer regresar a la pureza de los primeros cristianos, algo imposible en nuestros días. Esa misma masonería que hoy, gracias a Dios, tengo al alcance de mi espada y que no dudaré en descabezar.

—¿Todo es política, pues? —dije desalentado.

—Obediencia —rectificó—. Obediencia a las autoridades eclesiásticas, cosa que niegan las masonerías al tener sus propios dirigentes. La Iglesia perdura por haber sabido evitar este tipo de organizaciones. Nadie puede obedecer a un maestre y a un Papa al mismo tiempo. No se puede permitir la existencia de vicarios en la sombra.

—Así como lo explicáis, es comprensible —admití.

—Me alegro de que seáis capaz de reconocerlo, eso demuestra que no se os ha secado el seso.

—¿Qué es lo que me espera? —pregunté.

El florentino continuó:

—Al mismo tiempo que vos llegó a Roma una delegación genovesa. Tanto el arzobispo Rinaldi como el gobernador Bertoni se mostraron disconformes con vuestro enjuiciamiento en esta ciudad, por lo cual, y después de una acalorada negociación, llegamos a un acuerdo: no seréis juzgado en Génova, como ellos pretendían, ni en Roma, como era nuestro deseo. Compareceréis ante el tribunal inquisitorial de Florencia.

—¿Cuándo se me trasladará?

—Mañana mismo.

—¿Y quién es el inquisidor de Florencia? —pregunté por curiosidad, aunque la sonrisa del cardenal ante mi pregunta no me gustó.

—Sí... Olvidé comentaros que Florencia cuenta con un nuevo inquisidor, un viejo conocido vuestro. Durante vuestra ausencia el Santo Padre nombró al doctor Dragan Woljzowicz. Él sabrá daros el trato que merecéis como su antiguo superior devenido en hereje.

Estaba claro que Woljzowicz no era de mi agrado ni yo del suyo. Saber que el polaco sería el inquisidor de mi proceso era lo mismo que contentarse con una suculenta cena a base de ortigas cuando se está hambriento. Woljzowicz estaba bajo la influencia del círculo florentino y por eso yo llevaba todas las de perder. A menos, por supuesto, que pactase con el cardenal. Iuliano dio por finalizada la visita con unas breves palabras:

—Vuestras condiciones a partir de ahora serán las peores, hermano. He ordenado que se os alimente solo una vez al día, que se os racione el agua y no tengáis ninguna comodidad para dormir. Solo las mejoraré si me demostráis lealtad y predisposición para recuperar los libros perdidos y encerrar a vuestros cómplices. Si no, vos sabéis bien cuáles son los pasos para convertir a un ser humano en un despojo. Y como muestra de mi buena voluntad, os concederé una visita. Espero que en lo venidero os ganéis comodidades, buena comida y quién sabe si la misma libertad. Deberíais colaborar, hermano. Os deseo un buen viaje a Florencia.

Con este deseo lleno de sarcasmo Iuliano se volvió hacia la salida. Pero a mí me quedaba una última pregunta.

—¿Por qué nunca me dijisteis la verdad, Iuliano?

El cardenal se detuvo y se giró para hablarme. Mi pregunta lo había dejado perplejo.

—¿Por qué tenía que hacerlo?

—Para no dejar lugar a las intrigas que germinan y crecen en los viajes largos como cizaña en los pensamientos. Debisteis haber ganado mi fidelidad con la verdad…

—Tal vez me equivoqué. O tal vez vos pensasteis más de lo que debíais. Cualquiera de las dos opciones nos llevan al presente, a este fracaso compartido en el que yo no tengo los libros y vos estáis encerrado.

—Leí el *Necronomicón*, Iuliano, conozco la existencia de los axiomas, sé de vuestras intenciones, de las de los cofrades y de las de los brujos.

—Este es un círculo restringido —dijo Iuliano acercándose— en el que nos conocemos todos. La afirmación que habéis hecho no es más que una mentira, pues el contenido del libro es un secreto bien guardado. Y ahora pensad por un segundo que podéis estar siendo influido por alguien muy distinto a quien creéis: hay un Gran Maestro de los brujos que bien podría estar escondido en esa logia a la que tanto protegéis. Yo soy la Iglesia, vos sois la Iglesia, ellos son masones y tal vez vehículos del demonio. Reflexionad, hermano, sed cauto. Vos sabéis dónde están los libros. Que tengáis un buen día.

El cardenal abandonó la celda dejándome de nuevo lleno de dudas. Era lógico suponer que los libros habían salido de España con éxito, de lo contrario la Inquisición no estaría intentando negociar conmigo. ¿Cuál habría sido la suerte de Tami y del griego? ¿Y si ellos eran brujos? ¿Podía haber cometido el error de confundirlos? Me acordé del pentagrama que Èvola había encontrado en la camisa de Xanthopoulos. Con Piero Del Grande muerto, ¿valdría la pena luchar por una sociedad a la que yo no pertenecía y que quizá no fuera lo que aparentaba? Eran preguntas naturales en quien no tiene nada más que muros alrededor. Aunque esta vez el preso tuviera una gran ventaja, la de conocer perfectamente cómo operaba la Inquisición en estos casos y saber que sembrar la duda en la mente de los detenidos era una estrategia habitual. Había sacado algo en claro de aquella entrevista: mi posición no era buena, pero con toda seguridad los libros habían desaparecido de la vista de la Inquisición y yo era el único que podía ayudarles a recuperarlos. Y no me equivocaba.

54

Por la tarde interrumpieron mi frágil reposo, un leve sueño que me había costado un gran esfuerzo conseguir y al que lamenté renunciar, pues lo necesitaba para dar descanso a mi cabeza y para que el tiempo de encierro se me hiciera más llevadero. El carcelero vino con mi única ración de comida, una olla llena de un guisado repugnante y un cuenco con un líquido turbio que muy poco o nada se parecía al agua.

—Espero que sea suficiente para llenar tus tripas. Hace mucho frío para ir hasta el pozo a por agua, así que te he traído un poco de caldo, ya frío, que le ha sobrado al de la celda contigua. Suficiente para calmar tu sed. Una rata como tú no necesita alimento.

El carcelero, sin duda, no sabía que yo era un inquisidor caído en desgracia y que hasta hace muy pocos días podía haber hecho que se tragara su lengua acompañada por aquel caldo inmundo. Eran los primeros pasos para lograr la sumisión: mostrarle al preso que se minaría su moral y se le trataría como al más ínfimo gusano para que perdiera su identidad.

—Se lo agradezco —susurré.

Al oír mis palabras, el carcelero decidió perder algo de su tiempo conmigo.

—Pareces bien alimentado, todavía tienes el color de los vivos. Se nota que no llevas aquí mucho tiempo.

—No, señor. Tan solo desde ayer.

—Bien, espero que conozcas las reglas. Tu culo pende de dos hilos: el que maneja el señor inquisidor y el que cuelga de mi mano. Si quieres estar a bien con el primero solo tienes que decirle lo que quiere oír. Y si quieres estar a bien conmigo, dile a alguien de tu familia que venga con una buena cantidad de dinero y te aseguro que lo pasarás mejor que ahora. Y déjame darte un consejo: la mayoría de las veces es mejor tratar bien a quien está todo el día contigo, pues ningún doctor de la Iglesia te traerá doble ración de comida a esta pocilga. ¿Lo has entendido?

—Sí, señor —dije sumiso.

—Muy bien. ¿Quién me puede traer el dinero? —siguió aquel zafio.

—Soy de Génova, señor. No tengo en esta ciudad ningún conocimiento —le mentí.

Podía haber recurrido a Tommaso... O a Raffaella. Pero por nada del mundo quería vincularlos a mi triste destino.

—¡Más te vale exprimirte el poco seso que te queda y encontrar una maldita moneda de oro o te desharás en diarreas, o peor aún, morirás de peste por tener que comer ratas!

Si en mi convento de Génova hubiese tenido un carcelero como aquel, grosero, tirano, ladrón, sucio mequetrefe, le habría obligado a sentarse sobre la nieve hasta que sus testículos se hubieran reducido al tamaño de dos aceitunas... No era más que un sueño pues bien sabía que ahora era él quien mandaba. Intenté comer algo en varias ocasiones pero cada vez que engullía una cucharada de aquella bazofia me sobrevenían las arcadas. La última vez que lo intenté, el descubrimiento de un pelo rizado flotando en la cuchara acabó definitivamente con mi apetito. El ayuno era la única opción. El suplicio había comenzado.

—Tienes visita —gruñó el carcelero al anochecer. Oí cómo se desplazaba el cerrojo antes de que la puerta se abriera—. Es raro que se concedan. Este debe de ser tu día de suerte: disfrútalo.

Tímidamente, el visitante se coló entre las sombras de la puerta. El carcelero la cerró a su espalda y nos dejó a solas. Ante mí estaba mi pequeña, Raffaella D'Alema. Ella era la visita que me había concedido Iuliano. Yo, que me moría por verla, había seguido intentando protegerla. Allí estaba, mi niña valiente...

Dos estaciones más de lo previsto se había pospuesto nuestro reencuentro, aunque a ella no parecía importarle. Había en su mirada una leve interrogación, y después de un año, sus facciones ya no eran las de aquella niña que se entregó a mí sin condiciones, sino las de una mujer que se parecía mucho a su madre. Su cuerpo había adquirido las líneas del de una mujer madura. Me miró en silencio, sin saber muy bien cómo comportarse. Corrí hacia ella, la abracé y la besé como si aquello fuera lo último que iba a hacer en mi vida.

—Raffaella, mi ángel, mi amor... ¿Qué haces aquí? No quería que me vieras en esta situación, no quería comprometerte... ¡Oh, Dios, Raffaella! —murmuré a su oído, fuertemente aferrado a su cuerpo.

—¿Qué te ha sucedido? —preguntó Raffaella con un hilo de voz.

—Es complicado y largo de contar... Dejemos eso de lado. ¿Aún me esperabas?

La joven sonrió mientras las lágrimas acudían a sus ojos por la emoción.

—Siempre.

El abrazo se deshizo. Era necesario intentar hablar con calma. La tomé de las manos y la llevé hasta el camastro. Allí nos sentamos uno junto a otro. Cuando estuvo a mi lado la miré a los ojos y allí encontré lo que tanto necesitaba: el refugio perfecto. Raffaella acarició mis cabellos y paseó su mano por mis mejillas. Solo Dios sabía qué estaba pensando, pues yo únicamente era capaz de considerarla como un ángel que venía a rescatarme de los abismos del Infierno.

—Intenté volver en primavera, pero todo enloqueció... No sé qué he hecho con mi vida. Espero no haberte causado un daño irreparable —dije comenzando una explicación precipitada—. ¿Cómo te has enterado de que estoy aquí? ¿Y por qué te han dejado visitarme?

—En Roma los rumores circulan muy rápido... Hice las averiguaciones necesarias para saber si era cierto y, también, qué hacía falta para visitarte. Pagué la cantidad que me exigieron... Y aquí estoy.

—Raffaella... Te quiero.

—Y yo, Angelo, no sabes cuánto —dijo alzando el mentón para mirarme mientras luchaba por desenredar las palabras que se atascaban en su garganta—. Jamás he dejado de amarte. Aquellos días en Génova bastaron para que mi corazón tomara dueño. Desde entonces no he dejado de planear nuestra vida en común y, créeme, aquel amor que te tenía sigue intacto, nada se ha perdido por el camino.

Miré a aquella joven y sentí una emoción profunda y una devoción incomparable pues allí estaba mostrando una fidelidad incondicional a alguien completamente arruinado. Ni maniobras políticas ni ansia de fortuna: solo la nobleza y la pureza de una joven enamorada.

—¿Qué recuerdas del invierno pasado? —murmuré.

—Estar en tu cama, pasear contigo… Comer a gusto y sentir tu amor y tu apoyo en todo, en la carta a mis padres, en el carruaje que me trajo de vuelta a Roma… Y sobre todas las cosas, ese sentimiento cálido y privado de haberme convertido en mujer en tu lecho. ¿Todavía conservas la medalla que te regalé?

—Desde luego. Ha llenado y llena mis tardes y noches de soledad. La llevo escondida entre mis ropas, a salvo del carcelero y esperando el momento en que estemos juntos y en libertad para devolverla a tu cuello.

—No la quiero. Ahora te pertenece.

—Sé que me pertenece pero prefiero disfrutar de ella viéndola en ti. No sé lo que me espera y prefiero que tú la conserves.

Tomé su rostro con delicadeza y lo acerqué al mío. Ella se entregó al beso con los labios entreabiertos y sus manos en mi cuello. Aquel beso era la muestra de lo mucho que merecía la pena vivir, de mi entrega a aquella mujer, de cómo era capaz de encender mi deseo con su presencia. La quería tanto… Y entonces supe que la querría siempre.

—¿Qué has hecho durante todo este tiempo? —susurré en su oído.

—He estudiado poesía. Mi maestro dice que escribo bien.

—Entonces, has estado entretenida en versos y rimas… ¡Es

hermoso! Has sido seducida por las letras… —comencé a decir mas me interrumpí al ver que Raffaella negaba con la cabeza.

—He estado mirando a cada monje de la ciudad, buscando tu rostro bajo las capuchas y soñando con este día. Aunque nunca pensé que nuestro encuentro tuviera que celebrarse en una celda… No importa, es mejor esto que mis peores pesadillas. Temí que nunca volverías, o que si lo hacías, no sería para estar conmigo, dama de una sola noche…

Respiré la delicada fragancia de su piel y sonreí con dulzura antes de continuar.

—¿Acaso piensas que puede existir sobre la tierra algún hombre que pueda olvidarte? Cualquiera que hubiera descubierto una joya tan preciosa, que hubiera respirado tu aliento y gozado del calor de tu cuerpo, jamás podría olvidarte. ¿Quién no desearía estar en tus brazos, Raffaella? ¿Quién, dime, no consideraría un privilegio sin par amarte y ser correspondido y poder planear una vida junto a ti? Yo jamás podría renunciar a un alma como la tuya, capaz de encauzar mi amor, pues todo el que reservo para los hombres ahora te pertenece, no es nada sin ti —le dije con vehemencia. Al contrario de lo que ella temió en su día, mi amor por Raffaella no había debilitado en lo más mínimo mis sentimientos hacia la Iglesia, sino que los había fortalecido. Ya no cabían en mi mente más dudas sobre el amor carnal y el espiritual, ni más mortificaciones por haber faltado a la exclusividad que Cristo me exigía. Tras el silencio al que me condujeron estos pensamientos continué preguntándole—. ¿Y que sucedió con tus padres a tu regreso de Génova?

—Ahora están bien, resignados, pero se enfadaron bastante. El tiempo ha recompuesto nuestra relación —respondió Raffaella.

—¿Qué te dijeron de mí?

—Para mi padre, sigues siendo el amigo que cualquiera desearía tener. No me preguntó, para él no fue más que una travesura mía que tú habías dignificado al enviarme de vuelta.

—¿Y tu madre?

—¿Sabes qué fue lo primero que me preguntó cuando estuvimos solas? —dijo Raffaella con una chispa de picardía en sus hermosos y cálidos ojos.

—¿Qué?

—Si me habías tocado.

No me sorprendió esta pregunta, ya que las madres tienen un instinto especial, aunque pensé que lo guardaría para ella.

—Y tú, ¿qué le respondiste?

—Angelo, le dije la verdad: que había estado en tu lecho… —La pequeña romana no se había atrevido a mentir a su madre, ni ahora a mí.

—¿Tu padre lo sabe? —pregunté.

—Mi padre sabe que te quiero. Solo eso. Le hice jurar a mi madre que no se lo diría a nadie. —Y refugiándose en mi pecho, añadió—: ¿Qué va a ser de nosotros, Angelo?

—Raffaella: escucha bien lo que te digo. Yo te amo, te amo como nunca pensé que podría amar a nadie. Pero asuntos muy graves, aquellos que un día me alejaron de ti, me retienen ahora en este celda. No sé qué será de mí. Deberás esperar, hazte a la idea de que no nos volveremos a ver por un tiempo. Cuando todo esto acabe, si acaba bien, seré todo tuyo.

El rostro de Raffaella mostró toda la amargura que aprisionaba su corazón mientras ella, solícita, intentaba disimularla.

—¿Qué deseas que haga por ti? —dijo la joven.

La miré. Acerqué mis dedos a su rostro y acaricié su piel. ¡Cuánta belleza encerraban aquellos rasgos!

—Angelo, ¿qué deseas que haga por ti? —repitió, ahora en un susurro.

Y la celda desapareció, todo menos su presencia, hermosa, poderosa como el amor que había despertado en mí. Todo mi mundo se ordenó, en aquel instante, alrededor de un núcleo: mi amor por ella.

—Quiero que yazcas conmigo, aquí y ahora —le susurré.

Raffaella sonrió, miró hacia la puerta y volviendo sus ojos hacia mí, murmuró:

—Es una locura, Angelo.

—Quiero conservar conmigo tu perfume, es lo único que me hará sentirme vivo en esta pocilga. Nadie podrá quitarme tu recuerdo, con el que soñaré cada día que dure este encierro. Quiero sentirte, tan solo sentirte y llevarte así conmigo...

Raffaella me miró, rendida por el amor y el deseo. Se levantó del camastro en el que estábamos sentados y se colocó frente a mí. Alzó sus faldas, apartó mi hábito y se sentó encima de mí, acariciándome con una mano mientras con la otra soltaba la parte superior de su vestido para mostrarme sus senos maduros. Recorrí con mis manos las piernas de Raffaella, acaricié la cara interior de los muslos hasta llegar a su pubis, que afloró al tacto, tibio y acogedor. La alcé por la cintura y la coloqué sobre mi verga y así sentados, acompasando nuestro movimiento y sin dejar de mirarnos a los ojos, alcanzamos un goce sin igual que se reflejó en nuestros rostros y se contuvo en nuestras gargantas. Solo pronuncié un casi inaudible «¿Me amas?», al que ella contestó aferrándose aún más a mí y mordiéndose los labios antes de alcanzar el éxtasis y derrumbarse, abrazada fuertemente a mi cuello y sintiendo el fuego que se había encendido entre sus piernas. La pequeña D'Alema, aquella niña que recordaba bien de mis primeros viajes a Roma, tímida y consentida, era la misma que ahora estaba sentada en mis rodillas, como antaño para jugar, pero esta vez para proporcionarme el goce máximo. Raffaella tragó saliva y suspiró, y aún unidos en un fuerte abrazo, me susurró al oído:

—¿Has disfrutado?

—Más de lo que esperaba dadas las condiciones... —susurré a mi vez sin poder esconder una sonrisa.

—Cuando te siento dentro, ya no hay penas. La realidad se convierte en una ficción construida solo para llegar a estos momentos. Mas aquí está la celda y la vida que vuelve a transcurrir en mi contra —dijo Raffaella intentando a duras penas contener las lágrimas.

—Sé fuerte y espera. Solo te pido un último esfuerzo,

amada mía —le dije abrazándola con fuerza. A su edad estaba soportando más peso del que le correspondía, algo de lo que yo era culpable aunque no lo hubiera planeado.

Las puertas del recinto en el que estaban las celdas crujieron al abrirse. El carcelero regresaba. Raffaella me besó, se levantó, arregló sus ropas y se despidió en silencio antes de que asomara aquel hombre entre las rejas.

—La visita ha terminado —gruñó antes de abrir la puerta. El carcelero miró con detenimiento a Raffaella cuando esta pasó a su lado. Sus ojos la siguieron hasta que se perdió en las sombras. Después se volvió hacia mí y dijo—: Muy guapa la puta... ¿No me dijiste que no conocías a nadie en Roma? Creo que volvería a pagar con gusto por tu bienestar, ¿me equivoco?

Sus palabras desataron esa furia que intentaba contener contra aquel monstruo ruin. Me puse de pie y le grité.

—¡No se atreva ni siquiera a hablarle! ¡Ella no sabe nada de la mala vida que llevamos aquí!

El carcelero me enseñó sus dientes sucios y carcomidos en algo que pretendía ser una sonrisa. De hiena.

—¿Que no me atreva a qué? ¿Quién te crees, mierda miserable, para hablarme de esa forma?

—¡Haga lo que quiera conmigo! ¡Juegue a ser mi dueño si lo desea, pero no se atreva a contaminar a la joven con sus porquerías!

El carcelero se acercó y me propinó tal puñetazo en la cara que di con mis huesos en el suelo. Y ya allí, me dio una patada en la boca. El método más simple y práctico para tener la razón.

—¡Silencio! —ordenó—. Nadie me dice qué debo hacer y qué no. Debe follar bien esa puta si ha conseguido envalentonar a un hereje en su celda. Seguro que estaría dispuesta a ahorrarte sufrimientos innecesarios. Y si no quiere pagar otra vez, a lo mejor le pido que se trague un rato mi verga. Su boca bien debe de valer un ducado de oro. ¿Te parece eso mejor? ¿Quieres que me la folle, por delante y por detrás? Tiene un hermoso culo… ¡Decídete, pues tengo que ir a abrirle el portón! ¿Quieres que negocie directamente con tu amiguita?

—¡Váyase al diablo! —balbuceé sintiendo la boca llena de sangre.

El carcelero cerró la puerta de mi celda y antes de irse, se asomó entre las rejas.

—No creo que vuelva a visitarte por miedo a verte desnutrido… O por haber tenido que probar mi verga. Ella no volverá —afirmó mientras se daba la vuelta y se alejaba por el pasillo para reunirse con Raffaella.

El silencio se adueñó de mi celda mientras mi sangre fluía hacia el suelo.

Al día siguiente, sin haber despuntado el sol, partí hacia Florencia. No supe nada más de Raffaella. Conmigo llevaba su fragancia y en ella me refugié. Rogué a Dios para que me liberara de aquel cáliz pero no obtuve más respuesta que el silencio. Y el suplicio, el peso del yugo de la Inquisición, no había hecho más que comenzar a hacerse sentir sobre mis hombros.

XXI

PACTOS, PRINCIPIO DEL FUEGO

55

Florencia significó para mí un encierro atroz. Desde mi llegada a finales de septiembre, había permanecido aislado e incomunicado durante varios días hasta el punto de perder totalmente la noción del tiempo. Apenas tenía nada más para calcular el paso de las horas que la escasa claridad que durante el día llegaba a mi celda. La Inquisición ataca la parte más débil del alma, y lo digo con la autoridad que me da haber llevado a cabo durante años estos procesos para destruir el espíritu. La cárcel nos enseña que los colores de la vida nos pueden ser arrancados y que la resistencia del cuerpo termina cuando ni el hambre ni el frío ni los lamentos son atendidos. La incomunicación está pensada para hacerte creer que eres insignificante, que tu dignidad no vale más que un saco de excrementos, y que tu cuerpo no difiere del de una estatua a la que no se presta atención. Un muerto en vida, eso es lo que eres. Durante mi primer y segundo día de cautiverio esperé la visita de algún miembro del tribunal, pero nadie vino a verme. Dragan Woljzowicz, el inquisidor asignado a mi caso, había aprendido muy bien su oficio, no en vano yo había sido su maestro. Estaba usando todos los recursos que de mí aprendió, y si yo era implacable, él también lo sería. Mi única ventaja era conocer a la perfección cuáles serían sus siguientes movimientos, algo que acrecentaba mi sufrimiento pues si mis métodos eran duros, los de él lo serían aún más puesto que ahora era el discípulo que había de superar a su maestro. Sabía que los tormentos se multiplicarían.

El silencio de la Inquisición duraría tanto como mi fortaleza. Solo estaban esperando el momento adecuado, y yo debía, por todos los medios, mantenerme cuerdo.

Un día de octubre que no puedo precisar, con la primera luz del alba entró en mi celda un fraile encapuchado. El carcelero cerró la puerta tras él y nos dejó solos. El frío era insoportable. Por fin la Inquisición iba a hablar y por la persona que habían escogido para hacerlo deduje que no sería una inspección de rutina: Giulio Battista Èvola era el encapuchado que al descubrir su rostro me mostró una mirada que más parecía la de un buitre ante un trozo de carroña.

—Buen día tengáis, hermano DeGrasso —me saludó. En mis ojos brillaron la sorpresa y el miedo.

—¿Qué hacéis vos en Florencia? —pregunté.

—Vengo a negociar.

—¿Negociar? ¿Desde cuándo eso es oficio de un notario? —exclamé contrariado.

—¡Oh, no! Ya no soy notario, mi estimado maestro. Para serle franco, nunca lo fui pero fingí serlo para acompañaros en vuestro viaje.

—No dejáis de sorprenderme… Ahora podréis convenir conmigo en que vuestro trabajo no fue el que habría deseado y necesitado un inquisidor.

—No lo creo, Excelencia. Como notario fui un buen inspector.

—¿Inspector de quién?

—De la Iglesia, hermano —afirmó Èvola sonriendo.

Aquel gesto dulce se volvía terrorífico en ese rostro desfigurado, pues en la mitad maltrecha de su cara, la sonrisa se transformaba en una mueca grotesca.

—Puede que esa labor de «inspector», como vos la llamáis,

os absuelva a los ojos de la Iglesia de ser el autor de los horribles crímenes cometidos a bordo cada vez que rompíamos uno de los lacres. Sois un asesino.

—Asesino es quien mata por razones terrenales. No os confundáis.

—No hay justificación que valga para el asesinato, hermano Èvola.

—También el rey David mató y sin embargo fue el elegido de Dios.

—El rey David y vos pagaréis por ello —afirmé desafiante.

—También vos sois asesino, habéis matado a más de cien personas —contraatacó Èvola.

—¡Yo no asesiné! —exclamé exaltado—. Sentencié para proteger la integridad de la fe, no queráis tergiversar los hechos.

—Bien. Veo que ahora nos entendemos. Para vos vuestros asesinatos fueron por Cristo, lo mismo que para mí los míos. ¿Cómo podremos llamarlos? «Baños de sangre santificados», ¿os parece buena definición?

Decidí no responder pues aquella conversación se iba a transformar en dos monólogos enloquecidos. Pero seguí preguntando.

—¿Tanto miedo tenéis a la *Corpus Carus*? ¿Tanto teméis que posean los libros? ¿Por qué, si ellos no son contrarios a nuestra fe?

—La *Corpus Carus* es más antigua de lo que creéis —explicó aquel ser deforme—. Desde el Medievo se ha visto beneficiada por el beneplácito de ciertos prelados y por eso ha podido permanecer oculta. Una masonería dentro de la Iglesia no es buena, menos cuando intenta controlar su funcionamiento colocando a sus hombres en puestos claves dentro del orden eclesiástico.

—Sigo sin saber por qué le tenéis tanto miedo... —repliqué.

—Tememos que sean atraídos por las tinieblas… —afirmó Èvola, enigmático.

—¿Tinieblas? ¿Acaso conocéis a alguno de sus miembros para considerarlos «tenebrosos»?

—El padre Piero Del Grande, por ejemplo —dijo Èvola—. Vuestro maestro espiritual.

—Si hubiéses tenido el privilegio de haberle conocido sabríais que esa acusación carece de fundamento.

—Él era un *Corpus Carus* —afirmó Èvola.

—Él era un buen hombre —dije.

—No me gusta festejar los infortunios, pero en el caso de vuestro maestro, doy gracias al Cielo por su muerte.

Una cólera incontenible me subía de las entrañas. Controlándola a duras penas contesté con desprecio:

—Nada cambia que ya no esté. Sus enseñanzas continúan en sus discípulos.

—¡Claro que importa que ya no esté! Él era un excelente propagador de su doctrina y les será muy difícil sustituirle…

—Quizá no ha muerto, quiza la *Corpus* fingió su muerte para protegerlo y ahora está escondido en lugar seguro, esperando el momento de regresar para… —Me interrumpí al ver la expresión que tenía Èvola: me miraba incrédulo y con cierto dejo de lástima.

—Ha muerto, os lo aseguro… Fui yo quien le mató —afirmó Èvola con toda su sangre fría. Su confesión me dejó atónito y él aprovechó para disfrutar con mi sufrimiento—. El pobre estaba demasiado ciego para defenderse y hasta me habló mientras le cortaba la garganta. Murmuró: «La Iglesia os pedirá cuentas». Cayó sobre sus rodillas en el suelo de la alcoba y se retorció mientras la vida se le iba con la sangre que brotaba a borbotones de su cuello. He de confesaros que fue un instante amargo para mí, era penoso ver cómo sufría…

No le dejé continuar; me puse de pie empujado por una ira infinita e intenté arremeter contra el napolitano, que previendo mi reacción había venido armado.

—¡Deteneos! ¿Qué intentáis hacer? —gritó mientras sacaba su daga de una de las mangas del hábito y la colocaba frente a mi nariz, obligándome a calmar mi genio—. ¿Os duele la verdad? —continuó—. ¡Sentaos! Ha corrido ya demasiada sangre para que ensucie mi puñal con la vuestra.

—¿Habéis venido a contarme cómo matasteis a mi maestro? —pregunté mientras lentamente volvía a mi lugar—. ¿Para vengaros de mí? ¿Es eso lo que queréis? ¿Venganza?

—Ya os lo dije: he venido a negociar.

—Debí haberos golpeado con más fuerza en el barco. Debí haberos matado. Habría hecho un gran bien al mundo.

—Seguro que debisteis hacerlo, era la única manera de deshaceros de mí y de no verme ahora ante vos. Vamos a hablar, hermano DeGrasso —dijo Èvola mientras escondía de nuevo su daga. Oculté el rostro tras mis manos. Aquello era insoportable. Tenía que seguir hablando con el asesino de mi bien amado Piero; él era mi interlocutor, aquel ser repugnante, deformado y cruel.

—De acuerdo, Èvola. Os escucho.

—Me he tomado el trabajo —comenzó Èvola— de investigar en vuestra vida privada y he encontrado algo que puede que para otros sea insignificante... A mí me parece que puede colocaros entre la espada y la pared...

—¿Podéis reducir vuestra verborrea e ir directo al asunto? —le interrumpí, perdida ya hacía rato mi paciencia y sin ganas de escuchar durante mucho más tiempo a aquella aberración de la naturaleza.

—¿Conocéis a Raffaella D'Alema? —continuó Èvola acercándose y obligándome a bajar la cabeza para no respirar su apestoso aliento. Y como no contesté, él continuó—. Sé que os visitó en la cárcel de Roma. Podría haberlo pasado por alto, pero no es mi estilo. Y más cuando averigüé que pagó una buena suma tanto para veros como para que os tratasen mejor.

—¿Quién os dio esa información? —pregunté temiendo que hubiera interrogado a la joven.

—¿Creéis que Iuliano no está al tanto de los sobornos para visitar a los presos? Él decide cuáles permite y cuáles no. También hablé con el carcelero y después de un rato de presionarle, soltó su lengua y confesó.

—¿Le hizo algún mal?

—No. Solo le sacó tres monedas de oro. Sé que le propuso un pago diferente, pero no fue complacido. ¿Es eso lo que queréis saber? —dijo Èvola enarbolando una sonrisa de satisfacción.

—Sólida moral la de los carceleros romanos y la vuestra, por añadidura, pues sabiendo lo que ha intentado con esa joven, no le decís nada. Ambos sois de la misma catadura… —dije completamente abatido.

—No os precipitéis al juzgarme. Mandé azotarlo y pasará dos semanas en el cepo por su osadía. No creo que vuelva a hacerlo, eso os lo garantizo… Dejemos de lado este detalle y vayamos a lo que me interesa. ¿Qué clase de vínculo os une a esa joven? Hay algo «sospechoso» en esa relación.

—¿Sospechoso? ¿Qué puede haber de sospechoso? Es la hija de un antiguo amigo —exclamé.

—Oh, sí, de Tommaso D'Alema, ¿no? También me he tomado la molestia de visitarlo para preguntarle por vos.

—¿Le habéis dicho que estoy preso?

—No. Solo le pregunté sin darle muchos detalles. Vos debéis saber que el común no hace demasiadas preguntas cuando es visitado por un enviado de la Inquisición.

—¿Y qué os dijo?

—Muchas cosas irrelevantes y solo una que me sirviera para confirmar mis sospechas. Que su hija estuvo varios días ausente de la casa porque fue a visitaros a vuestro convento. Y que la joven se fue después de una estancia que hicisteis vos en su casa. Y sé que dice la verdad porque al pedirle algo que lo demostrara me enseñó una carta firmada de vuestro puño y letra en la que le explicabais la travesura de su hija y le anunciabais que habíais dispuesto inmediatamente su regreso en un carruaje de la Iglesia. Y concluíais con una cariñosa recomendación para que no le dieran ningún escarmiento…

—¿Y qué hay de sospechoso en todo eso? —le desafié.

—Por sí solo nada, pero en Génova la gente afirma que estuvo alojada en vuestro convento y que pasó una noche en vuestra alcoba.

—¡Eso son habladurías! ¿Qué clase de persona sois vos capaz de creer en los cuentos del vulgo?

—No son solo las habladurías, maestro DeGrasso. Están los que afirman que os vieron hablando con una joven entre la bruma del puerto, antes de vuestra partida. ¿Era también Raffaella D'Alema? ¿Quién os acompañaba?

Gracias al Cielo, Èvola no tenía toda la información. Poco importaba, porque si yo no afirmaba que era ella, tendría que hablarle de la visita de Anastasia Iuliano, algo que no pensaba hacer.

—Puede… —dije sin querer especificar más.

—¿Cómo que «puede»? —exclamó Èvola perdiendo la paciencia y acercándose de nuevo a menos de un palmo de mis narices—. ¿Era o no era ella? ¡Hablad!

—Sí, era ella.

—Todos los cabos están atados, para mí está bien claro que mantenéis una relación pecaminosa con esa joven. Confesad.

—No voy a confesar eso y menos a vos.

—Maestro DeGrasso, no pensaré mal de vos si me habláis de vuestro amor por Raffaella D'Alema. No me escandalizará y menos cuando sé que sois un hombre de pasiones nobles, aunque a veces erradas. No necesito vuestra confesión para llegar a donde quiero llegar.

—Seguid pues —dije, muy cansado.

El napolitano alzó su mano y me señaló antes de continuar.

—Tengo suficientes pruebas para acusar a la joven de brujería. Nadie se opondrá a que llevemos a la hoguera a una libertina precoz, que somete y pervierte a un religioso con el uso pecaminoso de su vientre…

—¡Basura, sois una basura, como el carcelero romano!
—exclamé fuera de mí.

—Tranquilizaos y dejadme terminar. No es mi intención
haceros sufrir innecesariamente. Lo que acabo de decir tiene
un propósito muy claro: hablemos ahora de lo que os propongo, ¿os parece?

—Os escucho —dije mientras Èvola se recostaba sobre el
muro antes de continuar.

Estaba atrapado. El perro de presa había olfateado la car-
naza y corría, decidido, a morderla.

—Vos conocéis el paradero de los libros prohibidos y
eso es lo que quiero: los libros a cambio de la absolución de
Raffaella D'Alema…

—¿Cómo «absolución»? —exclamé aterrado.

—Debo informaros de que ya la he detenido y está presa
pendiente de juicio. Esto os ayudará a tomaros mis palabras en
serio.

—Esto es una locura… —dije incrédulo y al borde del
llanto—. ¡Habéis encerrado a Raffaella!

—No os alteréis más de lo debido, pues por ahora es un
encierro privilegiado. Nadie tiene intención de quemarla, os
doy mi palabra, a no ser que vos la hagáis pasar por bruja. No
necesito ahora mismo vuestra respuesta. Os daré tiempo para
que reflexionéis sobre mi propuesta: tenéis un día. Dadme
lo que quiero y os devolveré a la muchacha sana y salva.

Giulio Battista Èvola se dirigió hacia la puerta de la celda y
llamó a voces al carcelero para que le abriese. Era el momento
indicado para hacerle una petición.

—Antes de que os vayáis, me gustaría pediros un favor.

Èvola se detuvo y se volvió hacia mí.

—¿Un favor personal?

—Sí.

—Os escucho —afirmó el napolitano.

Le miré un momento antes de hablar e intenté controlar la rabia que me invadía al tener que contar con él como mi emisario.

—Quisiera que le hicierais llegar a Raffaella un recado de mi parte. —Me llevé las manos al cuello y busqué la cadena de la que colgaba la virgen bizantina que ella me había regalado. Y cuando la tuve en mis manos se la entregué. Él la contempló a la escasa luz y negó con la cabeza—. Os pido por el amor de Dios que llevéis esta cadena a Roma. Será para ella una pequeña luz en su encierro —insistí, intentando convencerle. Èvola arrojó al suelo la medalla.

—No perdáis el tiempo que os he concedido —me aconsejó—. Solo vuestra palabra puede arrojar luz sobre la pequeña D'Alema; vos podéis salvarla, la medalla no. Confiad en mí por mucho que os cueste. Vos y yo somos muy parecidos; fieles a nuestras convicciones, peleamos por preservar el espíritu y nos repugna la lucha por el poder.

—Vos estáis con los cardenales florentinos —le acusé.

—No. Yo estoy con la Iglesia. El día en que los florentinos se desvíen de ella, serán mis enemigos. Vos pensáis en la Iglesia de una forma y yo de otra, con la misma pasión. Vos creéis que soy un sádico, que extorsiona y asesina... No soy un mensajero del Infierno, sino una persona sensible como vos.

—Pues sois bastante hábil ocultando vuestra sensibilidad —dije con ironía.

—¿Realmente pensáis que no tengo sentimientos? ¿Sabéis qué habría sido de vos si yo no hubiese pedido manejar vuestro asunto personalmente?

—No. No lo sé.

—Dragan Woljzowicz quería sacaros la información sobre los libros sometiéndoos a todo tipo de tormentos. Pero yo le pedí al cardenal Iuliano que me dejase intentarlo y, por supuesto, accedió.

—Me resulta extraño que os prefiriera a vos antes que a un inquisidor. —¿Quién era realmente aquel ser deforme para tener el favor de Iuliano?

—Woljzowicz es un engreído, un estúpido sin tacto, y el cardenal lo sabe. Tratándose de un asunto tan delicado es natural que me eligiese, sobre todo porque me cree capaz de obtener sin el uso de la fuerza lo que todos quieren.

—¿Y por qué vos queréis ahorrarme el tormento?

—Porque, en cierta forma, os admiro —afirmó Èvola sorprendiéndome una vez más—. Y creo que vos habríais hecho lo mismo por mí. Lamento mucho haber tenido que acabar con vuestro maestro: no había otra salida. Insisto en que, aunque hayamos escogido caminos diferentes, nuestra pasión por la Iglesia nos mantiene unidos. Y eso pese a que por nuestro carácter no podamos más que ser hermanos o enemigos acérrimos, pues las medias tintas no tienen acomodo entre nosotros. Tened confianza plena en que cumpliré mi palabra, tanto si me comprometo a mataros como si me comprometo a ayudaros —dijo Èvola mirándome fijamente—. Pensad en mi oferta, Angelo.

Y con estas palabras, el napolitano se cubrió con la capucha del hábito y desapareció por donde había llegado. El silencio se adueñó de nuevo de mi celda. Abrí mi mano y la medalla de Raffaella cayó al suelo, como pétalo marchito.

56

Pasada la medianoche el cerrojo de mi puerta chirrió. Dos sombras surgieron de la nada y me levantaron sin dificultad para arrastrarme por los angostos pasillos hasta, al final de una larga escalera, abrir una puerta y arrojarme en una estancia amplia. No pertenecían al Santo Oficio o por lo menos no llevaban sus ropas. Además, su porte era demasiado aristocrático para pertenecer a aquella raza de brutos que trabajaba en nuestras cárceles. Uno de ellos desenvainó su espada y la apoyó en mi garganta. Hasta entonces no había preguntado nada, pero aquel ademán me hizo temer por mi vida.

—¿Van a matarme? —murmuré.

Aquel hombre se tomó su tiempo en contestar. Parecía disfrutar con el pánico ajeno.

—No son esas mis órdenes, a menos que intentéis escapar. Esto es una sala de baño, tenéis media hora para asearos a fondo, ¿habéis entendido?

—¿Qué significa esto? ¿Por qué queréis que me bañe? —respondí sorprendido.

—Tenéis media hora —repitió, y sin más explicaciones caminó hacia la puerta y se retiró.

Miré a mi alrededor, observé el techo y el mobiliario y sí, era una sala de baño. El pánico me había cegado. Pero ¿qué demonios hacía yo en un baño? Me encogí de hombros y suspiré. Al fin y al cabo un baño no solo no me vendría mal sino que, en mis circunstancias, era un regalo para mi castigado cuerpo.

Me desvestí e introduje en una bañera de agua caliente, que me colmó de una sensación cercana al éxtasis. No sabía si Dios había escuchado mis plegarias o si, en realidad, aquello era un sueño causado por la privación… ¿Por qué no? Aunque mis guardianes en poco se parecían a ángeles benévolos… Solo la mitad superior de mi rostro estaba fuera del agua. La penumbra de la sala, el silencio, la paz interior que sentía y mi abrupta llegada a aquel remanso de sosiego me llevaron a pensar si no estaría muerto, si Èvola no habría concluido nuestra entrevista asesinándome como a los otros… Sentí un empujón y allí estaba otra vez, mi ángel con su espada.

—Os dije que tomarais un baño, no que os durmierais —exclamó enfadado.

—¿Estoy muerto? —balbuceé mientras despertaba.

—Todavía no. Vamos, es hora de irnos.

Me sequé y me vestí con las ropas limpias que habían traído mis guardianes. Caminamos por el edificio hacia no sé dónde. No pregunté. Me limité a seguirles.

Si aquel momento en el baño me había parecido la antesala de mi llegada al Paraíso, lo que me esperaba era el Paraíso mismo. Mis nuevos custodios me llevaron a una habitación y cerraron las puertas a mis espaldas. La estancia estaba iluminada por una gran cantidad de velas color escarlata y aromatizada con incienso. Sobre una hermosa mesa de mármol un cuenco de plata acogía diversas frutas que parecían recién traídas del huerto y un jarrón de cristal mostraba un exquisito ramillete de lirios y rosas blancas. A la izquierda se veía una ventana abierta a la noche y bajo ella un singular escritorio de taracea, con un excepcional recado de oro y piedras preciosas. Más allá del escritorio y al fondo de la habitación, un regio lecho completaba el mobiliario. Y en ese lecho, sentada, mirándome atenta, había una dama.

Anastasia Iuliano se levantó y caminó hacia mí, su pecho se mecía debajo de la seda al compás de cada pisada. Aquella noche sus ojos habían tomado un tono grisáceo, furtivo, que completaba aquel rostro casi perfecto. La hija del cardenal Iuliano era una trampa dulce y efectiva para un hombre. Era ella quien derribaba a sus presas con su extraordinaria belleza, quien despedazaba sus corazones con solo el encanto de su cuerpo. Anastasia se detuvo y me miró.

—Maestro DeGrasso: no sabéis lo que me satisface volver a veros.

—Lo mismo digo, pero pensé que habíamos decidido prescindir del protocolo, Anastasia. Llámame Angelo —le dije cortés sin poder ocultar mi preocupación por aquel misterioso encuentro. Ella lo notó y me preguntó:

—¿Qué sucede? ¿Qué te preocupa?

—No comprendo nada, Anastasia. Hace una hora estaba encerrado en una sucia y fría mazmorra y ahora estoy aquí, limpio y en tu presencia. ¿Qué está sucediendo? ¿Quiénes son los hombres que me trajeron?

Anastasia esbozó una leve sonrisa y respondió a mis preguntas.

—Son miembros de mi guardia personal. El resto no tiene sentido explicarlo. Me complace haber mejorado tu vida en menos de una hora. Y nada de esto tiene que ver con mi padre o con la Inquisición. Estás aquí por orden expresa mía.

—¿Dónde estamos?

—En la nunciatura.

Observé detenidamente la esmeralda que pendía de su cuello y brillaba entre sus senos en destellos de diferentes tonalidades, una invitación a penetrar bajo las ropas de aquella hermosa mujer.

—Leí tu carta —dije desplazando mis ojos de la esmeralda a su rostro—. ¿Por qué me advertiste de las conspiraciones?

—Tengo mis razones —respondió Anastasia sin querer desvelarlas.

—Tu preocupación por mí me resulta extraña, Anastasia. Es excesiva. ¿No será todo una trampa más entre todas las que me han tendido? Incluso ahora sigues intentando ayudarme…

Anastasia no dijo nada. Se acercó a la fruta, cogió una pera y me la dio.

—Toma, debes de estar hambriento.

Por supuesto, acertaba. No había comido gran cosa desde mi encierro en Roma, pues la dieta impuesta por Iuliano seguía vigente. Sostuve la pera en mis manos y cerré los ojos. De repente, mi reacción fue la de un loco.

—¡Ya está bien! —dije soltando la fruta y agarrando a Anastasia por las muñecas—. ¿Qué pretendes de mí?

—¿Te has vuelto loco, Angelo? —exclamó Anastasia—. ¡Suéltame, me haces daño!

—Apareces en mi vida caprichosamente, corriendo riesgos por un desconocido. ¿Qué hay detrás de todo esto? ¿Por qué te acercaste a mí? ¿Por qué te comportas como mi protectora? ¿Qué oscuras razones me han traído a tu alcoba? ¿Solo la preocupación de una católica modelo de virtud? ¡Jamás te creería si afirmaras tal cosa! ¡Dime la verdad, solo la verdad! —le dije sin aflojar la presión sobre sus brazos.

—¡Angelo, mírame a los ojos! —exclamó Anastasia entre lágrimas—. En ellos están todas las respuestas a tus preguntas. ¿Te dicen ellos que miento? No me importa lo que pienses de mí mientras confíes, pues soy lo único que tienes. Di, ¿de quién más te puedes fiar? ¿De Èvola? ¿De Woljzowicz?

La miré a los ojos y no había mentira en ellos, había amor y desesperación y devoción. Aflojé mis dedos y ella terminó de soltarse.

—Anastasia, te creo, pero ¿qué hago aquí? ¿Quién eres tú?

—Quería mostrarte una salida a tus problemas, aquí, a mi lado, en Florencia. Para que puedas elegir. —La hija de Iuliano continuó sin prisa mientras yo la escuchaba con toda mi atención—. Estoy al tanto del trato que te ha propuesto la Inquisición y te aseguro que, aunque les digas lo que quieren, no escaparás a la hoguera. Te utilizarán para sus propósitos embaucándote con promesas que no van a cumplir y cuando les hayas dado lo que buscan, te quemarán vivo.

—¿Y a Raffaella?

—A Raffaella también, por supuesto —respondió sin dudar un segundo.

—¿Y por qué estás tan segura?

—Lo he escuchado de boca de mi padre —afirmó la joven.

—Entonces... —musité desesperado— no tengo salida. No tenemos salida.

—Al parecer Èvola dio en el clavo —afirmó Anastasia. Yo no respondí, por lo que ella continuó—. Ha llegado hasta lo más profundo de tu corazón. ¡Pobre Angelo y pobre Raffaella!

El nombre de mi amor en labios de Anastasia me produjo una extraña sensación.

—¿La conoces?

Anastasia negó suavemente con la cabeza.

—No, no la conozco pero supongo que es la muchacha que vi contigo en el puerto de Génova, cuando acudí a despedirte y os descubrí amparados por la bruma. Me pareció que os besabais... —Ante mi silencio, Anastasia continuó—. ¿Qué es lo que os une, Angelo? Ha de ser algo parecido al amor, si no el amor mismo, puesto que estás dispuesto a perecer a cambio de que ella viva.

—Cualquiera haría lo mismo…

—No, no cualquiera. Tú estás enamorado, tu reacción es la de un enamorado, tu perdición es la de un enamorado —afirmó Anastasia con vehemencia.

—Y si así fuera… ¿Qué te importa?

Anastasia bajó la cabeza.

—Nada… Es hermoso ver cuánto es capaz de soportar un hombre por seguir los dictados de su corazón. No te juzgo por lo que sientes. Angelo, solo quiero que sepas que aún te queda un recurso para burlar a la muerte…

Las palabras de Anastasia sonaron como música celestial en mis oídos, aunque de verdad que no podía comprender cuál era esa salida. Anastasia continuó.

—Cásate conmigo.

Me quedé mirándola absolutamente perplejo. Anastasia se había vuelto loca, no sé si de amor o de desesperación o de qué. Me había hecho una proposición a la que no le hallaba ningún sentido. No pude pronunciar palabra y ante mi silencio ella continuó explicándose.

—Angelo, no me mires así. Es lo único que puede detener a mi padre. Jamás podría matar a mi esposo, nunca lo haría. Debería respetarte por otras razones… pero no está dispuesto a hacerlo. Créeme, es la única salida…

—No puedo, Anastasia, no puedo —dije mientras caminaba por la habitación en busca de palabras—. ¿Qué le sucederá a Raffaella? ¿Puedes garantizarme su salvación?

—Raffaella no podrá evitar que se cumpla su destino, Angelo, y no sabes cuánto lo lamento.

—Es una locura… Es una locura… —balbuceé lleno de dudas.

—Todo está preparado —continuó Anastasia al ver en mí un asomo de duda— para celebrar la boda en dos días. Primero tu renuncia al hábito, después la celebración. Y entonces nadie podrá evitar tu excarcelación. Viviremos en un palacio que tenemos los Iuliano en Volterra, una verdadera fortaleza.

Con criados, tierras, viñedos y una hermosa biblioteca para que sigas estudiando…

—¿De qué me estás hablando? ¿De amor? —le dije deteniéndome frente a ella.

—No te equivoques —dijo mirándome fijamente—. Solo serás mi esposo para salvar tu pellejo. Nunca deberás tocarme ni mucho menos pretender que te caliente el lecho…

—Ya lo imaginaba, no creo que quieras a un religioso para esos menesteres —respondí con todo el sarcasmo del que era capaz. Me sentía acorralado y ataqué a la única persona que estaba en condiciones de ayudarme y quería hacerlo, aunque la forma que había elegido me pareciera tan descabellada. Anastasia recibió el insulto sin inmutarse pero una pena profunda enturbió sus ojos.

—Eres el único hombre al que le he permitido gritarme y hacerme daño. No me insultes también, Angelo…

—¡Basta…! Olvídalo, es imposible. No conseguiré burlar a la Inquisición con un casamiento… ¡Por el amor de Dios, soy un religioso! —exclamé en mi desesperación mientras los ojos de Anastasia se llenaban de lágrimas.

—Sin embargo, renunciarías a tus votos por Raffaella… Yo lo sé —musitó la joven.

—¿Qué has dicho?

—Angelo, piénsalo bien: no quieres casarte conmigo, que quiero salvarte, porque has de renunciar a tus votos, pero para estar con Raffaella tendrás que hacer lo mismo, y ella no te ayudará…

—Por ella lo haría… Por ti ¡no! —le contesté en un arranque de rabia—. Le daré a Èvola lo que quiere, él cumplirá su promesa y liberará Raffaella, y yo podré descansar tranquilo. Puedes pedirle a cualquier otro que se case contigo, yo le cedo alegremente mi puesto de amo y señor de tu fortaleza de Volterra. Prefiero mi celda y a Raffaella a salvo.

—Eres obstinado y maleducado —murmuró Anastasia, casi rendida.

—Y tú una mujer caprichosa y consentida, que no soporta perder ante una jovencita…

No pude seguir, pues la mano de Anastasia se estrelló en mi mejilla en una sonora bofetada que hizo que mi rostro enrojeciera.

—Cuida tus palabras, Angelo —me amenazó Anastasia.

La cogí por el cabello sujetándoselo fuertemente en la nuca, sin brusquedad, para no dañarla, pero con firmeza. Acerqué su cara a la mía para que mis labios casi rozaran los suyos mientras le hablaba.

—No juegues conmigo —le aconsejé en voz baja—. Eres la primera y la última mujer que me golpea. Lo tomaré como una caricia mal dada y mal recibida, pues si lo considero como lo que es, el placer que pareces buscar en mí se transformará en dolor. Conozco métodos muy severos para educar a las princesas…

Los ojos de Anastasia me miraban, felinos y obstinados, con ganas de atacarme, conteniéndose por no se sabe qué extraño sentimiento de lealtad. Era tan hermosa…

—Vete —exclamó—. Vuelve a tu celda. No has comprendido todo lo que arriesgo al tenerte aquí. Ni el destino que he elegido solo para que tú sigas respirando. Eres un necio, un ingrato… ¡No entiendes nada…! Vete… ¡Vete! ¡Ya no quiero saber nada de ti! —terminó gritando entre lágrimas.

La solté y ella corrió hacia el lecho y allí se derrumbó en sollozos.

Poco después estaba de nuevo en mi húmeda pocilga, lleno de orgullo y maldiciendo el día en que Dios me hizo tan obcecado. Entonces no sabía bien qué era lo que había rechazado… No tardé en enterarme. Estúpido pretencioso que se creía inmortal y lleno de nobleza…

Aquella misma noche mi puerta chirrió de nuevo para dar paso otra vez a la guardia personal de Anastasia. Fui arrastrado por los pasillos hasta un oscuro y maloliente recinto. Me arrojaron contra el suelo, cubierto de paja y excrementos. Era un establo. Allí esperé ese puñal que había de atravesarme el vientre, pero lo que recibí no fue un tajo sino un caballo, una faltriquera con dinero y una salida franca para abandonar Florencia antes de que amaneciera. Anastasia, a pesar de todo y para mi sorpresa, había decidido liberarme.

—¿Saben lo que les sucederá cuando la Inquisición sepa que escapé delante de sus narices?

El guardia que estaba asegurando mi montura respondió.

—La señorita Iuliano va a tener muchos problemas... Puede que la detengan, puede que la juzguen, quién sabe... Nosotros cumplimos sus órdenes. No perdáis tiempo e idos cuanto antes. Cada cual recibirá lo que se merece...

Me subí al caballo, el guardia palmeó una de sus ancas y el animal salió al galope hacia la calle, camino de la libertad. Sin la información que querían de mí, no había trato y Raffaella estaría a salvo: la necesitaban como valor de cambio. No tenía más que esperar. Lo que me preocupaba ahora era saber si los libros habían llegado a San Fruttuoso, así que decidí que mi destino sería Génova, y en Génova la morada de mi antiguo maestro y aquel panteón junto a la tumba sin nombre. Mientras galopaba, mi pensamiento se detuvo en los libros, envueltos en desgracias, conspiraciones y muerte.

XXII

EL PANTEÓN

57

Llegué al pequeño cementerio de la abadía con las sombras de la tarde de aquel 16 de octubre, sin que nadie advirtiera mi presencia. Caminé bajo una suave e insistente llovizna por los caminos del eterno descanso hasta la tumba sin nombre. Aún mantenía vivos los recuerdos de mi última visita a aquel lugar, dulces porque estuve con mi querido maestro, amargos por las confidencias que me había hecho. Allí estaba el lugar que conocía tan bien, el centro de todas mis preocupaciones, la lápida que abrigaba los restos de mi madre, siempre ausente y a la que clamé, en busca de consuelo, arrodillado y con mi frente sobre la fría piedra. La lluvia que corría por mi rostro se fundía con mis lágrimas. Era como el hijo pródigo que regresaba después de tanto tiempo, arruinado y desgarrado, el hijo prohibido que la condenó a muerte, al que no pudo poner nombre, ese que arrancaron de su cuna y al que sentenciaron a la soledad eterna del huérfano. Pasé las manos por mi cara para secar lluvia y lágrimas, y las miré, aquellas manos blancas y delicadas, hijas de una violación aberrante. Mi único consuelo era haber sabido por Piero Del Grande que mi madre me había amado. Aquel amor sencillo, de una mujer humilde por su hijo bastardo, estaba escrito en aquella piedra, aunque no pudieran leerlo otros ojos que no fueran los míos. Sentí que desde su sepulcro silencioso, me cobijaba y me protegía. Me levanté y miré hacia el costado del sepulcro, al panteón de los padres capuchinos. Allí me esperaban mis asuntos y allí me dirigí.

La llovizna se había transformado en una fuerte tormenta. La repentina luz de un relámpago iluminó mi entrada en la cámara mortuoria. En el panteón había seis nichos. Elegí el primero que había a mi izquierda, casi junto al suelo pues, al contrario que los demás, las telarañas que deberían cubrir la lápida habían sido limpiadas y en ella se podía leer perfectamente «Hermano Bruno Rossi, 1495-1560». Miré los bordes de la lápida, tomé aire y con la mano protegida por la falda del hábito, para evitar heridas y para amortiguar el ruido, le di un golpe seco que la hizo moverse. La retiré con cuidado y miré hacia el hueco oscuro. Ninguna luz facilitaba mi trabajo, pues habría señalado mi presencia, excepto los relámpagos que, de vez en cuando, iluminaban la estancia. Así que me santigüé e introduje mi brazo dentro del hueco. Con mi cara pegada a la pared podía oler el efluvio cargado de humedad y paños podridos que exhalaba la tumba. Busqué entre la tierra, las cenizas, los huesos y las telas que salieron al paso de mi mano hasta que di con un bulto reconocible y sonreí.

Allí estaban los libros, tal y como le había pedido a Tami. Tiré del bulto y el envoltorio de piel de foca apareció ante mis ojos a la luz de un nuevo relámpago, que iluminó no solo los libros: una figura me observaba desde la entrada, quieta bajo la lluvia. El espanto me paralizó y no pude apartar mi vista de aquella sombra que, en el siguiente relámpago, se hizo más real. Un temible morador de los sepulcros. Tomé los libros y retrocedí al fondo del panteón mientras aquella sombra se acercaba a mí.

—No temáis, hermano DeGrasso…—dijo el desconocido.

Él sabía quién era yo sin verme, luego alguien le había informado de que pasaría por allí. Y solo podía haber sido una persona, así que algo más tranquilo, pregunté:

—¿Quién sois? ¿Os conozco?

—Soy yo, mi prior. Soy el vicario Rivara —respondió aquella sombra. Cuando conseguí tranquilizarme me di cuenta de que era su voz.

—¡Dios, Rivara! ¡Me habéis dado un susto de muerte! No sabéis lo que me alegro de veros, pero... ¿qué demonios hacéis vos aquí? —dije acercándome al monje y fundiéndome con él en un abrazo.

—Yo también me alegro de veros. No podéis haceros una idea de lo que os he echado en falta y lo que me ha apenado saber de vuestra desgracia... Pero no perdamos más tiempo. Os espero aquí desde hace una semana.

—Pero, Rivara, solo una persona sabía que en cuanto pudiera vendría hasta aquí...

Los ojos cristalinos de Gianluca se iluminaron con los relámpagos. Y permaneció muy serio al decir:

—*Extra Ecclesia nulla salus*, mi prior.

—¿Vos...? —exclamé sorprendido.

—Hace quince días recibí la visita de un cofrade. Me dijo que había estado con vos en el viaje y que gracias a vos había conseguido los libros, que habíais accedido a formar parte de la *Corpus Carus*...

—¿Tami? —pregunté interrumpiéndolo—. ¿Fue Tami quien os visitó?

—No. Fue Xanthopoulos —dijo Rivara sin conseguir aliviar mi preocupación por la suerte del jesuita.

—¿Qué más os dijo?

—Que habíais ordenado esconder los libros aquí hasta que vos llegaseis y con el difunto padre Piero, al que Dios tenga en su gloria, decidierais dónde ocultarlos. Y que tenía que esperar vuestra llegada solo para daros un mensaje. Dijo que la *Corpus* confía ciegamente en vos y que, desaparecido el padre Piero, os encomienda la custodia de los libros.

—¿Confía ciegamente? ¡Pero si apenas conozco a nadie! ¿Quiénes son esos que confían en mí? ¡En verdad que quisiera conocerlos! —exclamé.

—Xanthopoulos confía en vos y para el resto de nosotros eso es suficiente. No desesperéis, nuestros superiores aparecerán en el momento oportuno. Creedme. Y ahora, sin más dilación, debéis aprovechar la noche para escabulliros. Huid con los libros y llevadlos luego a un punto de reunión seguro en el que se decidirá qué hacer con ellos.

—¿Y adónde he de ir?

—Tenéis que salir de Italia. Xanthopoulos dijo que encontraríais protección en la fortaleza del archiduque Mustaine de Chamonix, quien os mantendrá a salvo de la Inquisición.

—¿A Francia? ¿He de ir a Francia?

—Sí, mi prior.

—He oído hablar de ese archiduque de Chamonix… Supongo que también es un cofrade…

—Lo es. Desde que se fundó, la *Corpus* ha contado con la protección de la nobleza. Ellos son su brazo secular —dijo Rivara.

—Viviré entonces en Chamonix por un tiempo.

—Así es. Allí estaréis seguro. Contamos con algunos obispos franceses que no aceptarán que seáis entregado a la Inquisición. Estaréis muy cómodo.

—Decidme, Rivara, ¿está el jesuita Tami informado de todo esto… si es que salió con bien de nuestro accidentado viaje?

—No se le ha podido informar por ahora, está muy enfermo a consecuencia de la puñalada que recibió.

El silencio se adueñó de la cripta.

—Prior —continuó Rivara—, sabéis que siempre os he tenido un aprecio especial cuando erais inquisidor y en nada ha mermado ahora que sois prófugo. Vuestro destino es vivir y no desfallecer jamás. Nunca antes la *Corpus* había delegado tanta responsabilidad en alguien que no la conoce, quizá seáis el seguidor que Piero señaló hace años. Daos tiempo para conocernos y comprobaréis que no os habéis equivocado al sumaros a nuestras filas.

—Debo partir —susurré.

El vicario puso su mano en mi hombro.

—Prior, hay algo más que debéis saber antes de iros… —El vicario parecía tener dificultad para encontrar las palabras. Debía de ser algo muy grave—. Piero Del Grande me pidió que si a él le pasaba algo, fuera yo quien os contara toda la verdad sobre las circunstancias de vuestro nacimiento y sobre vuestro padre verdadero, a pesar de las consecuencias que ello pudiera tener…

—¿Quién es, Rivara? —le interrumpí, implorando—. Decidme de una vez quién es. Desde que conocí mi bastardía no he dejado de pensar en ello, incluso llegué a creer que podía ser el mismo Piero…

El vicario estaba nervioso. Cerró los ojos y tomó aire antes responder:

—Vuestro verdadero apellido es… Iuliano. Sois hijo del cardenal…

Mis rodillas flojearon y tuve que buscar apoyo en la pared. La sangre se negó a afluir a mi rostro y me torné lívido como un fantasma, uno más de los que había en aquel cementerio. Rivara continuó.

—El cardenal frecuentó y enamoró a una campesina en sucesivas visitas a nuestra ciudad. Ella engendró un hijo ilegítimo e indeseado por el cardenal de Volterra, pues no entraba en sus planes ser defenestrado por tal motivo. Su carrera prometía y aquel niño podía detenerla. Cuando Iuliano tuvo conocimiento del embarazo de la campesina, ella estaba a punto de parir. Ordenó matar a la mujer, con el hijo aún en su vientre. Ella era vuestra madre, y el niño, vos, mi prior. Los hombres del cardenal encontraron a la mujer poco después del alumbramiento, mas ella ya había acudido al padre Piero para que os escondiera en la seguridad de San Fruttuoso. Del Grande conocía bien a vuestra madre pues era a ella a quien le compraba las aceitunas para fabricar sus aceites. Vuestra madre no se libró de la muerte, pero se ocupó de que su bienamado hijo creciera en buenas manos… Los hombres del cardenal buscaron al neonato por todas partes y cuando llegaron a las puertas de la abadía a preguntar si alguien les había entregado un recién nacido, el padre Piero no lo negó: en vuestro lugar les entregó un niño muerto…

—Es suficiente… —balbuceé alzando la mano para que dejara de hablar—. ¿Quién más sabe esto?

El vicario tardó en contestar.

—Muy pocos…

—¿El cardenal? ¿Lo sabe el cardenal? —pregunté con urgencia.

—Sí.

—¿Cómo?

—El cardenal Iuliano es una persona muy desconfiada. Siempre halló cierto aire familiar en vos además de la similitud de vuestros temperamentos, y el hecho de que Piero os cobijara férreamente bajo su ala acrecentó sus sospechas.

—Jamás habría podido ni siquiera imaginar que el cardenal es mi padre…

—Creo que habréis notado, mi prior, que en los últimos tiempos el cardenal está intentando acercarse a vos…

—¡Su hija! —exclamé consternado interrumpiendo al vicario—. Anastasia… Ella… Ella… —Yo estaba completamente desencajado al pensar en nuestro encuentro, en su proposición de matrimonio. No podía creerlo…

—Sois hermanos de padre, sí —dijo el vicario—. Por vuestras venas corre casi la misma sangre.

—¿Y ella… lo sabe?

—¿Vos qué suponéis? —dijo el vicario en vez de asentir, pero con un tono que no dejaba lugar a dudas.

—Rivara… No quiero que me contéis más.

—Ya no hay nada más que debáis saber. Continuad vuestro camino y jamás reneguéis de la verdad, pues es seguro que el maestro Piero tenía buenas razones para revelárosla. Pensad en lo diferente que habría sido vuestra vida si él se hubie-

ra llevado a la tumba su secreto. Habríais mirado a los ojos de
Iuliano sin saber que era vuestro padre, peor aún, el asesino
de vuestra madre. ¿Querríais haber vivido vuestra vida sin
saber? Llevad esta verdad con vos, como un último regalo de
Piero.

Escondí los libro bajo la capa y me dirigí hacia la puerta.
Una vez allí me volví hacia Rivara. Él me preguntó:

—¿Dónde pasaréis la noche?

Me encogí de hombros y sonreí. Un relámpago me iluminó medio rostro.

—No lo sé, tal vez me oculte en algún bosque.

—No os desviéis de vuestro rumbo. Alguien os estará esperando en Chamonix. Que Dios os acompañe.

—Espero que vuestras palabras sean escuchadas —dije
como despedida para después desaparecer en la oscuridad
de aquella noche lluviosa.

Cabalgué sin rumbo fijo pues aún no había decidido qué
haría. Tenía dos opciones: o Chamonix o Florencia. La Inquisición bien sabía que yo, aunque me hubiera escapado, tenía
que tomar una decisión. Giulio Battista Èvola estaría tranquilo y a la espera de mi reaparición. Yo tenía lo que ellos buscaban y ellos lo que yo más quería.

Detuve el caballo en el interior de un bosque de robles,
junto al mar, y decidí. Iuliano me había robado la vida y Piero
Del Grande, el único que se había preocupado siempre por
mí, a pesar de cometer el error de alejarme de él y de los capuchinos para que sirviera a los intereses de la *Corpus Carus*, estaba muerto. Yo no cometería el mismo error. Mi único amor,
mi única fidelidad ahora que él ya no estaba era Raffaella. Nadie salvo Dios; ninguna lucha por el poder me alejaría de ella;
la defensa de ninguna facción haría que yo traicionase mis
sentimientos. Solo podemos justificarnos ante Dios por el
amor, solo de eso tenemos que responder. Traicionarlo por razones bastardas es traicionarlo a Él. Pensé en Cristo, en Cristo Redentor y lleno de amor. Y pensé en Piero: «El Vicario de

Cristo es lo que dicta nuestra espontánea y primera conciencia». Mi primera y espontánea conciencia sería el fiel de la balanza de mi decisión.

58

Decidí entrar por los jardines traseros, sigiloso como un ladrón. El edificio estaba rodeado por la penumbra, apenas iluminado por unas pocas lámparas, pero si no era cuidadoso, mi sombra podía proyectarse sobre los muros y alguien podía verla. La guardia permanecía ante la entrada principal y no parecían tener intención de moverse. Para ellos era una noche como tantas otras.

Me moví rápido entre los arbustos y me apoyé en el muro de la fachada trasera. Miré hacia arriba, buscando la segunda planta: era allí donde debía llegar. Me quité la capa, la escondí bajo uno de los arbustos y ajusté el envoltorio de los libros a mi cintura antes de comenzar a trepar, como podía, sujetando pies y manos en las junturas de los sillares. El viaje de regreso en el barco había sido un suplicio, pero aferrado a aquella pared, trepando por ella con una agilidad impensable en mí, agradecí el ejercicio que había hecho y que había tonificado y fortalecido mi cuerpo. Alcancé el balcón de la primera planta. Miré hacia abajo para comprobar que todo seguía en calma: nadie parecía haberse dado cuenta de mi presencia. Tomé aire y continué, de la misma manera, hasta el siguiente balcón, mi destino.

El segundo tramo del ascenso era más complicado que el primero, de manera que cuando mis manos se aferraron al poyete, a duras penas conseguí alzar mi cuerpo para sobrepasar la baranda y caer al otro lado, sobre el suelo de la balconada. Allí estuve tendido un rato, recuperando el resuello, con las manos sobre el envoltorio que contenía los libros. Después me incorporé y me dirigí hacia la ventana que permanecía abierta.

Entré en la habitación sin hacer ruido. Me moví despacio

hacia la cama y miré a la dama que dormía plácidamente. Me senté con cuidado sobre el lecho y le tapé con delicadeza la boca, apoyando mi cara contra la suya.

—¡No grites, Anastasia! ¡Soy yo, Angelo!

Anastasia me miraba entre espantada y sorprendida. Yo sentía cómo su corazón palpitaba en su cuello. Cuando asintió por haber reconocido mi voz, la solté.

—No puedo mantenerte en silencio para siempre. Si quieres llamar a la guardia, puedes hacerlo.

—¿Qué demonios haces aquí? —susurró Anastasia entrecortadamente, recuperándose aún del susto.

—Digamos que estoy en Florencia cuando debería estar camino de Francia. ¿Llamarás a la guardia?

—No —dijo mirando hacia la puerta.

—Anastasia, he venido a entregarte los libros que busca tu padre. Deberás dárselos a Giulio Battista Èvola para que cumpla con nuestro trato. Por extraño que pueda parecerte y en contra de lo que me dijiste, yo confío en él —le dije mientras desataba el envoltorio de mi cintura y lo dejaba sobre el escritorio—. Aquí dentro están el *Necronomicón* y el *Codex Esmeralda*, los libros que la Iglesia ha reclamado con tanto celo. Ya no tendrán que buscar más.

—¿Has vuelto para esto? ¿Vas a cambiar los libros por esa joven? ¿Y tu vida? ¡Te buscarán, te perseguirán! ¡No creas que por no entregar los libros personalmente evitarás la condena de la Inquisición! ¿Y para esto te he liberado? ¿Sabes cuánto vale tu cabeza en Florencia? —exclamó Anastasia saltando del lecho, muy airada.

—Te estoy muy agradecido… Ya sé que mis problemas no acaban aquí, mas sí los de Raffaella. Èvola es un hombre de palabra y cumplirá con su parte del trato. Yo empezaré a sufrir una vida de fugitivo. No padezcas: tengo quien me proteja.

Anastasia suspiró y miró al suelo.

—Bien. Está todo dicho. Tienes un corazón magnífico aunque eres rematadamente estúpido.

—Sí, lo soy. ¿Entregarás esto por mí?

—Lo haré —dijo Anastasia regresando al lecho para acostarse de nuevo. Desde la cama continuó hablándome—. ¿Dónde has estado?

—En Génova —contesté. Me acerqué a la cama y me senté. Miré el rostro de Anastasia sobre la almohada, su pelo suelto y revuelto. Tenía que hablarle y ese era el momento—. Anastasia… Quisiera que fueras sincera conmigo y me dijeras por qué quieres ayudarme…

Ella no me contestó. Se volvió en la cama y me dio la espalda. Yo continué:

—Lo sé todo, Anastasia… Todo. Y creo que siempre lo supe porque estaba en tus ojos, en la plaza de San Lorenzo, en el puerto y, sobre todo, el día en que me pediste que me casara contigo…

—¿Y qué te decían mis ojos, Angelo? —dijo Anastasia volviéndose de nuevo e incorporándose para mirarme.

—Que eras mi hermana.

Anastasia bajó la vista y se llevó las manos al rostro. Un tímido sollozo brotó de su garganta y así permaneció un rato, llorando en silencio. Tomé sus manos entre las mías y continué hablando.

—Me cuesta verte como a una hermana, es todo tan confuso… Tan repentino…

—No lo es para mí, lo sé desde hace mucho tiempo. Mi padre… Nuestro padre me lo dijo.

—¿Por qué? No tiene sentido —exclamé.

—Por temor a que tú te presentases un día ante mí y me dijeras lo que él ocultaba. Nuestro padre es muy cuidadoso con los detalles, prefirió decírmelo a que me enterase por otro que no fuera él.

—¿Qué más te ha contado de mí?

—Todo.

—¿Todo? Entonces, ¿qué sabes sobre mi madre?

—Angelo, no quiero hablar de eso… Solo quiero que sepas que abomino de lo que hizo pero tengo que disculparle… Era muy joven…

—¿Qué sabes de mi madre? —repetí alzando la voz.

Anastasia me miró con emoción.

—Ordenó que la mataran…

—¿Y aun así le disculpas? ¿Cómo puedes, dime, cómo puedes? —le dije con lágrimas en los ojos.

—Amo a nuestro padre, Angelo.

—Es un asesino —sentencié; Anastasia no dijo nada pero asintió en silencio.

La tomé de la barbilla y la obligué a mirarme.

—¿Qué? —balbuceó con un gesto de dolor.

La solté de inmediato y le acaricié una mejilla.

—Perdóname, no quería hacerte daño… Háblame de nuestro padre, por favor.

Anastasia sonrió de manera forzada, se enderezó en la cama y comenzó a hablarme.

—Mi vida ha estado unida siempre a la de nuestro padre. Es un hombre tan sufrido como déspota, tan protector como despiadado. Era el segundo varón de su familia, por lo que su destino ya estaba escogido: la carrera eclesiástica. Todos los bienes de los Iuliano y su gestión correspondían a su hermano mayor. Su carrera fue fulminante, puesto que ya era cardenal a los veinte años y tenía un futuro muy prometedor. Como bien sabes, nuestra familia es una de las más antiguas y ricas de Florencia e invirtió bien su dinero para que nuestro padre pudiera llegar a lo más alto. Y en ese camino estaba cuando conoció a tu madre. Se enamoraron locamente, compartieron lecho en varias ocasiones y tu madre se quedó preñada. Poco después, la peste negra asoló Toscana, y entre los millares de vidas que se cobró estaban nuestro tío y su hermana. Solo quedó padre para hacerse cargo del patrimonio familiar. Estuvo a punto de dejar los votos y casi enloqueció. Veía conspiraciones por todas partes y desconfiaba incluso de su sombra. Y fue entonces cuando se enteró de que tu madre le iba a dar un hijo que él no fue capaz de ver más que como otro de los muchos que querrían arrebatarle su fortuna... Decidió acabar contigo y con tu madre y seguir su vida sin los problemas que podía causarle un hijo ilegítimo... No sé qué es más horrible, si pensar que lo hizo por proteger su carrera, cosa improbable pues cuando decidió tu muerte estaba pensando en abandonarla; o pensar que lo hizo por pura y simple avaricia.

—¿Y tú, Anastasia? ¿Quién es tu madre?

—Soy hija de Luciana Aldobrandini —dijo mi hermana tomándome de la mano.

—¿Luciana Aldobrandini? —exclamé sorprendido.

—Sí, Angelo, la hermana del Papa. Ella fue otra de sus muchas relaciones fugaces, y de ella nací yo. Como esta vez su amante era de una gran familia, padre debió asumir la paternidad a escondidas y honrarme como sobrina suya. Y a pesar de no desearme en un principio, nada más verme no pudo evitar quererme con locura. De hecho, llevo el nombre de su hermana, a la que nunca conocí.

—¿Él te ama?

—Me adora. Es obsesivo.

—Ya lo he comprobado, pues sigues aquí, sin castigo alguno a pesar de haberme liberado...

—Se puso hecho una furia. Me dijo que me encerraría de por vida en clausura. A la mañana siguiente lo único que me pidió es que callara, que no le dijera a nadie lo que había hecho. Él me encubriría. Seguía muy enfadado y me pidió que no apareciera ante sus ojos por un tiempo. No puede odiarme, ni yo tampoco a él, Angelo. Tan apasionado como es para su trabajo, lo es protegiéndome. Es tan obcecado conmigo como tú lo eres con Raffaella... —concluyó Anastasia dedicándome este pequeño reproche.

—Será entonces un vicio de la sangre —repliqué con triste ironía—. ¿Y tú? ¿También estás aquejada del mismo vicio? ¿Hay muchos hombres en tu vida?

Anastasia lucía espléndida, tan solo iluminada por los candelabros y el caudal de sus lágrimas.

—Todos los que me desean... Nunca los que yo deseo —contestó con tristeza.

—¿Giuseppe Arsenio es tu amante? —proseguí con curiosidad.

—Jamás. Solo es uno más entre todos los que ansían poseerme, pero es poco hombre para conquistarme.

Nuestra conversación pedía luz y así lo interpretó también Anastasia, que se levantó para encender el candelabro que había sobre su escritorio. Cuando regresaba a la cama observé el brillo de sus ojos que si hacía unos días eran grises, ahora volvían a ser verdes, como cuando la vi por primera vez. Su humor parecía dominar el color de sus ojos. Anastasia se sentó a mi lado y me miró turbada.

—¿Por qué me miras de esa forma? —le pregunté.

—Angelo, cuando supe que te vería en el *Sermo Generalis* de Génova tuve una sensación inexplicable que me impidió dormir, intentando imaginar tu rostro, tu personalidad y la vida que llevabas detrás de tu hábito.

—¿Y qué sentiste al verme? ¿Te he defraudado?

—No, primero tú. Quiero saber qué sentiste tú al verme —contestó Anastasia.

—Vi una dama llena de misterio, elegante y hermosa, que mostraba una educación exquisita... Yo no sabía quién eras, así que mi impresión carece de interés. Dime qué pasó por tu cabeza y tu corazón cuando viste por vez primera a tu hermano secreto.

—Soñé contigo aquella noche, y las que siguieron a aquella, sin poder determinar qué clase de extraños sentimientos habían generado mis ansias, lo único que sabía es que eran de esos capaces de asaltar tu corazón y someterlo... Me cuesta mucho hablar de esto, Angelo, porque hay algo sucio que intento controlar... Celos, sí, celos de todos los que estuvieron cerca de ti, de los que crecieron contigo y te amaron. Y amor; sin amor los celos no tienen sentido...

No supe qué decir. El silencio se apoderó de la alcoba hasta que Anastasia continuó.

—Estaba, no sé cómo explicarlo, enamorada de ti, como el perfecto sustituto de mi padre. Me aferraba a la idea de que solo éramos hermanos a medias... No tardaba en contradecirme, confusa... Soy tu hermana y como tal he de amarte y te amo. —Anastasia se había puesto en pie y me daba la espalda, avergonzada. Su hombros mostraban la agitación de su pecho, que provocaba palabras entrecortadas—. Pero... como mujer... te deseo. Y es este oscuro sentimiento el que intento sacar de mi corazón...

Me puse en pie y la rodeé con mis brazos, mientras apoyaba mi cabeza sobre su hombro. Un abrazo equívoco, sí, como nuestros sentimientos, pues lo que ella confesaba con valentía era lo mismo que yo sentía ahora que sabía que era mi hermana.

—Anastasia, hermana mía —le dije—. Eres tan hermosa que cualquier hombre se condenaría por estar cerca de ti. Ahora entiendo mejor la extraña proposición que me hiciste y la forma en que la hiciste, negando con los ojos lo que tu boca decía. Estamos condenados a sentir esta confusión durante algún tiempo. Quiera Dios que tengamos después el suficiente para conocernos, para tratarnos como lo que somos, dos hermanos que estuvieron perdidos durante mucho tiempo y que ahora se han encontrado.

Anastasia se volvió hacia mí para abrazarme con fuerza. Los dos sabíamos que teníamos que apoyarnos y mantenernos firmes. Éramos de la misma sangre: si nos vencía la tentación cometeríamos un pecado aberrante del que nos arrepentiríamos de por vida. Anastasia se separó suavemente de mí, tomó mis manos y continuó hablando.

—Angelo, ahora que te he encontrado no quiero perderte. Puedo superar el deseo mas no podría superar tu ausencia. Mi oferta, por extraña que te parezca, sigue en pie, pues de verdad creo que es la única manera de evitar la persecución a la que estás condenado de por vida, y lejos de mí. Si no, no me quedará otra opción que acompañarte en tu exilio…

Solté mis manos de las suyas y di un paso atrás. Era hora de despedirse.

—Anastasia, he de irme… Antes debes jurarme que me ayudarás. Has de entregar los libros a Èvola y concertar con él cuándo y dónde liberará a Raffaella. Yo me pondré en contacto contigo dentro de unos días.

—¿Adónde vas?

—Por ahora, hasta asegurarme de que Raffaella ha sido liberada, permaneceré oculto cerca de aquí, que es donde Èvola ha de venir a recoger los libros. Y después, mi destino será Francia; es lo único que puedo decirte para no poner en peligro ni tu seguridad ni la mía.

—Sigo pensando que te equivocas, pero juro que haré todo lo que me pides. Te amo, hermano. Recuérdalo —dijo Anastasia abrazándome de nuevo y posando sus labios sobre mi frente en un beso cálido.

La miré pensando que quizá era la última vez que la veía y me di la vuelta para salir al balcón. Allí me asomé con cautela para comprobar que todo seguía en calma. El descenso fue más rápido, en poco tiempo estaba junto al arbusto recuperando mi capa y mirando hacia la ventana de Anastasia. Las cortinas volaban a merced del viento, descontroladas. Como yo. Como Anastasia.

A los dos días, en Roma, Èvola recibió un recado de Anastasia anunciándole que tenía los libros en su poder y apremiándole para cumplir el pacto que había sellado conmigo. Esa misma noche, dos carceleros entraron en la celda de Raffaella D'Alema, le arrancaron la ropa y la ultrajaron. Y al tercer día, por la tarde, fue quemada en el Campo dei Fiori. Un tribunal compuesto ex profeso para su causa la había condenado por la mañana. Un tribunal que tuvo el «honor» de contar con el cardenal Iuliano como inquisidor. Todo esto sucedía en Roma mientras yo esperaba en Florencia, sin poder hacer nada. Más tarde supe que Giulio Battista Èvola se había opuesto con todas sus fuerzas a la ejecución.

Aunque Iuliano me había dado una hermana, me había robado a las únicas mujeres que yo había sido capaz de amar. A mi madre y a Raffaella, por la que estaba dispuesto a empeñar mi futuro. Tan solo una niña que regresaba al polvo sin haber visto el mundo. La única hija de Tommaso y Libia D'Alema había pagado un alto precio por el pecado de mi amor. La crueldad del cardenal no conocía límites. Le había entregado los libros que tanto había perseguido. ¿Por qué había sacrificado a Raffaella? ¿Qué ganaba con la muerte de aquella joven que no fuera mi odio eterno? La había matado para hacerme daño pero no había calculado que el inmenso dolor que yo sentía ahora no me iba a postrar, no me iba a llevar a la desesperación. No acabaría conmigo. Iba a volverse contra él.

Después de este trágico suceso mi alma se colapsó. Enloquecía solo al pensar que la sangre de Iuliano corría por mis venas, y en mi demencia decidí tomar la espada y acabar de una vez por todas con los causantes de mi tragedia.

XXIII

VENGANZA CIEGA

59

La luna llena iluminaba mi camino hacia Florencia. Estaba muy cerca, podía ver la silueta de la ciudad, presidida por la magnífica cúpula de Santa Maria dei Fiori y un sinfín de campanarios. Faltaban tres horas para que comenzara a amanecer. De manera inconsciente deseé la salida del sol para calentarme bajo sus rayos y aliviarme del intenso frío de la madrugada. Me detuve un instante a observar la ciudad que dormía tranquila sin contar con mi presencia. En mi pensamiento ya solo había lugar para mi plan, minuciosamente ideado para que su desenlace me fuera favorable. Aunque no puedo dejar de reconocer que era el plan de un loco cegado por la ira.

Desde que decidiera llevar a cabo mi venganza había podido averiguar, utilizando las últimas monedas que me diera Anastasia, que tanto los libros como el cardenal Iuliano y todo su séquito partirían hacia Roma en la madrugada del 23 de octubre. Esta información, y otras que me serían necesarias, me la había proporcionado un allegado al secretario personal del arzobispo de Florencia. Era un dato clave para elaborar el plan que me daría la satisfacción de la venganza. Sabía que sin ayuda estaba condenado al fracaso, pero aquel era un pequeño detalle que no me frenaría. Raffaella estaba muerta y si yo había de morir también, que fuera por el honor de vengarla.

Aparté un lateral de mi capa para palpar la empuñadura de la espada que había conseguido a buen precio de un herrero de Fiésole. No la manejaba desde que recibí la instrucción debida cuando era adolescente; no se me daba mal, así que confiaba en recordar todo lo aprendido en cuanto mi mano rozara el metal. No era un virtuoso pero sí uno de aquellos hábiles y resistentes espadachines con los que nadie quiere enfrentarse. Pues con ella era tan empecinado como con todo lo demás: sabía defenderme muy bien y cansar al contrario hasta poder asestarle un golpe definitivo. Aquella misma tarde había practicado contra un ciprés tanto los mandobles como los pasos de guardia y ataque. Y los movimientos habían regresado a mi cuerpo como las notas a la mente de un músico ya anciano y ciego cuando pones en sus manos el instrumento que solía tocar.

Espoleé el caballo y seguí mi camino hasta el lugar donde debía esperar una señal. Al poco tiempo, unos destellos en la oscuridad me anunciaron la llegada de los carruajes que habían de recoger a Iuliano. Entonces comencé a galopar hacia la locura. La noche me devoró y en verdad conseguí sorprender a Florencia.

60

Los cascos de mi caballo golpearon el empedrado de la calle, delatando la presencia de un jinete extraño y apresurado. Crucé el Ponte Vecchio al galope. Por debajo de él, el Arno discurría turbio esperando el sol, que no tardaría en despuntar. Como en Roma el Tíber, el Arno había sido testigo y cómplice de muchas conspiraciones. Los dos ríos lavaron las manchas de su pueblo, prestaron sus aguas para el bautismo de sus hijos y enjuagaron la sangre de sus pecaminosos gobernantes. Una vez más, el Arno sería testigo de cómo los hombres se cobraban una deuda. Y sus aguas parecían presentirlo.

Al salir del puente tiré de las riendas para frenar la marcha del caballo. De ahí en adelante avanzaría al paso hasta cubrir la distancia que me separaba de la Piazza de la Signoria. Poco después, descendía de mi montura junto a la Loggia dei Lanzi, a la izquierda del Palazzo Vecchio. Dejé el caballo, sudado y nervioso, amparado en las sombras de la galería, intentando calmarlo para que los vapores que exhalaba su hocico no delataran su presencia, y deseando volver a verlo, pues era mi única garantía para escapar.

A diferencia de Roma, e incluso de mi Génova natal, Florencia había sido proyectada siguiendo el trazado ortogonal que inventaran los arquitectos romanos para asentar sus legiones. Era fácil circular por ella y orientarse. Además, los magníficos palacios e iglesias que en la poderosa república habían sido construidos desde el siglo anterior siempre te daban puntos de referencia visuales que te ayudaban a no perderte. Eso y saber dónde se hallaba uno respecto al río y a la estrella polar de la ciudad: la gran cúpula del Duomo.

Los genoveses viejos decían que los palacios y las casas de nuestra ciudad habían sido traídos por el viento, como semillas de la mala hierba, mientras que los de Florencia habían sido plantados cada uno en su lugar del surco, como el trigo limpio.

Con el Arno a mis espaldas y la cúpula del Duomo en la lejanía, me deslicé hacia la plaza al amparo de los edificios. Allí estaban los carruajes que había visto pasar, situados junto a la entrada principal del palacio. Las imponentes estatuas del *David* de Michelangelo y del grupo de *Hércules y Caco* flanqueaban la entrada principal y me hicieron pensar no solo en el poder triunfante de los Médicis, sino también en mi lucha contra mis propios monstruos. Ninguna ventana de las que yo podía controlar tenía luz. Bajé la vista. Tres soldados de la guardia vaticana vigilaban la puerta principal y tras ella, en el patio, no parecía haber movimiento. Permanecí quieto junto al costado del palacio, esperando el momento oportuno. Me había situado en el lado más oscuro del edificio, en la callejuela que lo separa de los Uffizi, el mejor lugar, pues los guardias no prestaban atención a este lado de la plaza ocupados como estaban en vigilar los carruajes. Y además, a mi favor jugaba la sorpresa: nadie esperaba visitas inoportunas y menos aún que a mí se me hubiera ocurrido la locura impensable de ir a Florencia y meterme en la boca del lobo. Puede que esperaran un ataque de la *Corpus Carus*, pero no la visita de un imprudente dispuesto a todo. Los guardias se retiraron un momento al interior y yo aproveché para poner en marcha mi plan.

Dejé la espada y la alforja en el suelo para observar mejor el edificio. Las dimensiones que guardaba en mi recuerdo eran las mismas que tenía ante mis ojos aunque a mi corazón le parecía que el palacio había crecido en altura. Abrí la alforja y extraje de ella un gancho al que había atado una cuerda lo suficientemente larga para haber podido trepar al mismísimo Duomo. Había tomado la precaución de forrarlo con cuero para amortiguar los golpes que produciría al intentar engancharlo. Los guardias aún no habían regresado a sus puestos, así que tenía tiempo para lanzarlo contra las rejas que cubrían las ventanas de la primera planta.

Como ya esperaba, el gancho rebotó contra la reja y cayó a mi lado. El ruido del golpe me pareció atroz, pero nadie más que yo lo consideró como tal, pues a su sonido siguió el más profundo de los silencios. Pegué mi espalda al muro y esperé un momento antes de asomarme. Los guardias seguían en el interior del palacio. Me dirigí hacia el gancho, lo maldije y lo lancé de nuevo… Cuatro intentos después, con las sucesivas esperas, conseguí que el gancho no volviera a mí. Tiré de la cuerda con fuerza para comprobar que había asentado bien, acomodé la espada en su vaina y me dispuse a trepar, atando parte de la cuerda a mi cintura para asegurarme de que no terminaría en el pavimento si daba algún paso en falso.

Trepé agarrado a la cuerda y, apoyando mis pies en la fachada con todas mis fuerzas, y con bastante trabajo, conseguí alcanzar la reja. Mis brazos y mis piernas temblaban sin control, y me dolían las manos como nunca antes: al quitarme los guantes vi que mis nudillos estaban blancos y las palmas enrojecidas por la fricción con la soga. Pero aún me quedaba lo peor, pues asentado en la reja, con mis pies entre los barrotes, una mano sobre uno de ellos y la otra libre, tenía que soltar el gancho y enfrentarme al segundo tramo del ascenso para llegar hasta las ventanas no protegidas del piso siguiente.

Creo haber arrojado el gancho media docena de veces hasta conseguir afianzarlo. Y de nuevo el calvario de trepar, con pies y manos aquel muro, con brazos y piernas agarrotados. Mis pies rascaban los sillares buscando puntos de apoyo inexistentes. Más de una vez quedé colgando sin apoyos, tragando saliva y sintiendo el aliento sofocante de la muerte. «Santa Madre de Dios, no me abandones», susurré una y otra y otra vez. Por fin, en un último esfuerzo de inspiración, diría yo, divina, una de mis manos se aferró a una cornisa. Me apoyé y tiré de mi cuerpo hasta conseguir agarrarme con la otra mano. Ni siquiera apoyándome en las dos, conseguía alzarme. Allí quedé un momento que me pareció eterno, pendiendo de la cornisa esperando que amaneciera, con la capa sacudida por el aire. Todo el mundo colgaba de mis hombros, colocado allí por Atlas mientras María me sostenía. Finalmente, conquisté la ventana.

Sentado en aquella cornisa, apoyado sobre el mainel que dividía en dos vanos la ventana, gasté un tiempo del que no disponía en recuperar el aliento antes de cubrir el gancho con mi capa y golpear el vidrio. El cristal se deshizo en añicos que cayeron sobre el enlosado de la sala a la que daba la ventana. Deslicé mi mano por el agujero que había hecho en el cristal y abrí la ventana para entrar a la habitación, tan oscura como se veía desde la plaza. Cerré la ventana, escondí los cristales sin mucho esmero y estudié mi ubicación en el edificio. Estaba en el piso intermedio, en una de las galerías que daban al patio principal. Enfrente de mí había una puerta que, si no me equivocaba, tendría que conducirme a las escaleras. La abrí y pasé a otra habitación dos o tres veces más grande que la que había abandonado, siempre bordeando el patio. Tras la puerta de esta segunda sala, vi las escaleras. Y por ellas subí al segundo piso, que era donde estaban las habitaciones principales del edificio.

Una puerta quedaba a mi izquierda al dejar las escaleras. Estaba entreabierta y se podía apreciar un débil resplandor de luz. La empujé con cuidado: era la Salla dei Gigli. A la izquierda debía de estar la Salla delle Udienze y a la derecha, la Salla delle Carte Geografiche, de donde provenía la única luz que permanecía encendida en el palacio. Avancé hacia ella atravesando la sala, agarrado con fuerza a la empuñadura de mi espada, y me asomé. Al parecer, estaba desierta. No entré hasta haber inspeccionado con la vista cada rincón, cada cornisa, cada ángulo de aquella sala. Lo único que en ella se movía era la oscilante luz de las velas. El silencio era sepulcral. Di un paso adelante y me detuve un momento; con otro, igualmente precavido, me introduje en el interior de la sala.

En su centro, justo ante mí, una esfera terrestre de proporciones épicas presidía el salón tapizado con cartas de navegación. Uno junto a otro, los mapas cubrían por entero las paredes. Allí era donde el duque planeaba sus viajes y establecía las rutas comerciales de su flota, que tanta riqueza reportaba a la ciudad. Mientras miraba absorto los mapas, la puerta se cerró. Me volví deprisa desenvainando mi espada para ver cómo una figura se movía hacia mí. Apunté mi arma contra el pecho del intruso, con el fervor de un católico y el pánico de un ladrón al que han descubierto. Cuando estuvo lo suficientemente cerca de mí para ver su rostro, mi cara reflejó la mayor de las sorpresas.

—Bienvenido seáis, maestro DeGrasso —murmuró—. Sabía que vendríais a mí esta misma noche.

61

—Bajad vuestra espada, por favor —sugirió Darko.

—¿Vos? —balbuceé sin salir de mi asombro.

—Sí, yo. No os alarméis. No quiero haceros daño…

—¿Hacerme daño? —respondí—. Creo que olvidáis quién tiene la espada.

—Y vos que estáis rodeado de enemigos y que un grito mío será más doloroso que vuestro hierro.

—¿Qué pretendéis? —pregunté bajando la espada pero sin envainarla.

Darko pasó a mi lado y se dirigió hasta la esfera. Allí se volvió hacia mí mientras posaba una de sus huesudas manos sobre el globo.

—Habéis recorrido un largo camino, hermano DeGrasso —dijo señalando los esteros de Asunción—, para llegar hasta mí.

—¿Y quién demonios sois vos?

—El que os salvará la vida esta noche.

—¡Mentís! —dije levantando de nuevo mi espada.

—¿Por qué habría de mentiros?

—Vos estáis con Iuliano, no conmigo.

El Astrólogo sonrió:

—¿Y vos? ¿Con quién estáis vos ahora? ¿Acaso no habéis traicionado vos a la *Corpus Carus*? Parecéis realmente convencido de vuestra palabras… Pues bien, matadme y terminad con lo que habéis venido a hacer. ¿Qué más prueba necesitáis que vuestra propia intuición? ¡Adelante, DeGrasso! ¡Hundid el metal en mi pecho y continuad con esa idea vaga que tenéis sobre lo que está sucediendo!

Observé detenidamente al astrólogo papal, frente a mí, desafiándome. Era un hombre muy difícil de descifrar por su mirada o sus gestos.

—No sé por qué tendría que creeros —gruñí dando un paso al frente que le obligó a retroceder para evitar que mi espada se apoyara en su pecho.

—¿Os parece poco lo que ya he hecho por vos?

—¿Vos por mí? ¡Pero qué decís! —dije sin comprender.

—Si os dijera que fui yo quien os recomendó para que fuerais en busca del *Necronomicón* y el *Codex Esmeralda*, ¿me creeríais? Si os dijera que fui yo quien habló con Su Santidad para convencerlo de que no os quemaran inmediatamente tras apresaros, ¿me creeríais? Si os dijera que la luz prendida en esta sala era solo para iluminar vuestro camino hacia mí en esta noche oscura, ¿me creeríais? Si os dijera que el anciano Piero Del Grande os infiltró en la Orden de Santo Domingo y luego en la Inquisición para que nos ayudaseis en estos momentos, ¿me creeríais?

—Algo sé de vuestra recomendación… ¿Cómo es que estáis al tanto de las estrategias del padre Piero? Solo se me ocurre…

—Y soy yo el que pretende salvaros esta noche, Angelo. —Darko me interrumpió para a continuación murmurar—: *Extra Ecclesia nulla salus*, hermano mío…

—… que seáis un cofrade —terminé la frase que había comenzado y que Darko acababa de confirmar.

Bajé mi espada por segunda vez.

—Como Tami y Xanthopoulos —dijo Darko—. Y como lo fue mi maestro Piero.

—Pero ellos… ¡Ellos nunca os mencionaron! —continué todavía desconfiando.

—Naturalmente. Pues estoy muy cerca del Pontífice. Xanthopoulos no me conoce personalmente, aunque yo sé quién es. Solo sabían de mí el padre Piero y el jesuita Tami… Y ahora, vos.

—¿Por qué?

—Porque yo soy el Gran Maestre de la *Corpus Carus*.

La sangre dejó de correr por mis venas. El Gran Maestre había estado siempre ante mis ojos, enrocado en una magistral jugada de ajedrez. Darko continuó.

—Has venido por los libros. Sabía que vendrías, supe que

la muerte de Raffaella D'Alema, lamentablemente, aceleraría tu llegada. Esta noche tú sacarás el *Necronomicón* y el *Codex* de este palacio. Sin peleas y sin tu utópico plan de huida.

—No tengo ningún plan de huida...

—Eres un hombre valiente, hermano —exclamó el Astrólogo señalándome—, un buen discípulo de tu maestro. Ver cumplida tu venganza no te dará alas para poder salir de aquí. Te matarán, Angelo. En el palacio hay pocos guardias pero los soldados del duque esperan acantonados muy cerca por si hacen falta refuerzos. No podrás enfrentarte a todos ellos.

—Puedo bajar por donde he subido. No pretendo salir por la puerta principal —murmuré.

—¿No te pareció extraño no encontrar a nadie custodiando ese lado del edificio, el más oscuro y por tanto el más atractivo para cualquiera que quisiera acceder al palacio sin ser visto? Yo mandé llamar al guardia que estaba allí apostado cuando te vi cruzar el Ponte Vecchio desde la Torre de Arnolfo. Sabía que necesitarías una zona libre de vigilancia.

—Sí, lo pensé, pero también que, para variar, la suerte estaba de mi lado.

—No te tortures, Angelo. Has hecho una proeza digna de un héroe, yo solo me encargué de que la hicieras más rápido.

Darko cerró las puertas y se dirigió hacia una de las repisas cubiertas de mapas. De allí extrajo dos bultos envueltos en cuero negro.

—Aquí están los libros —dijo mirándome—. En uno de estos fardos hay unas copias falsas que son las que me llevaré a Roma. Tú te encargarás de llevarte el otro muy lejos de aquí. Cabalgarás de regreso a Génova, a la abadía de San Fruttuoso y allí...

—¿Alguien me esperará? —le interrumpí sin apartar mis ojos de los dos envoltorios de cuero.

—Rivara, tu vicario.

Levanté la vista de los libros y miré a Darko.

—Veo que no habéis dejado ningún cabo suelto...

—Es la única forma de vencer —dijo el Astrólogo mientras apoyaba los dos envoltorios sobre la esfera para abrirlos.

—Este envoltorio no debe llegar nunca a Roma —dijo mostrándome el contenido. Allí se veía el grueso lomo del *Necronomicón* y el del *Codex*—. Aquí están el libro y sus conjuros. Tú eres nuestra última oportunidad; sácalos de aquí y deja en mis manos la labor de entretener a la Inquisición durante unos días para darte tiempo. Del destino de estos libros pende nuestra suerte.

—¿Por qué me habéis esperado? ¿Por qué no los habéis robado vos?

—Porque pretendo continuar donde estoy, cerca del Papa. Delatarme como *Corpus* nos dejaría sin ojos ni oídos en el Vaticano, debo estar allí para que todo lo que suceda en los pasillos y antecámaras de los palacios vaticanos sea del conocimiento de nuestra logia.

—¿Se organizará una persecución de la *Corpus* a gran escala si los libros llegan a Roma? ¿Es por eso que debo esconderlos?

—Hay peligros peores, hermano mío.

—¿Qué peligros?

—No es necesario que lo sepas… Por ahora.

—Pero…

—No estás preparado —me interrumpió Darko—. Todavía no estás preparado para escuchar mis razones.

—¿Es por el cardenal Iuliano? —seguí preguntando.

Darko negó con la cabeza antes de seguir:

—Él hace bien su trabajo, Angelo. —Se detuvo para mirarme con compasión—. Conozco bien la historia de tu familia y puedo asegurarte que el pecado más grave del cardenal no está en su oficio, sino en su vida privada… Y ahora debes partir, casi es de día —añadió cerrando el envoltorio y entregándomelo—. Ve por la escalera y escóndete en una de las arquerías del patio, cerca de la entrada. Intentaré que la guardia se retire pero no podré distraerla durante mucho tiempo. Aprovecha el momento para salir caminando por la puerta principal hacia la plaza, que estará libre. Debes huir tan rápido como puedas.

Encajé los libros en el cinturón del que pendía mi espada y antes de irme miré al Astrólogo y le pregunté:

—¿Qué os sucederá?

—Sabré sortear los inconvenientes. No te preocupes. Te echaré la culpa, todo el mérito del robo será tuyo. Tienes razones sobradas para querer los libros. Tu deseo de venganza es lógico y convencerá a cualquiera.

—¿Nos volveremos a ver?

—Ya no soy un secreto para ti —dijo Darko asintiendo con la cabeza mientras hablaba—. Seguro que nos veremos. Muy pronto sabrás de mí. Y confío en que sepas guardar el secreto de la identidad del Gran Maestre de la *Corpus Carus*...

—Confiad en mí —me adelanté a asegurar sin dejarle terminar la frase.

Su rostro mostraba el cansancio de la espera. Cerró los ojos y los abrió lentamente. Al igual que Piero, era ya un anciano.

—Vete, Angelo. Y lleva a buen fin la comisión más importante de tu vida. Sé un buen inquisidor y llévate de aquí la herejía.

Me volví hacia la puerta pero, antes de abrirla, le miré de nuevo. No podía renunciar a una última pregunta.

—¿Por qué teméis a Roma?

—No —murmuró—. No estás preparado, créeme.

—Decídmelo. Si estaba preparado para morir hoy aquí, nada puede asustarme.

—Vete, Angelo, por lo que más quieras —insistió Darko.

—No me iré sin respuesta. Dadlo por seguro —dije mientras desandaba mis pasos y regresaba a donde él estaba.

Darko me miró incómodo pero por fin habló.

—Es a la Sociedad Secreta de los Brujos a lo que temo. Su Gran Maestro se esconde en Roma... Y no hay nada más que pueda decirte. Y ahora, vete...

—¿Quién es? Vos lo sabéis y yo necesito saberlo —proseguí obcecado y sabiendo que Darko contaba cada segundo que estábamos perdiendo.

—No querrás saberlo, Angelo. No querrás escucharlo...

—Decidme quién es el Gran Maestro de los Brujos o no me iré...

Darko me miró fijo y movió sus labios sin emitir sonido. Lo que leí en ellos me sumió en la más oscura incertidumbre: «EL PAPA», articuló en silencio.

Salí de la habitación sin saber qué pensar. Llevar aquellos libros era un trance amargo. Darko tenía razón. No estaba preparado para tamaña revelación. Y menos aún para lo que vendría...

62

Bajé por la escalera hasta el patio y me refugié tras una de las múltiples arquerías que lo componen, cerca de la entrada donde estaban apostados los guardias. Desde allí vigilé sus movimientos y aseguré los libros en mi cintura para no perderlos si tenía que correr. Darko no tardó mucho en aparecer. Se acercó a los guardias, conversó con ellos y se los llevó escalera arriba. Era el momento de abandonar el palacio. Me cubrí el rostro con la capucha y caminé a buen paso hacia el pórtico de entrada. Me detuve al llegar a los escalones que conducían a la plaza y me asomé para inspeccionarla. Frente a mí estaban los tres carruajes. Cuando comenzaba a bajar los pocos escalones que me separaban de la libertad, oí un leve murmullo a mis espaldas. Los guardias no estaban pero alguien seguía mis pasos. No me podía volver para ver quién era, así que continué bajando y seguí mi camino hacia la Loggia dei Lanzi. Podría pararme a observar cuando alcanzara la protección del primero de los carruajes. Y a su costado me detuve.

Dos personas salieron del pórtico, conversando. Los reconocí al instante: Giuseppe Arsenio, hombre del séquito del gran duque Ferdinando I de Médicis, y Dragan Woljzowicz, ahora Inquisidor General de la Toscana. Se dirigían a los carruajes y yo no podría evitar ser descubierto. Aun así intenté salir de mi escondite con naturalidad. El polaco fue el primero en verme caminando hacia la Loggia.

—¡Alto! —dijo el polaco—. ¿Quién va? ¿Estáis esperando a la comitiva? No os conozco…

Sujeté la empuñadura de mi espada y, aún de espaldas a los dos hombres, me bajé la capucha. Cuando me volví y les miré, los dos se quedaron sin aliento.

—¡Vos! Estáis loco de atar… ¿qué hacéis aquí? —balbuceó Woljzowicz.

—He venido a buscar lo que me pertenece —le respondí cortante.

Giuseppe Arsenio, que estaba detrás del polaco, se colocó a su lado. En su cara se reflejaba el pánico de haber visto un fantasma.

—¡Maestro DeGrasso! —exclamó—. En verdad sois impredecible…

—No os pongáis en mi camino u os garantizo que no veréis salir el sol. —Les amenacé con la mano que tenía libre.

—Pero… ¿qué clase de locura os domina? —replicó Arsenio—. Os recuerdo que estamos en el corazón de Florencia y que a pocos pasos de aquí está acuartelada la guardia del duque.

—Florencia duerme y así ha de seguir si no quiere disfrutar de un sueño eterno —dije apartando mi capa y enseñándoles la espada, que brilló a la luz de la luna.

Arsenio se puso lívido, como si hubiese visto a Girolamo Savonarola, el dominico rebelde que había sido quemado en aquella plaza hacía una centuria. Tanto él como Woljzowicz retrocedieron un par de pasos, vigilando mis movimientos.

—Muy bien. Veo que ambos sois inteligentes y habéis decidido no meteros en asuntos que no os competen.

—Habéis venido por los libros —respondió el polaco con una sonrisa cínica—, pero no os iréis con ellos… Sí, el cardenal Iuliano me lo confesó. Lleváis a Satanás escondido bajo vuestra capa, al Anticristo que acabará con el Cristianismo.

Lo miré mientras un extraño calor que parecía proceder de los libros recorría mi cintura. La noche, la espera, la angustia y las lúgubres palabras del polaco habían conseguido sugestionarme justo cuando más debía conservar mi sangre fría. Sus ojos penetraban en mi, hipnotizándome y desmoronándome. El polaco continuó.

—Sabéis muy bien que no permitiré que os marchéis con ellos. No deben estar en manos de un cofrade. Están destinados a permanecer juntos donde se encuentran, en manos de la Iglesia y de un buen inquisidor. Como yo.

—Yo fui quien los persiguió y los encontró.

—Solo fuisteis el instrumento de la Iglesia y habéis demostrado ser de muy mala factura puesto que, una vez hecha vuestra labor, no se os ocurrió otra cosa que entregar los libros a la *Corpus Carus* para luego quitárselos a cambio de una jovencita que ahora no es más que ceniza sobre la tierra de los hijos de Roma.

Miré hacia el Palazzo Vecchio; ya se notaba movimiento. Tres figuras abandonaban el edificio. En el centro, aquel hombre enjuto, de porte airoso y totalmente vestido de negro, era el cardenal Iuliano. A su izquierda caminaba el obispo Delepiano y a su derecha, aquel monje contrahecho no era otro que Giulio Battista Èvola.

Al verlos llegar, Woljzowicz se envalentonó, mientras Arsenio, cobarde como una rata, se mantuvo donde estaba en aquel discreto y seguro segundo plano. Miré al polaco y le dije:

—Los inquisidores se forjan, querido Dragan, y a vos os falta mucho por aprender. Recordad por siempre…

—¿Qué? —me interrumpió—. ¿Qué habré de recordar?

Le miré directamente a los ojos.

—Que yo soy el maestro.

Empujé al polaco sobre la rueda del carruaje. Nuestro forcejeo llamó la atención de Vincenzo Iuliano, que se detuvo y miró hacia nosotros. Cuando me reconoció, simplemente, no daba crédito a sus ojos. Sin embargo, Èvola sonreía. Detrás de ellos aparecieron tres guardias. Ya no había vuelta atrás, nada había salido bien y ahora no me quedaba otra que luchar, defenderme hasta morir. A pesar de tener que librar solo aquella batalla, no había perdido la esperanza. Sentía, no sé cómo, que Dios estaba de mi lado, ¿y qué mejor ejército que Él?

Woljzowicz se incorporó, introdujo el brazo por la ventana del carruaje y lo sacó empuñando una espada. Había decidido enfrentarse a mí ahora que sabía que no estaba solo. El cardenal ordenó a dos de los tres soldados que protegieran al obispo mientras enviaba al tercero a ayudar a Dragan.

—Saldréis malparado de esta —dijo Woljzowicz avanzando hacia mí—. Es una pena que un hombre de letras como vos termine acorralado como un ladrón de gallinas. Devolved los libros y os permitiré huir con dignidad.

Me volví un segundo para calcular la distancia que me separaba de mi caballo. Era demasiada. Woljzowicz me había hecho retroceder hasta la fuente de Neptuno, alejándome de la Loggia. Me detuve junto al vaso y miré a mis atacantes.

—Veo que sois una persona inteligente —dijo Dragan al ver que me detenía—. Ahora, dadme los libros e idos antes de que me arrepienta de mis promesas.

Agarré fuerte la empuñadura de mi espada y desenvainé desafiando al polaco. Esperé en silencio preparado para lo peor. Woljzowicz sonrió. Pensaba que lo tenía todo controlado, incluso mi voluntad.

—Estúpido monje… Os enseñaré quién es aquí un maestro de las armas y quién el infeliz abocado a la derrota. Sois un testarudo y un ingrato, siempre haciéndome sombra, un engreído que ahora se va a tragar todo su orgullo.

Woljzowicz lanzó un golpe de espada a la altura de mi cara, pero lo detuve y se lo devolví, tímidamente, lo que produjo en mi adversario una carcajada. El soldado que había enviado Iuliano se acercó, apuntándome con su alabarda. Dos contra uno, un combate desigual. El polaco embistió de nuevo con fuerza, cuatro golpes poderosos que también detuve.

—Vaya, os he menospreciado… Al menos sabéis defenderos —exclamó Woljzowicz.

Y atacó de nuevo, y de nuevo lo detuve. El polaco estaba seguro de que sería presa fácil. Se equivocó. Así que pidió al soldado que me atacara por un costado. El guardia amagó dos veces para luego arrojar sobre mí una rápida lanzada contra el brazo que empuñaba la espada. Me defendí con el brazo libre y la hoja me produjo un corte profundo. Retrocedí.

—¡Rendíos! Jamás saldréis con vida de esta plaza —gritó Woljzowicz lanzando un nuevo ataque aprovechando que yo estaba ocupado defendiéndome del guardia.

Al detener su golpe trastabillé y quedé tumbado en el suelo. El guardia quiso rematarme pero solo consiguió atravesar mi capa y su arma se estrelló contra el empedrado. Mientras tanto, Woljzowicz arremetía contra mí con tal brutalidad que las chispas que brotaban al chocar nuestras espadas pudieron apreciarse desde el palacio. A duras penas conseguí incorporarme para recibir un regalo inesperado, casi perfecto. El guardia erró un nuevo intento de atravesarme con su alabarda y perdió el equilibrio. Aproveché para asestarle un golpe, aferrado a mi espada con las dos manos, y alcancé de lleno su mano. El soldado no gritó: se miró la mano y vio cómo tres dedos caían sobre el agua de la fuente. La sangre surgió a borbotones y yo aproveché su desconcierto para golpearle en el cuello. Su casco voló y su cuerpo acabó, inerte, en la fuente. Woljzowicz retrocedió. Ahora el combate se había igualado, uno contra uno.

—¡Angelo…! ¡Angelo! —Alguien pronunciaba mi nombre junto a los carruajes. No era una voz cualquiera, la habría reconocido allá donde sonara. Allí estaba, Anastasia, intentando zafarse de Arsenio que la retenía agarrándola por los brazos—. ¡Vete! ¡Te van a matar!

Los gritos desesperados de Anastasia me distrajeron y lo siguiente que sentí fue el calor del metal entrando en mi carne. El polaco había aprovechado para atravesar uno de mis muslos. Anastasia enloqueció, insultaba al polaco mientras Woljzowicz evaluaba mi herida y se detenía frente a mí, en guardia.

—Estáis perdido, rendíos. No sois más que un alfil, una pieza sacrificable en una partida muy reñida. Tenemos otras para seguir adelante. No sois omnipotente y no dudaremos en daros lo que os merecéis.

—Y vos no sois más que un peón, aún menos importante y muy torpe… —repliqué sonriendo.

Woljzowicz contuvo su ira y preguntó, pues había algo que lo reconcomía.

—Es raro que la joven Anastasia se comporte de esta forma, ¿no? ¿Qué habéis hecho para ganar su admiración? ¿Qué demonios habéis hecho para dominar la voluntad de la dama más codiciada de Italia? Decídmelo, quiero saberlo antes de mataros… Después, tal vez ella ponga en mí su atención.

—No creo que seáis de su agrado, querido Dragan. Ella no se fijaría jamás en un miserable como vos… ¿No afirmasteis que erais un maestro con la espada? Aún espero que lo probéis —exclamé desafiándole.

—Olvidáis un pequeño detalle… Vuestra pierna. Aún no he terminado con mi clase —dijo Woljzowicz sonriendo mientras me apuntaba con la espada.

—No conseguiréis que Anastasia se fije en un aprendiz de inquisidor. No seréis capaz de impresionarla por mucho que hagáis… Y menos aún de comportaros con ella como un hombre… —Seguí urgando en su herida situándolo justo donde quería, pues enrojeció y su sonrisa se transformó en un gesto de ira—. No podréis hacerla gozar en el lecho. Es *vox populi* que la virilidad de los polacos es, por así decirlo, escasa. Contentaos con tener siempre monedas de oro en vuestros bolsillos porque solo en los prostíbulos de Florencia encontraréis a vuestras princesas.

—¡Cerrad la boca! —gritó mientras yo, a pesar del dolor y cojeando, retrocedía.

La fuente de Neptuno estaba salpicada de sangre y un soldado flotaba boca abajo en el agua enrojecida. Una vez más las aguas del Arno iban a diluir la sangre de los hombres.

La herida de mi pierna iba dejando un rastro espeso sobre el empedrado de la plaza. Yo me defendía como podía de un Woljzowicz que no me daba respiro. Nuestras espadas chocaban una contra otra continuamente en un fragor de chispas y sonidos metálicos, la herida quemaba, obligándome a cojear cada vez más, retrocediendo siempre, al no poder atacar. Mi corazón palpitaba con fuerza, por el cansancio y por el miedo. Escuchaba la llamada de las parcas, como si estuviesen allí, susurrándome al oído en los últimos momentos de mi vida. El combate nos llevó hasta los pies de la estatua ecuestre de Cósimo I, padre del entonces duque de Florencia. El cansancio y la pérdida de sangre me jugaron allí una mala pasada, me sentía débil y mareado, mis rodillas flojeaban. Ya rendido, intenté fijar con fuerza los pies al suelo y mantenerme erguido mientras apuntaba firme hacia el polaco. Extendí mi otro brazo hacia él como invitándole a venir. En realidad esperaba que Woljzowicz replanteara su ataque al considerar aquella mano un blanco fácil. Aquello me permitiría asestarle un golpe mortal cuando estuviera cerca y sin reacción por haber descargado ya el suyo.

El polaco atacó, sí, pero no como yo esperaba. Se acercó y me dio una patada en la herida que me hizo encoger y llevar mi mano libre hacia ella mientras soltaba un lamento bronco. Y Woljzowicz aprovechó aquella oportunidad de oro. El silbido del metal en el aire me anunció que la espada se acercaba, algo que no podía evitar. Me golpeó el rostro y dio con mis huesos en el suelo. Al borde del desmayo, escuchaba los gritos de impotencia de Anastasia, allá, a lo lejos, junto a un intenso pitido que brotaba de mis oídos. Permanecí aturdido y en el suelo por poco tiempo. Me llevé la mano a la oreja para ver si seguía en su lugar. Al instante sentí el amargo sabor de la sangre en la boca y, sin saber aún que había perdido dos dientes, escupí.

—No tenéis muy buen aspecto… —dijo Woljzowicz sonriendo. Me incorporé a duras penas y levanté mi espada contra él—. ¿Persistís? Sed misericordioso con vos, bajad la espada y dejad que termine con vuestro calvario.

—Imbécil engreído —jadeé—. Pretendéis ser un maestro y no sois más que un mal discípulo.

Woljzowicz siguió sonriendo, ajeno a mis hirientes palabras, y lanzó su último ataque. Pretendía alcanzar mi lado lastimado. Me aparté adelantándome a sus pensamientos. Su golpe terminó en el suelo, tremendo y desmedido hasta tal punto que le causó dolor en las manos.

Aproveché y pisé la punta de su espada. Wolzjowicz me miraba atónito, le había desarmado. Hundí la mía en su cuello y el metal abrió su carne blanca. Dragan Woljzowicz se llevó las manos a la garganta, quiso hablar mas solo consiguió vomitar sangre.

Cayó de rodillas y se desmoronó a mis pies.

Me volví guiado por mi instinto. Allí estaban, sin darme tregua, detrás de mí. Giulio Battista Èvola, mi peor pesadilla, y el cardenal Iuliano me contemplaban a pocos pasos. El napolitano esperaba una orden para atacar que no tardó mucho en ser pronunciada.

63

—¿Qué habéis venido a hacer aquí? —me gritó Iuliano.

—He venido a buscar aquello que me pertenece —dije exhausto.

El cardenal observó el cuerpo sin vida del polaco y volvió a dirigirse a mí.

—¿Y qué os ha llevado a creer que los libros os pertenecen? —replicó.

—Que vos enviaseis a vuestro sicario a negociar conmigo.

Se hizo un breve silencio antes de que Iuliano continuara hablándome.

—¡Sois un necio! Que los robarais no significa que sean vuestros. Nos pertenecen. —El Superior General de la Inquisición parecía tranquilo.

—¡Me importa poco a quién pertenezcan los libros! —grité con las pocas fuerzas que me restaban—. ¡Tampoco me importa ya para qué los queréis vos o la *Corpus Carus* o esos brujos del demonio! Yo os los regalé, los cedí sin vacilar y ¿qué me disteis a cambio? ¡Me traicionasteis! ¡La vida de una joven que nada sabía de herejías, ni de ambiciones, ni de vuestros enredos; ese es el verdadero valor de estos libros y por eso son míos! ¡Me los debéis desde que decidisteis romper vuestra palabra y enviar a la hoguera a Raffaella D'Alema!

El recuerdo de mi pequeña me llenó de una fuerza insospechada. Por un momento, en la intensidad de la lucha, había olvidado por qué estaba en aquella plaza. Venganza, tenía que cumplir mi venganza. Miré a Èvola lleno de ira y le señalé con mi mano ensangrentada.

—¡Vos, canalla, ser inmundo! ¡Vos me disteis vuestra palabra! ¡Me prometisteis que la liberaríais! Extraña forma de hacerlo, ¡vive Dios!

Iuliano intercedió al instante.

—Él no tiene la culpa. Nada pudo hacer al respecto —dijo sin inmutarse.

—Y entonces, ¿quién? ¿Quién responderá por su muerte?

El cardenal me miró fijamente, pero no pudo confesar su crimen.

—Ya no importa quién fue el responsable. Es una tragedia de tantas que no habéis podido evitar.

—De acuerdo —dije—. Pensad, pues, en los libros como una de esas tragedias que ya nadie podrá evitar.

—Sois muy valiente, apasionado y testarudo, Angelo —dijo Iuliano sonriendo—. Me gustaría saber cómo pensáis

454

privarme de los libros, solo y herido. Sin más ayuda que la de vuestra espada.

No lo sabía, en verdad que no lo sabía. Los párpados me pesaban y no cesaba de tragar una mezcla sanguinolenta de saliva y cansancio. Iuliano continuó.

—Sed razonable; no tenéis ninguna posibilidad. No me obliguéis a mataros aquí. Vuestra cruzada ha terminado.

—Yo no os obligo a matarme, ni hoy… ni cuando era un niño… —dije mirando al cardenal. Vincenzo Iuliano no vaciló, ni respondió. Solo siguió insistiendo.

—Entregadme los libros y no os mataré.

—Si me matáis, vuestra hija nunca os perdonará. Os ha perdonado todas vuestras conspiraciones y venganzas pero todo tiene un límite: jamás os perdonará si matáis a su único hermano, al que ama con todo su corazón.

Anastasia seguía junto al carruaje, lo bastante cerca para oírnos.

Èvola se quedó mirando al cardenal mientras Iuliano permanecía atrapado en el frágil cristal de sus pensamientos. Los pecados de su juventud volvieron a él en el momento más insospechado. Aquel hijo al que nunca quiso le estaba hablando ahora, como salido de la tumba.

—Bajad la espada y entregadme los libros —musitó insistente, seco y turbado.

Èvola escuchaba, sorprendido y cauteloso, sin atreverse a decir palabra.

—Comprendo tus miedos —le dije—. Comprendo que me negaras, incluso comprendo que quisieras deshacerte de mí. Te perdono, padre. Lo que nunca podré perdonarte es que mataras a mi madre. Y a Raffaella.

Giulio Battista Èvola suspiró pensativo antes de buscar algún gesto en el rostro del cardenal. Iuliano dirigió hacia él una mirada fría y le ordenó:

—Matadlo…

Èvola tardó un poco en reaccionar pues le costó asimilar la orden que había escuchado. Después tomó la espada de Woljzowicz y avanzó prudente hacia mí. Su único ojo dejaba escapar más preguntas que respuestas; su obediencia era ciega y su carácter templado, como el metal que intentaba clavar en mis entrañas.

La primera claridad del día, que ya se vislumbraba en el horizonte, quedó eclipsada por el intenso brillo de las espadas, que a cada golpe iluminaban la plaza ya en penumbra. El sabueso del cardenal blandía la suya con la maestría de un soldado y sabía esperar en busca de una estrategia, de ese golpe mortal que acabaría conmigo. Desde el principio temí tener que enfrentarme con él, y ese momento había llegado y en muy malas condiciones, pues él estaba fresco y yo cansado y herido. Así que, como en los primeros momentos de mi combate con el polaco, me limité a bailar al son que él tocaba: él atacaba y yo me defendía. Así recorrimos toda la plaza, observados muy de cerca por el cardenal, un espectador de lujo en aquella lucha sangrienta.

—Sois un repugnante traidor, Èvola. Me mentisteis —tuve ocasión de susurrarle en un momento en que forcejeábamos espada contra espada.

—Yo no ordené la muerte de Raffaella y os juro que hice todo lo posible por impedirlo —murmuró.

—¿Vais a matarme? —continué—. ¿Vais a asesinarme como hicisteis con mi maestro?

—¡Dejad de hablar y defendeos! —exclamó Èvola lanzando un golpe que rasgó mi capa justo a un costado de mi vientre—. Vuestro maestro no pudo pelear. Espero que vos lo hagáis como un hombre.

La luz crecía en la plaza mostrando al que pudiera verlo los restos de aquella desastrosa batalla: el soldado flotando en la fuente de Neptuno, el cuerpo ensangrentado del Inquisidor General de Toscana y a dos hombres peleando a muerte. Al lado de su carruaje, Anastasia, con la poca fuerza que tenía ya su voz, seguía llorando y suplicando aún retenida por Arsenio. Ya no había ira en sus lágrimas, más bien resignación ante una muerte que parecía anunciada. La lucha nos había hecho recorrer la plaza hasta muy cerca de la Loggia dei Lanzi, donde mi caballo aún me esperaba. Cerca pero lejos, pues nada podía hacer por llegar a él sino defenderme y no flaquear ante un Èvola que medía y embestía, buscando cumplir cuanto antes la orden de su amo.

—Somos muy parecidos, hermano DeGrasso. Habría preferido que estuviéramos del mismo lado y no enfrentados como nos ha colocado la vida y vuestro necio capricho. Me duele tener que acabar con vos y más sabiendo como sé ahora que sois un Iuliano.

Había notado la sorpresa que había supuesto para Èvola saber que era hijo del cardenal. Nunca pensé que lo mencionaría y que le afectaría a la hora de darme muerte. Sentí la piedra fría sobre mi espalda. Estaba acorralado en una de las esquinas de la Loggia. Teniéndome casi rendido, Èvola lanzó una estocada a mi cuello, pero falló. La espada dio con la dura superficie de la piedra y se partió en dos mientras el cuerpo del napolitano se apoyaba en el mío. Iuliano contuvo el aliento por un instante. Sabía que si Èvola se despegaba del abrazo, estaría a merced de mi espada. Respiró aliviado cuando vio que el monje se aferraba a mí con fuerza buscando tiempo para pensar en una estrategia. No le di oportunidad: con un cabezazo en su rostro conseguí separarlo un paso; lo suficiente. Èvola se agachó y buscó en el interior de sus mangas y mientras esto hacía me adelanté y clavé mi espada en su costado. Le miré a los ojos y descubrí en ellos un brillo de victoria que no comprendí hasta que una daga se acercó a mi pecho y su filo entró en mi carne con la misma facilidad con que había salido de su funda. Aquel puñal extraño, casi sacrílego, que Èvola apreciaba más que a cualquier reliquia, se clavó por debajo de mi clavícula tan profundo que su punta salía por mi espalda. Me había herido con el mismo arma y de la misma manera que a Tami.

Giulio Battista Èvola se derrumbó sobre el suelo y se quedó mirándome. Estaba fuera de combate, intentaba sujetar con las pocas fuerzas que le quedaban el caudal de sangre que brotaba de su costado. Agonizaba. La leve luz del amanecer brilló sobre la estatua de *Perseo* que Benvenuto Cellini hiciera por encargo de Cósimo I y que podía admirarse en la Loggia. La miré un momento y pensé que yo también había dado muerte a un monstruo. Renqueando, con la daga en el hombro, abandoné la plaza e intenté llegar a mi montura, que estaba allí, al alcance de mi mano... Iuliano se interpuso en mi camino.

—He acabado con todos tus sicarios, padre —le dije intentando mantenerme en pie frente a él.

Iuliano avanzaba hacia mí, sabiéndome herido de muerte y no dijo palabra. Yo continué:

—Ya no quiero pelear, solo quiero irme con lo que me pertenece —dije mientras con un esfuerzo sobrehumano conseguía levantar mi espada hacia él—. ¿Es que quieres ser el siguiente? No me obligues, padre, a acabar contigo.

Apenas podía mantener los ojos abiertos, apenas podía respirar. Apenas podía sostener la espada ni controlar el temblor de mis piernas. Iuliano siguió avanzando hacia mí, implacable. Mi espada cayó sobre el empedrado en un estruendo metálico. Retrocedí unos pocos pasos y me detuve. Tomé la daga que me traspasaba el hombro por el mango y la saqué de un fuerte tirón, con un dolor sobrehumano que hizo marearme. Con ella en la mano caí de rodillas. Permanecí así un momento, mirando al que era mi padre. Bajé la cabeza exhausto, abrí la mano y la daga cayó al suelo y después mi espalda se venció hacia atrás sobre un charco. No podía más, el aire no me llegaba a los pulmones y mi mirada permanecía extraviada en el cielo pálido del amanecer. Mis días se habían agotado. Un sucio charco de Florencia, que mi sangre teñía de rojo, sería mi mortaja. El cardenal se arrodilló junto a mí y acercó su rostro al mío.

—Perdí... —musité mirándole a los ojos.

Su mano recorrió tímidamente mi frente, secando mi sudor y limpiándome los restos de sangre.

—Nunca debiste ir contra el mundo —dijo el cardenal, rompiendo el silencio.

—Nunca debí estar en este mundo.

—Tal vez... Tal vez esa sea la respuesta —dijo Iuliano mientras apartaba mi capa y desataba las cuerdas que afianzaban el envoltorio de los libros al cinturón de mi espada. Lo sacó de allí y lo depositó en el suelo, junto a mí.

La saliva se había vuelto espesa, había más sangre que agua en mi boca, tosí convulsionado y me dirigí a mi verdugo.

—¿Qué recuerdos tienes de tu padre? —murmuré.

—Los mejores —dijo el cardenal acariciando mi cabeza.

Sonreí. Un hilo de sangre cayó de mi boca.

—Me trajiste a un mundo frío, incomprensible. Me robaste los recuerdos... Me has dado una vida vacía y sin ti... Habría preferido morir cuando era niño...

—Todo terminará, Angelo —murmuró el cardenal.

—No merezco morir de esta forma, no de tu mano —exclamé. Iuliano sostuvo mi cabeza pero sus ojos no expresaban el menor sentimiento—. ¿Tu padre te amaba? —seguí preguntando en mi agonía.

—Siempre. Siempre me amó.

—¿Amas a tu hija?

Iuliano no contestó.

—¿Amas a tu hija? —insistí.

Él asintió con la cabeza antes de responder.

—Es lo que más amo en esta tierra.

—Y ella... ¿Ella te ama? —continué.

—Sí...

Miré a mi padre con dolor.

—Pues yo también quería amar y que me amaran. Como ella. Pero tú mataste a todos aquellos que alguna vez me quisieron, hasta dejarme solo, hasta dejarme huérfano. Ahora no me sueltes... ¡Por el amor Dios! —Una lágrima recorrió mi mejilla—. No me dejes morir así en este charco... quiero que estés en mi agonía...

Mi padre vaciló un instante. Jamás imaginó tenerme rendido en sus brazos, exánime, y menos aún tener que mancharse con mi sangre, que era la suya.

—Quiero que me observes con respeto —repetí—. Tan solo en este momento, pues serás tú quien cierre mis ojos.
—Temblé con miedo y terror en la hora de mi muerte.

Iuliano contempló sus dedos manchados de sangre y miró hacia los libros.

—Hijo —balbuceó.

El dolor me asfixiaba. Mi voz era fina y desvanecida. Sentí fuego en mis heridas y un manto negro que comenzó a nublarme vista.

—Me muero. No sueltes mi cabeza. Me harás feliz con tan poca cosa.

El cardenal bajó su cara y la apoyó en mi pecho, luego rompió en un amargo y silencioso llanto que surgía de lo más profundo de su ser. Respiré con dificultad mientras sonaban unos pasos leves que se acercaban a nosotros. Era Anastasia, que se detuvo muy cerca, sorprendida y sofocada. Incluso agotada por los sollozos, su belleza permanecía intacta, perfecta. Anastasia se acercó al grupo doliente que formaban su hermano herido y su padre vencido por su pasado. Y se sentó a nuestro lado, empapando su hermoso vestido con las aguas teñidas con mi sangre. Miró a su padre, aferrado a mi pecho, como si fuera un niño. Después volvió sus ojos hacia mí.

—Perdónanos, Angelo, perdónanos por todo lo que hemos hecho, por haber desencadenado esta locura.

—Díselo a Cristo, Anastasia. Él os perdonará —bufé mientras sonreía con dulzura y me aferraba a su mano como si ella fuera a devolverme la vida que se iba.

El amanecer trajo unos extraños moradores que se apoderaron de la plaza como fantasmas surgidos de la claridad que se había abierto paso entre las tinieblas. El cardenal levantó la cabeza de mi pecho al oír los pasos que se acercaban a nosotros. Siete figuras se recortaron en el callejón dei Lanzi, vestidas con hábitos oscuros y con las cabezas ocultas bajo la capucha. Y armados, como si fueran antiguos cruzados. Se detuvieron cerca de nosotros. Detrás de ellos, Iuliano apreció las sombras de muchos otros, jinetes oscuros que vigilaban la salida hacia la plaza, hacia los carruajes. Uno de los monjes se adelantó hasta nosotros y bajando su capucha se dirigió al cardenal.

—Idos. Ya no hay nada en este callejón que pueda interesaros.

—¿Venís a por él? —exclamó Iuliano, protegiendo con un brazo a su hija y aferrando con la otra la empuñadura de su espada.

—Cardenal, ¿no os parece ya suficiente la cantidad de sangre que se ha derramado en esta plaza? —dijo el encapuchado con suavidad y firmeza, señalando a su espalda la presencia de otro encapuchado, alto y corpulento, que apuntaba a mi padre con una ballesta. Era Xanthopoulos, que, tal y como prometió, había venido a buscarme. El monje que se acercó a nosotros. Se agachó y tomó el envoltorio de los libros. Sonreí pues había reconocido al jesuita italiano, más enjuto si cabe, pero vivo. Con un estilete cortó la cuerda que sujetaba el cuero, retiró este y dejó los libros a la vista de todos. Allí estaban, casi intactos, como si no hubieran hecho un largo viaje.

—Todo está perdido —murmuró el cardenal y al oírle supe que los libros nunca llegarían a Roma.

Todo su trabajo, todos sus crímenes no habían servido para nada, había tenido que rendirse ante el poder de una sola ballesta.

Giorgio Carlo Tami dio un paso al frente y me miró. Una tenue sonrisa iluminaba su expresión. Sonreí con dolor y agradecí mi errática fortuna.

—El Gran Maestre podrá finalizar mi tarea…

Tami miró los libros.

—¿El Gran Maestre? —exclamó.

—Sí, gracias a él pude entrar y salir del palacio. Y él me dio los libros.

Tami recogió el envoltorio del suelo, se incorporó y dio una orden a sus hombres:

—Será mejor que nos retiremos cuanto antes, la guardia del duque puede llegar en cualquier momento. —Y luego, dirigiéndose hacia mí, preguntó—: ¿Así que el Gran Maestre te dio los libros?

—Me ayudó justo cuando más le necesitaba —dije mirando a Tami y después a Iuliano, cuya expresión era la de no comprender nada de lo que sucedía, pues el cardenal no concebía la palabra Maestre en boca de un vivo. Giorgio Carlo Tami alzó el *Necronomicón* hacia el resplandor del amanecer, lo abrió y lo acercó a mí: sus hojas estaban en blanco. Mi rostro se transfiguró, mientras que el de Tami mostraba la más profunda tristeza.

—¡Imposible! —exclamé todo lo alto que pude, provocando que otro hilo de sangre cayera de mi boca.

Tami abrió el *Codex Esmeralda* y lo hojeó. También estaba en blanco.

—El Maestre se equivocó, tenía que darme los libros y él llevar a Roma copias falsas —proseguí desconcertado.

Anastasia me miraba con sus ojos grandes y grises, tan opacos como el misterio que parecía haberse llevado las letras de los libros. Y Tami se volvió hacia mí lentamente, con el *Codex* todavía en sus manos.

—Angelo… No tenemos Maestre. Era el padre Piero Del Grande y aún no hemos elegido otro.

—El Maestre —repetí, consternado.

El jesuita Tami negó con la cabeza antes de contestar. Su rostro mostraba toda la gravedad del momento.

—La *Corpus* ahora no tiene Maestre.

El cardenal Iuliano cerró los ojos. La peor de sus pesadillas se había hecho realidad.

64

Nueve días más tarde de aquel violento amanecer en Florencia, llegué a este mi refugio en Francia, que me ha supuesto una paz inmediata, rodeado por las cumbres nevadas de los Alpes, las extensiones de viñedo ahora secas y ríos helados por el frío. Aquí en Chamonix los asuntos de la Iglesia parecen lejanos, silenciados por los vientos briosos de las altas montañas y las nevadas persistentes. El archiduque Jacques David Mustaine me ha recibido cuidando cada detalle, destinándome un cálido aposento de su fortaleza y cediéndome dos sementales de su cuadra. También ha dispuesto una escribanía para mí, en el último piso de un viejo molino, abandonado y apartado, que se levanta dentro de sus murallas.

Cada mañana salgo de la fortaleza con la puntualidad de un gallo y camino sobre la fina capa de nieve que cubre la distancia que me separa del molino. A paso lento, cojeando y sostenido por una vara de fresno llego hasta allí y encuentro lo único que anhelo: el espacio apartado del mundo que es mi estudio, un lugar destinado a la reflexión. En ese sitio suelo pasar gran parte del día, escribiendo, observando desde las ventanas y paseando por el antiguo mecanismo de molienda. He convertido esa vieja habitación de trabajo en una sala dedicada al placer intelectual, rodeado de libros, de las obras completas de los Padres de la Iglesia, diversos tomos sobre los diferentes concilios y las nuevas herejías protestantes. Aquí tengo abundantes plumas, papel y tinta, hojas, velas, secantes y demás herramientas necesarias para el estudio. Tengo la pulpa de mi existencia, la escritura y la contemplación.

Siento como fuego las heridas que recibí en Florencia que, aunque ya cerradas y en reposo, despiertan cada vez que recuerdo aquel amanecer a golpe de espadas, en el que guiado por un deseo de venganza ciega, teñí de sangre las aguas y el pavimento de una ciudad hostil. Fue la última vez que vi los libros, la última vez que soñé recuperarlos. Y la última vez que contemplé el rostro de mi hermana.

El Gran Brujo había arruinado mi vida. Sus ojos y oídos eran tan abundantes como los de la Inquisición o los de la *Corpus,* de manera que no tardó mucho en saber adónde habían ido a parar los libros prohibidos. Estaba seguro de que a los dominicos les encantaría saber que los jesuitas los escondían, pues les sería de gran utilidad en la rivalidad que mantenían las dos órdenes. Era un buen argumento para que Roma decidiera sufragar el enorme gasto que suponía enviar barcos a cruzar el Atlántico.

Elegirme fue una jugada arriesgada, aunque calculada, pues yo era la persona ideal para deshacerse de Gianmaria —una amenaza para el Gran Brujo puesto que ansiaba su cargo—, pero no tanto como para ir detrás de los libros, pues él sospechaba de mi posible vinculación con la *Corpus*, que aún no existía. Por ello Darko tentó al cardenal Iuliano, astutamente, diciendo que era una buena oportunidad para tender una trampa a la masonería e intentar descubrirla con el complejo sistema de la apertura de los lacres.

Lo demás es historia. Fui héroe y desertor, fui guerrero y amante, fui vehemente y fui traicionado.

Ahora sé de la fragilidad de nuestras convicciones y de nuestra voluntad, y lo peligrosa que para nuestras almas puede ser la vida, con una tentación diferente esperándonos a cada revuelta del camino. Por ello hoy digo y afirmo, con total convicción, que nada tenemos asegurado en esta tierra, pues solo se necesita un simple empujón del destino, tal vez casual o tal vez intencionado, y todo, tal cual lo vemos y sentimos, de pronto puede sernos quitado. Perseguí demonios y sentencié sus días en la tierra, y por ello os puedo exhortar: ¡Creed en el diablo! Creed en él como criatura existente y no lo menospreciéis, ni confundáis su rostro en rostros de hombres, pues en las cavernas del hombre habita y en tentaciones se manifiesta. Quedaos entonces al buen resguardo de la Iglesia y de vuestros señores inquisidores, pues cuando deis al diablo por muerto o creáis haberlo derrotado, él reaparecerá acompañado por otros siete demonios más.

No dejo de pensar que Piero tenía razón, y bajo la armadura de mi educación, mis estudios y mi formación como inquisidor, él y solo él fue capaz de ver lo que realmente fui y soy, aquel que pervivirá bajo cualquier circunstancia. Pues aquí, enfrentado al dolor de las heridas causadas en mi carne y en mi alma, rodeado por los fantasmas de aquellos a los que amé y perdí, siento de repente cómo mí corazón palpita de nuevo, mi puño se cierra y crece en mí el deseo de abandonar la penas, los libros y la tranquilidad de sentirme a salvo de los que aún me persiguen, para salir en busca de esos dos libros y luchar contra Satanás y contra todos aquellos que reniegan de la fe. Porque nadie está vencido hasta que no siente el pie del enemigo sobre el cuello y su espada en el corazón. Y eso, todavía, no ha pasado.

Sobre mi escribanía yacen ahora todas las hojas que componen la historia de mi vida. He terminado. Atardece en Chamonix y la luz que agoniza se filtra por la ventana del estudio para acariciar mis papeles. Ellos asientan mis memorias, todos ellos escritos con la paciencia de un monje y prolijidad de un escriba, pero mi vista se detiene más allá, sobre un objeto que cautiva mis silencios. La medalla de la Virgen bizantina reposa como testimonio de una ausencia. La de Raffaella. Comienzo a pensar si Dios no se la habrá llevado porque la ama tanto como yo. Y al tomar esa medalla sonrío y mis ojos se llenan de lágrimas. Que Dios te cuide y te mantenga a su lado, mi pequeña niña, mi amor.

Soplo las velas del candelabro y clavo la pluma en el tintero, observando por la ventana el cielo enrojecido, que se enciende por detrás del Mont Blanc, en el italiano valle de Aosta. El horizonte de una nueva realidad no se demorará. Lo sé. El caos está por llegar.

Esta es la crónica de mis días, una larga odisea en la que nada fue lo que aparentó. Es la historia que brota de los dedos de un hombre apasionado, de un soñador, absoluto y perseguido. Que afrontó abiertamente al diablo, en todos sus terrenos. De un hombre que confió y multiplicó sus demonios. Esta es la crónica de un verdadero Caballero de la Fe, de un cruzado nuevo en estos tiempos difíciles, de un católico al que todavía algunos llaman el Ángel Negro de la Inquisición.

EPÍLOGO

EL LENGUAJE DE LOS SIGNOS

Darko el Astrólogo tiene los libros ante sí. Sus ojos brillan de codicia y satisfacción. La Sociedad Secreta de los Brujos se ha sucedido durante setecientos cincuenta años, desde el Egipto helenista hasta esa última noche, tan solo para cuidar del secreto que ahora el Gran Brujo está a punto de descifrar. En la cripta de una iglesia abandonada, a la luz de cientos de velas, Darko, el actual Gran Maestro de los Brujos, acompaña las líneas del libro prohibido con su largo y huesudo dedo. Sus labios entonan los salmos prohibidos, guiados por su falange, mientras compara y estudia los versos ocultos del *Codex Esmeralda* para colocarlos de nuevo en el *Necronomicón*.

Darko alza la vista hacia el muro y contempla el gran pentagrama que ha pintado sobre un fresco ya muy maltrecho de la Natividad. Sonríe al pensar que el pie de bruja se halla justo encima de una imagen de Jesús recién nacido: qué mejor lugar para abrir las puertas al Anticristo.

Desde el principio de los tiempos el significado de la estrella de cinco puntas fue tergiversado hasta la confusión. Muchos brujos la relacionaron intencionadamente con la diosa femenina, de modo deliberado y con ardid, tan solo para filtrarla en las sociedades cristianas como un símbolo benigno procedente de ritos arcaicos. Pero Darko conoce el verdadero significado del pentagrama, una representación esquemática del ser humano, con los brazos en cruz y las piernas abiertas en aspa. Cinco puntas, extendidas, una para cada miembro esencial y distintivo del cuerpo humano, un vértice para cada mano y cada pie, y uno más para la cabeza. El pentagrama es la arquitectura inequívoca e invisible de un ser humano.

El Astrólogo sigue mirando la estrella y piensa: «El pentagrama sobre Cristo. El hombre sobre Cristo. El hombre sobre Dios». En definitiva, el culto al hombre, a su encarnadura temporal y viciosa por encima del culto a Dios, al espíritu eterno. La adoración al rey de todos los reinos de la tierra: Satanás. «Satanás sobre Dios», concluye Darko la proposición lógica que va del pentagrama al diablo.

El *Necronomicón* y el *Codex Esmeralda* reposan abiertos sobre el altar infame del oráculo de la Sociedad Secreta de los Brujos. La cripta de la iglesia usurpada ha sido decorada con un sinfín de símbolos demoníacos que convierten el lugar de Dios en uno digno de acoger al diablo. Darko comienza la liturgia negra del gran aquelarre, ha preparado un chivo adulto, degollado y vestido con ropas sagradas de obispo; lo ha sentado en un trono y coronado con una mitra, por debajo del gran pentagrama y rodeado de cirios pascuales ardientes. También hay allí una imagen de la Inmaculada cuyos labios obsesionan al Astrólogo.

—*Mater Dei* —susurra, abstraído, mientras una gota de sudor se escapa de su frente.

Darko se aparta de los libros y se acerca a la escultura. Contempla la piedad de su rostro, la delicadeza de sus manos unidas en oración, y el orbe que sus pies hollan.

—*Mater Dei* —repite, en un hilo de cordura.

La mano temblorosa del brujo se alza y acaricia los labios de María, fríos y ausentes, distantes y ajenos. Darko comienza a mover sus propios labios en la penumbra, con un reproche blasfemo:

—¡Por qué Él! ¡Por qué Él y no yo! —grazna en su dialecto moldavo natal. Luego arrima su rostro y exhala—: Ahora ya es tarde… He derrotado a tu Hijo, el Dios de tu vientre ha caído en mi trampa. Engañé a su rebaño, engañé a la Iglesia y al Padre Eterno. Soy más poderoso que Dios, el inaccesible Uno y Trino, Alfa y Omega, Ousía omnipotente y causa de todo. Soy el hombre más poderoso que la tierra viera jamás…

El brujo toma delicadamente la escultura de la Virgen y la apoya en el trono del chivo.

Después de varias e intensas horas de estudio, el *Necronomicón* está a punto de ser completado. Darko deja la pluma en el tintero y retira su vista del libro. Está agotado pero seguro de que va por buen camino. Por herencia sabe que la clave para localizar en el *Codex* los fragmentos extraídos del *Necronomicón* está en el preámbulo del libro negro:

Las doce tribus de Israel acabarán con el Nazareno.
Los doce Apóstoles señalarán su perdición.

La primera frase se refiere al *Necronomicón*, pues él es el instrumento para terminar con el Cristianismo. Darko tenía que localizar en él doce párrafos que contuvieran los doce nombres de las tribus de Israel. Así ha obtenido parte de los doce conjuros. Para completarlos tenía que acudir al *Codex*, «el que señalará su perdición», y encontrar en él doce párrafos en los que estuvieran los nombres de los doce apóstoles. Ya tiene los doce textos que completan los extraídos del *Necronomicón*. Y la correspondencia entre ambos no es difícil de decidir. Ni para un brujo, ni para un teólogo, ni para un masón.

Desde que la Cristiandad antigua construyera las primeras iglesias, la imagen de Jesucristo en majestad rodeado por los doce apóstoles es representación del cosmos, del orden y la estabilidad del Universo. Pero los astrólogos tuvieron otra interpretación: Nuestro Señor es el Sol alrededor del que discurren las constelaciones, representadas por los doce signos del zodíaco, elementos paganos que jamás fueron admitidos en la enseñanza eclesial. Ese orden astrológico fue perseguido y condenado. Pero no eliminado, y el significado perduró, aunque en las sombras de la herejía. Cada apóstol es asociado a un signo y a su virtud, que no es otra cosa que una manifestación parcial de Dios. Así, las estrellas pueden seguir su curso sometidas a la voluntad del Señor. Doce apóstoles, doce signos del zodíaco, también doce tribus de Israel, una fusión perfecta de cristianismo, judaísmo y astrología. Para Darko, estos esquemas gnósticos son la guía que le permite unir los fragmentos de ambos libros:

Aries	Judá	Pedro
Tauro	Isacar	Simón
Géminis	Zebulón	Santiago el Menor
Cáncer	Rubén	Andrés
Leo	Simón	Juan
Virgo	Gad	Felipe
Libra	Efrain	Bartolomé
Escorpio	Menesés	Tomás
Sagitario	Benjamín	Santiago el Mayor
Capricornio	Dan	Mateo
Acuario	Aser	Judas Tadeo
Piscis	Neftalí	Matías

—Aquí está —murmura—, tan oscuro como las tinieblas y tan claro como agua cristalina. ¡Satanás os guarde, mis ancestros! ¡La clave para devastar la Iglesia está naciendo ante mis ojos!

El orden en el que los conjuros deben ser pronunciados tampoco es un misterio para él pues lo marca la sucesión de los signos en el año. Pero algo falta... Pues si el doce es el número del orden cósmico, doce conjuros no pueden abrir la puerta al caos. Hace falta un paso más, un conjuro final, el conjuro número trece. El paso que romperá el orden está dado por el conjuro olvidado, el conjuro oscuro, el que corresponde a Judas Iscariote, el discípulo borrado, que más tarde fue reemplazado por Matías.

Darko lee la última página del *Codex*, y encuentra un extraño pasaje dedicado a Judas el traidor, dice:

> Escribe sin aliento las palabras de los doce,
> señálalas con cinco puntas y la puerta se abrirá
> en la conjunción del dos con el dos.

El conjuro de Judas es la clave para obtener la fecha propicia más cercana en la que se dan las condiciones idóneas para abrir la puerta del Caos. Darko observa el destello de las velas y sonríe. Los doce versos satánicos han nacido y él ya sabe cómo abrirlos.

Ya nadie puede detenerlo.

Ha vencido al Papa. Ha vencido a la Iglesia.

En ese momento una gota de sangre cae de la garganta del chivo sacrificado y recorre la mejilla de la Madre de Dios.

La daga recorre la oscuridad y se para justo en su nuca. Las velas iluminan el oráculo, mas la penumbra es suficiente para que alguien muy sigiloso y conocedor de su oficio sea capaz de sorprender al brujo.

Darko se vuelve y contempla con ojos serenos a su asaltante. El puñal se desliza desde su nuca hasta su garganta y allí se detiene, con una débil presión que es una advertencia. El Gran Maestro suelta la pluma y derrama el tintero.

—Las puertas del infierno no podrán con los apóstoles —susurra el asaltante—. Bien, es hora de que veamos de qué trata este misterio…

El Gran Brujo suplica con el frío metal sobre su garganta.

—Os ruego que no me matéis. Todavía no he completado mi labor, aunque apenas me queda trabajo. Lleváoslos, podéis cogerlos si queréis. Pero los versos aún están en blanco…

—No. Acabad primero vuestro trabajo y luego ya veremos… —susurra el intruso.

—¿Me estáis proponiendo un trato? —replica Darko, sorprendido.

Hay un silencio. El intruso solo observa las velas que arden en la cripta blasfema del brujo. Y Darko no vacila. Sabe perfectamente que se encuentra ante un asesino implacable, que ha sabido encontrarle y que ahora le domina con la ley milenaria del hierro afilado.

Giulio Battista Èvola se vuelve hacia el brujo, lo mira fijamente. Aún herido y vehemente, el benedictino sonríe deformando su rostro en una mueca espantosa. El Gran Brujo tiembla, aterrado.

La gárgola de Cristo ha llegado.

AGRADECIMIENTOS

La obra es de mi responsabilidad.
Con ellos comparto lo bueno

A mi Maestro.

A Mima, por llevarme a tantos lugares que jamás hubiese llegado con mis propios pies. A Willy e Iván, por todas aquellas historias, por el interés permanente y nuestras eternas charlas de café. A Lucas. A los historiadores y teólogos jesuitas Daniel Miño y Hugo Pisana. A Alvaro Bertoni (q.e.p.d.), que me enseñó lo más preciado de Génova, quien planificó las mil y una conquistas de los ducados italianos, quien se despidió con un abrazo. A los misioneros Redentoristas de Bella Vista, por atenderme y facilitarme su biblioteca. A Lidia, por ese optimismo cuando aún la escritura me acosaba. A Alicia Fernández, por ese libro. Al teólogo e historiador salesiano Alberto Capboscq, por su ayuda en la lectura, correcciones y traducciones del griego. A Jorge, Mariano, Coco y Alejo, lectores desde un comienzo. A Alicia Delbosco. A Verónica Trentini, por los textos en italiano sobre Inquisición. A Juan Grasset. A la sociedad italiana de San Miguel. A Anita. A Hernán, por sus libros. A Jorge Ferro y Juan Fuentes, por su ayuda en latín tardío. A amigos escalabrinianos de México, Haití, Brasil, Paraguay y Uruguay. A los vicentinos. A Nacho y a Humbi, jesuitas. A Osvaldito, por la filosofía que encontré en su bar y los raccontos inolvidables sobre el viejo cine checoslovaco. A Guadalupe. A Rut Beresovsky, por sus correcciones y atención personal. Al colegio

Máximo de San José, por permitirme la divulgación de esta obra en la biblioteca teológica más grande de Sudamérica. A Guillermo Muzzio (q.e.p.d.) por interesarse en el borrador de esta novela. A Matteo y Sara, por seguirme desde Génova hasta los castillos medievales del Valle de Aosta. A Daniela Rinaldi, por su interés en mis ideas. A los bosques cargados y oscuros de Bella Vista. A Chuck Schuldiner (q.e.p.d.), por enseñarme que hay genios ignotos y ocultos en este mundo; a Chuck toda mi admiración y respeto.

A vos Claudia.

ÍNDICE

Este libro fue escrito entre el 2 de abril de 2001 y el 23 de octubre de 2003. A las 20.17 horas de un templado anochecer de jueves, despejado y estrellado, con la inconfundible constelación de Escorpio sobre poniente, doy por finalizada esta mi segunda novela a la que he bautizado El inquisidor.

Patricio Sturlese

El inquisidor, de Patricio Sturlese
se terminó de imprimir en enero de 2007
en Litográfica Ingramex, S.A. de C.V.
Centeno 162-1, Col. Granjas Esmeralda
México, D.F.